CB064825

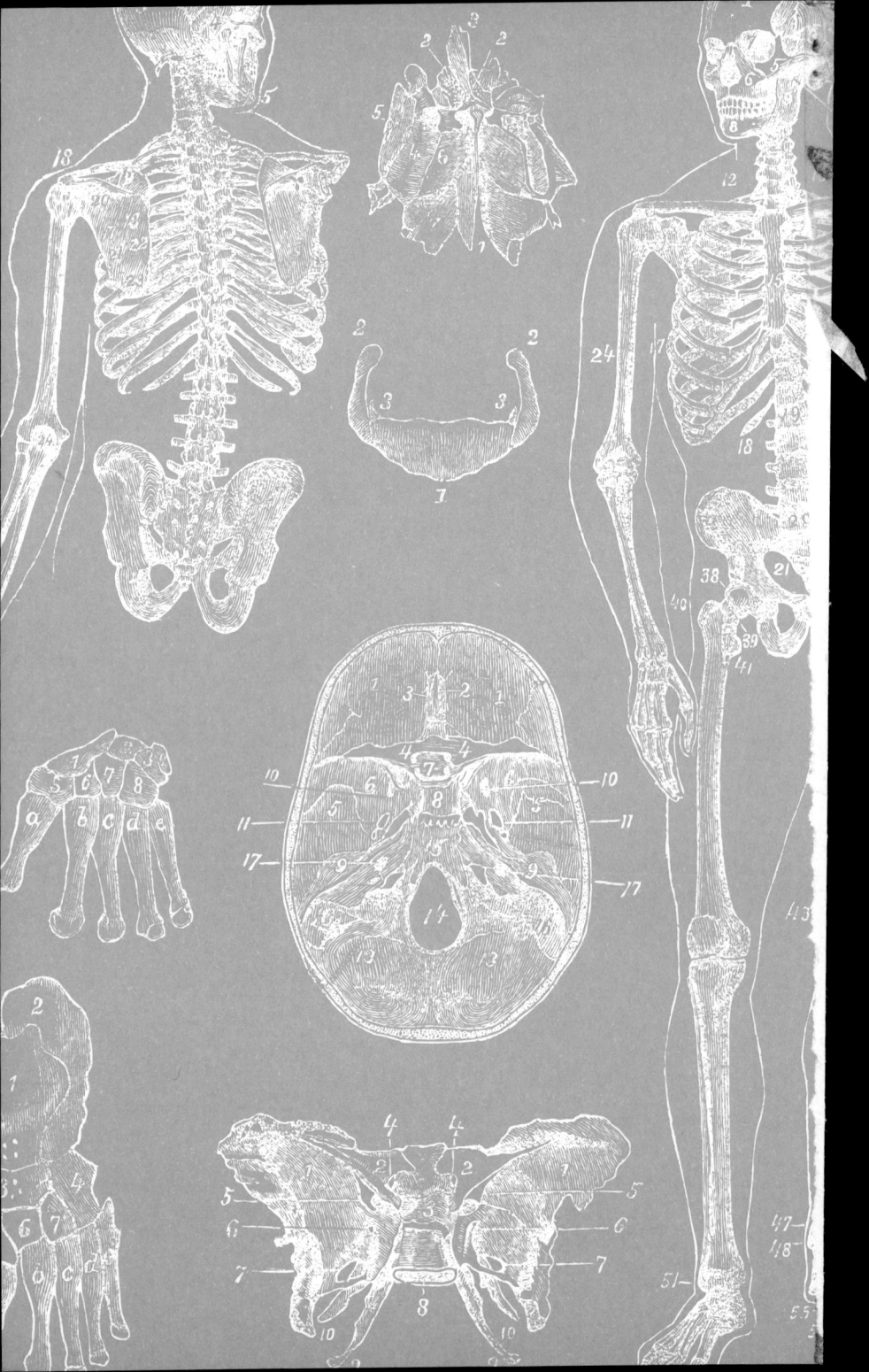

FRANKENSTEIN
OU O PROMETEU MODERNO

MARY SHELLEY
FRANKENSTEIN
OU O PROMETEU MODERNO

MSH CLASSICS

São Paulo, 2024

Frankenstein ou o Prometeu moderno

Frankenstein or the modern Prometheus

Copyright © 2024 by Novo Século Editora Ltda.

Editor: Luiz Vasconcelos

Produção editorial: Mariana Paganini, Marianna Cortez

Tradução: Sofia Soter

Revisão: Luciene Ribeiro dos Santos de Freitas

Diagramação: Marília Garcia

Capa e projeto gráfico: Ian Laurindo

Texto de acordo com as normas do Novo Acordo Ortográfico da Língua Portuguesa (1990), em vigor desde 1º de janeiro de 2009.

Dados Internacionais de Catalogação na Publicação (CIP)
Angélica Ilacqua CRB-8/7057

Shelley, Mary, 1797-1851
  Frankenstein / Mary Shelley ; tradução de Sofia Soter. -- Barueri, SP : Novo Século Editora, 2024.
  280 p. : il.

ISBN 978-65-5561-750-4

1. Ficção inglesa I. Título II. Soter, Sofia

24-1479　　　　　　　　　　　　　　　　　　　　　　　　　CDD-823

Índice para catálogo sistemático:
1. Ficção inglesa

GRUPO NOVO SÉCULO
Alameda Araguaia, 2190 – Bloco A – 11º andar – Conjunto 1111
CEP 06455-000 – Alphaville Industrial, Barueri – SP – Brasil
Tel.: (11) 3699-7107 | E-mail: atendimento@gruponovoseculo.com.br
www.gruponovoseculo.com.br

CLASSICS
uma marca do
Grupo Novo Século

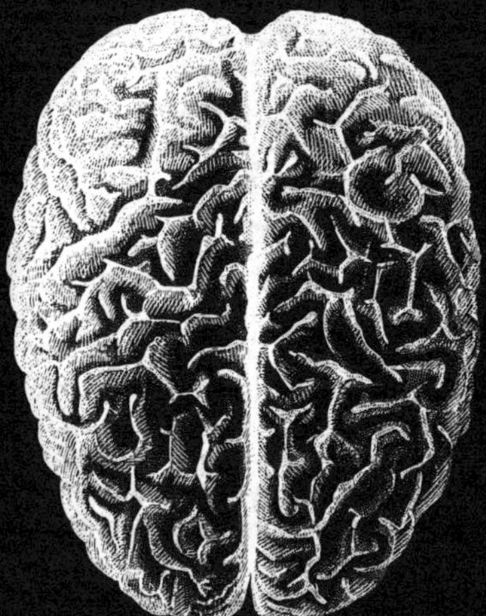

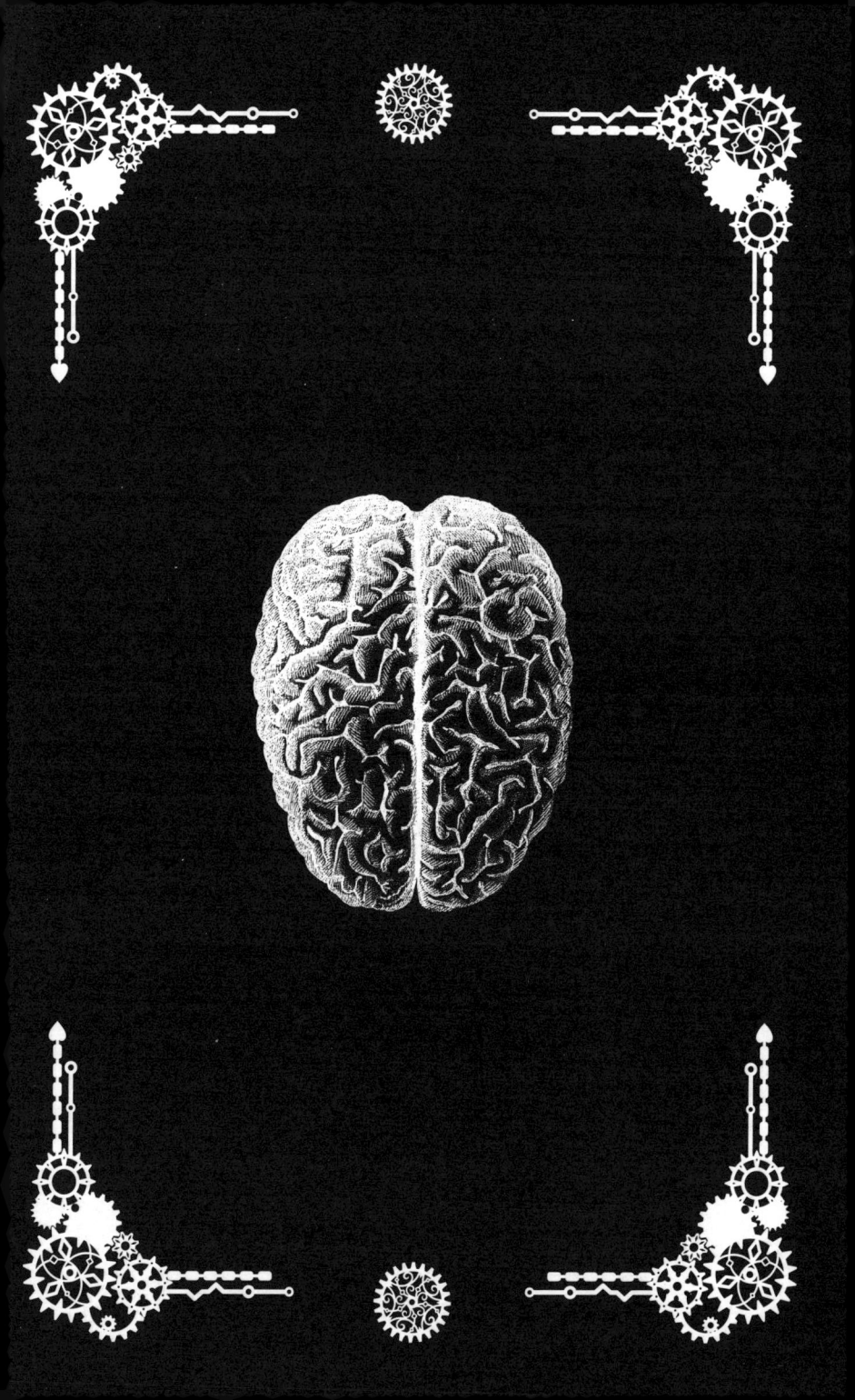

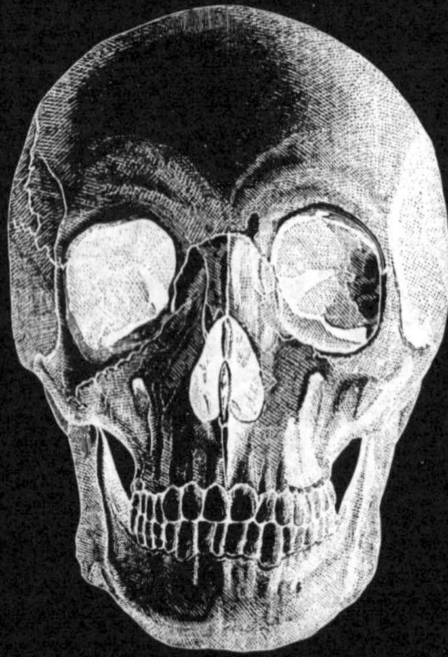

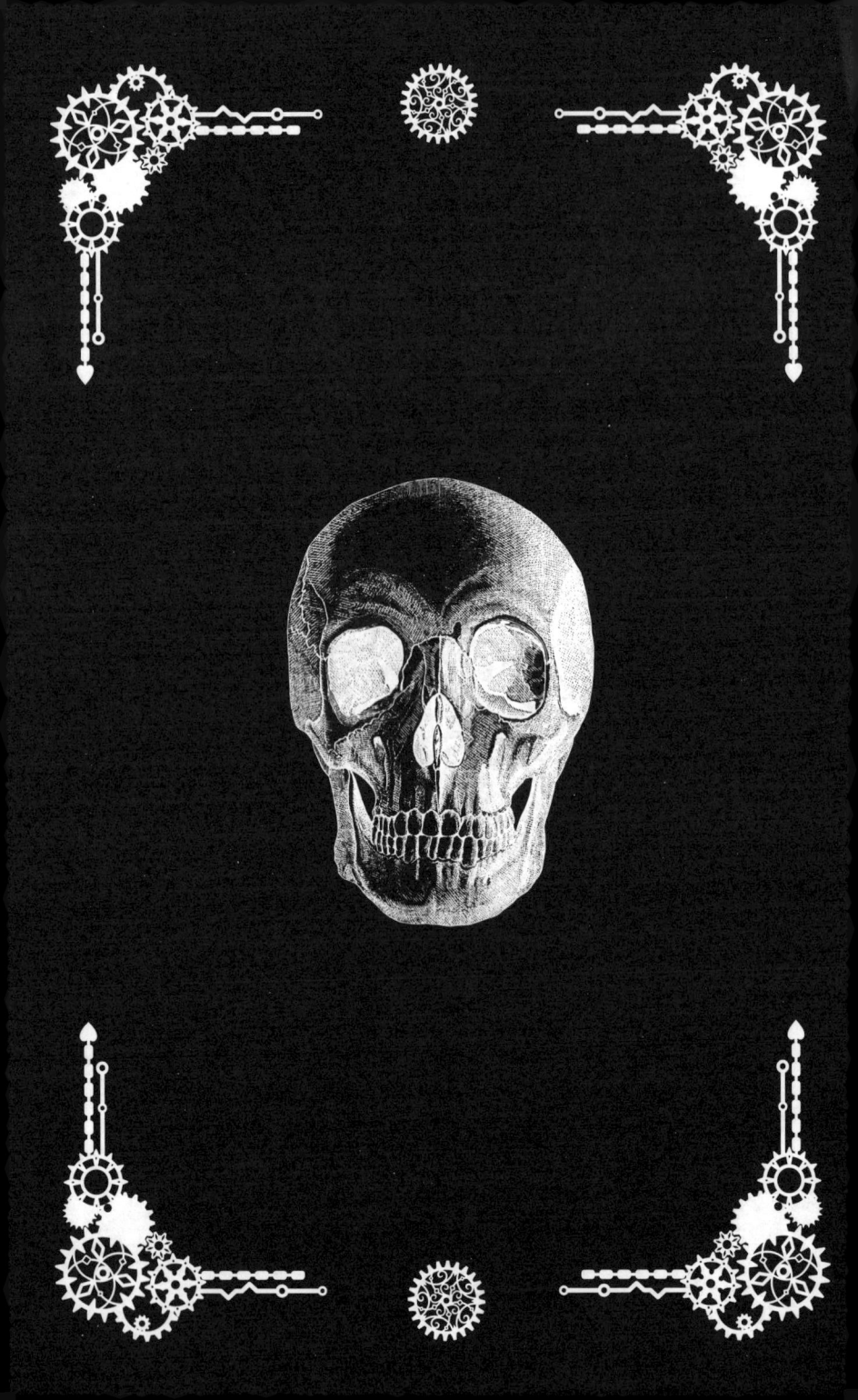

Eu morei principalmente no campo quando menina, e passei tempo considerável na Escócia. Eu fazia visitas ocasionais às áreas mais pitorescas, mas minha residência de costume era na margem erma e sombria do norte do rio Tay, perto de Dundee. É em retrospecto que a chamo de erma e sombria; na época, não me parecia assim. Era uma fortaleza da liberdade, e a região agradável onde, desimpedida, eu entrava em comunhão com as criaturas do meu devaneio. Eu escrevia, na época, mas em um estilo dos mais simples. Era sob as árvores no terreno de nossa casa, ou nas encostas desoladas das montanhas descampadas mais próximas, que minhas verdadeiras composições, os sonhos vãos de minha imaginação, nasciam e se criavam. Eu não me impunha como heroína das histórias. A vida me parecia comum demais quando se referia a mim. Eu não conseguia conceber que dramas românticos ou eventos extraordinários viriam a ser parte do meu destino; mas eu não era confinada à minha identidade, e podia popular as horas com criações muito mais interessantes para mim, naquela idade, do que minhas sensações.

Depois disso, minha vida se tornou mais atarefada, e a realidade se impôs à ficção. Meu marido, contudo, desde o início demonstrou muita ansiedade para que eu me provasse digna de minha herança, e me inscrevesse nas páginas da fama. Ele sempre me incitou a obter reputação literária, no que até eu, na época, tinha interesse, apesar de desde então ter me tornado inteiramente indiferente. Naquele momento, ele desejava que eu escrevesse, não tanto supondo que eu produziria qualquer coisa digna de nota, mas para poder julgar quão promissora eu seria para coisas melhores no futuro. Ainda assim, não fiz nada. Viagens e o cuidado da família ocupavam meu tempo; e o estudo, na forma de leitura ou de desenvolver minhas ideias nas conversas com a mente dele, muito mais culta, era todo o trabalho literário que envolvia minha atenção.

No verão de 1816, visitamos a Suíça, e fomos vizinhos de Lord Byron. A princípio, passávamos horas agradáveis no lago, ou passeando pelas margens; e Lord Byron, que estava escrevendo o terceiro canto de Childe Harold, era o único entre nós que punha os pensamentos no papel. Seus pensamentos, que ele trazia incessantemente para nós, vestidos da luz e harmonia da poesia, pareciam selar como divinas as glórias do céu e da terra, cujas influências compartilhávamos com ele.

Mas foi um verão úmido e desalegre, e chuvas incessantes nos confinavam à casa por dias a fio. Alguns exemplares de histórias de terror, traduzidas do alemão para o francês, foram parar em nossas mãos. Havia a História do Amante Inconstante, que, quando acreditou enlaçar a noiva a quem declarara sua intenção, se encontrou nos braços do fantasma pálido daquela que abandonara. Havia a história do fundador pecaminoso de sua linhagem, cuja sina infeliz era dar o beijo da morte em todos os filhos mais jovens de sua casa fadada, bem quando chegavam à idade promissora. Sua forma gigante e sombria, vestida como o fantasma de Hamlet, em armadura completa, mas com a viseira erguida, era vista à meia-noite, aos raios vacilantes do luar, avançando lentamente pela avenida macabra. A silhueta se perdia sob a sombra das muralhas do castelo; mas logo um portão se abria, se ouvia um passo, a porta do quarto se escancarava e ele avançava à cama dos jovens em flor, embalados em sono saudável. Tristeza eterna tomava seu rosto quando ele se curvava e beijava a testa dos meninos, que então murchavam como flores arrancadas do caule. Eu não reencontrei essas histórias desde então; mas seus acontecimentos estão vivos em minha mente como se as tivesse lido ontem.

"Vamos todos escrever histórias de terror", disse Lord Byron, e sua proposta foi aceita. Éramos quatro, ao todo. O nobre autor começou uma narrativa, publicada em fragmento ao fim de seu poema *Mazeppa*. Shelley, mais apto a incorporar ideias e sentimentos em imagens brilhantes e radiantes, e na música dos versos mais melodiosos que adornam nossa língua, do que a inventar o maquinário de uma história, começou um conto inspirado nas experiências de sua juventude. Infelizmente, Polidori teve uma ideia terrível envolvendo uma mulher com feições de caveira, punida por espiar através do buraco da fechadura – não lembro o que queria ver, só que era, claro, algo muito errado e chocante; mas, quando ela foi relegada a uma condição ainda mais deplorável do que o renomado Tom de Coventry, ele ficou sem saída e foi obrigado a jogá-la na tumba dos Capuleto, o único lugar que lhe era adequado. Os poetas ilustres, também irritados com a banalidade da prosa, logo abandonaram a tarefa sem graça.

Eu me ocupei em *pensar em uma história*; uma história que rivalizasse aquelas que nos inspiraram ao trabalho. Que explorasse os medos ocultos da nossa essência e incitasse um pavor excitante; que fizesse o leitor temer seus arredores, que gelasse o sangue e acelerasse as batidas do coração. Se eu não conseguisse nada disso, minha história sobrenatural não seria digna desse título. Pensei e considerei... em vão. Senti aquela incapacidade criativa que é a maior tristeza de um escritor, quando o mero Nada responde às nossas invocações ansiosas. *Pensou numa história?*, me perguntavam todos os dias; e todo dia eu era obrigada a responder com uma negação constrangida.

Toda coisa deve ter seu começo, por assim dizer, em uma expressão Sanchesca[1]; e esse começo deve estar conectado a algo que ocorreu ainda antes. Os hindus dão ao mundo um elefante como suporte, mas fazem o elefante se sustentar sobre uma tartaruga. A invenção, devo humildemente confessar, não consiste em criar no vazio, mas no caos; os materiais devem, inicialmente, ser fornecidos: pode-se dar forma a substâncias sombrias e inconsistentes, mas não fazer surgir a substância em si. Em toda questão de descoberta e invenção, mesmo no que tange à imaginação, somos constantemente lembrados da história de Colombo e seu ovo. Invenção é a capacidade de aproveitar o potencial de um assunto, e o poder de moldar e desenhar as ideias sugeridas.

Foram muitas e longas as conversas entre Lord Byron e Shelley, às quais eu me mostrava uma ouvinte dedicada, mas quase sempre

---
1 *In Sanchean phrase*: Essa expressão alude a como Sancho Pança, em *Dom Quixote* (Livro II, Capítulo 33), considera a possibilidade de se tornar governador da própria ilha. (N.P.)

silenciosa. Durante uma delas, várias doutrinas filosóficas foram discutidas, entre elas a natureza do princípio da vida, e se havia qualquer probabilidade de descobri-lo e comunicá-lo. Eles falaram dos experimentos do dr. Darwin (não falo do que o doutor de fato fez, ou disse fazer, mas, mais relevante para meus propósitos, do que foi dito naquele momento ter sido feito por ele), que preservou um pedaço de verme em uma redoma de vidro, até que, por algum meio extraordinário, ele começou a se mexer voluntariamente. Não seria assim, afinal, que se daria a vida. Talvez cadáveres fossem reanimáveis – o galvanismo daria conta de tais coisas; talvez os componentes de uma criatura pudessem ser fabricados, unidos e imbuídos de calor vital.

A noite caiu sobre a conversa, e já era madrugada quando nos retiramos. Quando deitei a cabeça no travesseiro, não dormi, nem se pode dizer que pensei. Minha imaginação, espontaneamente, me possuiu e guiou, oferecendo-me as imagens sucessivas que surgiram em minha mente com vividez muito além do habitual limite do sonho. Eu vi – com olhos fechados, mas visão mental precisa; eu vi o pálido estudante de artes profanas ajoelhado ao lado da coisa que compusera. Vi o horrível semblante de um homem deitado que então, sob o trabalho de certa máquina poderosa, começou a mostrar sinais de vida, agitando-se com movimentos incômodos, meio vitais. Deveria ser horrendo; pois seria extremamente horrendo o efeito de qualquer empreendimento humano para rir-se do mecanismo estupendo do Criador do mundo. Seu sucesso apavoraria o artista; ele fugiria horrorizado de seu odioso trabalho. Ele esperaria que, deixada só, a fraca faísca de vida que comunicara se apagasse; que aquela coisa, que recebera animação tão imperfeita, se desfaria em matéria morta; e dormiria acreditando que o silêncio do túmulo calaria para sempre a existência transiente do terrível cadáver ao qual olhara como berço da vida. Ele dorme, mas é despertado; ele abre os olhos e vê a coisa horrível ao lado da cama, abrindo as cortinas, e o encarando com olhos amarelos, úmidos e curiosos.

Abri meus próprios olhos, apavorada. A ideia possuiu minha mente de tal forma que fui percorrida por um calafrio de medo, e quis trocar a imagem sinistra de minha criação pela realidade dos arredores. Eu ainda a vejo: o quarto exato, o assoalho escuro, as persianas fechadas pelas quais se infiltra o luar, e a impressão de que o lago vítreo e os Alpes altos e nevados se encontravam além dali. Eu não consegui me livrar tão facilmente de minha imaginação horrenda, que continuava a me assombrar. Eu precisava pensar em outra coisa. Pensei na minha história de fantasma – minha história exaustivamente infeliz! Ó! Se eu pudesse simplesmente criar uma história que apavorasse o leitor tanto quanto eu me apavorara naquela noite!

Com a rapidez de um relâmpago, fui confortada pela ideia que me irrompeu. "Encontrei! O que me apavorou, apavorará outros; preciso simplesmente descrever o espectro que assombrou meu travesseiro de madrugada." De manhã, anunciei que eu tinha *pensado numa história*. Comecei naquele mesmo dia, com as palavras: "Foi em uma noite lúgubre de novembro", uma simples transcrição dos terrores sombrios do meu sonho lúcido.

A princípio, pensei em poucas páginas, um conto curto; mas Shelley me encorajou a desenvolver a ideia mais longamente. Certamente, a origem de um incidente específico ou mesmo de uma única linha de sentimento não pode ser atribuída ao meu marido. No entanto, sem o seu encorajamento, a obra jamais teria alcançado a forma sob a qual foi apresentada ao mundo. Desta declaração, a exceção é o prefácio. Até onde lembro, este foi escrito inteiramente por ele.

Agora, mais uma vez, desejo que minha horrenda criação primogênita siga em frente e viva. Tenho carinho por ela, pois nasceu de dias felizes, quando morte e luto eram meras palavras que não encontravam eco em meu peito. Suas muitas páginas falam de várias caminhadas, viagens e conversas, quando eu não estava sozinha; e meu companheiro era alguém que, neste mundo, nunca mais verei. Mas isso é coisa minha; meus leitores não têm nada a ver com tais associações.

Acrescentarei uma última palavra quanto às alterações que fiz. São principalmente questão de estilo. Não mudei porção alguma da história, nem introduzi novas ideias, nem circunstâncias. Cerzi a linguagem onde estava parca a ponto de interferir com o interesse da narrativa; e essas mudanças ocorrem quase exclusivamente no início do primeiro volume. Ao longo do livro, são inteiramente confinadas a partes de complemento à história, mantendo o cerne e a substância intocados.

M. W. S.
Londres, 15 de outubro de 1831

| 12 | 10 | 2 | 14 | 12 | 0 |

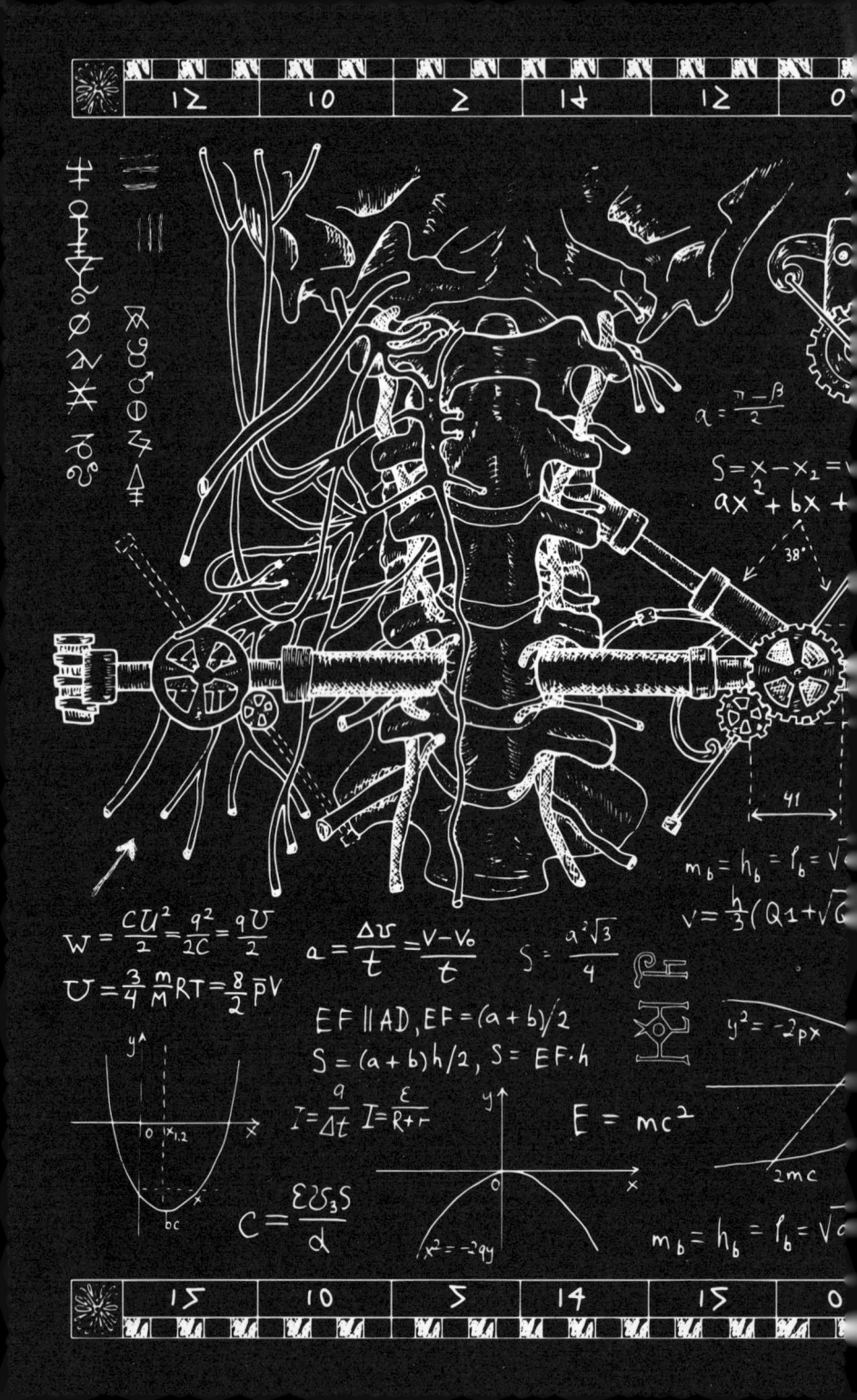

$$a = \frac{\pi - \beta}{2}$$

$$S = x - x_2 =$$
$$ax^2 + bx +$$

38°

41

$$m_b = h_b = l_b = V$$
$$v = \frac{h}{3}(Q1 + \sqrt{Q}$$

$$W = \frac{CU^2}{2} = \frac{q^2}{2C} = \frac{qU}{2} \qquad a = \frac{\Delta v}{t} = \frac{V - V_0}{t} \qquad S = \frac{a^2\sqrt{3}}{4}$$

$$U = \frac{3}{4}\frac{m}{M}RT = \frac{8}{2}\bar{P}V$$

$$EF \parallel AD, EF = (a+b)/2$$
$$S = (a+b)h/2, \; S = EF \cdot h$$

$$y^2 = -2px$$

$$I = \frac{q}{\Delta t} \quad I = \frac{\varepsilon}{R+r}$$

$$E = mc^2$$

$$2mc$$

$$C = \frac{\varepsilon \varepsilon_3 S}{d}$$

$$x^2 = -2qy$$

$$m_b = h_b = l_b = V$$

| 15 | 10 | 5 | 14 | 15 | 0 |

PREFÁCIO

O evento em que se baseia esta ficção foi considerado, por dr. Darwin e por alguns dos escritores fisiológicos da Alemanha, como algo dentro do âmbito do possível. Não se deve supor que eu dê qualquer grau de confiança legítima a tal imaginação; contudo, ao tomar a base de um trabalho fictício, não me considero meramente tecendo uma série de terrores sobrenaturais. O evento do qual depende o interesse da história é isento das desvantagens de um mero conto de espectros ou encantos. Foi recomendado pelas situações inusitadas que desenvolve; e, por mais impossível que seja o fato físico, fornece um ponto de vista à imaginação para delinear paixões humanas que é mais amplo e atraente do que qualquer relação de eventos existentes possa oferecer.

Portanto, tentei preservar a verdade dos princípios elementares da natureza humana, e não tive os escrúpulos de inovar em suas combinações. A *Ilíada*, a poesia trágica grega, Shakespeare, em *A Tempestade* e *Sonho de uma noite de verão*, e especialmente Milton, no *Paraíso Perdido*, se conformam a essa regra; e o romancista mais humilde, que deseja conferir ou receber diversão de seu trabalho, pode, sem presunção, aplicar à ficção em prosa certa licença, ou mesmo uma regra, de cuja adoção tantas combinações primorosas de sentimentos humanos resultaram nos maiores espécimes da poesia.

A circunstância de que depende minha história foi sugerida em uma conversa casual. Começou em parte como fonte de diversão, e em parte como encorajamento a exercitar recursos não testados da mente. Outros motivos se mesclaram a esses, conforme avançava o trabalho. Não sou de forma alguma indiferente à maneira com que tendências morais existentes nos sentimentos ou personagens podem afetar o leitor; contudo, minha principal preocupação neste respeito foi limitada a evitar os efeitos debilitantes dos romances dos dias de hoje, e a exibir a amabilidade do afeto doméstico e a excelência da virtude universal. As opiniões que naturalmente surgem do caráter e da situação do herói não devem de forma alguma ser consideradas existentes em minha própria convicção, nem qualquer inferência deve ser feita das próximas páginas como contrária a qualquer doutrina filosófica.

Também é um tema de interesse adicional da autora que esta história tenha sido iniciada na região majestosa em que os eventos acontecem, e numa sociedade da qual não paro de sentir falta. Passei o verão de 1816 nos arredores de Genebra. A temporada estava fria e chuvosa, e à noite nos encontrávamos ao redor de uma lareira quente, e às vezes nos divertíamos com histórias alemãs de fantasmas que tinham parado em nossas mãos. Essas histórias nos animaram em um desejo lúdico de imitação. Dois outros amigos (cujas penas criariam histórias muito mais aceitáveis ao público do que qualquer coisa que eu jamais esperaria produzir) e eu concordamos em escrever uma história cada um, fundada em ocorrências sobrenaturais.

O tempo, contudo, se tornou mais sereno; e meus dois amigos me deixaram para sair em jornada pelos Alpes, e perderam, no cenário magnífico apresentado, qualquer lembrança de suas visões fantasmagóricas. A história a seguir foi a única terminada.

Marlow, setembro de 1817

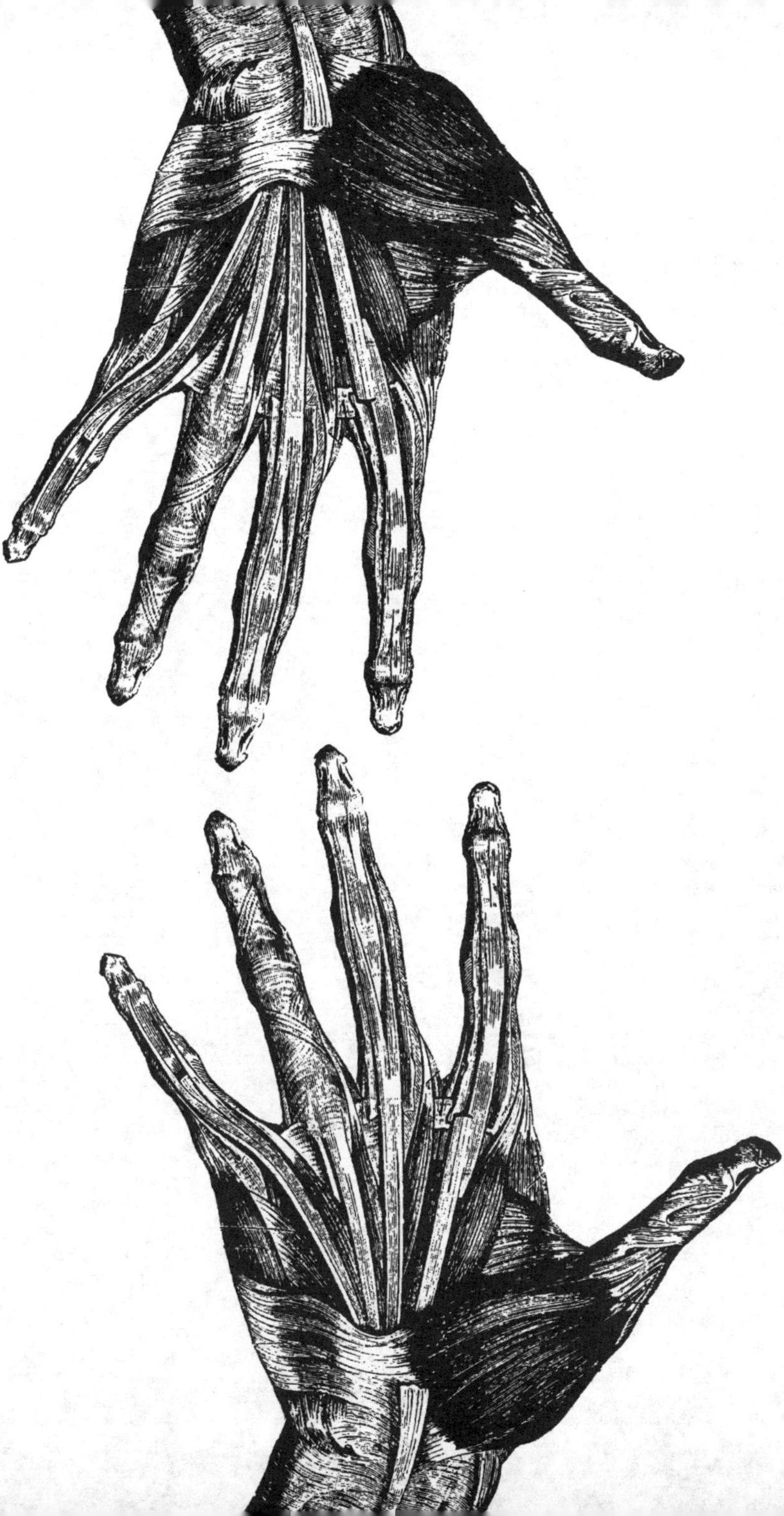

$$W = \frac{CU^2}{2} = \frac{q^2}{2C} = \frac{qU}{2}$$

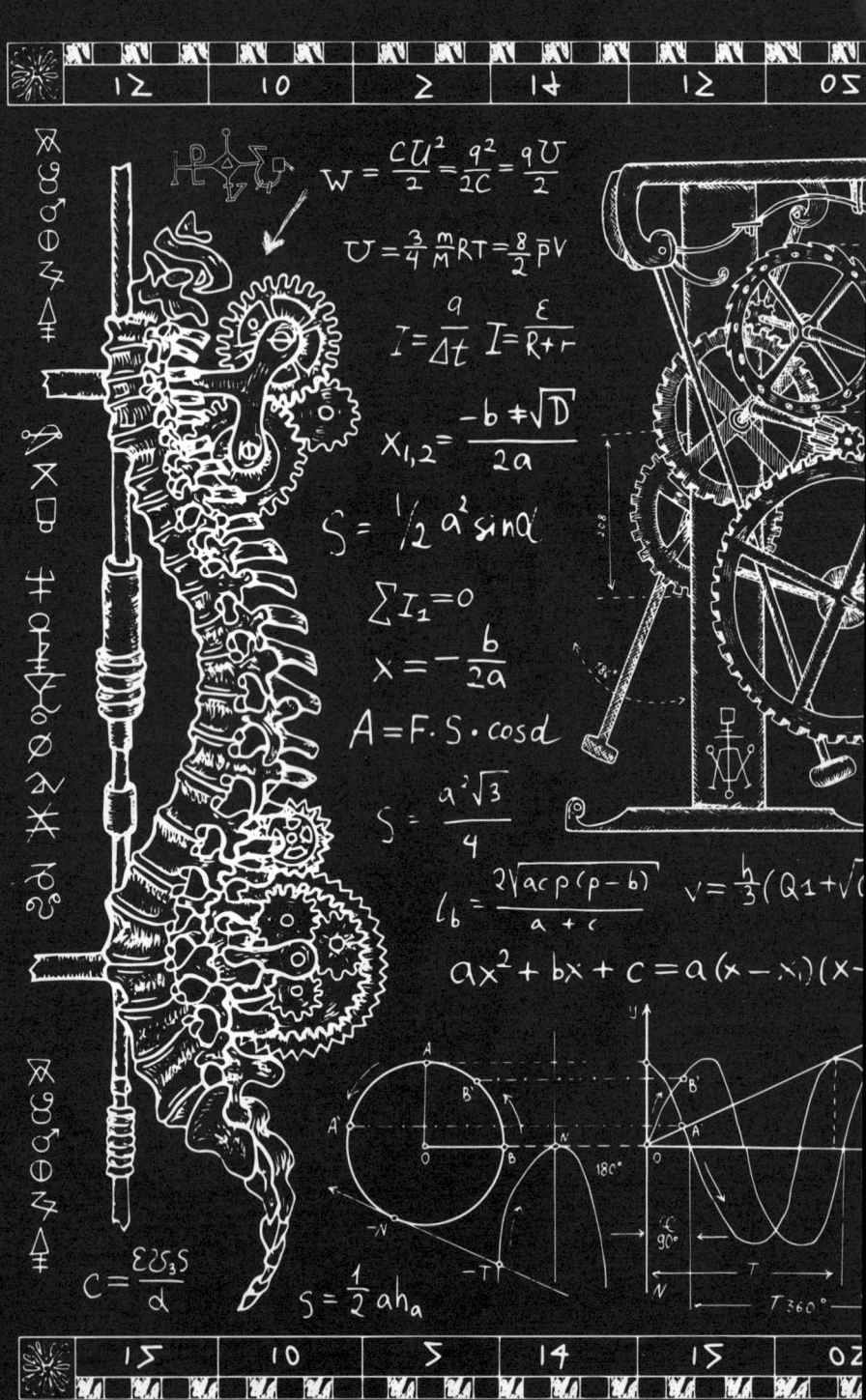

$$U = \frac{3}{4}\frac{m}{M}RT = \frac{8}{2}\bar{p}V$$

$$I = \frac{q}{\Delta t} \quad I = \frac{\varepsilon}{R+r}$$

$$X_{1,2} = \frac{-b \pm \sqrt{D}}{2a}$$

$$S = \frac{1}{2}a^2\sin\alpha$$

$$\sum I_1 = 0$$

$$x = -\frac{b}{2a}$$

$$A = F \cdot S \cdot \cos d$$

$$S = \frac{a^2\sqrt{3}}{4}$$

$$l_b = \frac{2\sqrt{acp(p-b)}}{a+c} \qquad v = \frac{4}{3}(Q_1 + \sqrt{}$$

$$ax^2 + bx + c = a(x - x_1)(x -$$

$$C = \frac{\varepsilon \varepsilon_0 S}{d}$$

$$S = \frac{1}{2}ah_a$$

CARTA 1

À Sra. Saville, Inglaterra
São Petersburgo, 11 de dezembro de 17__.

Você vai se alegrar ao saber que nenhum desastre acompanhou o início do empreendimento ao qual atribuiu agouros tão maus. Cheguei ontem; e minha primeira tarefa é garantir à minha querida irmã que estou bem, aumentando a confiança no sucesso de meu projeto.

Já estou muito ao norte de Londres; e, caminhando pelas ruas de Petersburgo, sinto no rosto a brisa fria do norte, fortalecendo meus nervos e me enchendo de prazer. Você entende a sensação? Esta brisa, que viajou desde as regiões às quais me dirijo, me oferece uma prévia do clima gelado. Encorajado pelo vento da promessa, sonho acordado com mais fervor e vividez. Tento, em vão, me persuadir de que o polo é lugar de gelo e desolação; pois continua a se apresentar à minha imaginação como uma região de beleza e deleite. Lá, Margaret, o sol é sempre visível; seu disco largo margeando o horizonte, espalhando um esplendor perpétuo. Lá – pois, com sua licença, irmã, confiarei nos navegantes que me antecedem –, a neve e o gelo foram banidos; e, flutuando no mar calmo, podemos ser carregados a terras que superam em beleza e fascínio toda região até agora descoberta no globo habitável. Suas produções e características podem ser sem par, como sem dúvida são os fenômenos dos corpos celestes naquela solidão a descobrir.

O que não se espera em um país de luz eterna? Posso lá descobrir a força aterradora que atrai o ponteiro; e pode regular mil observações celestes, que dependem dessa única viagem para tornar suas aparentes excentricidades para sempre consistentes. Devo satisfazer à minha curiosidade ardente ao ver partes nunca antes visitadas do mundo, e percorrer terras nunca antes marcadas pelos pés da humanidade. São essas minhas motivações, e bastam para vencer todo temor de perigo ou morte, e para me encorajar a iniciar esta viagem trabalhosa com a alegria de uma criança que embarca com os amigos de férias em um barquinho, em expedição de descoberta em seu rio nativo. Contudo, supondo que todas essas conjecturas sejam falsas, você não pode contestar o benefício inestimável que trarei para a humanidade, até sua última geração, ao descobrir uma passagem próxima ao polo para tais países, para chegar aonde, atualmente, precisamos de muitos meses; ou ao decifrar o segredo do ímã, que, se possível, só pode ser feito por um projeto como o meu.

    Essas reflexões dispersaram a agitação com que iniciei minha carta, e sinto o coração arder com um entusiasmo que me ergue aos céus; pois nada contribui tanto para tranquilizar a mente quanto um propósito firme, um ponto no qual a alma pode fixar seu olhar intelectual. Esta expedição é o sonho favorito da minha juventude. Li com fervor os relatos das várias viagens feitas com a intenção de chegar ao Oceano Pacífico do Norte através dos mares que cercam o polo. Você deve lembrar que uma história de todas as viagens feitas com o propósito da descoberta compunha o total da biblioteca de nosso querido tio Thomas. Minha educação foi negligenciada, mas tive paixão profunda pela leitura. Esses volumes eram meu estudo dia e noite, e minha familiaridade com eles aumentou a tristeza que senti, quando criança, ao saber que a ordem de meu pai antes de morrer proibira meu tio de me permitir embarcar em uma vida ao mar.

    Essas visões sumiram quando li, pela primeira vez, os poetas cujas efusões encantaram minha alma e me ergueram aos céus. Também me tornei poeta e por um ano vivi em um Paraíso de criação própria;

imaginei que também pudesse obter um nicho no templo onde se consagraram os nomes de Homero e Shakespeare. Você conhece bem meu fracasso, e o peso da minha decepção. Entretanto, na mesma época herdei a fortuna de meu primo, e meus pensamentos voltaram ao canal ao qual se inclinavam anteriormente.

Passaram-se seis anos desde que me decidi à atual aventura. Consigo, até hoje, me lembrar da hora em que comecei a me dedicar a este enorme projeto. A princípio, acostumei meu corpo à privação. Acompanhei os caçadores de baleia em várias expedições ao Mar do Norte; aguentei de bom grado frio, fome, sede e sono; cheguei a trabalhar mais que os marujos durante o dia, e dediquei as noites ao estudo de matemática, à teoria da medicina e aos ramos da ciência física dos quais um aventureiro naval pode tirar maior vantagem prática. Duas vezes fui contratado como marinheiro em um baleeiro da Groenlândia, e me portei admiravelmente. Devo admitir ter sentido certo orgulho quando meu capitão me ofereceu o segundo posto no navio, e me instou a permanecer ali com enorme sinceridade, de tão valiosos que considerava meus serviços. E agora, querida Margaret, não mereço cumprir algum propósito grandioso? Poderia passar a vida na calma e no luxo, mas preferi a glória a qualquer tentação que a riqueza pudesse pôr no meu caminho. Ah, que alguma voz encorajadora responda em afirmativa! Minha coragem e resolução são firmes; mas minha esperança oscila, e meu humor está frequentemente deprimido. Estou prestes a embarcar em uma viagem longa e difícil, cujas emergências demandaram toda a minha força: exige-se que eu não só eleve o moral alheio, mas também sustente o meu, quando o dos outros vacilar.

Este é o período mais favorável para viajar na Rússia. Voa-se rápido pela neve em trenós; o movimento é agradável e, em minha opinião, muito mais confortável do que das carruagens inglesas. O frio não é excessivo, se vestimos peles – vestimenta que já adotei; pois há enorme diferença entre andar no convés e ficar sentado na mesma posição por horas, sem exercício para impedir que o sangue literalmente congele nas veias. Não tenho a intenção de perder a vida na estrada entre São Petersburgo e Arcangel.

Partirei para esta última em duas ou três semanas; e minha intenção é contratar um navio lá, o que pode ser feito facilmente, mediante pagamento de seguro ao proprietário, e empregar quantos marujos considerar necessário entre os acostumados à caça de baleias. Não pretendo embarcar antes de junho; e quando voltarei? Ah, irmã querida, como posso responder? Se tiver sucesso, muitos e muitos meses, anos quiçá, passarão antes que nos reencontremos. Se fracassar, logo nos veremos, ou nunca.

Adeus, minha querida e excelentíssima Margaret. Que os céus a banhem em bênçãos e me salvem, para que de novo e de novo eu possa demonstrar minha gratidão por todo seu amor e toda sua bondade.

Seu mais afetuoso irmão,
R. Walton

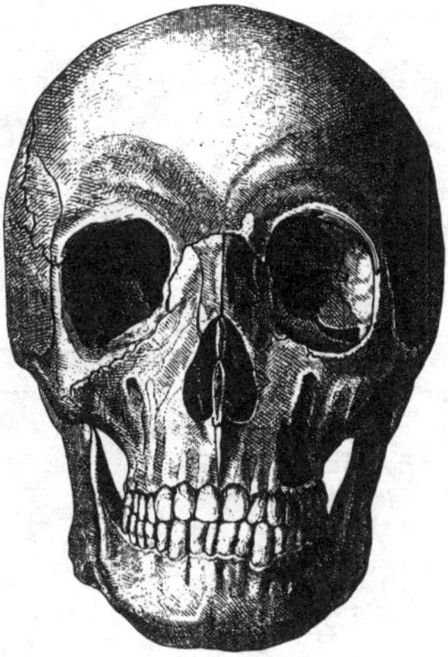

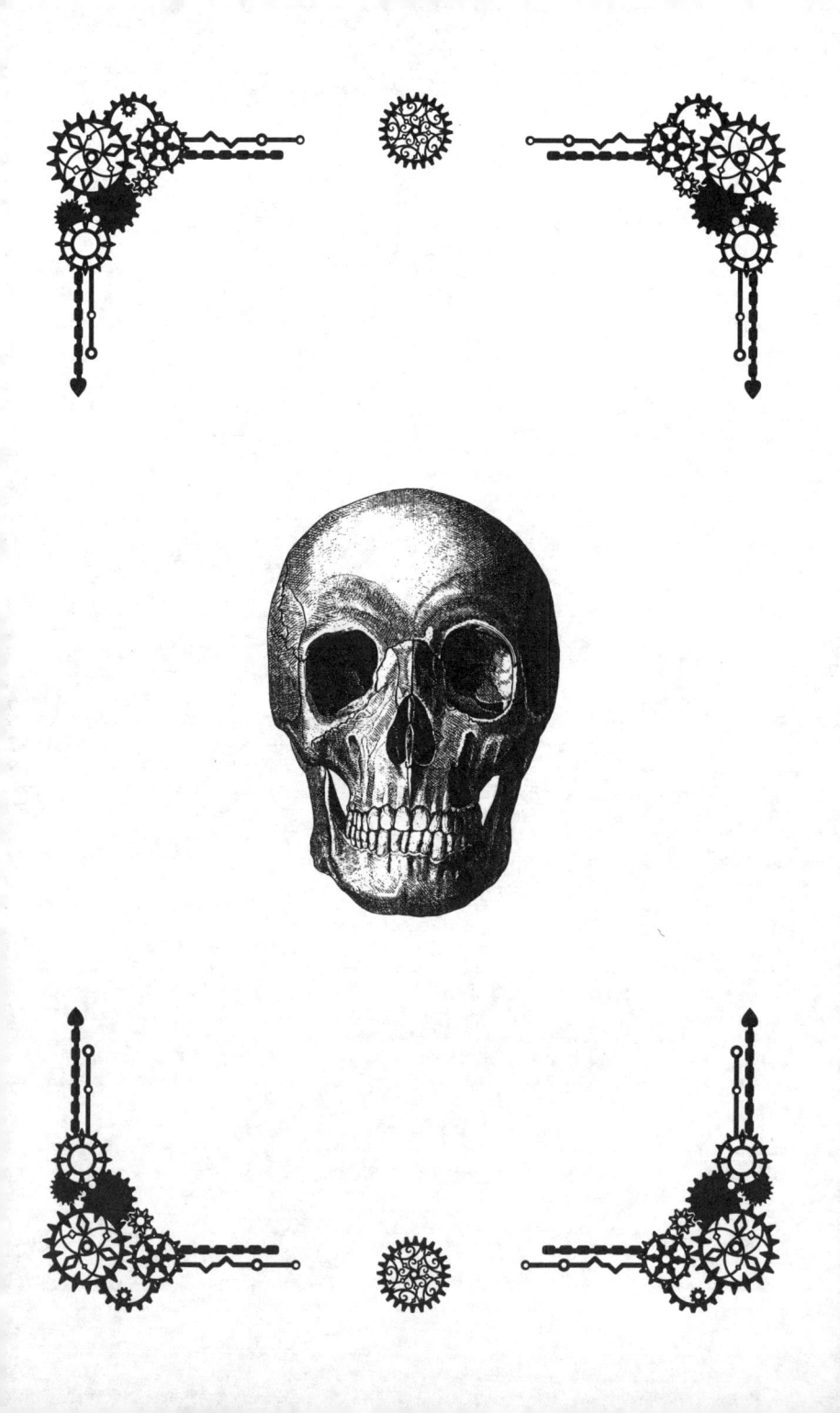

$V = \frac{h}{3}(Q_1 + \sqrt{Q_1 Q_2} + Q_2)$ $m_b = h_b = l_b = \sqrt{a^2 - b^2/4}$

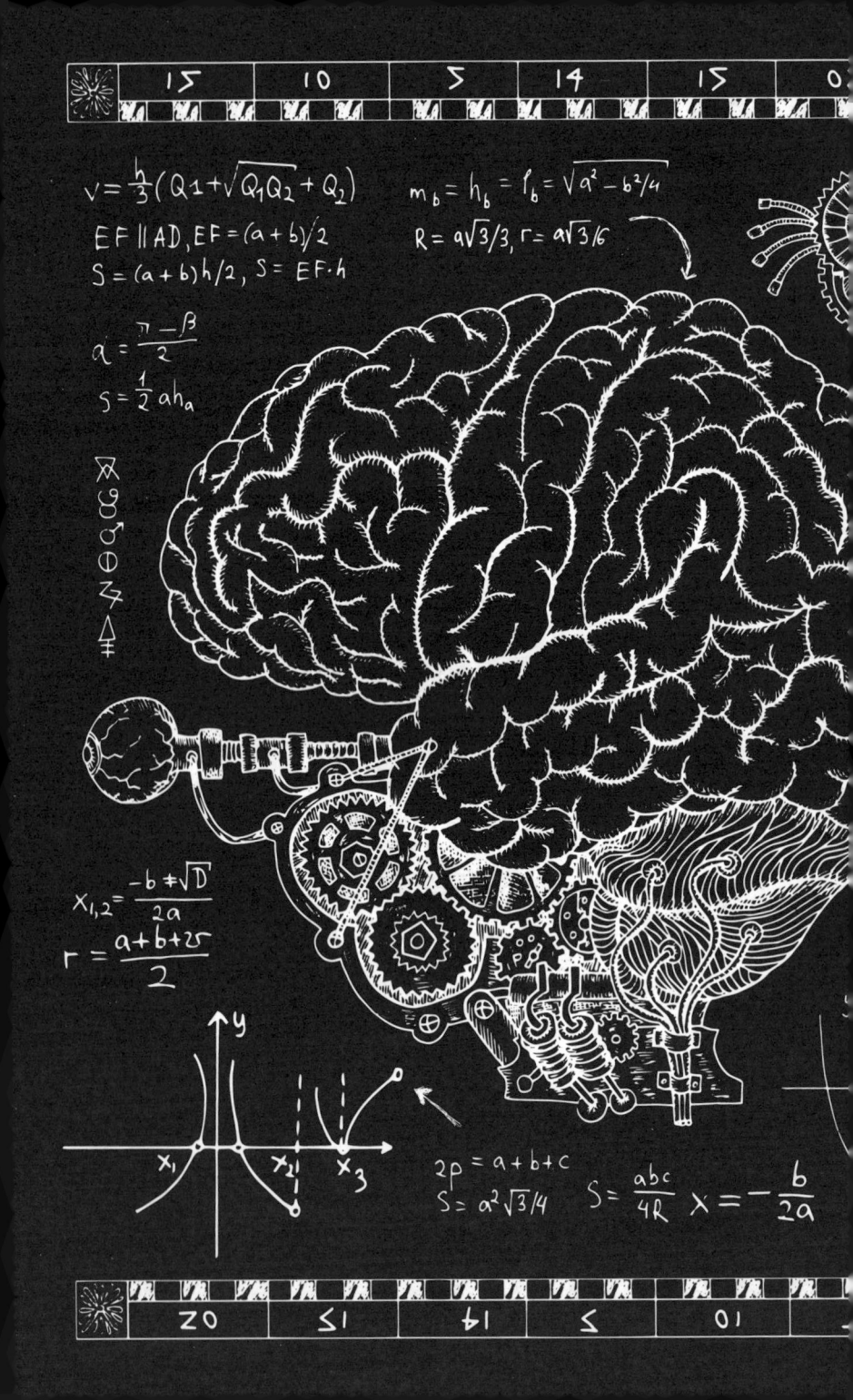

$EF \parallel AD, EF = (a+b)/2$ $R = a\sqrt{3}/3, r = a\sqrt{3}/6$

$S = (a+b)h/2, S = EF \cdot h$

$\alpha = \frac{\pi - \beta}{2}$

$S = \frac{1}{2} a h_a$

$x_{1,2} = \frac{-b \pm \sqrt{D}}{2a}$

$r = \frac{a+b+2r}{2}$

$2p = a+b+c$ $S = \frac{abc}{4R}$ $x = -\frac{b}{2a}$

$S = a^2\sqrt{3}/4$

CARTA 2

À Sra. Saville, Inglaterra
Arcangel, 28 de março de 17__.

Como o tempo passa devagar aqui, cercado como estou por neve e gelo!, mas dei um segundo passo em minha empreitada. Contratei um navio e estou ocupado na busca por marinheiros; aqueles que já empreguei parecem ser homens nos quais posso confiar, e certamente têm coragem sem fim.

Mas tenho um desejo a que ainda não fui capaz de satisfazer; e cuja ausência agora sinto como um mal dos mais graves. Não tenho amigos, Margaret: quando reluzo de entusiasmo pelo sucesso, não há quem compartilhe de minha alegria; se sou tomado por decepção, não há quem tente me apoiar na rejeição. Registrarei o que penso em papel, é verdade; mas é um meio insuficiente para comunicar sentimento. Desejo a companhia de um homem que pudesse simpatizar comigo; cujos olhos me responderiam. Você pode me considerar romântico, irmã querida, mas sinto amargamente a falta de um amigo. Não tenho ninguém ao meu redor que seja gentil, mas corajoso, dotado de uma mente culta e capaz, cujos gostos sejam alinhados aos meus, para aprovar ou corrigir meus planos. Como um tal amigo resolveria os defeitos do seu pobre irmão! Sou ardente demais na execução, impaciente demais perante a dificuldade. Mas é um mal ainda pior que eu seja autodidata: nos primeiros quatorze anos de vida, corri solto pelo campo e não li nada além dos livros de viagem de nosso tio Thomas. Naquela idade, conheci os poetas célebres de nosso país; mas somente quando saiu de meu poder tirar as maiores vantagens de tais convicções que eu percebi a necessidade de conhecer mais línguas do que a de meu país de origem. Agora tenho vinte e oito anos e sou, na verdade, mais analfabeto do que muitos meninos de quinze. É verdade que pensei mais, e que meus sonhos são mais extensos e magníficos; mas eles desejam ser (como dizem os pintores) *guardados*; e preciso desesperadamente de um amigo que teria a noção de não me desmerecer como romântico, e o afeto para tentar regular minha mente.

Bem, são reclamações vãs; certamente não encontrarei amigos no vasto oceano, nem mesmo aqui em Arcanjo, entre mercantes e marujos. Ainda assim, certos sentimentos, indiferentes à escória da natureza humana, batem mesmo nesse seio árido. Meu tenente, por exemplo, é um homem de coragem e iniciativa incríveis; ele deseja loucamente a glória: ou, para descrever de forma mais precisa, o avanço em sua profissão. Ele é inglês e, em meio a preconceitos nacionais e profissionais, nada suavizados pela cultura, mantém alguns dos dons mais nobres da humanidade. Eu o conheci a bordo de um baleeiro: ao saber que ele estava desimpedido nesta cidade, facilmente o empreguei como assistente em minha empreitada.

O mestre é uma pessoa de excelente disposição, e notável no navio por sua suavidade e pela tranquilidade de sua disciplina. Esta circunstância, acrescentada a sua conhecida integridade e coragem sem fim, me levou ao desejo de empregá-lo. Uma juventude passada em solidão e meus melhores anos sob seu cuidado gentil e feminino refinaram a base do meu caráter de tal forma que eu não consigo superar um desgosto intenso pela brutalidade habitualmente exercida em navios: nunca acreditei que fosse necessária e, quando soube de um marinheiro igualmente notável pela bondade de seu coração, bem como pelo respeito e pela obediência que recebe de sua tripulação, me senti em especial sorte por poder contratar seu serviço. Ouvi falar dele de forma bastante romântica, de uma mulher que deve a ele a própria felicidade. Em suma, esta é a história: Alguns anos atrás, ele se apaixonou por uma jovem russa de fortuna moderada; e, tendo acumulado um bom dinheiro ganhado nos barcos, o pai da moça consentiu com o casório. Ele viu a noiva uma vez antes da cerimônia; mas ela estava encharcada de lágrimas e se jogou a seus pés, implorando que a poupasse e confessando que amava outro, mas que ele era pobre e o pai nunca consentiria com a união. Meu amigo generoso tranquilizou a suplicante e, ao ser informado do nome do amado dela, abandonou imediatamente a corte. Ele já tinha comprado uma fazenda com o dinheiro, onde planejava passar o restante da vida, mas entregou tudo a seu rival, juntamente com o restante do que ganhara, para que ele comprasse animais, e pediu ele próprio ao pai da jovem que consentisse com o casamento dela com o amado. Contudo, o senhor recusou com firmeza, se considerando em dívida de honra com meu amigo; este, quando concluiu que o pai da moça era inexorável, saiu do país e só voltou ao saber que a antiga noiva estava casada de acordo com seus desejos. "Que homem nobre!", você exclamará. Ele o é; mas também é inteiramente inculto: silencioso como um turco, e tem um tipo ignorante de descuido, que, apesar de tornar sua conduta ainda mais impressionante, diminui o interesse e a simpatia que ele poderia atrair.

Não suponha, contudo, porque reclamo um pouco, ou porque concebo um consolo por minhas dores que talvez nunca conhecerei, que estou vacilando em resolução. Esta é fixada como o destino, e minha viagem só será adiada até o clima permitir que eu embarque. O inverno tem sido horrivelmente severo, mas a primavera é promissora e supõe-se que chegará especialmente cedo, então talvez eu viaje ainda antes do esperado. Não farei nada impulsivamente: você me conhece bem o suficiente para confiar em minha prudência e consideração, quando a segurança dos outros depende de mim.

Não sei descrever minhas sensações quanto ao prospecto próximo de meu empreendimento. É impossível comunicar uma concepção do tremor, meio de prazer, e meio de medo, que me toma no preparo da partida. Vou a regiões inexploradas, à "terra de névoa e neve"; mas não matarei albatroz algum, então não tema por minha segurança, ou se eu voltarei velho e triste como o "velho marinheiro"[2]. Você sorrirá ao ler a alusão, mas confesso um segredo: há muito atribuo meu apego e entusiasmo apaixonado pelos mistérios perigosos do oceano a essa produção do mais criativo dos poetas modernos. Há algo em minha alma que não entendo. Sou prático, diligente e meticuloso, um trabalhador de esforço e perseverança, mas, além disso, há um amor pelo maravilhoso, uma crença no maravilhoso, envolvido em todos os meus projetos, que me arrasta para além dos caminhos comuns dos homens, até o mar revolto e as regiões desconhecidas que estou prestes a explorar.

Mas voltemos a considerações mais importantes. Será que vou vê-la de novo, depois de viajar os imensos oceanos, voltando pelo cabo mais ao sul da África ou da América? Não ouso esperar tamanho sucesso, mas não aguento olhar para o outro lado também. Continue, por enquanto, a escrever para mim sempre que houver oportunidade: talvez eu receba suas cartas em ocasiões especialmente necessárias para elevar meu moral. Eu te amo com a maior ternura. Lembre-se de mim com afeto, caso nunca mais saiba de meu paradeiro.

Seu mais afetuoso irmão,
Robert Walton

---

[2] Alusão ao poema *A balada do velho marinheiro*, de Samuel Coleridge, publicado em 1798. (N.P.)

$R = a\sqrt{3}/3, r = a$

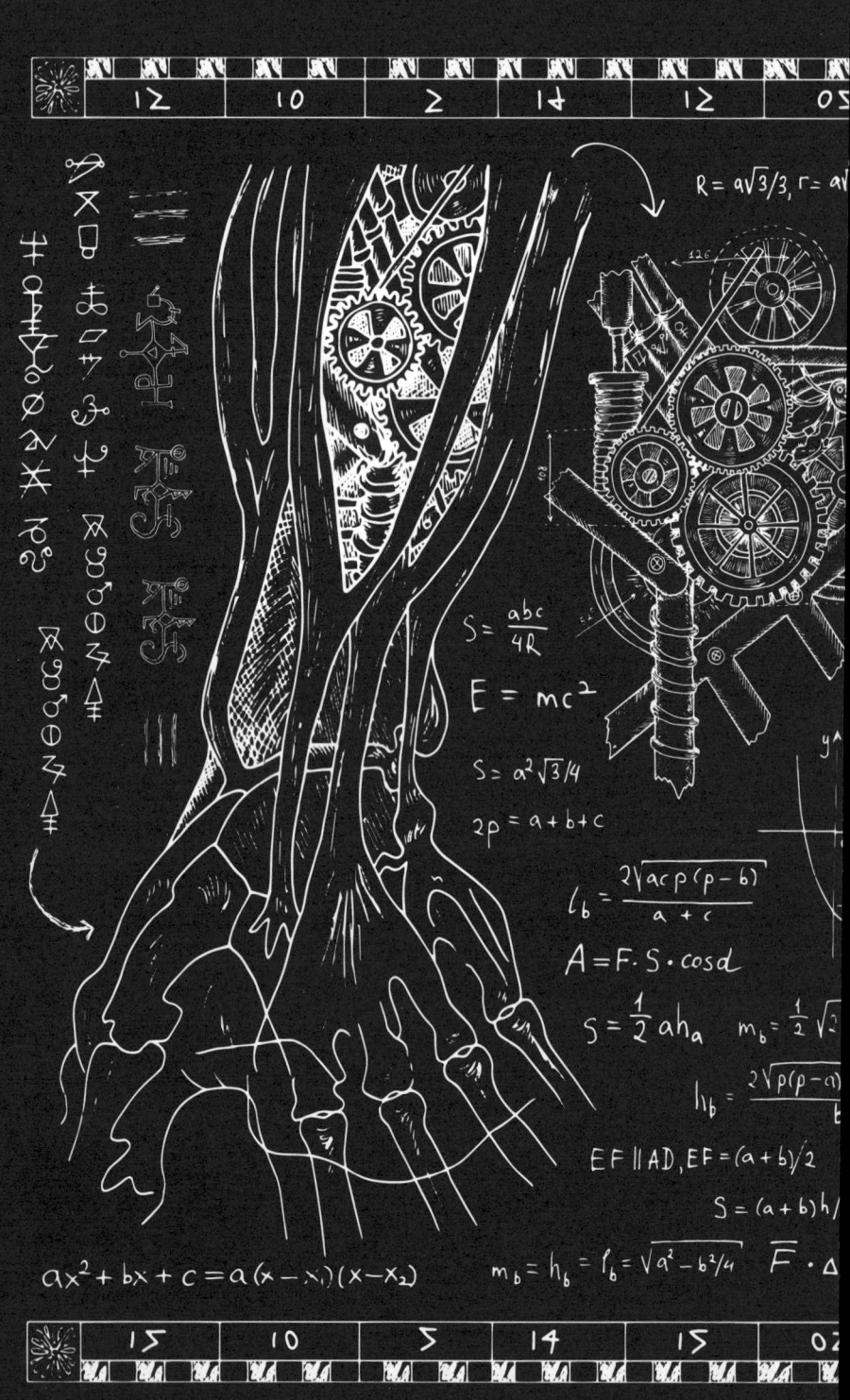

$S = \dfrac{abc}{4R}$

$E = mc^2$

$S = a^2\sqrt{3}/4$

$2p = a + b + c$

$l_b = \dfrac{2\sqrt{ac\,p(p-b)}}{a+c}$

$A = F \cdot S \cdot \cos d$

$S = \dfrac{1}{2} a h_a \quad m_b = \dfrac{1}{2}\sqrt{}$

$h_b = \dfrac{2\sqrt{p(p-a)}}{b}$

$EF \parallel AD,\; EF = (a+b)/2$

$S = (a+b)h/$

$ax^2 + bx + c = a(x - x_1)(x - x_2) \qquad m_b = h_b = l_b = \sqrt{a^2 - b^2/4} \quad F \cdot \Delta$

CARTA 3

À Sra. Saville, Inglaterra
7 de julho de 17__.

Minha querida irmã,
Escrevo linhas breves, apressado, para dizer que estou em segurança e bem adiantado na viagem. Esta carta chegará à Inglaterra por meio de um mercador que volta de Arcangel; um homem com mais sorte do que eu, que talvez não veja minha terra natal por muitos anos. Estou, contudo, de bom humor: meus homens são corajosos e aparentemente firmes em seu propósito, e as placas de gelo flutuantes que passam por nós incessantemente, indicando os perigos da região à qual avançamos, não parecem preocupá-los. Já chegamos a uma alta latitude, mas é o auge do verão e, apesar de não ser quente como a Inglaterra, os ventos do sul, que nos sopram adiante, na direção da costa que desejo fervorosamente alcançar, me trazem um grau de calor revigorante que eu não esperava.

Não nos aconteceu incidente algum que mereça o registro em carta. Uma ou duas ventanias mais fortes e um vazamento são acidentes que navegantes experientes mal pensam em relatar; e ficarei muito satisfeito se nada pior do que isso ocorrer durante a viagem.

Adieu, minha querida Margaret. Fique tranquila que, por mim e por você, não enfrentarei o perigo impetuosamente. Serei frio, perseverante e prudente.

Mas o sucesso *há* de coroar minha empreitada. Por que não? Até aqui cheguei, traçando um caminho seguro pelos mares sem mapas, as próprias estrelas como testemunha de meu triunfo. Por que não avançar sobre o elemento indomado, mas obediente? O que pode impedir o coração determinado e a vontade resoluta do homem?

Meu coração transbordante se derrama involuntariamente aqui. Mas devo parar. Que os céus abençoem minha querida irmã!

R. W.

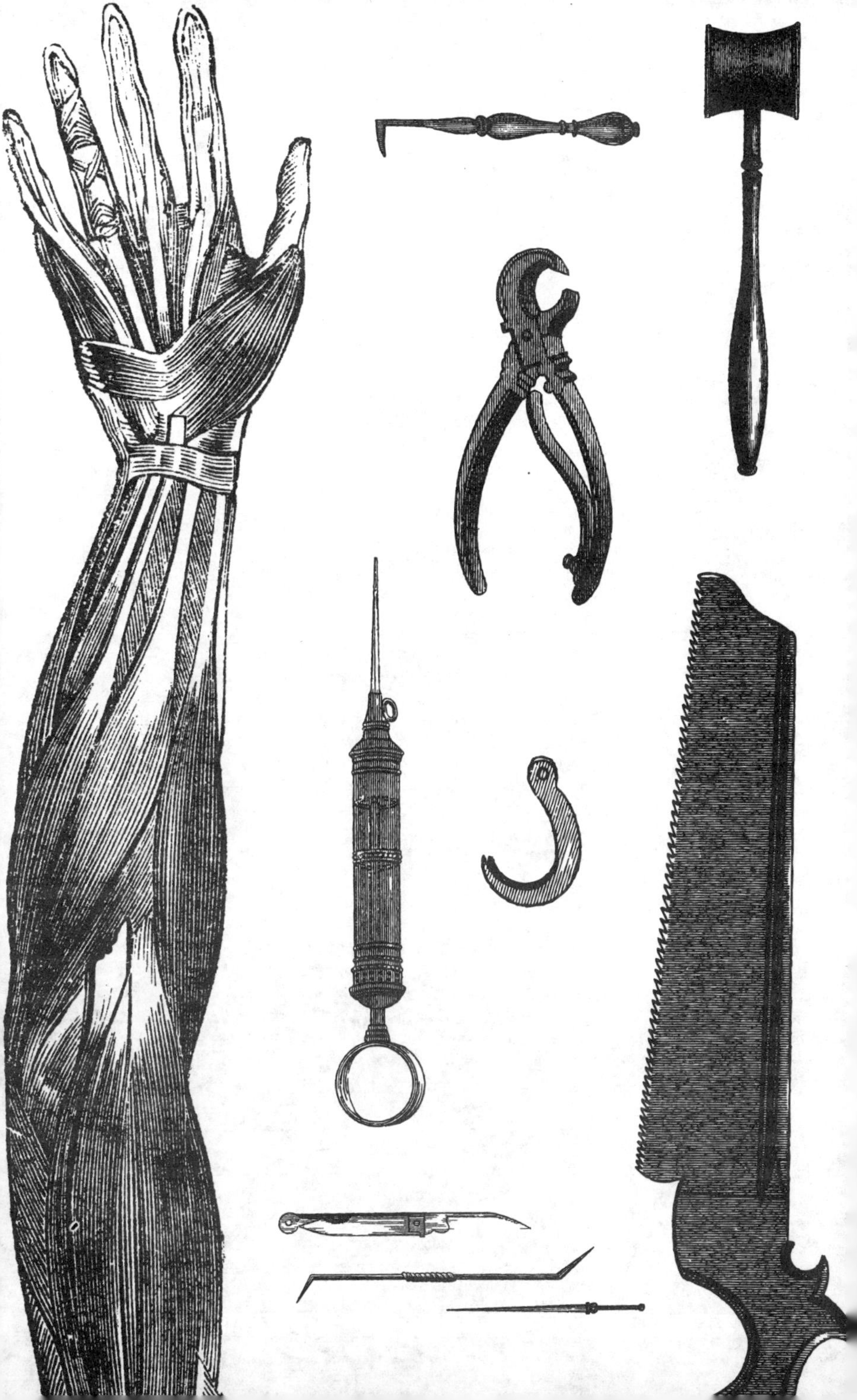

$$W = \frac{CU^2}{2} = \frac{q^2}{2C} = \frac{qU}{2}$$

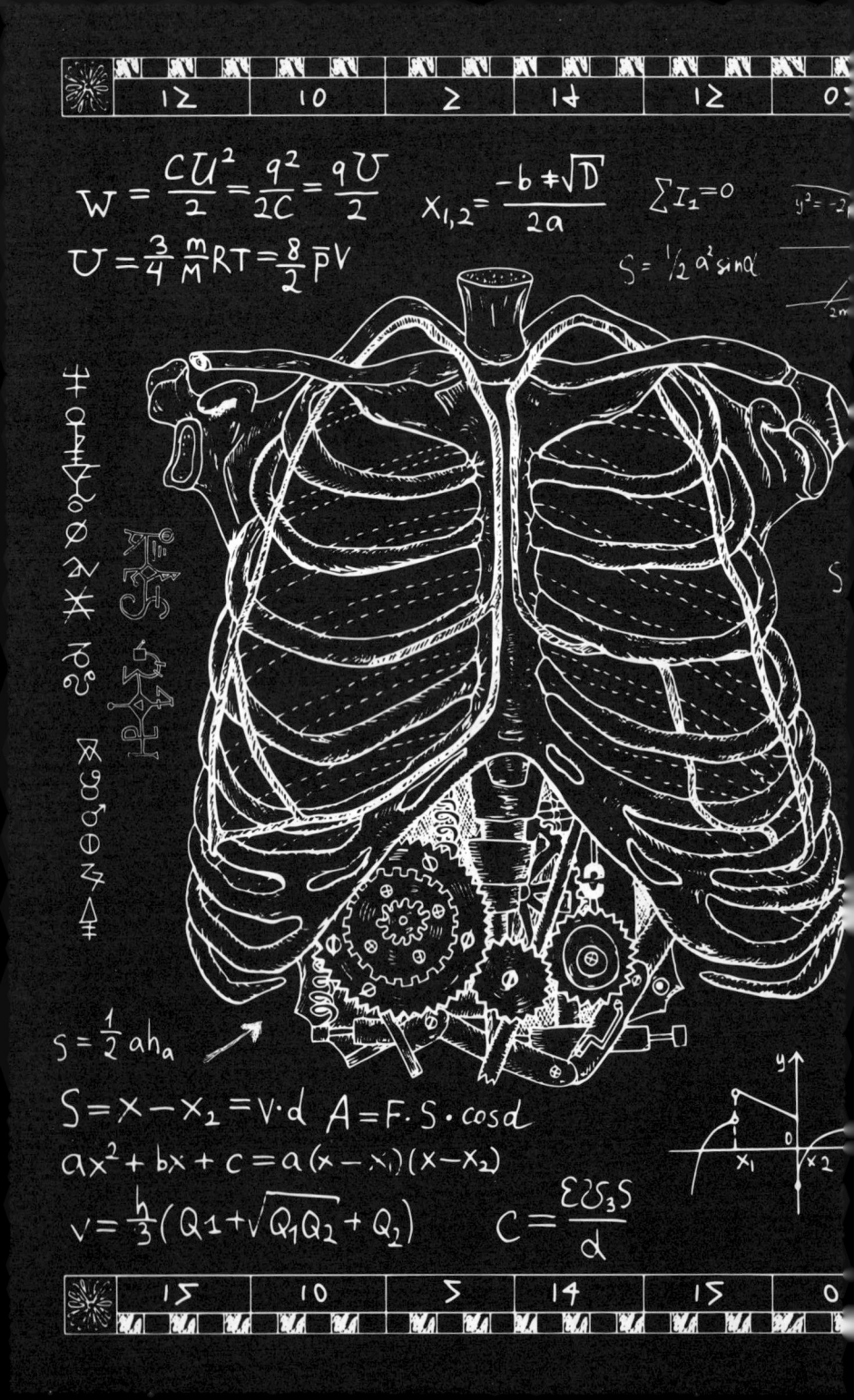

$$x_{1,2} = \frac{-b \pm \sqrt{D}}{2a}$$

$$\sum I_1 = 0$$

$$U = \frac{3}{4}\frac{m}{M}RT = \frac{8}{2}\bar{p}V$$

$$S = \frac{1}{2}a^2\sin\alpha$$

$$S = \frac{1}{2}ah_a$$

$$S = x - x_2 = v \cdot d \quad A = F \cdot S \cdot \cos\alpha$$

$$ax^2 + bx + c = a(x - x_1)(x - x_2)$$

$$v = \frac{h}{3}(Q_1 + \sqrt{Q_1 Q_2} + Q_2)$$

$$C = \frac{\varepsilon \varepsilon_3 S}{d}$$

CARTA 4

À Sra. Saville, Inglaterra
5 de agosto de 17__.

Nos ocorreu um acidente tão estranho que não posso deixar de registrar, apesar de ser provável que você me veja antes destes papéis chegarem às suas mãos.

Na segunda-feira passada (31 de julho), estávamos praticamente cercados por gelo, que se aproximava do navio por todos os lados, mal deixando o espaço necessário do mar para flutuar. Nossa situação era razoavelmente perigosa, especialmente por estarmos mergulhados em uma névoa espessa. Portanto, aguardamos, esperando que viesse alguma mudança na atmosfera e no tempo.

Por volta das duas da tarde, o nevoeiro se foi, e admiramos, estendendo-se para todas as direções, planícies vastas e irregulares de gelo, aparentemente infinitas. Alguns dos meus camaradas gemeram de angústia, e minha própria mente se tornou desconfiada, cheia de pensamentos ansiosos, até que algo estranho atraiu nossa atenção, distraindo-nos da presente situação. Vimos uma carruagem baixa, presa em um trenó e puxada por cães, nos passar na direção do norte, a uma distância de aproximadamente oitocentos metros. Um ser que tinha a forma de um homem, mas aparentava ser de estatura gigantesca, encontrava-se sentado no trenó, conduzindo os cães. Acompanhamos o rápido progresso do viajante com as lunetas, até ele se perder entre as irregularidades distantes do gelo.

Aquilo agitou nosso fascínio irrestrito. Estávamos, acreditávamos, centenas de quilômetros distantes de qualquer terra; mas aquela aparição parecia indicar que, na verdade, a distância não era tanta. Contudo, presos pelo gelo, foi impossível acompanhar o trajeto que observamos com a maior atenção.

Por volta de duas horas após tal acontecimento, ouvimos o mar se mexer. Antes do anoitecer, o gelo se rompeu, e liberamos o navio. Entretanto, ficamos no aguardo até de manhã, temendo encontrar, no escuro, aquelas massas grandes e soltas que flutuam após o rompimento do gelo. Aproveitei o tempo para descansar por algumas horas.

De manhã, contudo, assim que clareou, subi ao convés e encontrei todos os marinheiros ocupados na lateral do navio, aparentemente conversando com alguém no mar. Era, na verdade, um trenó, como o que víramos antes, que flutuara em nossa direção durante a noite, em um enorme fragmento de gelo. Só um cão ainda vivia, mas havia um ser humano com ele, que os marinheiros tentavam persuadir de entrar no navio. Ele não era, como o outro viajante parecia ser, um selvagem que habitava alguma ilha obscura, mas um europeu. Quando apareci no convés, o mestre disse:

– Eis nosso capitão! Ele não permitirá que o senhor pereça no mar aberto.

Ao me ver, o desconhecido se dirigiu a mim em inglês, apesar do sotaque estrangeiro:

– Antes de entrar em seu navio, o senhor me faria a bondade de informar para onde se dirige?

Você pode imaginar meu choque ao ouvir tal pergunta vinda de um homem à beira da destruição, a quem eu supunha que meu navio seria um recurso que ele não trocaria nem pelas riquezas mais preciosas da terra. Eu respondi, contudo, que estávamos em uma viagem de descoberta na direção do polo norte.

Ao ouvir isso, ele pareceu satisfeito e aceitou subir a bordo. Meu Deus! Margaret, se você visse o homem que fez tal concessão por segurança, sua surpresa não teria fim. Ele estava quase congelado, e seu corpo, horrivelmente emagrecido pela exaustão e pelo sofrimento. Nunca vi um homem em condições piores. Tentamos levá-lo à cabine, mas, assim que abandonou o ar fresco, ele desmaiou. Portanto, o levamos de volta ao convés e o reanimamos, esfregando uísque nele e o obrigando a engolir um pouco da bebida. Assim que ele demonstrou sinais de vida, nós o embrulhamos em cobertores e o instalamos perto da chaminé do fogão da cozinha. Aos poucos ele se recuperou, e tomou um pouco de sopa, que lhe fez muito bem.

Dois dias se passaram assim, antes que ele conseguisse falar. Durante todo o tempo, temi que as desventuras dele o tivessem privado de entendimento. Quando ele se recuperou em certa medida, eu o levei à minha própria cabine, e cuidei dele o máximo que meu dever permitia. Nunca vi uma criatura mais interessante: seus olhos têm uma expressão geral de turbulência, até de certa loucura, mas há momentos quando, se alguém demonstrar qualquer gentileza para com ele, ou fizer o favor mais inócuo, seu rosto todo se ilumina com um raio de benevolência e doçura sem igual. Mas, de forma geral, ele é melancólico e sofredor, e às vezes range os dentes, como se impaciente pelo peso da dor que o oprime.

Quando meu convidado se recuperou um pouco, tive muita dificuldade para manter afastados os homens, que queriam enchê-lo de perguntas; mas eu não permitiria que ele fosse atormentado pela curiosidade banal, em um estado, de corpo e alma, cuja recuperação evidentemente dependia de total repouso. Uma vez, contudo, o tenente perguntou por que ele chegara tão longe no gelo em um veículo tão estranho.

A expressão dele imediatamente se tornou profundamente sombria, e ele respondeu:

– Para buscar aquele que de mim fugiu.

– E o homem que você procurava viajou da mesma forma?

– Sim.

– Então imagino que o tenhamos visto, pois, no dia anterior ao seu resgate, vimos cães puxando um trenó, que carregava um homem pelo gelo.

Isso atraiu a atenção do desconhecido, e ele fez uma enorme quantidade de perguntas em relação ao trajeto que o demônio, como ele o chamava, tomara. Pouco depois, quando estava a sós comigo, ele falou:

– Eu sem dúvida aticei a curiosidade do senhor e de todos esses bons homens, mas o senhor é muito educado para insistir nas perguntas.

– Certamente, seria impertinente e desumano de minha parte incomodá-lo com minha curiosidade.

– Ainda assim, o senhor me resgatou de uma situação estranha e perigosa, e bondosamente me trouxe de volta à vida.

Pouco depois disso, ele perguntou se eu achava que o rompimento do gelo tinha destruído o outro trenó. Respondi que não saberia dizer com certeza alguma, pois o gelo só se rompera perto da meia-noite e o viajante poderia ter chegado a algum abrigo antes disso, mas eu não poderia saber.

A partir daquele momento, uma nova vida animou o corpo decrépito do desconhecido. Ele manifestou-se muito afoito para subir ao convés e atentar-se ao trenó que aparecera antes, mas eu o persuadi a ficar na cabine, pois está muito fraco para aguentar as intempéries do frio. Prometi que alguém ficará na espreita por ele, e o chamará imediatamente caso algum objeto seja notado ao horizonte.

É este meu relato desta ocorrência estranha, até o dia presente. O desconhecido melhora gradualmente, mas continua muito quieto e parece desconfortável quando qualquer um, além de mim, entra na cabine. Ainda assim, seus modos são tão conciliadores e gentis que despertou o interesse dos marinheiros, apesar da pouquíssima comunicação que os homens têm com ele. De meu lado, começo a amá-lo como irmão; e sua dor constante e profunda me causa extrema empatia e compaixão. Ele deve ter sido uma criatura nobre na flor de seus dias, pois mesmo agora, na desgraça, é belo e amável.

Falei em uma das minhas cartas, minha querida Margaret, que não encontraria amigos no vasto oceano; contudo, encontrei um homem que, antes de ter o espírito destruído pela tormenta, eu teria a alegria de considerar meu irmão de coração.

Devo continuar o relato sobre o desconhecido com regularidade, caso novidades surjam.

13 de agosto de 17__
Meu carinho pelo convidado cresce a cada dia. Ele me inspira ao mesmo tempo admiração e compaixão, em graus inacreditáveis. Como posso ver uma criatura tão nobre destruída pela dor, sem sentir o luto mais pungente? Ele é tão gentil, e ainda assim tão sábio; sua mente é tão culta; e, quando fala, apesar de as palavras serem escolhidas com primor, fluem com rapidez e eloquência ímpares.

Ele já está bem recuperado da doença, e fica o dia todo no convés, aparentemente em busca do trenó que passou antes do dele. Contudo, apesar de infeliz, ele não se ocupa plenamente com a própria tristeza, e se interessa profundamente pelos projetos alheios. Frequentemente conversa comigo sobre meu próprio projeto, que compartilhei com ele sem disfarce. Ele se atentou de perto aos meus argumentos a favor de meu sucesso, e aos menores detalhes das medidas que tomei para garanti-lo. Fui facilmente conduzido, pela empatia que ele demonstrou, a usar a língua do meu coração, a pronunciar o fervor ardente da minha alma, e a dizer, com todo o calor que me mantém, que eu alegremente sacrificaria minha fortuna, minha existência, minhas últimas esperanças, para atingir meu objetivo. A vida ou a morte de um homem são pouco a pagar pelo conhecimento que eu buscava, pelo domínio que eu adquiriria e transmitiria sobre os inimigos elementares da nossa espécie. Conforme eu falava, um ar sombrio tomou a expressão do meu ouvinte. Inicialmente, notei que tentou conter as emoções – ele cobriu os olhos com as mãos, e minha voz estremeceu e falhou quando lágrimas escorreram entre seus dedos e um gemido irrompeu de seu peito ofegante. Parei. Depois de um tempo ele falou, em seu forte sotaque:

"Homem infeliz! Compartilha da minha loucura? Também bebeu do elixir embriagante? Escute... permita-me revelar minha história, e afastará esse cálice de seus lábios!"

Tais palavras, como você deve imaginar, atiçaram minha maior curiosidade, mas o acesso de dor que acometera o homem foi maior do que sua resistência enfraquecida, e muitas horas de repouso e conversas tranquilas foram necessárias para restaurar sua compostura.

Depois de superar a violência de seus sentimentos, ele pareceu demonstrar desprezo por ter sido escravo da paixão e, abafando a tirania obscura do desespero, levou-me novamente a conversar sobre mim mesmo, pessoalmente. Ele perguntou sobre a história da minha juventude. Foi um relato rápido, mas que iluminou várias reflexões. Falei do meu desejo de encontrar um amigo, da minha sede por uma intimidade profunda com uma mente irmã que nunca me fora permitida, e exprimi minha convicção de que era pouca a felicidade de um homem que não tivesse tal bênção.

"Concordo com você", o desconhecido respondeu. "Somos criaturas incompletas, seres pela metade, se ninguém mais sábio, melhor e mais caro do que nós – como deve ser um amigo – oferecer ajuda para aperfeiçoar nossa natureza fraca e falha. Eu já tive um amigo, o mais nobre das criaturas humanas, e posso, portanto, avaliar questões de amizade. O senhor tem esperança, e o mundo à sua frente, e não tem motivo para se desesperar. Mas eu... eu perdi tudo, e não posso recomeçar minha vida."

Ao dizer isso, ele tomou uma expressão de luto resignado que me tocou profundamente. Mas logo se calou e voltou à cabine.

Mesmo com o espírito despedaçado, ninguém sente as belezas da natureza como ele. O céu estrelado, o mar e toda vista dessas regiões maravilhosas parecem ainda ter o poder de elevar sua alma da terra. Um homem como ele vive uma existência dupla: ele pode sofrer lástimas, ser afogado em decepção, mas, ao se introverter, é como um espírito celeste, cercado por um halo, no qual não entra dor ou loucura.

Você sorrirá ao perceber o entusiasmo que expresso em relação a esse viajante divino? Não riria, se o visse. Você foi educada e refinada por livros e pela reclusão do mundo, e é, portanto, cuidadosa; mas isso só a torna ainda mais capaz de apreciar os méritos extraordinários desse homem incrível. Às vezes, tento descobrir qual é a qualidade dele que o eleva tão imensuravelmente acima de todas as outras pessoas que conheço. Acredito que seja um discernimento intuitivo, um poder de julgamento ágil e infalível, uma concentração nas causas das coisas de claridade e precisão sem igual, qualidades às quais se somam uma expressão agradável e uma voz cujas entonações variadas são como música para a alma.

19 de agosto de 17__.

Ontem, o desconhecido me disse: "O senhor deve perceber facilmente, capitão Walton, que sofri infortúnios consideráveis e ímpares. Determinei, em certo momento, que a memória desses horrores morreria comigo; mas o senhor me convenceu a mudar tal determinação. O senhor busca conhecimento e sabedoria, como eu já busquei, e desejo fervorosamente que a satisfação dos seus desejos não seja como uma cobra que o picará, como foi, no meu caso. Não sei se o relato dos meus desastres demonstrará utilidade, mas, quando reflito sobre seu trajeto, que o expõe aos mesmos perigos que me tornaram quem sou, imagino que o senhor possa deduzir uma moral adequada de minha história, que o direcionará, se tiver sucesso em sua empreitada, ou consolará, no caso de fracasso. Prepare-se para ouvir sobre ocorrências normalmente consideradas fantásticas. Se estivéssemos entre cenários naturais mais simples, eu temeria sua descrença, talvez até seu ridículo, mas, nestas regiões desconhecidas e misteriosas, muitas coisas parecerão possíveis, mesmo aquelas que provocariam riso naqueles que não têm familiaridade com os poderes múltiplos da natureza. Também não duvido que minha história contenha, em sequência, evidências internas da verdade dos eventos que a compõem."

Você deve imaginar que a comunicação oferecida me satisfez enormemente; contudo, não pude aguentar a possibilidade de ele reviver o luto ao relatar as desventuras. Senti-me afoito para ouvir a narrativa prometida, em parte por curiosidade, e em parte pelo forte desejo de melhorar seu destino, se pudesse. Expressei esses sentimentos em resposta.

"Agradeço", disse ele, "sua piedade, mas é inútil; meu destino já está quase completo. Só aguardo um acontecimento, e então descansarei em paz. Entendo seu sentimento," continuou, notando que eu planejava interrompê-lo, "mas você está enganado, meu amigo, se me permitir tratá-lo assim. Nada pode alterar meu destino. Ouça minha história, e perceberá quão irrevogavelmente determinada ele está".

Ele então me contou que começaria a narrativa no dia seguinte, quando eu tivesse tempo. Agradeci com enorme carinho essa promessa. Decidi que toda noite, quando não estiver obrigatoriamente ocupado com minhas tarefas no navio, registrarei, o mais precisamente possível nas palavras dele, o que ele relatar durante o dia. Se eu estiver ocupado, pelo menos tomarei nota. Esse manuscrito sem dúvida lhe trará um enorme prazer; mas eu, que o conheço, e que ouvirei a história da boca dele, nem imagino o interesse e o carinho com que lerei no futuro! Mesmo agora, no começo de tal trabalho, o timbre cheio da voz dele toma meus ouvidos, os olhos brilhantes me penetram com doçura melancólica, e vejo sua mão magra erguida em animação, as linhas do rosto radiantes e iluminadas pela alma que contém. A história dele deve ser estranha e apavorante, uma tempestade terrível que agarrou o belo navio em seu trajeto e o destruiu – assim!

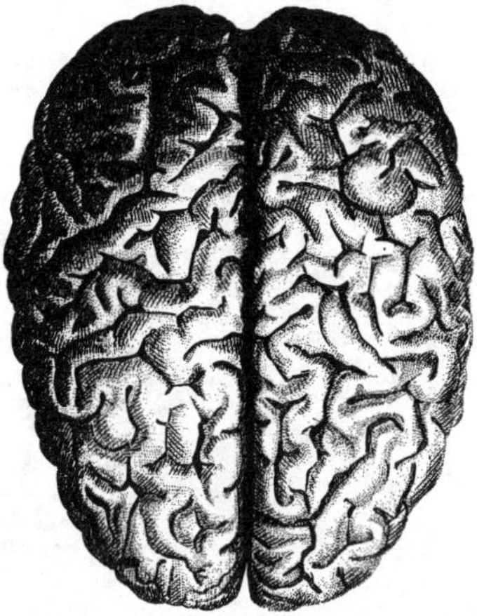

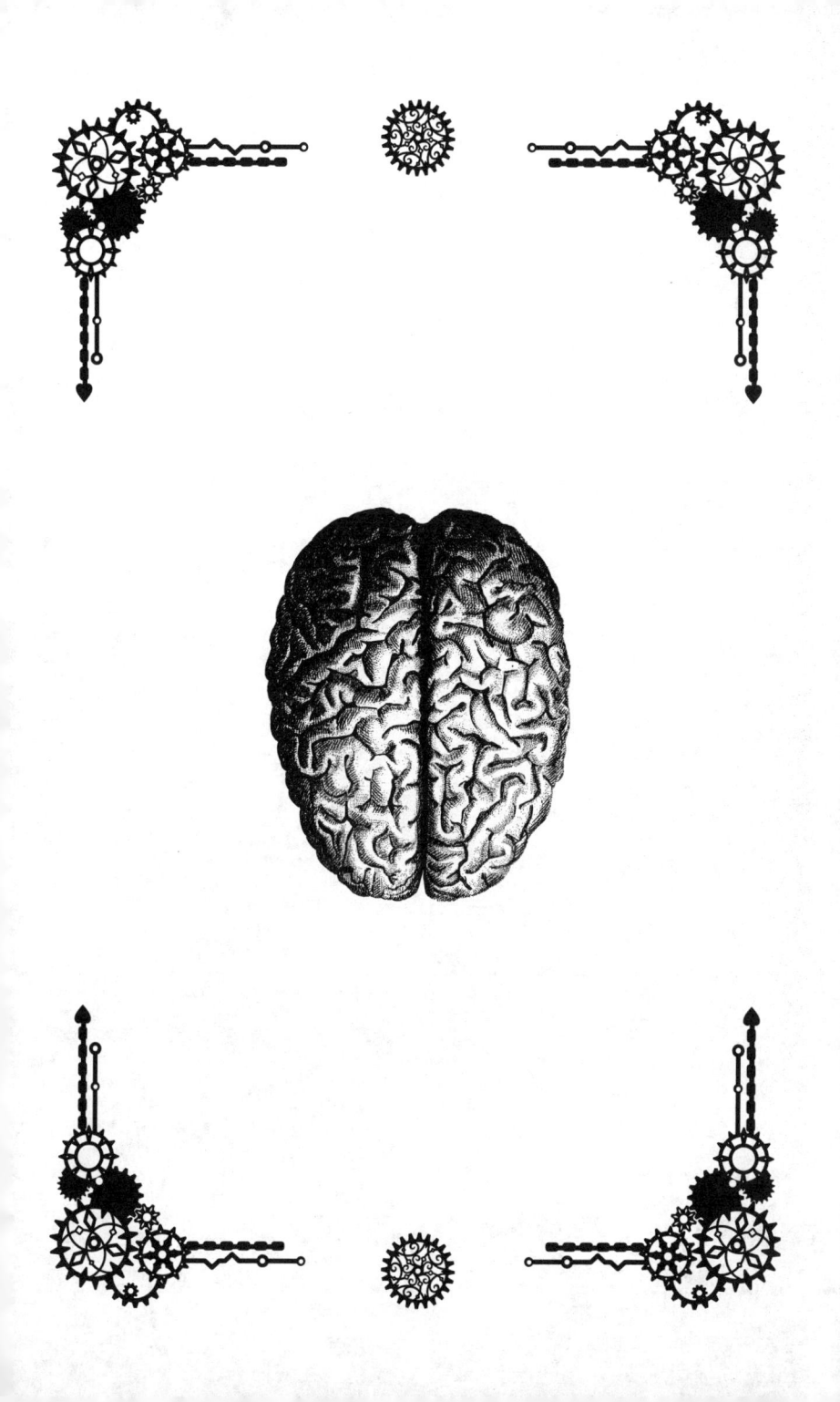

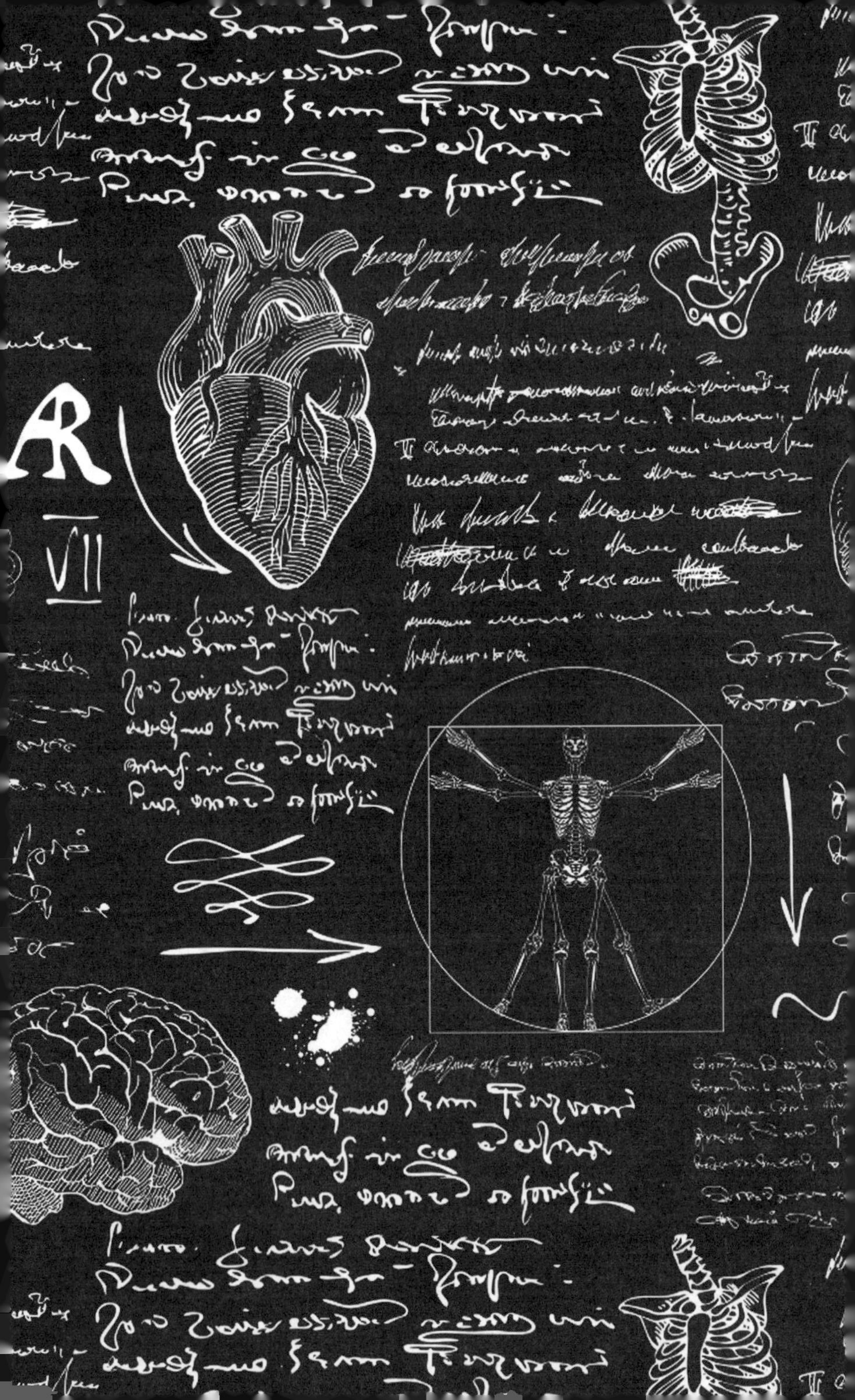
AR
VII

CAPÍTULO 1

Minha família, de Genebra por origem, é uma das mais distintas daquela república. Meus ancestrais foram, por muitas gerações, conselheiros e governantes, e meu pai cumpriu vários ofícios públicos com honra e reputação. Ele era respeitado por todos que o conheciam, devido a sua integridade e infatigável atenção às questões públicas. Ele passou a juventude toda ocupado com assuntos do país; uma variedade de circunstâncias o impediu de casar cedo, e ele só se tornou marido e pai de família mais ao fim da vida.

Como as circunstâncias do casamento dele ilustram seu caráter, não posso deixar de relatá-las. Um de seus amigos mais íntimos era um mercador que, de um estado próspero, caiu, devido a uma série de desventuras, na pobreza. Esse homem, chamado Beaufort, tinha disposição orgulhosa e inflexível, e não aguentou viver na pobreza e no esquecimento no país em que antes ele era distinto pelo cargo e pelo esplendor. Portanto, após pagar as dívidas de forma honrada, retirou-se com a filha para a cidade de Lucerne, onde viveu em miséria obscura. Meu pai amava Beaufort com a amizade mais verdadeira, e sentiu uma tristeza profunda por essa despedida em circunstâncias tão desafortunadas. Ele amargamente deplorou o falso orgulho que levara o amigo a uma conduta tão indigna do afeto que os unia. Ele não perdeu tempo: foi procurá-lo, na esperança de persuadi-lo a voltar à ativa, com a ajuda de seu crédito e sua assistência.

Beaufort tomara medidas eficientes para se esconder, e meu pai levou dez meses para descobrir sua morada. Exultante com a descoberta, ele correu até a casa, situada em uma área pobre próxima ao Reuss. Quando ele entrou, foi recebido por pura miséria e desespero. Beaufort só recuperara uma quantia muito pequena de sua fortuna perdida, que foi suficiente para sustentá-lo por alguns meses, durante os quais ele esperava encontrar um emprego respeitável no comércio. O intervalo foi, consequentemente, passado em inação; a dor se tornou cada vez mais profunda e sofrível, devido ao tempo de reflexão, e acabou por dominar tão completamente a mente dele que, após três meses, ele se encontrava acamado, doente e incapaz de qualquer esforço.

A filha cuidava dele com o maior carinho, mas via, com temor, que os poucos recursos acabavam rapidamente e que não surgia outra perspectiva de sustento. Contudo, Caroline Beaufort tinha uma mente rara e a coragem veio sustentá-la em meio à adversidade. Ela trabalhou como costureira, trançou palha e, de várias formas, conseguiu ganhar uns trocados, quase insuficientes para se manter viva.

Vários meses se passaram. O pai piorou, e por isso ela foi obrigada a dedicar mais tempo aos seus cuidados, o que diminuiu as formas de sustento; no décimo mês, o pai morreu nos braços dela, deixando-a órfã e mendicante. Esse último golpe a derrubou, e ela estava ajoelhada ao lado do caixão de Beaufort, chorando em amargura, quando meu pai adentrou o cômodo. Ele se tornou um espírito protetor da pobre menina, que ficou sob seus cuidados; após enterrar o amigo, ele a levou a Genebra, onde um parente dele a protegeu. Dois anos depois disso, Caroline se tornou esposa de meu pai.

A diferença de idade entre meus pais era considerável, mas a circunstância pareceu uni-los com ainda mais proximidade e afeto dedicado. Havia uma noção de justiça na mente correta de meu pai, que tornava necessário que ele demonstrasse alta aprovação para ser capaz de sentir forte amor. Talvez em anos anteriores ele tivesse sofrido ao descobrir, tarde demais, a indignidade de uma amada, e portanto estava disposto a dar mais valor à dignidade provada. Havia gratidão e devoção no apego dele à minha mãe, inteiramente diferente do carinho cuidadoso da idade, pois era inspirado por reverência pelas virtudes dela e por um desejo de ser, de certa forma, um modo de recompensá-la pelas tristezas que sofrera, mas que davam ao comportamento dele uma graça inexprimível. Tudo era feito para ceder aos desejos e à conveniência dela. Ele queria protegê-la, como uma flor exótica é protegida pelo jardineiro, de cada ventania, e cercá-la com tudo que pudesse estimular emoções agradáveis na mente suave e benevolente dela. A saúde dela, e até a tranquilidade de seu espírito constante, tinha sido perturbada pela situação. Durante os dois anos anteriores ao casamento, meu pai foi gradualmente abrindo mão de todos os seus trabalhos e, imediatamente após a união, eles quiseram viver no clima agradável da Itália e experimentar uma mudança de ares, na esperança de que uma viagem por aquelas terras maravilhosas restaurasse a saúde frágil da mulher.

Da Itália, eles visitaram a Alemanha e a França. Eu, o filho mais velho, nasci em Nápoles e, quando criança, os acompanhei pelas viagens. Por muitos anos, fui filho único. Por mais que fossem apegados um ao outro, pareciam também encontrar quantidades inesgotáveis de amor por mim. Os carinhos doces da minha mãe e o sorriso de prazer benevolente do meu pai ao olhar para mim são minhas primeiras lembranças. Eu era ao mesmo tempo o brinquedo e o ídolo deles, e ainda melhor: o filho, a criatura inocente e indefesa concedida a eles pelos Céus, a ser criada para o bem, cujo futuro estava nas mãos deles, para a alegria ou para a tristeza, de acordo com o cumprimento dos deveres. Com essa consciência profunda do que deviam ao ser a que tinham dado a vida, acrescentada à ternura ativa que era da natureza dos dois, pode-se imaginar que, em todos os momentos de minha vida infantil, recebi lições de paciência, caridade e autocontrole, e fui guiado por um fio de seda, acreditando que tudo era diversão.

Por muito tempo, fui a única criança aos cuidados deles. Minha mãe havia muito desejava uma filha, mas continuei a ser filho único. Quando eu tinha por volta de cinco anos, meus pais, em uma excursão para além das fronteiras da Itália, passaram uma semana no Lago de Como. A disposição benevolente deles muitas vezes os levava a visitar as casas dos pobres. Isso, para minha mãe, era mais do que um dever; era uma necessidade, uma paixão – lembrando o que sofrera, e como fora salva – por agir, por sua vez, como anjo da guarda dos sofredores. Durante uma caminhada, um casebre no fundo de um vale chamou a atenção deles, pois parecia especialmente infeliz, e a quantidade de crianças malvestidas ao redor indicavam o pior estado de miséria. Certo dia, quando meu pai foi sozinho a Milão, minha mãe visitou essa casa, levando-me como companhia. Ela encontrou um camponês e sua esposa, os dois trabalhadores, exaustos de esforço e cuidado, distribuindo uma refeição parca a cinco crianças famintas. Entre elas, uma em especial atraiu a atenção da minha mãe. Ela era diferente. As quatro outras eram crianças perdidas, resistentes, de olhos escuros; mas essa menina era magra e de coloração muito clara. O cabelo dela era do dourado mais luminoso e vivo e, apesar da pobreza da vestimenta, parecia coroar sua cabeça com distinção. Ela tinha a testa clara e ampla, os olhos azuis límpidos, e a boca e o rosto tão expressivos, sensíveis e doces que ninguém seria capaz de vê-la sem notar que era de espécie diferente, enviada pelos céus, todos os traços abençoados.

A camponesa, notando o fascínio e a admiração de minha mãe pela linda menina, contou sua história animadamente. A menina não era filha dela, mas de um nobre de Milão. A mãe da menina era alemã e morrera no parto. A bebê fora deixada sob os cuidados dos camponeses, que, na época, estavam melhor de vida. Tinham casado havia pouco tempo e a mulher acabara de dar à luz o primeiro filho. O pai da menina era um daqueles italianos criados na memória da antiga glória do país, um dos *schiavi ognor frementi*, que se sacrificara para obter a liberdade da nação. Ele fora vítima da fraqueza italiana. Não se sabia se já tinha morrido, ou se ainda definhava nas masmorras austríacas, mas sua propriedade foi confiscada e a filha se tornou órfã mendicante. Ela continuou a viver com os pais adotivos e floresceu, naquela casa humilde, ainda mais brilhante que uma rosa entre espinheiros escuros.

Quando meu pai voltou de Milão, ele encontrou, brincando comigo no saguão da nossa vila, uma criança mais bela que os querubins das pinturas, uma criatura que parecia emanar brilho próprio, com formas e movimentos mais leves do que os dos cabritos das montanhas. O acontecimento logo lhe foi explicado. Com a permissão do meu pai, minha mãe convenceu os guardiões rústicos a ceder os cuidados da menina a ela. Eles tinham carinho pela doce órfã, e a presença dela era como uma bênção, mas seria injusto mantê-la na pobreza e na carência, quando a providência divina trouxera proteção tão poderosa. Eles consultaram o padre da aldeia e, como resultado, Elizabeth Lavenza se tornou moradora da casa dos meus pais, mais do que minha irmã, a bela e adorada companhia de todas as minhas ocupações e alegrias.

Todos amavam Elizabeth. O apego apaixonado e quase reverente que todos tinham por ela se tornou, enquanto eu o sentia, meu orgulho e minha alegria. Na noite anterior à chegada dela em casa, minha mãe disse, em tom de brincadeira:

– Tenho um lindo presente para meu Victor, que ele ganhará amanhã.

Quando, no dia seguinte, ela trouxe Elizabeth como meu presente prometido, eu, na seriedade das crianças, interpretei as palavras dela literalmente: passei a ver Elizabeth como minha, e deveria protegê-la, amá-la e cuidar dela. Todos os elogios feitos a ela, eu recebia como se dirigidos a uma posse minha. Nós nos chamávamos, carinhosamente, de primos, mas nenhuma palavra ou expressão era capaz de descrever nossa relação – ela era mais que minha irmã, pois, até a morte, seria só minha.

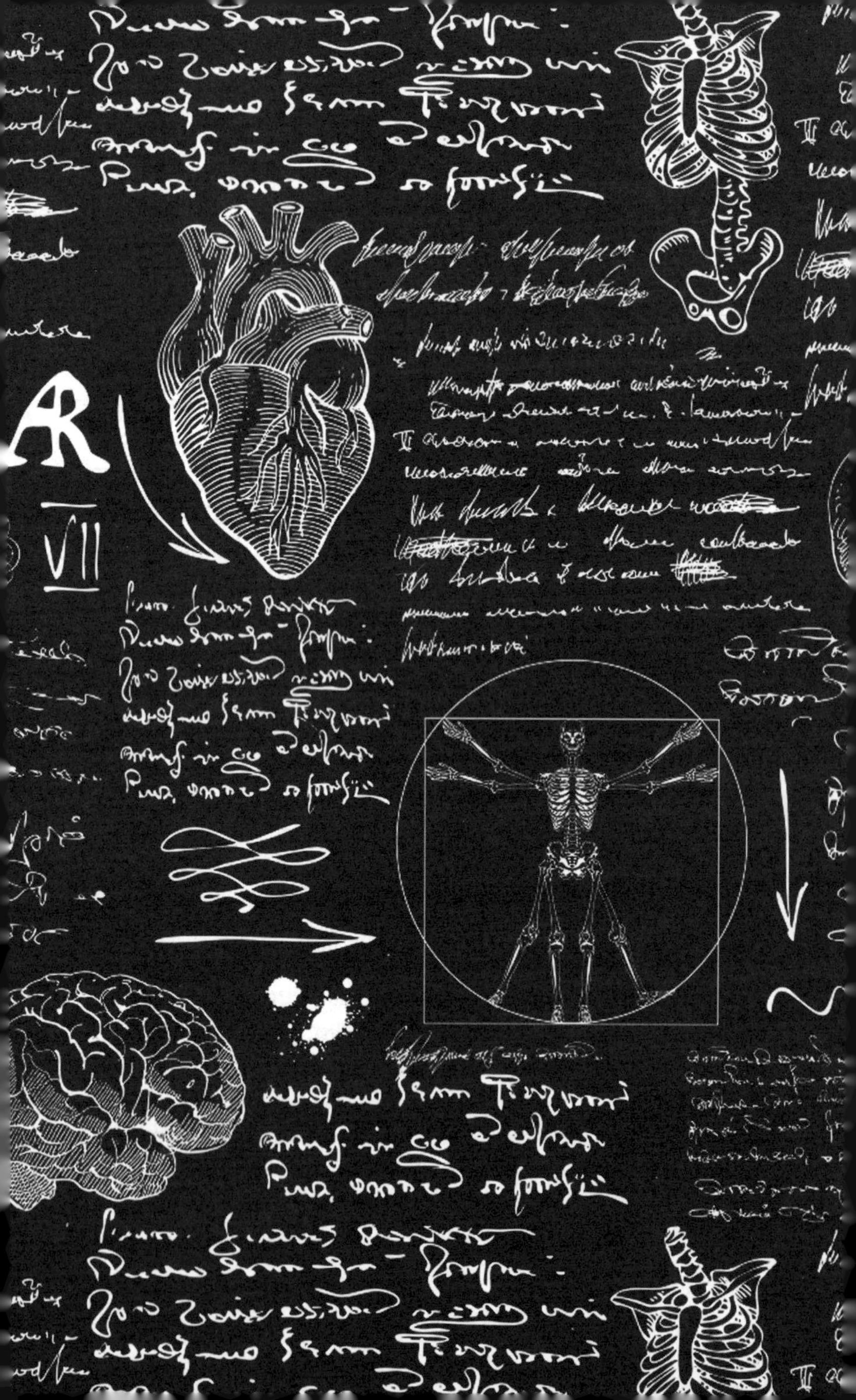
AR
VII

CAPÍTULO 2

Fomos criados juntos; não tínhamos nem um ano de diferença de idade. Não preciso nem dizer que desconhecíamos qualquer desunião ou disputa. Harmonia era a alma de nosso companheirismo, e a diversidade e contraste de nossas personalidades só nos aproximou. Elizabeth era de disposição mais calma e concentrada; mas, com todo o meu ardor, eu era capaz de aplicação mais intensa, e demonstrava mais paixão e sede por conhecimento. Ela se ocupava em seguir as criações aéreas dos poetas e, nos cenários majestosos e fascinantes que cercavam nossa casa suíça – as formas sublimes das montanhas, as mudanças de estação, a tempestade e a calmaria, o silêncio do inverno, a vida turbulenta dos verões alpinos –, encontrou amplo escopo para admiração e prazer. Enquanto minha companheira contemplava, séria e satisfeita, a aparência maravilhosa das coisas, eu me deleitava em investigar suas causas. O mundo era, para mim, um segredo que eu desejava desvendar. Curiosidade, dedicação à pesquisa para aprender as leis escondidas da natureza e a alegria, quase arrebatadora, quando se desvelavam estão entre as sensações mais antigas de que me lembro.

Após o nascimento de um segundo filho, sete anos mais novo que eu, meus pais abandonaram inteiramente a vida nômade e se instalaram no país de origem. Tínhamos uma moradia em Genebra e uma casa de campo em Bellerive, a costa leste do lago, a mais de uma légua da cidade. Passávamos mais tempo nesta segunda, e meus pais viviam em considerável reclusão. Era de minha personalidade evitar multidões e me apegar, com fervor, a poucas pessoas. Portanto, eu era indiferente aos meus colegas de escola de forma geral, mas me uni, na mais próxima das amizades, a um colega em especial. Henry Clerval, um menino de talento e criatividade singulares, era filho de um mercador de Genebra. Ele amava aventuras, dificuldades e até perigo, por si só, e lia muitos romances de cavalaria e amor. Ele compunha canções heroicas, começou a escrever muitos contos de magia, aventuras e cavaleiros, e tentava nos fazer atuar em peças ou brincar de faz de conta, com personagens inspirados nos heróis de Roncesvales, da Távola Redonda do Rei Arthur, e das legiões de cavaleiros que deram sangue para recuperar o santo sepulcro das mãos dos infiéis.

Ninguém pode ter passado uma infância mais feliz do que a minha. Meus pais encarnavam o espírito puro da bondade e da benevolência. Não sentíamos que eles eram tiranos que nos comandavam de acordo com seus caprichos, mas, sim, agentes e criadores das muitas alegrias que sentíamos. Quando eu conhecia outras famílias, discernia distintamente como eu era especialmente afortunado, e a gratidão intensificava o desenvolvimento do amor filial.

Meu temperamento às vezes era violento, e minhas paixões, ardentes; contudo, por alguma sorte de minha personalidade, isso não se voltava para buscas infantis, mas para um desejo ávido por aprendizado, e não por aprender de tudo, sem discriminação. Confesso que a estrutura das línguas, as leis de governo e as políticas estatais não me eram nada atraentes. Eram os segredos do céu e da terra que eu desejava descobrir; e, fossem a substância externa das coisas ou o espírito interno da natureza e da alma misteriosa dos homens, minhas pesquisas eram voltadas aos segredos metafísicos ou, no mais elevado sentido, físicos do mundo.

Enquanto isso, Clerval se ocupava, por assim dizer, com as relações morais entre as coisas. O palco agitado da vida, as virtudes dos heróis e as ações dos homens eram seus temas, e ele esperava e sonhava se tornar um daqueles nomes registrados na história, entre os benfeitores galantes e aventureiros de nossa espécie. A alma santificada de Elizabeth brilhava como uma lamparina de santuário em nosso lar pacífico. A compaixão dela era nossa; o sorriso, a voz suave, a doçura em seus olhos celestiais estavam ali para nos abençoar e nos animar. Ela era o espírito vivo do amor, sempre pronto para atrair e suavizar – eu poderia ter me tornado taciturno em meus estudos, áspero devido ao fervor de minha natureza, se ela não estivesse ali para me acalmar, me aproximando da própria tranquilidade. E Clerval... seria algum mal capaz de interferir no espírito nobre de Clerval? Ainda assim, talvez ele não fosse tão perfeitamente compassivo, tão cuidadoso e generoso, tão repleto de bondade e ternura em meio à paixão por explorações aventureiras se ela não tivesse revelado a ele o verdadeiro encanto da benevolência, o levando a direcionar a ambição elevada para o fim e objetivo de fazer o bem.

Sinto enorme prazer ao me demorar nas lembranças de infância, antes de o infortúnio macular minha mente e transformar as visões claras de utilidade extensa em reflexões egoístas, sombrias e limitadas. Além disso, ao retratar meus primeiros anos, também me lembro dos eventos que levaram, em passos insensatos, à futura história de desgraça, pois, ao procurar em mim a origem da paixão que acabou por dominar meu destino, a vejo surgir, como o rio em uma montanha, de fontes ignóbeis e quase esquecidas, crescendo em seu decorrer até se tornar a correnteza que levou embora todas as minhas esperanças e alegrias.

A filosofia natural é a genialidade que ditou meu destino; desejo, portanto, nesta narração, declarar os fatos que levaram à minha predileção por tal ciência. Quando eu tinha treze anos, fomos todos em uma viagem de férias ao balneário próximo de Thonon. Contudo, o clima inclemente nos obrigou a passar um dia confinados na pousada, onde encontrei, por acaso, um exemplar dos trabalhos de Cornelius

Agrippa. Eu abri o livro com apatia, mas a teoria que ele tenta demonstrar, e os fatos fascinantes que relata, logo transformaram o sentimento em entusiasmo. Uma nova luz pareceu esclarecer minha mente e, exultante, comuniquei a descoberta ao meu pai. Ele, entretanto, olhou desatento para a capa do livro e declarou:

– Ah! Cornelius Agrippa! Querido Victor, não perca tempo com isso, é um lixo deprimente.

Se, em vez disso, meu pai tivesse se dado o trabalho de explicar que os princípios de Agrippa tinham sido inteiramente desmentidos e que fora apresentado um sistema moderno de ciência, com muito mais poder que o antigo, porque o antigo era quimérico, e o novo era concreto e prático... em tais circunstâncias, eu certamente teria deixado Agrippa de lado e satisfeito minha imaginação, por mais excitada que estivesse, ao voltar com fervor renovado para meus estudos anteriores. É até possível que minhas ideias nunca tivessem tomado o impulso fatal que levou à minha ruína. Entretanto, o olhar distraído de meu pai para o exemplar não me deu nenhuma garantia de que ele conhecia mesmo seu conteúdo; portanto, continuei a ler, com enorme avidez.

Quando voltei para casa, minha primeira tarefa foi encontrar as obras completas do autor, assim como de Paracelso e Alberto Magno. Li e estudei as invenções criativas desses escritores com enorme prazer; me pareciam ser tesouros conhecidos por poucos além de mim. Já descrevi que sempre tive um desejo fervoroso por desvendar os segredos da natureza. Apesar do trabalho intenso e das maravilhosas descobertas dos filósofos modernos, eu sempre acabava meus estudos descontente e insatisfeito. Dizem que Sir Isaac Newton declarou se sentir como uma criança catando conchinhas na beira do oceano vasto e inexplorado da verdade. Os sucessores deles em cada ramo da filosofia natural que eu conhecia me pareciam, até na minha compreensão de menino, novatos envolvidos no mesmo trabalho.

Os camponeses iletrados admiravam os elementos a seu redor e conheciam seus usos práticos. O filósofo mais culto não sabia muito mais. Ele desvelara parcialmente a feição da Natureza, mas seus traços imortais ainda eram um milagre misterioso. Ele podia dissecar, anatomizar e nomear; mas, sem nem mesmo mencionar a causa final, causas de nível secundário e terciário já lhe eram inteiramente desconhecidas. Eu admirara as muralhas e os fortes que pareciam impedir que os seres humanos adentrassem a cidadela da natureza e, ignorante e precipitado, os lamentara.

Ali, contudo, estavam livros de homens que tinham ido mais fundo e sabiam mais. Eu aceitei sem questionar tudo o que eles alegavam e me tornei seu discípulo. Pode causar estranhamento que isso tenha acontecido em pleno século XVIII; mas, apesar de eu estudar regularmente nas escolas de Genebra, meus estudos preferidos eram conduzidos de forma geralmente autodidata. Meu pai não tinha inclinação científica e me restou a combinação da cegueira infantil e da sede por conhecimento estudantil. Sob a orientação de meus novos tutores, mergulhei com enorme afinco na busca pela pedra filosofal e pelo elixir da vida, e este segundo objeto logo se tornou foco de minha atenção inteira. Riqueza era um objetivo menor, mas que glória acompanharia a descoberta se eu pudesse banir a doença do corpo humano, tornando-nos invulneráveis a qualquer morte além da violenta!

Não que essas fossem minhas únicas visões. Invocar fantasmas e demônios era uma promessa livremente garantida pelos meus autores preferidos, e tentei cumpri-la com avidez; apesar de meus encantos nunca darem resultado, eu atribuía o fracasso aos meus erros e à minha falta de experiência, e não a qualquer falha de habilidade ou fidelidade de meus instrutores. Portanto, por um tempo, me ocupei com sistemas revogados, misturando, ignorante, milhares de teorias contraditórias, me debatendo desesperado em um lamaçal de conhecimentos multifacetados, guiado por uma imaginação fervorosa e lógica infantil, até que um acidente mudasse de novo o percurso de minhas ideias.

Quando eu tinha por volta de quinze anos, tínhamos acabado de chegar à casa próxima a Bellerive quando testemunhamos uma tempestade violentíssima e terrível. Ela avançou de trás das montanhas do Jura e o trovão estrondeou de uma vez, aterrorizante, dos quatro cantos do céu. Enquanto a tempestade durou, eu observei seu progresso, curioso e encantado. Parado à porta, de repente vi uma explosão de fogo surgir de um carvalho antigo e lindo, a uns vinte metros da casa; quando a luz ofuscante se apagou, o carvalho tinha desaparecido, restando só um toco arrebentado. Quando o visitamos na manhã seguinte, descobrimos que a árvore fora destroçada de forma peculiar. Não estava simplesmente rachada pelo choque, mas inteiramente reduzida a fiapos de madeira. Eu nunca tinha visto nada tão completamente destruído.

Antes disso, eu tinha conhecimento das leis mais óbvias da eletricidade. Nessa ocasião, um homem culto na área da filosofia natural estava conosco e, inspirado pela catástrofe, explicou uma teoria que formara sobre eletricidade e galvanismo, uma novidade que me chocou. Tudo que ele disse relegava às sombras Cornelius Agrippa, Alberto Magno e Paracelso, os reis da minha imaginação, mas, por certa fatalidade, a derrota desses homens me indispôs a prosseguir com meus estudos costumeiros. Parecia a mim que nada seria conhecido, nem poderia sê-lo. Por um capricho daqueles a que tendemos especialmente na juventude, abandonei de uma vez minhas ocupações anteriores, desprezei a história natural e seus descendentes como criações deformadas e abortadas, e demonstrei o maior desdém por uma pretensa ciência que nunca seria capaz de pisar no mesmo terreno do verdadeiro conhecimento. Foi nesse espírito que me ative a partir dali à matemática, e aos ramos de estudo de tal ciência, a considerando como estruturada em fundamentos seguros e, portanto, merecedora de minha consideração.

É assim, estranhamente, que se constroem nossas almas e os ligamentos frágeis que nos condenam à prosperidade ou à ruína. Em retrospecto, me parece que essa mudança de inclinação e desejo, quase milagrosa, foi a sugestão imediata do meu anjo da guarda, o último esforço do espírito de preservação para evitar a tempestade que, mesmo então, espreitava das estrelas, pronta para me envolver. A vitória foi anunciada por raras tranquilidade e satisfação de alma, seguindo ao abandono de meus estudos antigos e atormentados. Foi assim que aprendi a associar o mal com sua busca, a felicidade com sua ignorância.

Foi um esforço digno do espírito do bem; mas foi também ineficiente. O destino é poderoso demais, e suas leis imutáveis já tinham decretado minha destruição terrível e final.

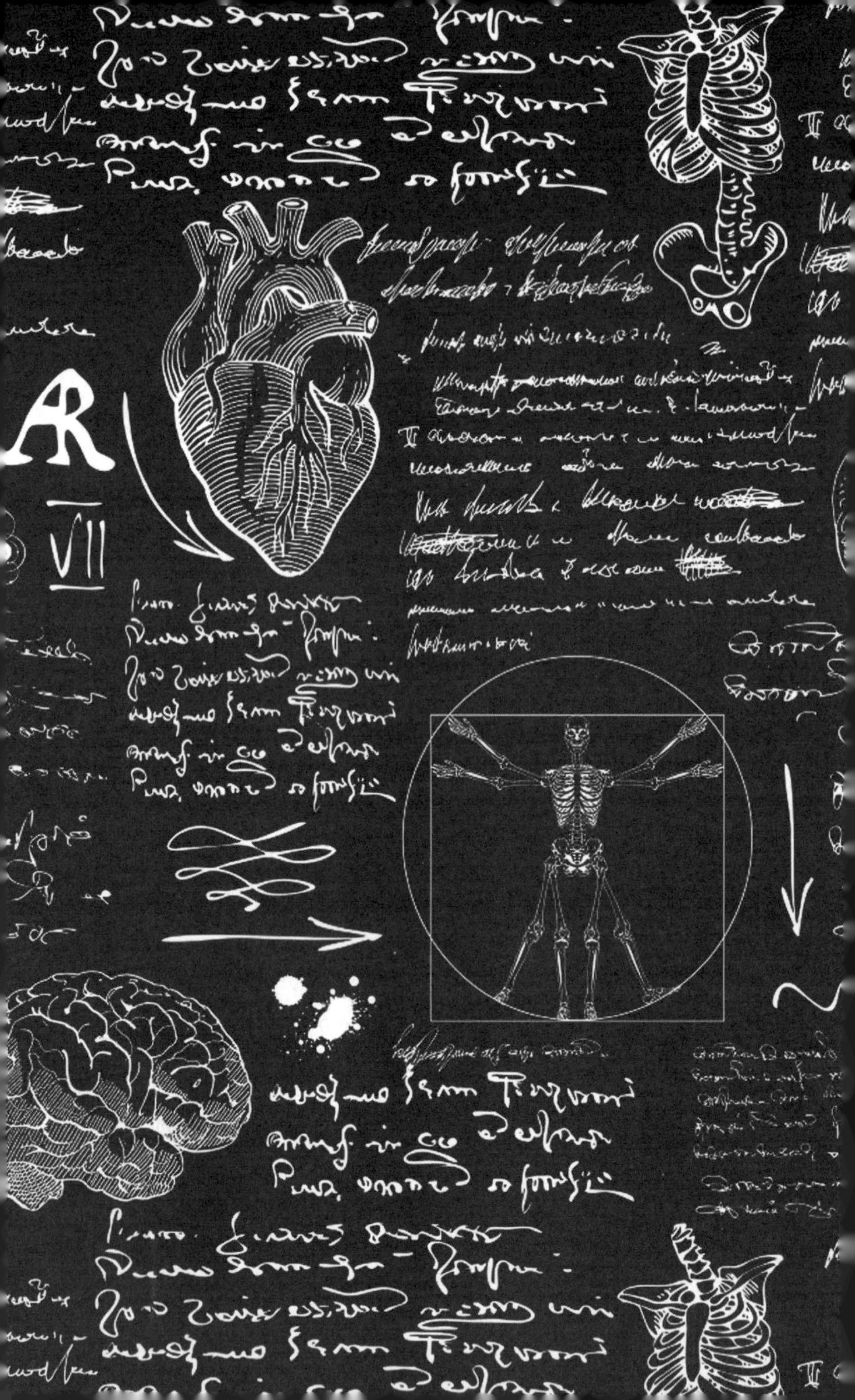
AR
VII

CAPÍTULO 3

Quando fiz dezessete anos, meus pais decidiram que eu estudaria na universidade de Ingolstadt. Até então, eu frequentava as escolas de Genebra, mas meu pai considerou necessário, para meus estudos serem mais completos, que me aproximasse de costumes de outros países. Minha partida foi combinada com pressa, mas, antes que o dia chegasse, ocorreu o primeiro infortúnio da minha vida – um agouro, digamos, do sofrimento futuro.

Elizabeth contraíra escarlatina; o caso era grave e ela estava em enorme perigo. Durante a doença, argumentamos enfaticamente para que minha mãe se mantivesse afastada. A princípio, ela aceitou nossa recomendação, mas, ao saber que a vida da filha favorita estava em risco, ela não conseguiu mais conter a ansiedade. Ela se aproximou do leito da filha convalescente e seus cuidados atenciosos triunfaram sobre a doença maligna – Elizabeth foi salva, mas as consequências dessa imprudência foram fatais para sua salvadora. No terceiro dia, minha mãe adoeceu, apresentando sintomas muito alarmantes, e os olhares dos médicos que cuidaram dela indicavam o pior. No leito de morte, a resiliência e a benevolência de minha mãe, a melhor das mulheres, não a abandonaram. Ela uniu minha mão à de Elizabeth.

– Meus queridos – declarou –, minhas esperanças mais firmes de alegria futura foram depositadas no prospecto de sua união. Essa expectativa será, agora, o consolo do pai de vocês. Elizabeth, meu amor, você deve assumir meu lugar para tomar conta das crianças menores. Ai! Lamento ser arrancada de vocês. Feliz e amada como fui, não é dolorido abandoná-los? Mas tais pensamentos não me caem bem. Eu me dedicarei a me resignar, pacificamente, à morte, e nutrirei a esperança de reencontrá-los em outro mundo.

Ela morreu calma e, mesmo na morte, a expressão dela era de afeto. Não preciso descrever os sentimentos daqueles cujos vínculos mais próximos são arrebatados pelo mal irreparável – o vazio que se abre na alma e o desespero exposto na expressão. Demora até a mente se persuadir de que ela, que víamos todos os dias e cuja existência parecia parte fundamental da nossa, tinha partido para sempre, de que a luz do olhar amado tinha sido extinta, e que o som de uma voz tão familiar e agradável aos ouvidos tinha sido calado eternamente. Essas são as reflexões do primeiro dia, mas, quando a passagem do tempo prova a realidade do mal, inicia-se a verdadeira amargura do luto. Mas quem não perdeu alguma conexão querida, arrancada por mão violenta? Por que eu descreveria uma dor que todos sentimos e devemos sentir? Finalmente, chega a hora em que o luto é um luxo, e não uma necessidade, e que o sorriso que brinca nos lábios, apesar de ser considerado sacrílego, não se vai. Minha mãe estava morta, mas ainda tínhamos deveres a cumprir; devíamos seguir a vida com o restante e aprender a nos considerar afortunados, enquanto houvesse alguém que ainda resistisse ao padecimento.

Minha partida para Ingolstadt, adiada por tais eventos, voltou a ser organizada. Obtive do meu pai algumas semanas de trégua. Parecia-me um sacrilégio ir embora tão rápido do repouso, semelhante à morte, da casa enlutada, na direção da vida agitada. A tristeza me era nova, mas não deixou de me assustar. Não queria perder de vista aqueles que me restavam; e, acima de tudo, desejava ver minha doce Elizabeth em certo conforto.

Ela, por outro lado, acobertou o luto e buscou ser a fonte do nosso conforto. Encarou a vida com firmeza e assumiu seus deveres com coragem e zelo. Ela se dedicou àqueles que aprendera a chamar de tio e primos. Naquele momento, ela foi mais encantadora do que nunca, colhendo o sol em seus sorrisos e nos banhando neles. Na tentativa de nos fazer esquecer nossa lamentação, ela esqueceu até a própria.

O dia de minha partida finalmente chegou. Clerval passou a última noite conosco. Ele tentara persuadir o pai a permitir-lhe que me acompanhasse, e tornar-se meu colega universitário, mas foi em vão. O pai dele era um mercador de cabeça fechada e via, nas aspirações e ambições do filho, ócio e ruína. Henry sentiu profundamente a dor de ser excluído da educação mais liberal. Ele disse pouco; mas, ao falar, li em seu olhar vívido e em sua expressão animada uma decisão, contida, mas firme, de não ficar preso aos tristes detalhes do comércio.

Ficamos acordados até tarde. Não conseguíamos nos afastar, nem nos persuadir a dizer adeus. Finalmente, contudo, o dissemos, e nos despedimos, fingindo descansar, acreditando que o outro seria devidamente enganado; mas, quando, ao amanhecer, desci para a carruagem que me levaria embora, estavam todos lá: meu pai, para me abençoar novamente; Clerval, para apertar minha mão outra vez; e minha Elizabeth, para repetir o pedido de que eu escrevesse com frequência e para outorgar uma última atenção feminina ao amigo e companheiro de brincadeiras.

Eu me joguei no banco da carruagem que me levaria e me permiti as reflexões mais melancólicas. Eu, que sempre vivera cercado de companhia amável, continuamente envolvido na dedicação ao prazer mútuo, estava de repente sozinho. Na universidade para a qual iria, precisaria fazer novos amigos e agir como meu próprio protetor. Minha vida até então fora particularmente isolada e doméstica, e isso me causara uma rejeição irreparável a novos rostos. Eu amava meus irmãos, Elizabeth e Clerval – velhos conhecidos –, mas me acreditava inteiramente despreparado para a companhia de desconhecidos. Foi com essas reflexões que comecei minha jornada, mas, conforme avançava, meu ânimo e minha esperança cresceram. Eu desejava fervorosamente adquirir conhecimento. Quando em casa, eu muitas vezes achara difícil passar a juventude preso a uma casa, e desejara adentrar o mundo e tomar meu lugar entre outros seres humanos. Meus desejos finalmente tinham sido atendidos e seria, certamente, tolice me arrepender.

Eu tive tempo suficiente para essas e muitas outras reflexões no trajeto até Ingolstadt, que foi longo e exaustivo. Finalmente, o campanário alto e branco da cidade surgiu no horizonte. Chegamos e eu fui conduzido a meu apartamento solitário, para passar a noite como quisesse.

No dia seguinte, entreguei minhas cartas de apresentação e visitei alguns dos professores principais. A sorte – ou, na verdade, a influência maligna, o Anjo da Destruição, que teve comando onipotente das minhas ações desde o instante em que me afastei, em passos relutantes, da porta de meu pai – me levou primeiro para o sr. Krempe, professor de filosofia natural. Ele era um homem grosseiro, mas profundamente envolvido nos segredos de sua ciência. Ele me fez várias perguntas relativas a meu progresso nos diferentes ramos científicos da filosofia natural. Respondi sem cuidado e, com certo desprezo, mencionei os nomes dos meus alquimistas, indicando-os como os principais autores que estudara. O professor me encarou.

– Você gastou mesmo tempo no estudo dessas besteiras? – perguntou.

Respondi afirmativamente.

– Todos os minutos – continuou o sr. Krempe, acalorado –, todos os instantes que você desperdiçou nesses livros foram inteiramente e profundamente perdidos. Você entulhou sua memória com sistemas arcaicos e nomes inúteis. Meu Deus! De que terra deserta você veio, para que ninguém tivesse a bondade de lhe informar que essas fantasias que você engoliu com tanta avidez têm mais de mil anos e são tão bolorentas quanto velhas? Eu não esperaria, nesta época tão iluminada e científica, encontrar um discípulo de Alberto Magno e Paracelso. Meu caro, você precisará recomeçar seus estudos do zero.

Ao dizer isso, ele se afastou e escreveu uma lista de vários livros de filosofia natural que desejava que eu procurasse. Em seguida, me liberou, mencionando que, no início da semana, planejava começar uma série de aulas sobre filosofia natural de forma geral, e que o sr. Waldman, um colega professor, daria aula de química em dias alternados.

Não voltei para casa decepcionado, pois já falei que havia muito tempo considerava inúteis aqueles autores que o professor reprovava; mas também não voltei mais inclinado a retomar aqueles estudos de forma alguma. O sr. Krempe era um homenzinho atarracado, de voz áspera e rosto repulsivo; o professor, portanto, não me atraía naquela pesquisa. Talvez eu tenha relatado as conclusões a que chegara àquele respeito, na minha juventude, de forma excessivamente filosófica e conectada. Quando criança, eu não me contentara com os resultados prometidos por professores modernos de ciências naturais. Com ideias confusas, explicadas simplesmente pela minha tenra idade e pela falta de orientação naqueles assuntos, eu refizera os passos do conhecimento nas trilhas do tempo e trocara as descobertas de pesquisadores recentes pelos sonhos de alquimistas esquecidos. Além disso, eu desdenhava os usos da filosofia natural moderna. Era muito diferente quando os mestres da ciência buscavam imortalidade e poder – essas visões, apesar de fúteis, eram grandiosas –, mas os tempos tinham mudado. A ambição do pesquisador parecia se limitar a aniquilar as visões nas quais meu interesse científico era fundamentado. Eu fora obrigado a trocar quimeras de esplendor ilimitado pelas realidades de pouco valor.

Foram essas minhas reflexões nos primeiros dois ou três dias em Ingolstadt, que passei essencialmente conhecendo a área e os principais moradores de minha nova residência. No início da semana seguinte, pensei na informação que o sr. Krempe me dera em relação às aulas. Apesar de eu ser incapaz de consentir em ouvir aquele homenzinho convencido declamar frases a seu púlpito, lembrei o que ele dissera sobre o sr. Waldman, que eu nunca vira, pois ele estava, até então, em outra cidade.

Em parte por curiosidade, e em parte por tédio, entrei na sala de aula, e o sr. Waldman entrou logo depois. Esse professor era muito diferente do colega que eu conhecera. Ele parecia ter uns cinquenta anos de idade, mas seu aspecto expressava a maior benevolência. Nas têmporas, tinha o cabelo um pouco grisalho, mas, atrás da cabeça, os fios eram quase todos pretos. Ele era baixo, mas notavelmente ereto, e a voz era a mais doce que eu já ouvira. Ele começou a aula recapitulando a história da química e as várias melhorias desenvolvidas por diferentes estudiosos, pronunciando com fervor os nomes dos descobridores mais distintos. Em seguida, apresentou um panorama resumido do estado atual da ciência e explicou muitos dos termos essenciais. Depois de alguns experimentos preparatórios, ele concluiu com um discurso elogioso da química moderna, cujo conteúdo nunca esquecerei:

– Os professores antigos desta ciência prometeram impossibilidades, e não fizeram nada. Os mestres modernos prometem pouco; sabem que metais não são transmutáveis, e que o elixir da vida é uma fantasia. Contudo, esses filósofos, cujas mãos parecem feitas somente para remexer na terra, cujos olhos só examinam microscópios e cadinhos, fizeram, na verdade, milagres. Eles penetram os recônditos da natureza, e mostram como ela trabalha em seus cantos mais obscuros. Eles ascendem aos céus. Descobriram como o sangue circula, e a natureza do ar que respiramos. Adquiriram poderes novos, quase ilimitados: podem comandar os trovões do céu, imitar terremotos, e até zombar do mundo invisível com as próprias sombras.

Foram essas as palavras do professor – ou, eu diria, as palavras do destino, pronunciadas para me destruir. Conforme ele discursava, senti que minha alma lutava contra um inimigo palpável. Uma a uma, foram tocadas as várias teclas que formavam o mecanismo do meu ser; um a um, soaram os acordes que preencheram minha mente com um só pensamento, uma só concepção, um só propósito. Tanto foi feito, exclamou a alma de Frankenstein, e mais, muito mais, eu farei: percorrendo os passos já indicados, serei pioneiro de uma nova trilha, explorarei poderes desconhecidos, e desvelarei ao mundo os mistérios mais profundos da criação.

Não preguei os olhos naquela noite. Por dentro, meu estado era de insurreição e turbulência; senti que ordem surgiria, mas não tinha o poder para causá-la. Aos poucos, depois do amanhecer, chegou o sono. Quando acordei, os pensamentos da noite anterior eram como um sonho. Só restava a resolução de voltar aos meus antigos estudos e de me dedicar a uma ciência para a qual eu acreditava possuir um talento natural. No mesmo dia, visitei o sr. Waldman. Os modos dele em particular eram ainda mais tranquilos e agradáveis do que em público, pois uma certa dignidade em seu aspecto em sala de aula era substituída, no lar, por grande bondade e afabilidade. Eu relatei a ele minhas buscas anteriores mais ou menos da mesma forma que relatara a seu colega. Ele ouviu com atenção a curta narrativa de meus estudos e sorriu ao ouvir os nomes de Cornelius Agrippa e Paracelso, mas não demonstrou o desprezo do sr. Krempe.

– É a esses homens – disse ele – e a seu zelo infatigável que os filósofos modernos têm dívida pelos fundamentos do conhecimento. Eles deixaram para nós a tarefa mais fácil de nomear e organizar em classificações conexas os fatos que trouxeram à luz, consideravelmente por seus próprios instrumentos. Os trabalhos de homens geniais, mesmo que na direção equivocada, raramente deixam de se voltar para uma vantagem concreta da humanidade.

Ouvi a declaração, feita sem presunção nem afetação, e acrescentei que a aula dele acabara com meus preconceitos em relação aos químicos modernos. Eu me expressei em termos comedidos, com a modéstia e a deferência adequadas a um jovem que se dirige ao instrutor, sem deixar escapar (pois a falta de experiência me envergonharia) o entusiasmo que estimulava meu trabalho pretendido. Pedi o conselho dele em relação aos livros que deveria estudar.

– Fico feliz – disse o sr. Waldman – em ganhar um discípulo. Se sua dedicação for igual à sua habilidade, não tenho dúvida de seu sucesso. Química é o ramo da filosofia natural em que foram feitos, e podem ser feitos ainda, os maiores aperfeiçoamentos, e é por isso que a escolhi como foco de meu estudo. Contudo, ao mesmo tempo, não negligenciei os outros ramos da ciência. Um homem seria um químico deplorável se só se dedicasse a esse departamento do conhecimento humano. Se seu desejo é mesmo se tornar um homem da ciência, e não simplesmente um experimentalista trivial, aconselho que você se dedique a todos os ramos da filosofia natural, inclusive a matemática.

Em seguida, ele me levou ao laboratório e explicou o uso das várias máquinas, indicando-me as que deveria comprar e prometendo que eu poderia usar as dele quando estivesse em um nível avançado o suficiente para não perturbar os mecanismos. Ele também me forneceu a lista de livros que eu pedi, e se despediu.

Assim acabou um dia memorável: que decidiu meu futuro destino.

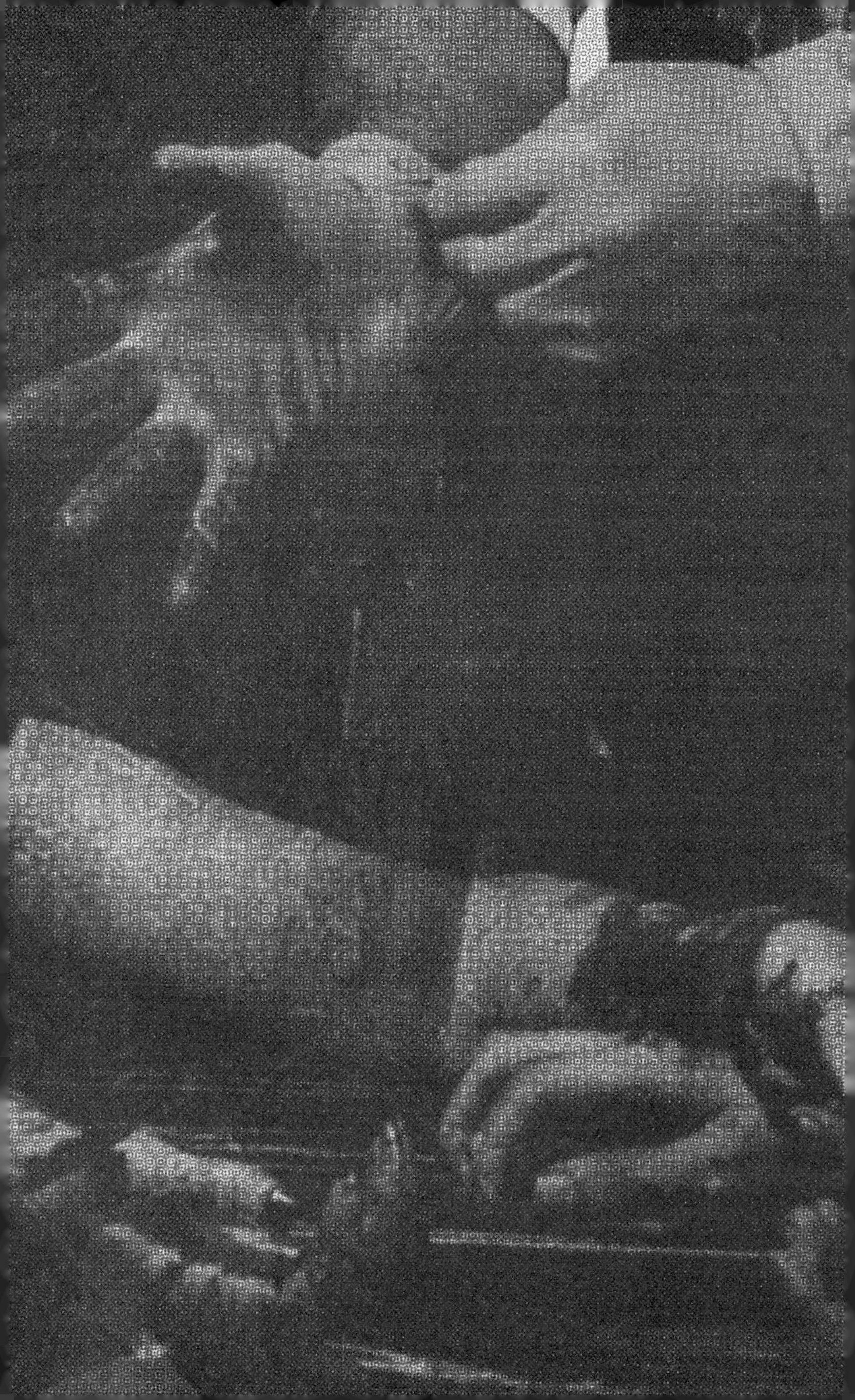

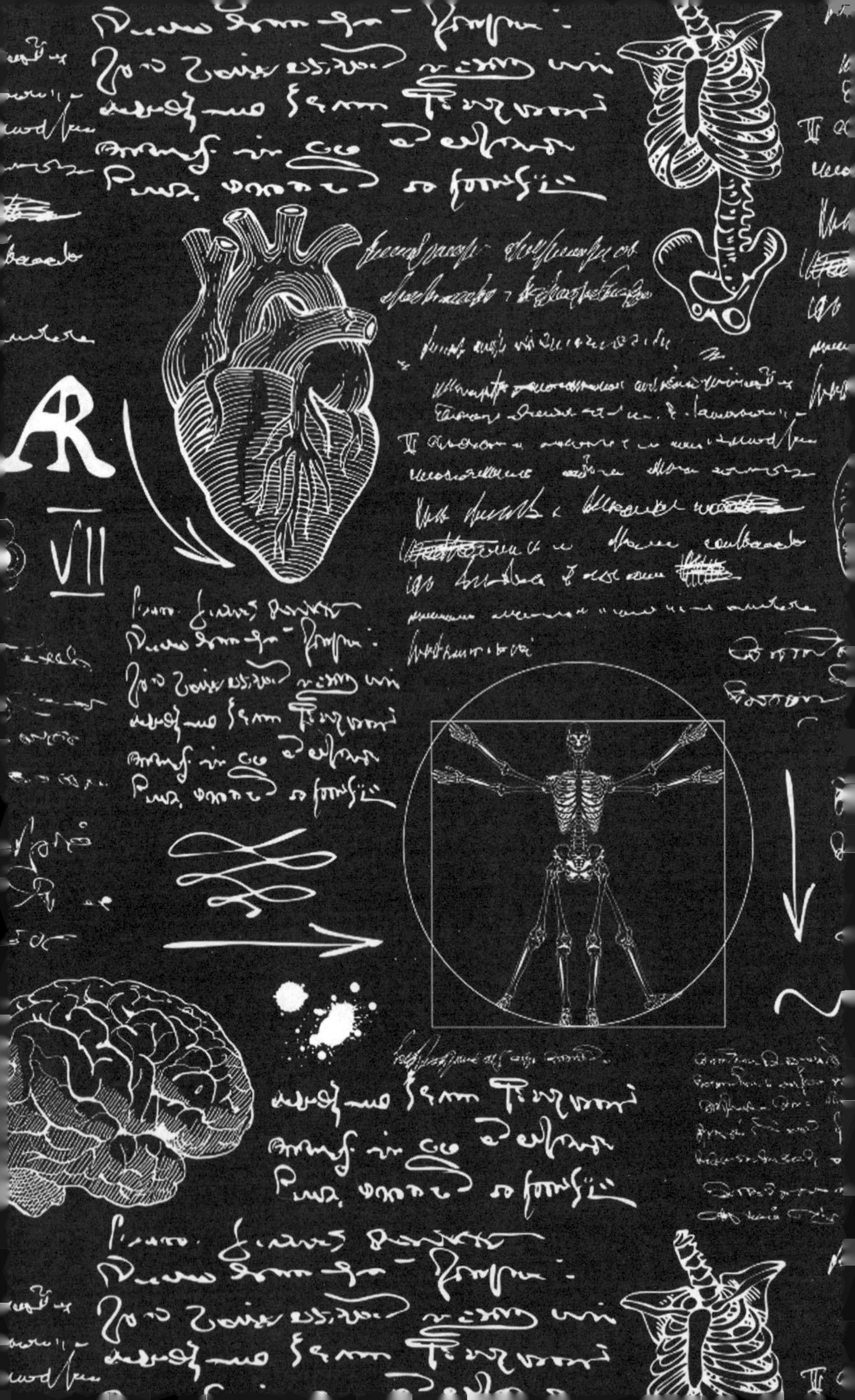

CAPÍTULO 4

A partir daquele dia, a filosofia natural, em especial a química, no sentido mais amplo do termo, se tornou praticamente minha única ocupação. Li com fervor os trabalhos, tão cheios de genialidade e discernimento, dos pesquisadores modernos do tema. Assisti às aulas e cultivei relações com os cientistas da universidade, e encontrei até no sr. Krempe muita sensatez e informação concreta – combinadas, é verdade, com fisionomia e modos repulsivos, mas nem por isso menos valiosas. No sr. Waldman, encontrei um amigo verdadeiro. A gentileza dele nunca era maculada por dogmatismo, e ele ensinava com um ar de franqueza e boa-fé, banindo qualquer suposição de pedantismo. De mil formas, ele abriu para mim o caminho do conhecimento, e esclareceu até as pesquisas mais abstrusas, facilitando minha compreensão. No início, minha dedicação era flutuante e incerta, mas, com o tempo, ganhou força e logo se tornou tão fervorosa e ávida que às vezes as estrelas sumiam à luz da manhã enquanto eu ainda me encontrava no laboratório.

Com tanta dedicação, é fácil entender que meu progresso foi rápido. Minha paixão era, de fato, um choque para os alunos, e minha proficiência, impressionante para os mestres. O professor Krempe sempre me perguntava, com um sorriso irônico, como andava Cornelius

Agrippa, e o sr. Waldman se mostrava sinceramente exultante com meu progresso. Passaram-se dois anos dessa forma, durante os quais não visitei Genebra, pois estava envolvido, de corpo e alma, na busca de descobertas que esperava fazer. Só aqueles que já a viveram são capazes de entender a sedução da ciência. Em outros estudos, avançamos até onde os outros já chegaram antes, e não há mais nada a saber; mas, na pesquisa científica, há fontes contínuas de descoberta e fascínio. Uma mente de capacidade moderada, desde que dedicada com afinco a certo estudo, infalivelmente chegará a alto grau de proficiência; e eu, que continuamente buscava atingir um objeto de pesquisa e me envolvia nisso exclusivamente, avancei tão rapidamente que, no fim de dois anos, fiz descobertas ligadas à melhoria de certos instrumentos químicos, e por isso passei a ser muito estimado e admirado na universidade. Quando cheguei a esse ponto, e me tornei tão conhecedor da teoria e da prática da filosofia natural quanto podiam me ensinar os professores de Ingolstadt, minha residência lá não era mais condutora de avanços e pensei em voltar para meus amigos e minha cidade de origem. Contudo, um acontecimento prolongou minha estadia.

Um dos fenômenos que atraíra especialmente minha atenção era a estrutura do corpo humano e, ademais, de todos os animais dotados de vida. De onde, sempre me perguntava, vinha o princípio da vida? Era uma pergunta ousada, sempre considerada um mistério; mas quantas coisas estaríamos prestes a conhecer se a covardia e o descuido não limitassem nossas pesquisas? Eu remoí essas circunstâncias e determinei que, dali em diante, me dedicaria mais especificamente aos ramos da filosofia natural ligados à fisiologia. Se eu não fosse animado por um entusiasmo quase sobrenatural, minha dedicação ao estudo teria sido incômoda e quase intolerável. Para examinar as causas da vida, precisamos primeiro recorrer à morte. Eu aprendi sobre a ciência da anatomia, mas isso não bastava – também precisava observar a decomposição e a corrupção naturais do corpo humano. Na minha educação, meu pai tomara grandes cuidados para que eu não ficasse impressionado com qualquer horror sobrenatural. Não me lembro de já ter sentido calafrios com histórias supersticiosas, nem temido o surgimento de espíritos. O escuro não afetava minha imaginação, e cemitérios eram, para mim, meros receptáculos de corpos desprovidos de vida, que tinham passado de fontes de beleza e força para alimento de minhoca. Eu fui, então, levado a examinar a causa e o progresso de tal decomposição e forçado a passar dias e noites em mausoléus e sepulturas. Minha atenção era concentrada em todos os objetos mais insuportáveis à delicadeza do sentimento humano. Eu vi como a bela forma de um homem se degradava e se perdia; observei a corrupção da morte contra o rosto em flor da vida; analisei como as minhocas herdavam as maravilhas dos olhos e dos cérebros. Examinei e analisei todas as minúcias das causas, exemplificadas na passagem da vida para a morte e da morte para a vida, até que, naquela escuridão, uma luz repentina irrompeu e me banhou – uma luz tão brilhante e maravilhosa, e ainda assim tão simples, que, atordoado pela imensidão da perspectiva que ilustrava, ainda senti surpresa por, entre tantos homens geniais que dirigiram suas buscas à mesma ciência, somente eu ter descoberto um segredo tão chocante.

Lembre-se: não estou registrando as visões de um louco. A verdade do que afirmo aqui é tão certa quanto o sol que brilha nos céus. Algum milagre pode tê-lo produzido, mas as etapas da descoberta eram distintas e prováveis. Depois de dias e noites de esforço e exaustão incríveis, consegui descobrir a causa da geração da vida; não, mais ainda, me tornei capaz de conceder vitalidade à matéria inerte.

O choque que senti inicialmente com a descoberta logo se tornou prazer e arrebatamento. Depois de tanto tempo de trabalho doloroso, chegar ao cume dos meus desejos foi o ápice mais satisfatório possível de meu esforço. Contudo, a descoberta foi tão grandiosa e aterradora que todos os passos que me levaram até ela, progressivamente, foram obliterados, deixando-me só o resultado. Aquilo que fora estudo e desejo dos homens mais sábios desde a criação do mundo estava, finalmente, em minhas mãos. Não que tudo tenha se aberto a mim de uma vez, como em um passe de mágica; a natureza da informação que eu obtive era o direcionamento dos meus esforços para o objeto de busca correto, mais do que a revelação do objetivo já cumprido. Eu era como o árabe enterrado com os mortos, que encontrara passagem para a vida com o mero auxílio de uma luz cintilante e aparentemente ineficiente[3].

Vejo, pela avidez, pelo fascínio e pela esperança que seus olhos expressam, meu amigo, que você deseja ser informado do segredo que eu conheço. Contudo, não posso contá-lo. Ouça pacientemente esta história até o fim, e entenderá com facilidade por que sou cauteloso quanto a isso. Não vou levá-lo, tão desprotegido e afoito como eu fui, à sua destruição e inevitável desgraça. Aprenda comigo, se não pelas minhas máximas, pelo menos pelo meu exemplo, o perigo de adquirir conhecimento, e a felicidade tão maior do homem que acredita que o mundo é apenas sua cidade de origem, do que daquele que almeja ser maior do que o que a natureza permite.

Quando vi um poder tão assombroso em minhas mãos, hesitei por muito tempo em relação a como o usaria. Apesar de ter a capacidade de outorgar animação, preparar uma estrutura para recebê-la, com fibras, músculos e veias complexos, ainda seria um trabalho de dificuldade e esforço inconcebíveis. A princípio, duvidei se deveria tentar criar um ser como eu, ou um organismo mais simples, mas minha imaginação estava exaltada demais pelo primeiro sucesso para que eu duvidasse de minha habilidade de dar vida a um animal complexo e maravilhoso como o ser humano. Os materiais sob meu comando no momento não eram nada adequados a uma empreitada tão árdua, mas não duvidei de que teria sucesso no fim. Eu me preparei para uma variedade de revezes; minhas operações poderiam ser incessantemente frustradas e, no fim, meu trabalho seria imperfeito. Mesmo assim, ao considerar as melhorias que ocorrem todos os dias nas áreas da ciência e da mecânica, fui encorajado a esperar que minhas tentativas pelo menos estabeleceriam fundamentos para sucessos futuros. Eu também não podia considerar a magnitude e a complexidade do meu plano

---

3 Alusão à história de Simbad, em *As mil e uma noites*. (N.P.)

como argumentos de impraticabilidade. Foi com esses sentimentos que comecei a criação de um ser humano. Como as minúcias das partes eram um obstáculo à velocidade, decidi, contrário à primeira intenção, criar um ser de estatura gigantesca, isto é, de mais ou menos dois metros e meio de altura, com largura proporcional. Depois de determinar isso e de passar alguns meses na coleta e organização dos materiais, eu comecei.

Ninguém pode conceber a variedade dos sentimentos que me impeliram adiante, como um furacão, no entusiasmo inicial do sucesso. A vida e a morte me pareciam limites ideais que eu romperia pela primeira vez, derramando luz torrencial em nosso mundo escuro. Uma nova espécie me consagraria como criador e fonte; muitas naturezas felizes e excelentes deveriam a mim sua existência. Nenhum pai poderia reivindicar a gratidão dos filhos de forma tão completa quanto eu a mereceria. Seguindo esse raciocínio, pensei que, se eu pudesse animar matérias inertes, seria capaz de, ao longo do tempo (apesar de naquele momento ser impossível), renovar a vida em corpos corrompidos pela morte.

Tais pensamentos sustentaram meu ânimo e eu avancei na empreitada com fervor incessante. Minha pele se tornara pálida de tanto estudar, e minha expressão, emaciada pelo confinamento. Às vezes, à margem da certeza, eu fracassava; ainda assim, me agarrava à esperança do que o dia seguinte, ou mesmo a hora seguinte, poderia concluir. Um segredo que só eu sabia era a esperança à qual me dedicava, e a lua iluminava meus esforços de madrugada, enquanto, tenso e afoito de avidez, me embrenhava nos esconderijos da natureza. Quem conceberia os horrores da minha labuta secreta, quando eu me aventurava na umidade profana dos túmulos ou torturava animais vivos para energizar a argila inerte? Agora, meu corpo treme e meus olhos se embaçam quando me lembro; mas, na época, um impulso irresistível e quase frenético me impelia – eu parecia ter perdido qualquer semblante de ser ou sensação, se não para tal missão. Foi um mero transe passageiro, que aumentou a agudeza do que senti quando, no fim do estímulo anormal, voltei a meus antigos hábitos. Colecionei ossos de tumbas e transtornei, com dedos profanos, os segredos tremendos do corpo humano. Em uma sala solitária, ou, melhor dizendo, uma cela, no alto da casa, separada de todos os outros apartamentos por um corredor e uma escada, eu mantinha minha oficina de criação abjeta. Meus olhos saltavam das cavidades ao se dedicar aos detalhes do meu ofício. O laboratório de dissecação da universidade e o abatedouro forneciam muitos dos meus materiais, e minha natureza humana muitas vezes se perturbava com asco pela ocupação, conforme, ainda motivado por uma avidez perpetuamente crescente, eu me aproximava da conclusão do trabalho.

Os meses do verão passaram enquanto eu estava envolvido, de corpo e alma, em uma tarefa. Foi a estação mais linda – os campos nunca dariam colheitas tão fartas, nem os vinhedos produziriam uma safra tão exuberante –, mas meus olhos eram insensíveis aos encantos da natureza. O mesmo sentimento que me fazia negligenciar o cenário ao meu redor também me levou a esquecer os amigos a tantos quilômetros de distância, que eu não encontrava havia muito tempo. Eu sabia que meu silêncio os preocupava, e lembrava-me bem das palavras de meu pai:

– Sei que, quando estiver satisfeito, pensará em nós com afeto e, portanto, teremos notícias regulares. Por favor, me perdoe, mas considerarei qualquer interrupção na sua correspondência como prova de que seus outros deveres também estão sendo negligenciados.

Eu sabia exatamente, portanto, o que meu pai pensaria; mesmo assim, não conseguia desviar o pensamento do meu ofício, por mais odioso que fosse, pois ele dominara minha imaginação de forma irresistível. Eu queria, portanto, adiar tudo que envolvesse meus sentimentos afetuosos até que o grande objetivo, que engolira todos os meus hábitos, chegasse ao fim.

Pensei, na época, que meu pai estaria sendo injusto ao atribuir minha negligência a vícios ou lapsos de minha parte, mas hoje estou convencido de que ele estava correto em considerar que eu não podia ser inteiramente desculpado. Um ser humano em seu estado perfeito deve sempre se manter calmo e tranquilo, nunca permitindo que paixões ou desejos passageiros perturbem tal paz. Não acho que a busca pelo conhecimento seja exceção à regra. Se o estudo ao qual nos aplicamos tende a enfraquecer nosso afeto e destruir nosso gosto por prazeres simples e plenamente puros, tal estudo certamente é ilegítimo, ou seja, inadequado para a mente humana. Se seguíssemos sempre essa lei, se nenhum homem permitisse que qualquer empreitada interferisse com a tranquilidade de seus afetos domésticos, a Grécia não teria sido escravizada, César teria poupado seu país, a América teria sido descoberta mais gradualmente e os impérios do México e do Peru não teriam sido destruídos.

Mas esqueço que estou doutrinando bem na parte mais interessante de minha história, e sua expressão me lembra de continuar.

Meu pai não me repreendeu por carta, apenas me advertiu quanto ao meu silêncio ao perguntar sobre meu trabalho com mais especificidade do que antes. O inverno, a primavera e o verão se foram durante meu trabalho, mas não vi o florescer ou as folhas crescerem – imagens que antes sempre me causavam imenso prazer –, de tão envolvido que estava na tarefa. As folhas daquele ano secaram antes que o meu trabalho terminasse; e cada dia me mostrava o nível de meu sucesso. Contudo, meu entusiasmo era compensado pela ansiedade e eu lembrava mais uma pessoa condenada à escravidão nas minas, ou em outro trabalho insalubre, do que um artista ocupado em seu trabalho favorito. Toda noite eu era oprimido por uma febre lenta, e meu nervosismo chegou a um nível quase doloroso; até mesmo as folhas caindo me assustavam e eu me afastava dos meus semelhantes como se fosse culpado de um crime. Às vezes, me preocupava com o desastre que eu percebia ter me tornado, e só me sustentava com a energia do meu objetivo. Meus esforços logo chegariam ao fim e eu acreditava que exercícios e diversões poderiam, então, afastar qualquer doença incipiente; me prometi essas duas coisas assim que completasse minha criação.

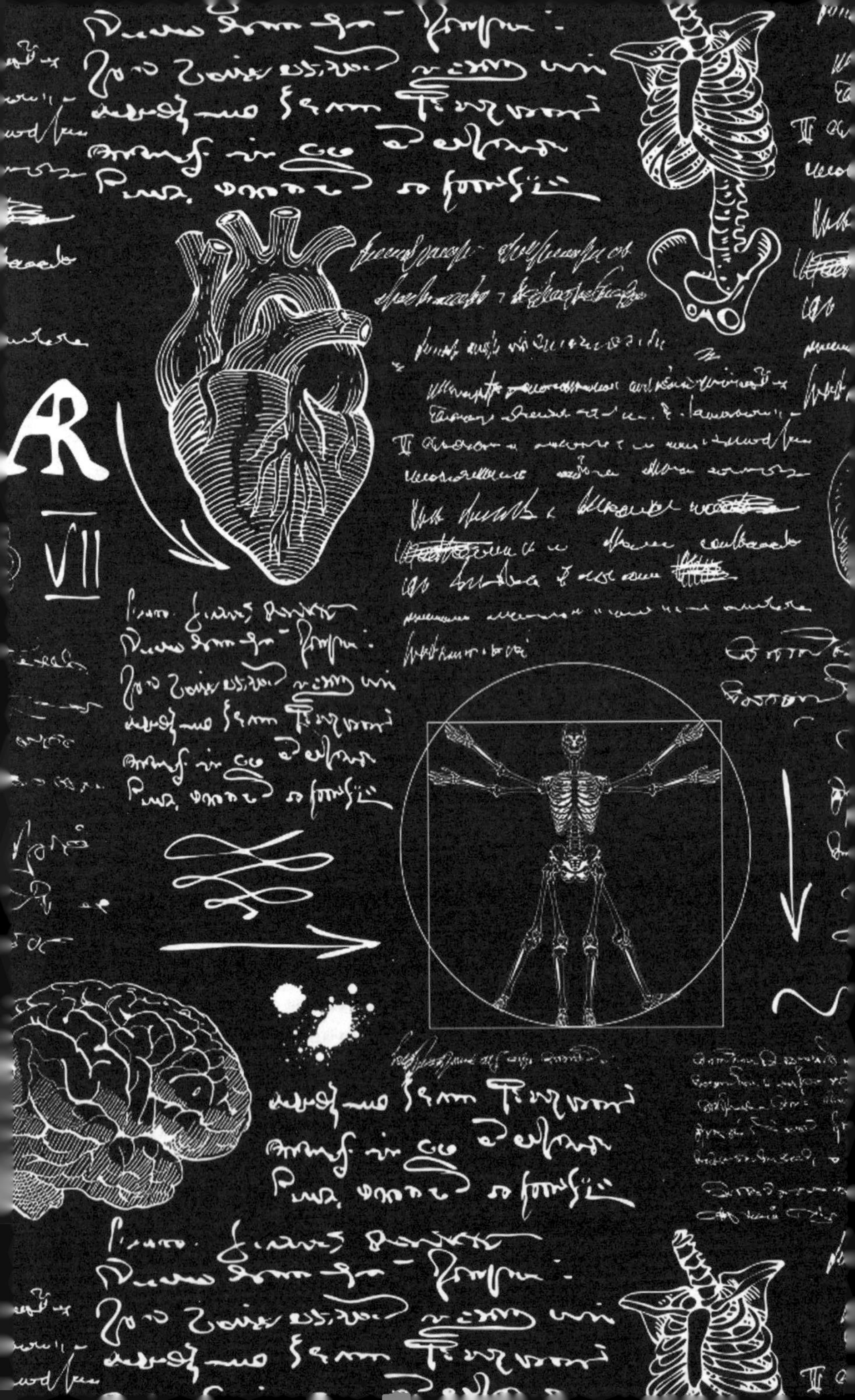

CAPÍTULO 5

Foi em uma noite lúgubre de novembro que contemplei o resultado de meus esforços. Com uma ansiedade quase agonizante, agrupei os instrumentos de vida ao meu redor, para provocar uma faísca de vida na coisa inerte aos meus pés. Já era uma da manhã, a chuva açoitava sombriamente as janelas e minha vela estava quase se extinguindo quando, sob a luz fraca do fogo quase apagado, vi o olho amarelo e opaco da criatura se abrir. Ela ofegou, e um movimento convulsivo agitou seu corpo.

Como descrever minhas emoções diante de tal catástrofe, ou delinear a desgraça que eu me esforçara para formar com dores e cuidados infinitos? O corpo dele era proporcional e eu tinha escolhido as feições mais lindas. Lindas! Meu Deus! A pele amarelada mal cobria o trabalho dos músculos e das artérias por baixo; o cabelo era preto, sedoso e longo; os dentes, de um branco perolado. Contudo, tais exuberâncias meramente criavam um contraste mais horrendo com os olhos aguados, da cor quase exata da cavidade branca suja em que estavam postos, a face enrugada e a boca reta e preta.

Os diferentes acidentes da vida não são tão mutáveis quanto os sentimentos da natureza humana. Eu trabalhara, dedicado, por quase dois anos, com o simples propósito de dar vida a um corpo inerte. Para isso, me privara de descanso e saúde. Eu desejara aquilo com um fervor extremamente imoderado, mas, ao concluir, a beleza do sonho se esvaiu e meu peito perdeu o fôlego, de tanto horror e nojo. Incapaz de aguentar o aspecto do ser que criara, saí correndo do laboratório e, por muito tempo, andei em círculos pelo quarto, incapaz de obrigar a mente a dormir. Finalmente, a exaustão superou o tumulto que eu sentira, e me larguei na cama, ainda vestido, em busca de alguns momentos de esquecimento. Foi em vão. Dormi, sim, mas fui perturbado por sonhos desvairados. Acreditei ter visto Elizabeth, na flor da saúde, caminhar pelas ruas de Ingolstadt. Surpreso e alegre, a abracei, mas, assim que beijei sua boca, seus lábios ficaram lívidos, de uma palidez mortal, suas feições mudaram, e eu acreditei estar segurando o corpo de minha mãe morta; uma mortalha a envolvia e eu vi os vermes se arrastarem entre as dobras do tecido. Acordei de sobressalto, apavorado, a testa coberta por umidade fria, os dentes batendo, o corpo todo tremendo; até que, à luz fraca e amarelada do luar que se enfiava pelas venezianas, vi a desgraça, o monstro miserável que eu criara. Ele segurava a cortina da cama e tinha os olhos, se é que posso chamar aquilo de olhos, concentrados em mim. Ele abriu a mandíbula e murmurou sons confusos, um sorriso enrugando o rosto. Ele pode ter falado, mas eu não ouvi. Apesar da mão que estendera, talvez para me segurar, eu fugi e desci as escadas correndo. Encontrei refúgio no pátio da casa onde morava, onde passei o restante da noite, andando de um lado para o outro, extremamente agitado, ouvindo com atenção, percebendo e temendo todo som como se anunciasse a chegada do cadáver demoníaco ao qual eu dera uma vida tão miserável.

Ah! Nenhum mortal suportaria o horror daquela aparência. Uma múmia revivida não seria tão grotesca quanto aquele ser miserável. Eu o observara, ainda inacabado, e ele era feio; mas, quando os músculos e as articulações se tornaram capazes de movimento, ele se tornou uma criatura que nem Dante teria concebido[4].

---

4 Alusão à *Divina Comédia* (Inferno), de Dante Alighieri. (N.P.)

Passei uma noite horrível. Às vezes meu peito batia tão rápido, com tanta força, que eu sentia as palpitações de cada artéria. Outras vezes, quase caí ao chão de tanta fraqueza e languidez. Misturado ao horror, senti o amargor da decepção; sonhos que tinham sido minha fonte de alimentação e descanso agradável por tanto tempo de repente se tornaram meu inferno, e a mudança foi rápida a ponto de me derrubar inteiramente.

A manhã, triste e úmida, finalmente clareou, revelando aos meus olhos insones e doloridos a igreja de Ingolstadt, o campanário branco e o relógio indicando as seis horas. O porteiro abriu os portões do pátio, que tinham me servido de asilo à noite, e saí à rua, caminhando em passos apressados, tentando escapar do ser desgraçado que eu temia surgir à minha frente a cada esquina. Não ousei voltar ao apartamento onde morava, impelido a correr cada vez mais, apesar de estar encharcado da chuva que caía incessante do céu preto e sinistro.

Continuei a andar desse modo por algum tempo, tentando, em exercícios físicos, aliviar o peso que afundava meus pensamentos. Atravessei as ruas, sem estar exatamente ciente de onde me encontrava, ou o que fazia. Meu coração palpitava, doentio de medo, e eu avançava em passos irregulares, sem ousar olhar para os arredores.

"Como aquele que, na rua solitária / Caminha em medo e pavor / E, mesmo após se virar, caminha / Sem se virar a favor / Pois sabe que um monstro terrível / O segue de perto em trevor."[5]

Continuando assim, cheguei, finalmente, em frente à pousada onde as várias diligências e carruagens costumavam parar. Ali, me demorei, não sei por quê. Passei alguns minutos com o olhar concentrado em um coche que avançava em minha direção, do outro lado da rua. Quando se aproximou, notei que era uma diligência suíça. O veículo parou bem onde eu estava e, quando a porta se abriu, vislumbrei Henry Clerval, que, ao me ver, saltou imediatamente.

– Meu querido Frankenstein – exclamou –, que alegria ver você! Que sorte você estar aqui bem na hora de minha chegada!

---

[5] Trecho de "The Rime of the Ancient Mariner" ["O canto do velho marinheiro"], de Samuel Taylor Coleridge, em tradução livre. (N.T.)

Nada poderia se igualar ao meu prazer por ver Clerval; a presença dele levou meus pensamentos de volta ao meu pai, a Elizabeth e a todas as lembranças de casa, tão caras a mim. Segurei a mão dele e, por um momento, esqueci meu horror e azar; de repente, pela primeira vez em meses, senti uma alegria calma e serena. Cumprimentei meu amigo, portanto, da forma mais cordial, e caminhamos juntos na direção da faculdade. Clerval continuou a falar por certo tempo sobre nossos amigos em comum e sobre a sorte que tivera por poder ir a Ingolstadt.

– Você acreditará tranquilamente que tive enorme dificuldade para persuadir meu pai de que o conhecimento não se restringe somente à nobre arte contábil – disse ele. – Honestamente, acredito que o deixei incrédulo até o fim, pois a resposta constante dele às minhas súplicas insistentes era a mesma do professor holandês no *Vigário de Wakefield*: "Ganho dez mil florins anuais sem saber grego, como bem sem saber grego". Mas o afeto dele por mim finalmente superou o desgosto pelo ensino, e ele me permitiu enveredar em uma viagem de descoberta para as terras do conhecimento.

– É meu maior prazer ver você! Mas me diga como estão meu pai, meus irmãos e Elizabeth.

– Muito bem, e muito felizes, só um pouco preocupados por ter tão poucas notícias suas. Por sinal, tenho a intenção de reclamar disso em nome deles também. Mas, meu querido Frankenstein – continuou ele, parando de andar e me olhando de frente –, só agora notei como você parece doente, tão magro e pálido, como se não dormisse há muitas noites.

– Você está certo. Ando tão profundamente envolvido em uma ocupação que não me permiti descansar o suficiente, como você vê. Mas espero, sinceramente, que esse trabalho todo tenha acabado, e que eu esteja livre, enfim.

Eu tremia incontrolavelmente. Não conseguia pensar no ocorrido da noite anterior, muito menos falar disso. Andei com passos apressados e logo chegamos à faculdade. Refleti então, e estremeci ao pensar que a criatura que eu deixara no apartamento talvez ainda estivesse lá, viva, andando ao redor. Temi encontrar o monstro, mas, principalmente, temi que Henry o visse. Portanto, pedi a ele que me esperasse por alguns minutos ao pé da escada e subi correndo até o quarto. Minha mão já estava na maçaneta quando parei para me recompor. Um calafrio me percorreu. Escancarei a porta abruptamente, como crianças costumam fazer se esperam que haja um fantasma do outro lado, mas não vi nada. Entrei, cauteloso. O apartamento estava vazio e meu quarto, livre do hóspede horrendo. Mal consegui acreditar na sorte que me acometera, mas, ao me assegurar que meu inimigo de fato fugira, bati palmas de alegria e desci para chamar Clerval.

Subimos ao meu quarto e o criado nos trouxe o café da manhã. Eu mal conseguia me conter. Não era felicidade que me tomava; eu sentia a pele formigar de sensibilidade excessiva, o coração bater rápido. Não conseguia me manter parado, nem por um instante; pulei em cadeiras, bati palmas, ri alto. Clerval inicialmente atribuiu meu humor inesperadamente alegre à sua chegada, mas, ao me observar com atenção, viu que meus olhos estavam desvairados de uma forma que não sabia explicar, e minha gargalhada alta, irrestrita e desumana o impressionou e assustou.

– Meu querido Victor – disse ele –, o que houve, pelo amor de Deus? Não ria assim. Você está doente! Qual é o motivo disso tudo?

– Nem me pergunte! – gritei, cobrindo os olhos com as mãos, ao acreditar ver o espectro temido entrar no quarto. – *Ele* sabe. Ah, me salve! Me salve!

Imaginei que o monstro me agarrava, me debati furiosamente e caí, tendo um ataque.

Coitado do Clerval! O que ele deve ter sentido? Um encontro que ele antecipara tão alegremente se tornara estranhamente amargo. Contudo, não pude testemunhar sua dor, pois estava inerte e só recuperei os sentidos muito, muito tempo depois.

Foi o começo de uma febre nervosa que me confinou à cama por vários meses. Durante todo aquele tempo, Henry foi meu único cuidador. Depois soube que, devido à idade avançada do meu pai, que o tornava inapto para uma viagem tão longa, e à preocupação devastadora que Elizabeth sentiria em relação à minha doença, ele os poupou da dor, ocultando a gravidade de meu transtorno. Ele sabia que eu não encontraria nenhuma enfermeira mais bondosa e atenta do que ele; e, com a firme esperança de que eu me recuperaria, não duvidava que, em vez de mal, fazia o gesto mais bondoso possível a eles.

Na realidade, contudo, eu estava mesmo muito doente, e nada além da atenção incessante e ilimitada do meu amigo poderia ter me recuperado. A forma do monstro ao qual eu dera vida estava sempre no alto do meu olhar, e eu falava dele sem parar, de forma incongruente. Minhas palavras certamente surpreenderam Henry; inicialmente, ele acreditou que fossem devaneios da minha imaginação perturbada, mas a insistência com que eu voltava ao assunto o persuadiu de que minha doença tinha origem em algum acontecimento incomum e terrível.

Aos pouquinhos, com relapsos frequentes, que assustavam e preocupavam meu amigo, me recuperei. Lembro-me da primeira vez que fui capaz de observar objetos externos com qualquer prazer: notei que as folhas caídas tinham sumido e que brotinhos cresciam das árvores que faziam sombra à janela. Foi uma primavera divina e a estação contribuiu muito para a minha melhora. Senti alegria e afeto reviverem em meu peito; meu desânimo desapareceu e, pouco tempo depois, voltei a ser tão contente quanto era antes do entusiasmo fatal.

– Meu queridíssimo Clerval! – exclamei. – Como você é bom e carinhoso comigo. Este inverno todo, em vez de se dedicar aos estudos, como prometeu, você foi consumido pela minha enfermidade. Como posso retribuir? Sinto o maior remorso pela decepção que causei, mas espero que me perdoe.

– Você retribuirá completamente se, em vez de se transtornar, recuperar-se o mais rápido possível. E, já que parece estar de tão bom humor, posso conversar com você sobre um assunto?

Estremeci. Um assunto! O que seria? Será que ele aludiria ao tema no qual eu nem ousava pensar?

– Recomponha-se – disse Clerval, observando minha expressão. – Nem mencionarei, se for agitá-lo, mas seu pai e sua prima ficariam muito felizes se recebessem uma carta sua, escrita de próprio punho. Eles não sabem como você anda doente, e estão preocupados com o longo silêncio.

– É só isso, meu querido Henry? Como você é capaz de supor que meus primeiros pensamentos não seriam dirigidos aos meus queridíssimos, que tanto amo, e que tanto merecem meu amor?

– Se é esse seu temperamento, meu amigo, talvez você fique feliz em ver uma carta que está aqui à sua espera já faz alguns dias. É da sua prima, acho.

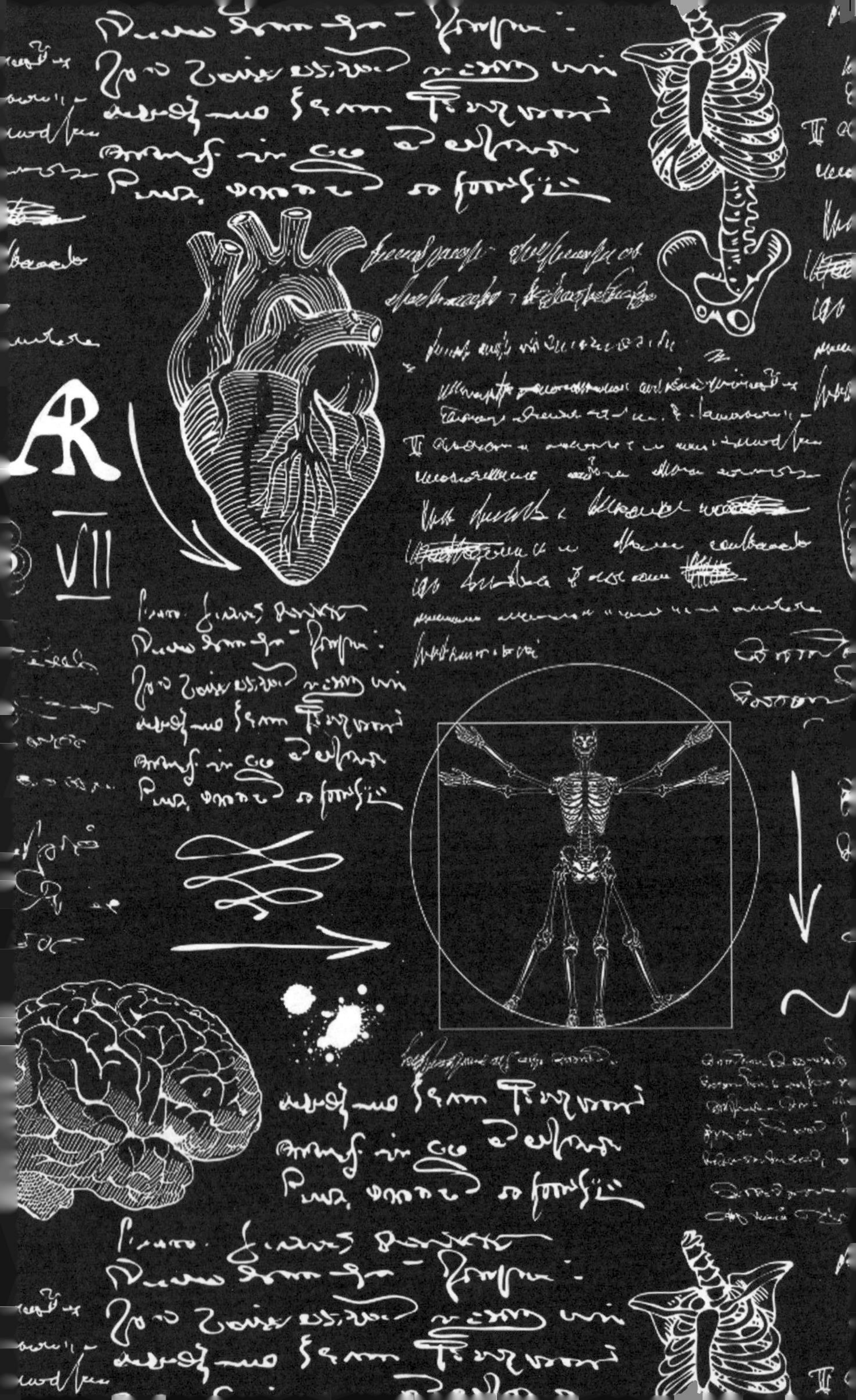

CAPÍTULO 6

Clerval me entregou a carta a seguir. Era de Elizabeth.

"Meu queridíssimo Primo,

"Você anda doente, muito doente, e nem as cartas constantes do querido e bondoso Henry bastam para me tranquilizar. Você está proibido de escrever, de segurar uma pena, mas uma mera palavra sua, querido Victor, bastaria para acalmar nossas apreensões. Por muito tempo, espero que cada carteiro traga tal notícia, e consegui persuadir meu tio a não empreender uma viagem até Ingolstadt. Eu o impedi de passar pelas inconveniências e os possíveis perigos de uma viagem tão longa, mas como lamento não poder viajar também! Imagino que a tarefa de cuidar de você tenha sido concedida a alguma velha enfermeira mercenária, que nunca imaginaria o que você deseja, nem tomaria conta de você com o carinho e o afeto de sua pobre prima. Mas isso acabou: Clerval escreveu dizendo que você está melhorando. Espero ansiosamente que você confirme tal informação em breve, de próprio punho.

"Melhoras, e volte logo. Você encontrará um lar feliz e animado, e amigos que o amam muito. A saúde do seu pai é vigorosa e ele só deseja ver você; se souber que você está bem, nenhuma preocupação sombreará aquele rosto benevolente. Como você ficaria feliz ao ver os progressos de nosso Ernest! Ele agora tem dezesseis anos, e é ativo e animado. Ele deseja ser um verdadeiro suíço e entrar para a diplomacia, mas não podemos abrir mão dele, pelo menos até o irmão mais velho voltar. Meu tio não gosta dessa ideia de carreira militar em países distantes, mas Ernest nunca teve os seus poderes de dedicação. Ele vê o estudo como uma obrigação detestável, e passa o tempo ao ar livre, escalando colinas e remando no lago. Temo que ele se torne um desocupado, se não cedermos e enfim permitirmos que ele siga a carreira que escolheu.

"Poucas mudanças, exceto pelo crescimento das queridas crianças, ocorreram desde que você nos deixou. O lago azul e as montanhas nevadas nunca mudam; e acho que nossa casa tranquila e nossos corações serenos são regulados pelas mesmas leis imutáveis. Minhas ocupações triviais me distraem e divertem, e qualquer esforço me recompensa ao ver apenas rostos felizes e bondosos ao meu redor. Desde que você nos deixou, só uma mudança ocorreu em nosso lar. Lembra a ocasião em que Justine Moritz entrou em nossa família? Provavelmente não; portanto, relatarei a história dela em poucas palavras. A *madame* Moritz, mãe dela, era uma viúva com quatro filhos, dos quais Justine era a terceira. A menina sempre foi a favorita do pai, mas, por uma estranha perversidade, a mãe não a suportava e, após a morte do sr. Moritz, passou a tratá-la muito mal. Minha tia notou este fato e, quando Justine tinha doze anos, convenceu a mãe dela a permitir que a menina viesse morar conosco. As instituições republicanas de nosso país produziram modos mais simples e felizes do que os que prevalecem nas grandes monarquias ao nosso redor. Portanto, há menos distinção entre as classes; e as castas mais baixas, por não serem nem tão pobres, nem tão desprezadas, têm modos mais refinados e morais. Ser um criado em Genebra não é o mesmo que ser um criado na França ou na Inglaterra. Justine, portanto, ao ser recebida por nossa família, aprendeu as tarefas de uma criada; uma condição que, em nosso afortunado país, não inclui a ideia de ignorância, nem o sacrifício da dignidade humana.

"Justine, como você deve lembrar, foi sua favorita; lembro que um dia você comentou que, se estivesse de mau humor, um único olhar de Justine o dissiparia, pelo mesmo motivo de Ariosto quando descreveu a beleza de Angélica: ela era tão feliz e sincera. Minha tia desenvolveu grande apego por ela, sendo, portanto, encorajada a oferecer a ela uma educação superior à que planejava. Tal benefício foi inteiramente retribuído, pois Justine era a criatura mais grata do mundo – não quero dizer que ela tenha professado algo do tipo, pois nunca ouvi nada a respeito de seus lábios, mas era possível ver no olhar dela o quanto adorava a protetora. Apesar da disposição alegre e, em muitos aspectos, descuidada, ela prestava enorme atenção a cada gesto da minha tia. Justine a considerava o modelo de total excelência e tentava imitar o fraseado e os modos dela, a ponto de, até hoje, me lembrar de minha tia.

"Quando minha querida tia faleceu, todos estávamos ocupados demais em nosso próprio luto para dar atenção à pobre Justine, que cuidara dela durante a doença com afeto ansioso. Justine, coitada, estava doentíssima, mas outras desventuras ainda a aguardavam.

"Um por um, todos os irmãos e as irmãs dela morreram; e a mãe foi deixada sem filhos, exceto pela filha negligenciada. A mulher ficou com a consciência perturbada e passou a acreditar que a morte dos filhos favoritos era um castigo divino para puni-la. Ela era católica, e acredito que o padre com quem se confessava confirmou a ideia que ela concebera. Portanto, alguns meses após você ter partido para Ingolstadt, Justine foi convocada pela mãe arrependida. Coitada! Ela chorou ao deixar nossa casa; estava muito alterada desde a morte da minha tia, e o luto imbuíra certa suavidade e uma tranquilidade amena aos modos dela, que antes eram notavelmente agitados. A residência na casa da mãe certamente não restauraria seu ânimo. A mulher, coitada, vacilava muito no arrependimento. Às vezes, implorava a Justine que perdoasse sua crueldade, mas, com muito mais frequência, a acusava de ter sido a causa das mortes dos irmãos e das irmãs. A preocupação constante finalmente levou a saúde de *madame* Moritz a declinar, o que inicialmente a tornou mais irritável, mas agora ela está eternamente em paz. Morreu assim que chegou o clima frio, no começo do último inverno. Justine voltou para o nosso lar, e posso prometer que eu a amo com enorme ternura. Ela é muito esperta e gentil, assim como extremamente linda; como já mencionei, os modos e as expressões dela sempre me fazem lembrar de minha queridíssima tia.

"Também devo dedicar algumas palavras, primo querido, a William, meu queridinho. Queria que você o visse: ele está bem alto para a idade, com olhos azuis doces e alegres, cílios escuros e cabelo cacheado. Quando sorri, surgem covinhas dos dois lados, nas bochechas rosadas e saudáveis. Ele já teve duas *esposinhas*, mas sua favorita é Louisa Biron, uma menininha linda de cinco anos.

"Agora, querido Victor, ouso dizer que você gostaria de saber algumas fofocas sobre o povo de Genebra. A bela srta. Mansfield já recebeu visitas parabenizando-a em relação ao noivado com um jovem inglês, o sr. John Melbourne. A irmã mais feia, Manon Mansfield, casou-se com o sr. Duvillard, o banqueiro rico, no último outono. Seu colega de escola preferido, Louis Manoir, sofreu vários infortúnios desde que Clerval foi embora de Genebra, mas ele já recuperou o ânimo e parece prestes a se casar com uma moça francesa muito animada e bonita, a *madame* Tavernier. Ela é viúva, muito mais velha que Manoir, mas é muito admirada e querida por todos.

"Já escrevi a ponto de me alegrar, primo querido, mas, na conclusão, volta a ansiedade. Escreva, meu querido Victor – uma frase, uma palavra que fosse, já seriam uma bênção para nós. Dez mil agradecimentos a Henry pela bondade, pelo afeto e pelas muitas cartas; nossa gratidão é sincera. *Adieu*!, meu primo. Cuide-se e, imploro, me escreva!

"*Elizabeth Lavenza*
"**Genebra, 18 de março de 17__.**"

– Minha querida, queridíssima Elizabeth! – exclamei, ao ler a carta. – Vou escrever imediatamente e aliviar a ansiedade que eles devem estar sentindo.

Escrevi, e o esforço me exauriu, mas minha recuperação já começara e continuou, gradualmente. Em duas semanas, pude sair do quarto.

Um dos meus primeiros deveres, quando recuperado, foi apresentar Clerval a vários professores da universidade. Ao fazer isso, passei por situações incômodas, que não combinavam com as dores pelas quais minha mente passara. Desde a fatídica noite em que finalizei meu trabalho, o qual foi o começo de meus infortúnios, eu desenvolvera uma antipatia violenta à mera menção à filosofia natural. Mesmo depois de estar, de forma geral, em plena saúde, vislumbrar instrumentos químicos renovava toda a agonia de meus sintomas nervosos. Henry percebeu isso e tirou todos os aparatos da minha frente. Ele também mudou meu apartamento, pois percebeu que eu desenvolvera grande desgosto pela sala que antes fora meu laboratório. Contudo, tais cuidados de Clerval foram em vão quando visitei meus professores. O sr. Waldman me torturou ao elogiar, com bondade calorosa, o espetacular progresso que eu fizera nas ciências. Ele logo percebeu que eu não gostava do assunto, mas, sem identificar a causa verdadeira, atribuiu tal sentimento à modéstia e mudou a conversa, do meu progresso, para a ciência em si, desejando, notei nitidamente, me encorajar. O que eu poderia fazer? Ele queria me agradar, mas me atormentava. Eu sentia como se ele tivesse exposto com cuidado, um a um, os instrumentos que seriam, em seguida, utilizados para causar minha morte, lenta e cruelmente. Estremeci ante suas palavras, mas não ousei demonstrar a dor que sentia. Clerval, cujos olhares e sentimentos eram sempre rápidos para perceber as sensações alheias, desviou o assunto, alegando, como desculpa, sua total ignorância; assim, a conversa convergiu para temas mais gerais. Agradeci ao meu amigo, do fundo do coração, mas não ousei falar. Vi claramente que ele estava surpreso, mas nunca tentou arrancar o segredo de mim; e, apesar de eu amá-lo com um misto de afeto e reverência irrestritos, jamais conseguiria me convencer a lhe confessar o ocorrido sempre tão presente em minha memória, mas que eu temia se tornar mais angustiante caso fosse detalhado a outra pessoa.

O sr. Krempe não foi igualmente dócil, e, na minha condição de sensibilidade quase insuportável, seus elogios severos e bruscos me causaram ainda mais dor do que a aprovação benevolente do sr. Waldman.

– Maldito! – exclamou ele. – Ora, sr. Clerval, posso garantir que ele nos deixou todos para trás. Ah, pode fazer essa cara, mas não deixa de ser verdade. Um jovem que, meros anos atrás, acreditava em Cornelius Agrippa como se fosse a Bíblia, agora se destaca à frente da universidade. Se não for contido, vamos todos acabar sem trabalho. Ai, ai – continuou, observando minha expressão de sofrimento –, o sr. Frankenstein é modesto, uma qualidade excelente a qualquer jovem. Jovens devem ser humildes, sabe, sr. Clerval. Eu também fui assim, na juventude, mas isso passa com o tempo.

O sr. Krempe começou então a fazer elogios a si mesmo, o que felizmente mudou a conversa para temas menos irritantes.

Clerval nunca compartilhara de meu interesse por ciências naturais, e suas pesquisas literárias eram inteiramente diferentes do trabalho que me ocupava. Ele foi à universidade com a intenção de se tornar mestre das línguas asiáticas, abrindo o campo para o plano de vida que delineara. Decidido a não ir atrás de nenhuma carreira inglória, ele voltou os olhos para o Leste, que tinha espaço para seu espírito empreendedor. As línguas persas, arábicas e sânscritas atraíam sua intenção, e eu fui facilmente encorajado a entrar no mesmo estudo. O ócio sempre me fora desprezível e, querendo fugir da reflexão e dos antigos estudos que eu passara a odiar, senti enorme alívio em me tornar colega de aprendizado do meu amigo. Não encontrei apenas instrução, mas também consolo no trabalho dos orientalistas. Diferentemente deles, não busquei um conhecimento crítico dos dialetos, pois não contemplava usá-los para nada além de distração temporária. Lia somente para entender o sentido, e meu esforço foi recompensado. A melancolia dessas obras é reconfortante, e a alegria, elevadora, a um grau que eu nunca alcançara nos estudos de autores de outros países. Ao ler tais escritos, a vida parece consistir de sol cálido e roseiras, sorrisos e carrancas de inimigos justos, fogos que consomem o coração. Que diferença da poesia máscula e heroica da Grécia e da Roma!

Passei o verão em tais ocupações, e minha volta a Genebra foi marcada para o fim do outono. Contudo, atrasado por diversos incidentes, chegaram o inverno e a neve, e as estradas foram bloqueadas, então minha viagem precisou ser adiada até a primavera seguinte. Resignei-me a esse atraso com amargor, pois queria muito ver minha terra e meus queridos amigos. Minha volta só fora adiada dessa forma porque não queria abandonar Clerval em um lugar inóspito, sem que antes ele conhecesse melhor os habitantes. O inverno, contudo, foi passado alegremente e, apesar de a primavera ter demorado mais do que o esperado, chegou com tal beleza que o atraso foi perdoado.

O mês de maio já começara e eu esperava todos os dias a carta que indicaria a data de minha viagem. Henry propôs, então, uma viagem a pé pelos arredores de Ingolstadt, para que eu me despedisse pessoalmente do país onde morara por tanto tempo. Aceitei a proposta com prazer – gostava de exercício e Clerval sempre fora meu companheiro preferido nesse tipo de passeio, quando andávamos pelos cenários do meu país de origem.

Passamos duas semanas perambulando assim. Minha saúde e meu ânimo havia muito estavam melhores, e ganharam mais força do ar salubre que respirei, dos incidentes naturais do progresso e da conversa com meu amigo. Antes disso, o estudo me isolara das relações com meus colegas, tornando-me antissocial, mas Clerval atiçou os melhores sentimentos em meu peito e me ensinou a amar novamente os aspectos da natureza e o rosto alegre das crianças. Meu excelente amigo! Com que sinceridade você me amou, e tentou elevar minha mente até estar ao nível da sua! Uma busca egoísta me reprimira e limitara, até sua gentileza e seu carinho me aquecerem e incentivarem a abrir meus sentidos. Eu me tornei a mesma criatura feliz que, poucos anos antes, amado e querido por todos, não tinha tristeza ou preocupação alguma. Quando a natureza feliz e inanimada tinha o poder de causar em mim as sensações mais deliciosas. Céus serenos e campos verdejantes me enchiam de êxtase. A estação era mesmo divina: as flores primaveris se abriam nas sebes e as do verão já começavam a brotar. Eu não fui perturbado pelos pensamentos que me pressionavam no ano anterior, nem pelo esforço de afastá-los, com peso invencível.

Henry se deleitou com minha felicidade, e demonstrou empatia sincera por meus sentimentos. Ele se esforçou para me divertir e expressou as sensações de sua alma. Os recursos da mente dele naquela ocasião eram mesmo impressionantes: suas conversas eram cheias de imaginação, e muitas vezes, imitando os autores persas e árabes, ele inventava histórias de criatividade e paixão maravilhosas. Outras vezes, declamava meus poemas preferidos, ou me envolvia em discussões, sustentando seus argumentos de forma muito engenhosa.

Voltamos à faculdade em uma tarde de domingo. Os camponeses estavam dançando e todos que encontramos pareciam contentes e felizes. Meu ânimo estava ótimo, e avancei leve, transportado por alegria e hilaridade desenfreadas.

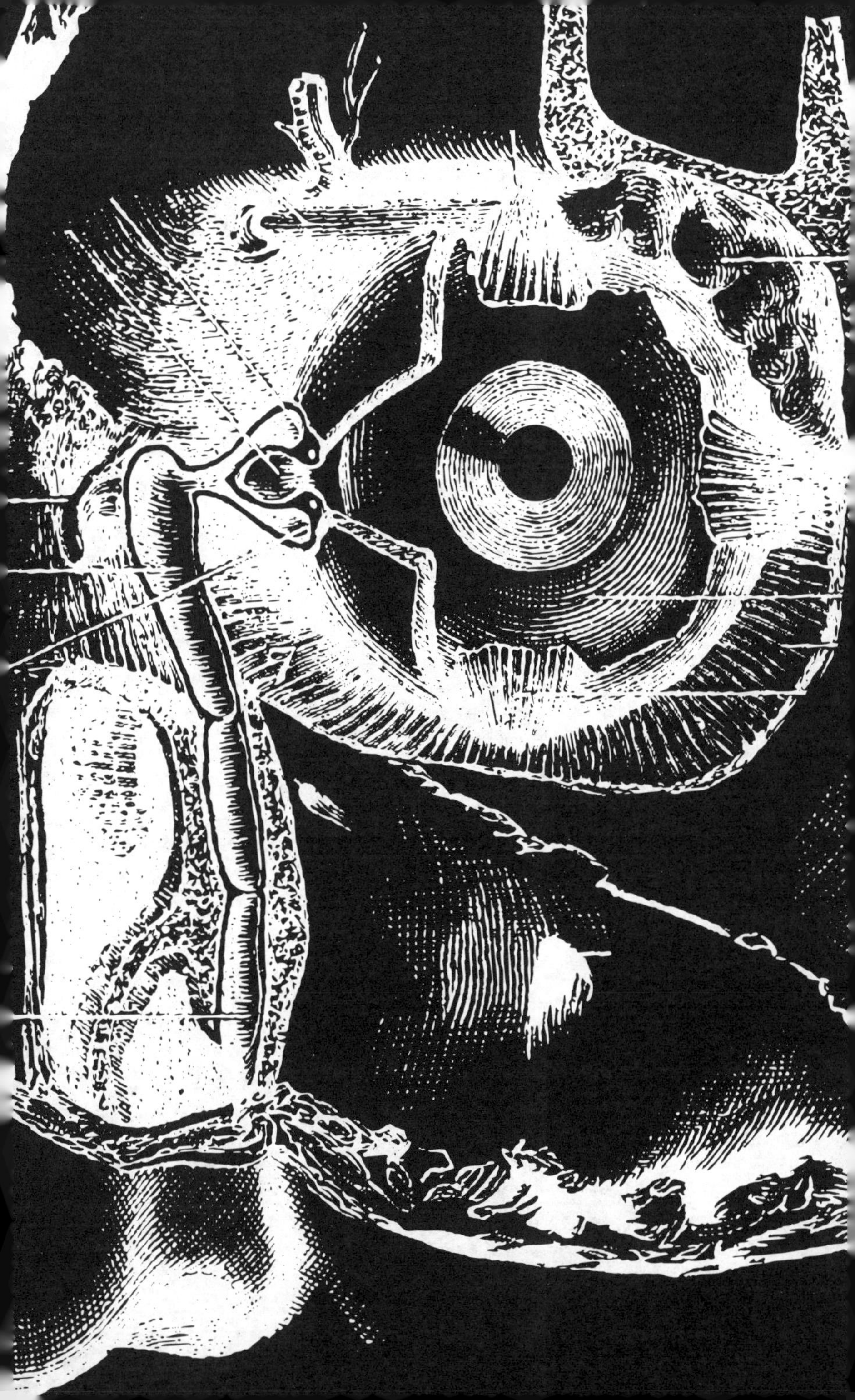

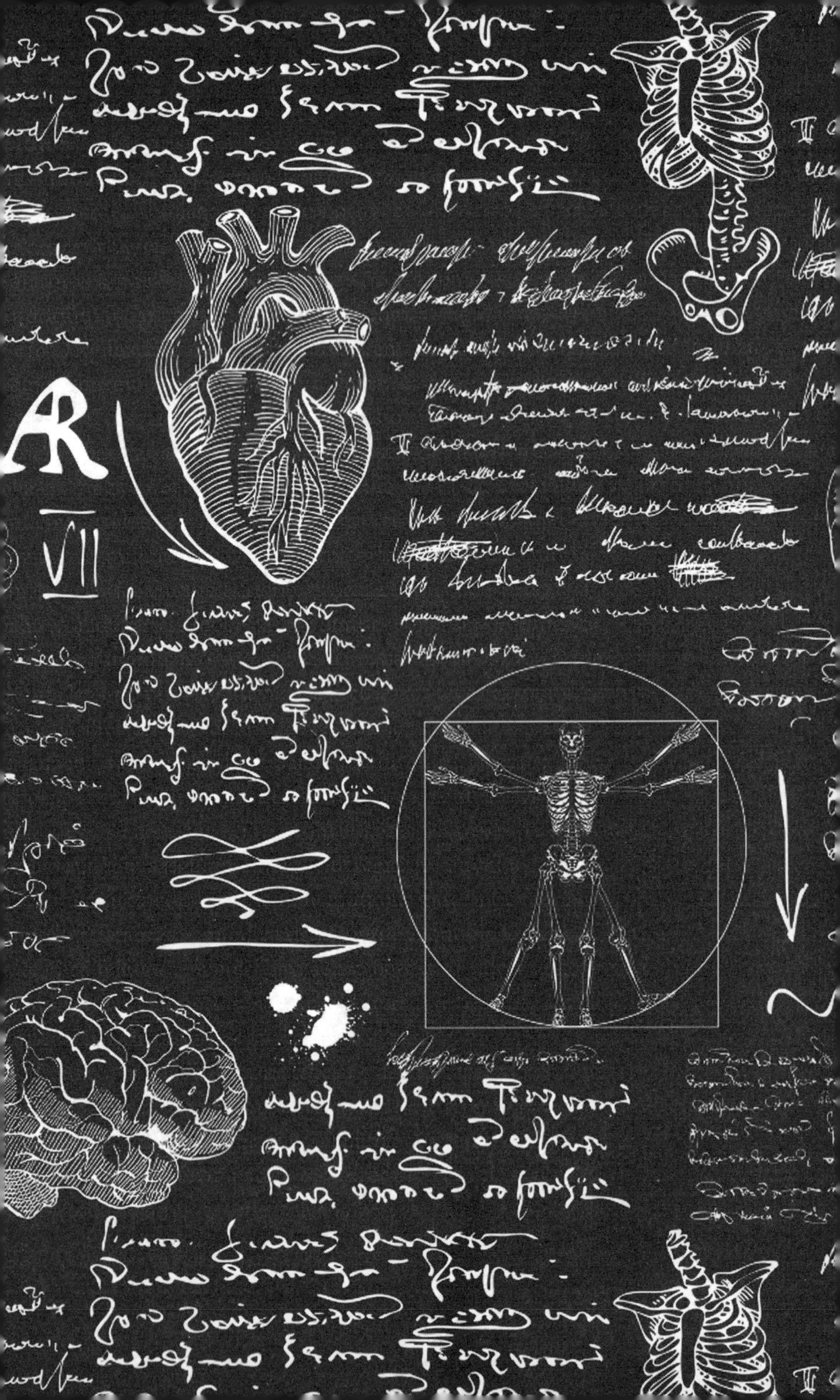
AR
VII

CAPÍTULO 7

Na volta, encontrei a seguinte carta do meu pai:

"Meu querido Victor,
Você provavelmente esperou impacientemente por uma carta, para assim poder marcar a data da viagem de retorno. A princípio, eu planejava escrever um bilhete curto, simplesmente mencionando o dia em que o esperaria. Mas seria uma bondade cruel, e não ouso fazê-lo. Qual seria sua surpresa, meu filho, quando, ao esperar boas-vindas alegres e animadas, encontrasse, ao contrário, lágrimas e miséria? E como, Victor, posso narrar nosso infortúnio? A ausência não pode tê-lo tornado indiferente às nossas felicidades e infelicidades, e como eu poderia causar dor em meu filho há tanto ausente? Quero prepará-lo para as péssimas notícias, mas sei que é impossível; mesmo agora, seu olhar deve estar percorrendo a página, procurando as palavras que trarão informações horríveis.

"William morreu! Aquele doce menino, cujos sorrisos me alegravam e aqueciam meu coração, que era tão gentil e tão animado! Victor foi assassinado!

"Não tentarei consolá-lo, e me aterei a relatar as circunstâncias do ocorrido.

"Na quinta-feira passada (7 de maio), eu, minha sobrinha e seus dois irmãos fomos caminhar em Plainpalais. A tarde estava quente e serena, e prolongamos o passeio mais do que de costume. Já havia escurecido quando pensamos em voltar, mas verificamos que William e Ernest, que tinham ido na frente, não estavam em lugar algum. Portanto, nos sentamos para descansar e esperar que eles reaparecessem. Logo, Ernest voltou, e perguntou se tínhamos visto o irmão; ele disse que eles estavam brincando, que William fugira para se esconder, e que ele em vão o procurara e depois ainda esperara por muito tempo, sem resultado.

"Isso nos preocupou, claro, então continuamos a procurá-lo no cair da noite, até que Elizabeth supôs que talvez ele tivesse voltado para casa. Não foi o caso. Saímos de novo, carregando tochas, pois eu não podia descansar enquanto pensasse que meu filho querido se perdera, exposto à umidade e à friagem da noite. Elizabeth também sofria com extrema angústia. Por volta das cinco da manhã, encontrei meu menino querido – que na noite anterior eu vira cheio de vida e saudável – esticado na grama, lívido e inerte. As marcas dos dedos do assassino ainda estavam em seu pescoço.

"Ele foi trazido para casa e a angústia, visível em meu rosto, revelou o segredo a Elizabeth. Ela quis ver o cadáver. A princípio, tentei impedir, mas ela insistiu e, ao entrar no quarto onde eu o deixara, examinou imediatamente o pescoço da vítima. Finalmente, ela juntou as mãos e exclamou:

"– Ah, meu Deus! Assassinei meu menino querido!

"Ela desmaiou, e só voltou à consciência com extrema dificuldade. Quando despertou, foi para chorar e suspirar. Ela contou que, naquela tarde, William implorara a ela que o deixasse usar um medalhão com um retrato muito valioso que ela tinha da sua mãe. Esse objeto sumiu, e certamente foi a tentação que encorajou o ato do assassino. Não temos pistas do culpado, mas ainda tentamos encontrá-lo. Contudo, isso não me devolverá meu amado William!

"Venha, meu querido Victor, pois só você pode consolar Elizabeth. Ela chora sem parar e se culpa, injustamente, de ser a causa da morte dele. As palavras dela me doem no peito. Estamos todos infelizes, mas espero que esse motivo o encoraje, meu filho, a voltar para nos confortar. Sua pobre mãe! E agora, Victor! Posso dizer que foi graças a Deus que ela não viveu para testemunhar a morte cruel e terrível do filhinho mais novo!

"Venha, Victor, sem remoer planos de vingança contra o assassino, mas com sentimentos de paz e gentileza, que curarão, em vez de inflamar, as nossas feridas mentais. Entre no lar em luto, meu querido, com bondade e carinho por aqueles que ama, e não com ódio pelos inimigos.

"Seu pai carinhoso e em luto,

Alphonse Frankenstein
Genebra, 12 de maio de 17__."

Clerval, que observara minha expressão conforme eu lia a carta, se surpreendeu com o desespero que seguiu a alegria que eu inicialmente expressara por receber notícias da família. Joguei a carta na mesa e cobri o rosto com as mãos.

– Meu querido Frankenstein – exclamou Henry, ao me ver chorar de amargura –, você será sempre infeliz? Meu caro amigo, o que aconteceu?

Indiquei que ele deveria ler a carta, e fiquei andando de um lado para o outro, extremamente agitado. Lágrimas também jorraram dos olhos de Clerval quando ele leu o relato de meu infortúnio.

– Não posso oferecer consolo algum, meu amigo – disse ele –, pois esse desastre é irreparável. O que planeja fazer?

– Ir a Genebra imediatamente. Venha comigo, Henry, alugar os cavalos.

No caminho, Clerval tentou me dizer algumas palavras de conforto, capaz apenas de expressar sua sincera lástima.

– Pobre William! – disse ele. – Aquele menino querido e amado, que agora dorme em paz com a mãe angelical! Qualquer um que o tenha visto, tão radiante e alegre naquela jovem beleza, deve chorar por essa perda inesperada! Que morte miserável, ao sentir as mãos do assassino! Que assassino vil, para destruir uma inocência tão iluminada! Coitadinho! Só temos um consolo: os amigos dele choram em luto, mas ele está descansando. A dor acabou, ele nunca mais sofrerá. A grama cobre sua forma suave, e ele não conhece dor. Não deve mais ser objeto de pena; reservaremos tal sentimento aos infelizes sobreviventes – falou Clerval, enquanto descíamos a rua, apressados.

As palavras dele me marcaram tanto que, mais tarde, quando estava sozinho, me lembrei delas. Contudo, assim que os cavalos chegaram, entrei no cabriolé e me despedi do meu amigo.

O trajeto foi muito melancólico. A princípio, eu queria me apressar, desejando consolar e acompanhar meus amados e tristes amigos. Contudo, conforme fui me aproximando da minha cidade de origem, diminuí a marcha. Eu mal conseguia sustentar os muitos sentimentos apinhados em mim. Passei por cenários conhecidos da juventude, mas que eu não via havia quase seis anos. Quão diferente tudo poderia estar depois de tanto tempo! Uma mudança repentina e devastadora ocorrera, mas mil circunstâncias menores poderiam, aos poucos, causar outras alterações, que, apesar de terem sido mais tranquilas, seriam igualmente decisivas. Fui tomado pelo medo; não ousava avançar, temendo mil males inomináveis que me faziam estremecer, mesmo que eu não soubesse defini-los.

Passei dois dias em Lausanne, nesse estado mental dolorido. Contemplei o lago: as águas eram plácidas, os arredores pareciam calmos, e as montanhas nevadas, "palácios da natureza", estavam iguais. Aos poucos, a paisagem calma e celestial me tranquilizou, e pude continuar o trajeto até Genebra.

A estrada seguia à margem do lago, e se estreitava conforme eu me aproximava de minha cidade de origem. Vi, distintamente, as laterais escuras do Jura e o cume iluminado do Mont Blanc. Chorei como uma criança.

– Queridas montanhas! Meu lindíssimo lago! Como recebem seu viajante? Seus cumes estão claros, o céu e o lago, azuis e plácidos. É sinal de paz, ou escárnio pela minha infelicidade?

Temo, meu amigo, que eu me torne tedioso ao me demorar nessas circunstâncias preliminares; mas foram dias de felicidade comparativa, e penso neles com prazer. Meu país, meu amado país! Só quem é dali pode imaginar o deleite que senti ao vislumbrar novamente os rios, as montanhas e, especialmente, o belo lago!

Ainda assim, conforme me aproximei de casa, fui novamente sendo dominado pelo luto e pelo medo. A noite também se fechou ao meu redor e, quando mal enxergava as montanhas escuras, tive uma sensação ainda mais sombria. A paisagem me parecia um cenário cruel, vasto e obscuro, e previ, sinistramente, que estava destinado a me tornar o ser humano mais miserável do mundo. Ai de mim! Minha profecia se tornara verdadeira, exceto por uma simples circunstância: em toda a miséria que imaginei e temi, não fui capaz de conceber nem um centésimo da angústia que estava fadado a sofrer.

Já estava completamente escuro quando cheguei aos arredores de Genebra. Os portões da cidade estavam trancados e fui obrigado a passar a noite em Secheron, uma aldeia a pouco mais de dois quilômetros da cidade. O céu estava sereno e, como eu não consegui descansar, decidi visitar o lugar onde meu querido William, coitado, fora assassinado. Como não podia atravessar a cidade, fui obrigado a atravessar o lago de barco para chegar a Plainpalais. Durante a curta viagem, vi os relâmpagos dançarem no cume do Mont Blanc, formando figuras lindíssimas. A tempestade parecia se aproximar rapidamente e, ao desembarcar, subi o aclive para poder observar seu progresso. Avançava; os céus estavam enevoados e logo senti a chuva cair devagar, em gotas grossas, cuja violência cresceu rapidamente.

Abandonei minha posição e segui andando, apesar de a escuridão e a tempestade aumentarem a cada minuto e os trovões estrondearem terrivelmente acima de mim. A troada ecoava de Salêve, do Jura, dos Alpes de Saboia. Clarões vívidos de relâmpagos atordoaram meu olhar, iluminando o lago, dando a ele a aparência de um enorme lençol de fogo, e de repente tudo pareceu um breu, até meus olhos se recuperarem dos lampejos anteriores. A tempestade, como costuma ser o caso na Suíça, apareceu de uma vez em cada canto do céu. O ponto mais violento era exatamente ao norte da cidade, sobre a parte do lago que fica entre o promontório de Bellerive e a aldeia de Copêt. Outra tempestade iluminava o Jura com lampejos mais fracos, e outra escondia e às vezes revelava Môle, uma montanha pontiaguda ao leste do lago.

Enquanto eu observava o temporal, tão lindo e tão apavorante, avancei a passos apressados. A nobre guerra dos céus elevou meu ânimo. Eu uni as mãos com força e exclamei:

– William, anjo querido! Eis seu sepultamento! Eis seu canto fúnebre!

Ao pronunciar essas palavras, vislumbrei, no escuro, uma silhueta escondida atrás de um aglomerado de árvores próximas. Fiquei parado ali, olhando atentamente; não podia ser um erro. Um relâmpago iluminou o ser e revelou sua forma inteira: a estatura gigantesca e o aspecto deformado, mais horrendo do que a humanidade seria capaz de ser, instantaneamente me informaram que era o miserável, o demônio imundo, ao qual eu dera vida. O que ele fazia ali? Seria ele (estremeci só de pensar) o assassino de meu irmão? Assim que essa ideia me ocorreu, fui convencido de sua verdade. Comecei a bater os dentes e fui obrigado a me encostar em uma árvore, em busca de apoio. A silhueta passou por mim rapidamente, e a perdi na escuridão. Nada humano poderia ter destruído aquele doce menino. Era *ele* o assassino! Eu não tinha dúvida. O mero vislumbre dessa ideia era prova irrefutável do fato. Pensei em perseguir o demônio, mas teria sido em vão, pois mais um relâmpago me revelou que ele estava dependurado entre as rochas da subida quase perpendicular do monte Salêve, uma colina que limita Plainpalais ao sul. Ele logo chegou ao cume e desapareceu.

Não me mexi. Os trovões pararam, mas a chuva continuou e o cenário foi envolvido por um negrume impenetrável. Revirei mentalmente os acontecimentos que até então tentara esquecer: todo o progresso até a criação; o surgimento do fruto de minhas próprias mãos, vivo, ao lado da minha cama; a partida. Já tinham se passado quase dois anos desde a noite em que ele ganhara vida; seria aquele seu primeiro crime? Ai! Eu soltara no mundo um miserável depravado, cujo prazer era o horror e a carnificina. Não teria ele assassinado meu irmão?

Ninguém seria capaz de conceber a angústia que sofri o restante da noite, que passei ao relento, no frio e na umidade. Contudo, não senti a inconveniência do clima; minha imaginação estava ocupada demais com cenas de crueldade e desespero. Considerei o ser que eu jogara em meio aos homens, e dotara de vontade e poder para cometer atos de terror, como aquele que fizera, quase à luz do meu próprio vampiro, meu próprio espírito liberado do túmulo, forçado a destruir tudo o que me era caro.

Quando chegou o dia, eu ainda dirigia meus passos à cidade. Os portões estavam abertos, então corri até a casa do meu pai. Minha primeira ideia foi revelar o que eu sabia sobre o assassino, e iniciar uma busca imediata. Entretanto, hesitei, refletindo sobre a história que deveria contar. Um ser que eu próprio formara, ao qual dera vida, me encontrara de madrugada entre os precipícios de uma montanha inacessível. Também me lembrei da febre nervosa que me acometera exatamente na data de origem daquela criação, que daria um ar delirante à história, que já era completamente improvável. Eu sabia bem que, se outra pessoa me relatasse acontecimentos como aquele, eu os consideraria desvarios lunáticos. Além disso, a estranha natureza do animal se esquivaria de qualquer busca, mesmo que eu tivesse crédito o suficiente para persuadir meus parentes a iniciá-la. Além disso, do que adiantaria a busca? Quem seria capaz de conter uma criatura que escalava os penhascos rochosos do monte Salêve? Tais reflexões me levaram a decidir me calar.

Era por volta das cinco da manhã quando entrei na casa do meu pai. Pedi aos criados que não perturbassem a família, e fui à biblioteca, esperando a hora em que eles normalmente acordavam.

Seis anos tinham se passado como um sonho, exceto por um rastro indelével, e eu me encontrava no mesmo lugar onde abraçara meu pai pela última vez, antes de partir para Ingolstadt. Que pai amado e venerável ele ainda continuava para mim! Olhei para o retrato de minha mãe, pendurado acima da lareira. Era uma pintura histórica, segundo os desejos do meu pai, representando Caroline Beaufort em desespero agoniado, ajoelhada ao lado do caixão do pai falecido. Seu traje era rústico e seu rosto, pálido, mas havia um ar de dignidade e beleza que impedia qualquer sentimento de compaixão. Abaixo da pintura encontrava-se um medalhão com o retrato de William, e lágrimas escorreram dos meus olhos quando o vi. Enquanto eu chorava, Ernest entrou na biblioteca. Ele me ouvira chegar e correra para me receber. Foi com triste alegria que me cumprimentou.

– Bem-vindo, meu querido Victor – saudou ele. – Ah! Queria que você tivesse chegado três meses atrás, quando nos encontraria todos felizes e joviais. Você vem, agora, para compartilhar uma dor que nada pode aliviar. Contudo, espero que sua presença anime nosso pai, que parece estar afundando sob o peso do infortúnio. E suas persuasões certamente induzirão Elizabeth a parar com os tormentos e as autoacusações vãs. Coitado do William! Ele era nosso querido e nosso orgulho!

Lágrimas escorreram irrestritamente dos olhos do meu irmão, e fui tomado por uma sensação de agonia fatal. Até então, eu apenas imaginara a tristeza de meu lar desolado; mas a realidade chegou como um desastre novo, e igualmente terrível. Tentei acalmar Ernest e fiz perguntas mais detalhadas quanto ao meu pai e àquela que eu chamava de prima.

– Ela, principalmente, precisa de consolo – disse Ernest. – Ela se acusa de ter causado a morte do meu irmão, e isso a deixou devastada. Mas já descobrimos a pessoa culpada pelo assassinato...

– O assassino foi descoberto! Meu Deus! Como assim? Quem foi capaz de persegui-lo? É impossível! Seria como tentar domar os ventos, ou confinar a cachoeira da montanha com um canudo. Eu também o vi, e ele estava livre ainda ontem à noite!

– Não sei do que você está falando – respondeu meu irmão, chocado –, mas a descoberta que fizemos só piora nossa dor. Ninguém quis acreditar a princípio, e mesmo agora Elizabeth não se convence, apesar das provas. Claro, afinal, quem consideraria que Justine Moritz, sempre tão amável e querida pela família toda, tornar-se-ia de repente capaz de um crime tão hediondo e terrível?

– Justine Moritz! Coitadinha, ela foi acusada? Mas é uma injustiça, todo mundo sabe. Ninguém acredita, não é, Ernest?

– Ninguém acreditou no começo, mas várias circunstâncias foram reveladas e praticamente nos forçaram a acreditar. Além disso, o comportamento dela é tão confuso que soma aos fatos um peso que, temo, não deixa margem para erro. Mas hoje ela será julgada, e você ouvirá a história.

Ele contou que, na manhã em que descobriram o assassinato do pobre William, Justine adoecera e passara dias confinada à cama. Durante esse tempo, um dos criados, que por acaso mexia na roupa que ela usara na noite do assassinato, encontrara no bolso o medalhão com o retrato da minha mãe, considerado a motivação do assassino. O criado imediatamente mostrou o retrato para outro criado, que, sem dizer uma palavra para a família, foi ao juiz. Após esse testemunho, Justine foi presa. Ao ser acusada, a coitada confirmou a suspeita, devido aos modos extremamente confusos.

Era uma história estranha, mas não abalou minha convicção.

– Vocês estão todos enganados – respondi, insistente. – Eu conheço o assassino. Justine, a boa e pobre Justine, é inocente.

Naquele instante, meu pai entrou. Vi a infelicidade profundamente entranhada em sua expressão, mas ele tentou me receber com alegria e, depois dos cumprimentos tristes, começou um assunto distante do nosso desastre, mas foi interrompido pela exclamação de Ernest:

– Meu Deus do céu, papai! Victor disse que sabe quem assassinou o coitado do William.

— Também sabemos, infelizmente — respondeu meu pai —, apesar de eu preferir ter sido para sempre ignorante a descobrir tanta perversão e ingratidão em uma moça que eu tanto estimava.

— Meu querido pai, você está enganado. Justine é inocente.

— Se ela for, Deus a livre de sofrer como culpada. Ela será julgada hoje e espero, sinceramente, que seja absolvida.

Essa resposta me acalmou. Eu estava decididamente convencido de que Justine, e qualquer ser humano, era inocente daquele assassinato. Portanto, eu não temia que qualquer prova circunstancial fosse grave o suficiente para condená-la. Minha história não poderia ser publicamente anunciada, pois seu horror chocante seria desprezado como loucura pelos mais vulgares. Será que existiria alguém, exceto eu, o criador, que acreditaria, se não confrontado com aquilo pessoalmente, na existência do monumento vivo da presunção e da ignorância imprudente que eu soltara no mundo?

Elizabeth se juntou a nós pouco depois. O tempo a mudara desde que eu a vira pela última vez; ela ganhara uma beleza ainda maior do que a delicadeza da infância. Mantinha-se o mesmo candor, a mesma vivacidade, mas a eles se uniam uma expressão mais sensível e inteligente. Ela me recebeu com enorme afeto.

— Sua chegada, querido primo — disse ela —, me enche de esperança. Talvez você dê um jeito de defender minha pobre Justine, que não tem culpa de nada. Ai! Quem estará seguro, se ela for condenada pelo crime? Confio na inocência dela com tanta certeza quanto na minha. Nosso infortúnio é duplo: não só perdemos nosso querido menininho, mas também essa pobre moça, que eu amo sinceramente, e que será arrancada de nós por um destino ainda pior. Se ela for condenada, nunca mais sentirei felicidade. Mas ela não será, tenho certeza; assim, serei feliz de novo, mesmo após a triste morte do coitadinho do William.

— Ela é inocente, querida Elizabeth — falei —, e isso será provado. Não tema, e se tranquilize com a certeza da absolvição.

– Como você é bom e generoso! Todo mundo acredita na culpa dela, o que me deixou péssima, pois eu sei que é impossível. E ver todos prejudicados de forma tão mortal me deixou desesperada e desiludida – chorou ela.

– Minha querida sobrinha – disse meu pai –, seque essas lágrimas. Se ela for, como você crê, inocente, confie na justiça de nossas leis, e no fato de que eu impedirei qualquer sombra de parcialidade.

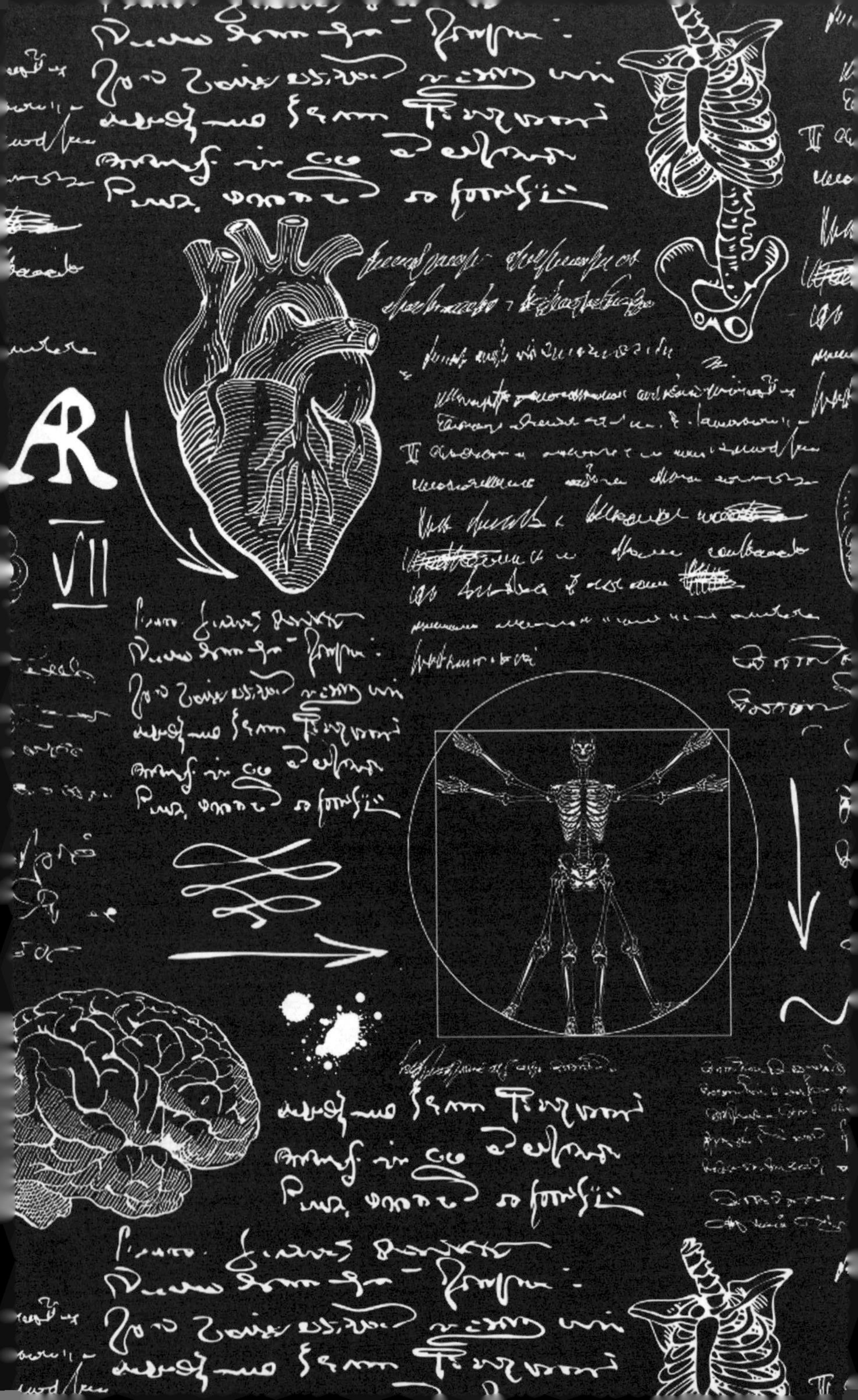

CAPÍTULO 8

Passamos algumas horas tristes até às onze, quando estava previsto o início do julgamento. Visto que meu pai e o restante da família eram obrigados a testemunhar, eu os acompanhei ao tribunal. Durante toda essa zombaria miserável da justiça, fui torturado vivo. Decidir-se-ia se o resultado da minha curiosidade e do meu ofício ilegal teria causado a morte de dois dos meus contemporâneos: uma criança sorridente, alegre e inocente; outra muito mais horrivelmente assassinada, com toda a infâmia grave que tornaria a morte memorável e terrível. Justine também era uma menina de mérito, cujas qualidades prometiam tornar sua vida feliz, e tudo isso seria obliterado em um túmulo vergonhoso, por minha causa! Eu escolheria mil vezes confessar minha culpa no crime atribuído a Justine, mas estava ausente quando o fato aconteceu, e tal declaração teria sido considerada um mero desvario de um louco, sem desculpá-la do sofrimento que vivia por minha causa.

A aparência de Justine estava calma. Ela vestia luto e sua expressão, sempre atraente, tornara-se, pelos sentimentos solenes, de uma beleza primorosa. Ainda assim, ela parecia confiante em sua inocência, sem nem tremer, apesar de estar sob o olhar execrado de milhares; toda a bondade que sua beleza normalmente inspiraria foi obliterado nas mentes dos espectadores pela imaginação da crueldade que ela supostamente teria cometido. Ela estava tranquila, mas a tranquilidade era obviamente restrita; e, como a confusão anterior fora considerada prova de culpa, ela se esforçava para manter a aparência de coragem. Quando entrou no tribunal, olhou ao redor e logo encontrou nosso lugar. Lágrimas embaçaram seu olhar quando ela nos viu, mas ela logo se recuperou e sua expressão de afeto triste demonstrou sua total inocência.

O julgamento começou. Depois que o advogado declarou a acusação, várias testemunhas foram convocadas. Uma variedade de fatos estranhos se combinou contra ela, e teria convencido qualquer um que não tivesse a mesma prova que eu tinha de sua inocência. Ela tinha passado toda a noite do assassinato longe de casa e, de manhã, fora vista por uma feirante perto do lugar onde o corpo da criança assassinada acabou sendo encontrado. A mulher perguntou o que ela fazia ali, mas, com olhar estranho, ela só respondeu de forma confusa e ininteligível. Ela voltou para casa perto das oito horas e, quando perguntaram onde ela passara a noite, respondera que estava procurando o menino, e perguntou, sinceramente, se alguma coisa tinha acontecido com ele. Quando viu o corpo, ela teve um ataque histérico e violento, depois do qual passou vários dias de cama. Mostraram então o retrato que o criado encontrara no bolso dela e quando Elizabeth, vacilante, confirmou que era o mesmo que, uma hora antes do sumiço do menino, ela pendurara no pescoço dele, um murmúrio de horror e indignação percorreu o tribunal.

Justine foi convocada para se defender. No progresso do julgamento, a expressão dela mudara. Surpresa, horror e tristeza estavam inteiramente aparentes. Às vezes, ela tentava conter o choro, mas, quando pediram que testemunhasse, ela se recompôs e falou em uma voz audível, mesmo que hesitante.

– Só Deus sabe – começou – quão inteiramente inocente eu sou. Mas não tenho pretensão de ser absolvida por protestos. Minha inocência depende de uma explicação clara e simples para os fatos postos contra mim, e espero que o caráter que sempre demonstrei encoraje no júri uma interpretação favorável, caso as circunstâncias se mostrem suspeitas ou duvidosas.

Ela relatou então que, com a permissão de Elizabeth, passara a tarde anterior ao assassinado na casa de uma tia em Chêne, uma aldeia a pouco mais de cinco quilômetros de Genebra. Na volta, perto das nove da noite, ela encontrou um homem, que perguntou se ela tinha visto sinal do menino perdido. Isso a assustou e ela passou várias horas na busca pela criança, até que os portões de Genebra foram trancados e ela foi obrigada a passar o restante da noite no celeiro de um chalé, sem querer incomodar os moradores, que a conheciam bem. Ela passou a maior parte da noite ali em vigília; ao amanhecer, acreditou que dormira por alguns minutos, mas foi acordada por passos. Já era dia e ela saiu do abrigo, dedicada novamente a encontrar meu irmão. Se ela se aproximou de onde o corpo dele se encontrava, foi sem querer. O fato de ter se mostrado confusa quando questionada pela feirante não seria surpreendente, já que passara a noite em claro e ainda não sabia onde estava William. Em relação ao retrato, ela não tinha o que dizer.

– Eu sei – continuou a vítima infeliz – o peso fatal desta prova contra mim, mas não tenho como explicá-la. E, tendo expressado minha total ignorância, só me resta conjecturar quanto à probabilidade de o objeto ter ido parar no meu bolso. Mas aqui também me perco. Acredito que não tenho um inimigo sequer nesta terra, e certamente não existe ninguém que teria a crueldade de me destruir tão em vão. Será que o assassino pôs o retrato ali? Não sei que oportunidade ele teria de fazê-lo. Mesmo se tivesse, por que ele roubaria a joia, se planejava se livrar dela tão rapidamente?

– Entrego minha causa às mãos do júri, mas não tenho esperança. Imploro pela permissão de que algumas testemunhas deem declarações sobre meu caráter. Se tais testemunhos não superarem minha suposta culpa, serei condenada, mesmo disposta a apostar minha alma em minha inocência.

Tinham sido convocadas várias testemunhas que conheciam Justine havia muitos anos, e falaram bem dela. Contudo, o medo e o ódio pelo crime de que a supunham culpada as deixaram com receio, impedindo-as de seguir adiante. Elizabeth viu este último recurso, a disposição excelente e a conduta irretocável da ré, prestes a fracassar e, apesar de violentamente agitada, pediu permissão para se dirigir ao tribunal.

– Eu sou – declarou – prima do infeliz menino assassinado, ou, melhor dizendo, irmã dele, pois vivi com os pais dele, por quem fui educada, desde muito antes de seu nascimento. Portanto, pode ser considerado indecente que eu me apresente nesta ocasião. Contudo, ao ver uma semelhante prestes a perecer devido à covardice de seus supostos amigos, desejo o direito de me pronunciar, para falar o que sei do caráter dela. Conheço a ré muito bem. Morei na mesma casa que ela por cinco anos, e depois, por quase dois. Durante todo esse tempo, ela me pareceu a criatura mais amável e benevolente do mundo. Ela tratou da *madame* Frankenstein, minha tia, no último estágio da doença, com o maior cuidado e carinho. Depois, também cuidou da própria mãe durante uma incômoda doença, de um modo que causou a admiração de todos que a conheciam. Em seguida, ela voltou a morar na casa do meu tio, onde era querida por toda a família. Ela tinha um apego carinhoso ao menino agora morto, e o tratava como uma mãe afetuosa. De minha parte, não hesito em dizer que, apesar de todas as provas apresentadas contra ela, acredito e confio na completa inocência da ré. Ela não tinha tentação alguma para cometer tal ato. Quanto à joia que consiste na prova principal, se ela a quisesse sinceramente, eu a teria dado de presente, de bom grado, de tanta que a estimo e considero.

Um murmúrio de admiração se seguiu ao apelo simples e forte de Elizabeth, mas foi causado pela interferência generosa, e não em favor da pobre Justine, contra a qual a indignação pública se voltou com violência renovada, a acusando da pior ingratidão. Ela própria chorou enquanto Elizabeth falava, mas não respondeu. Minha angústia e agitação foram extremas durante o julgamento. Eu acreditava na inocência dela; sabia disso. Será que o demônio que (disso eu não duvidava por um minuto) assassinara meu irmão também, por diversão perversa, conduzira a inocente à morte e à infâmia? Eu não aguentava o horror da situação e, quando notei que a voz do povo e a expressão do júri já tinham condenado minha vítima infeliz, saí correndo, agoniado, do tribunal. As torturas da ré não se comparavam à minha; ela era confortada pela inocência, enquanto as presas do remorso destroçavam meu peito e se recusavam a me soltar.

Passei a noite em total desgraça. De manhã, fui ao tribunal. Minha boca e garganta estavam secas. Não ousei pronunciar a pergunta fatal, mas fui reconhecido e o juiz adivinhou o motivo da visita. Os votos tinham sido contados: as cédulas eram todas pretas, e Justine fora condenada.

Não ouso tentar descrever o que senti. Antes daquilo, já vivera sensações horríveis, e tentei atribuir a elas as expressões adequadas, mas palavras não podem transmitir nem a ideia do desespero doentio que sofri então. A pessoa a quem eu me dirigi acrescentou que Justine confessara a culpa.

– A confissão – observou – é desnecessária em um caso tão óbvio, mas fico feliz. E, honestamente, ninguém do nosso júri gosta de condenar criminosos com base em provas circunstanciais, por mais decisivas que sejam.

Essa informação foi estranha e inesperada. O que significaria? Será que meus olhos tinham me traído? Eu estaria tão louco quanto o mundo acreditaria se revelasse minhas suspeitas? Voltei correndo para casa e Elizabeth pediu o resultado imediatamente.

– Prima – respondi –, a decisão foi a que esperávamos. O júri prefere fazer sofrer dez inocentes, a deixar escapar um culpado. Mas ela confessa.

Foi um golpe duro contra a pobre Elizabeth, que confiava firmemente na inocência de Justine.

– Ai! – disse ela. – Como posso voltar a acreditar na bondade humana? Justine, que eu amava e acolhi como irmã... como ela foi capaz de sorrir inocentemente e me trair? Aqueles olhos doces pareciam incapazes de qualquer maldade ou perfídia, mas ela cometeu um assassinato.

Pouco depois, soubemos que a pobre vítima demonstrara o desejo de ver minha prima. Meu pai não queria que ela fosse, mas disse que deixaria que ela própria decidisse, de acordo com o que pensava e sentia.

– Sim – disse Elizabeth –, eu vou, mesmo que ela seja culpada. E você, Victor, vai me acompanhar. Não posso ir sozinha.

A ideia da visita me era uma tortura, mas não pude recusar.

Entramos na cela sombria da prisão e vimos Justine sentada em um montinho de palha no canto do fundo. Ela usava algemas e apoiava a cabeça nos joelhos. Ao nos ver entrar, ela se levantou, e, quando ficamos sozinhos com ela, Justine se jogou aos pés de Elizabeth, se derramando em lágrimas. Minha prima também chorou.

– Ah, Justine! – disse ela. – Por que me roubou de meu último conforto? Eu confiava na sua inocência e, apesar de já estar devastada antes, nem se compara à tristeza que sinto agora.

– E você também acredita que eu sou muito, muito má? Também se junta aos meus inimigos, para me destruir, me condenar como assassina? – perguntou Justine, a voz abafada por soluços.

– Levante-se, coitadinha – disse Elizabeth. – Por que se ajoelha, se é inocente? Não sou sua inimiga. Acreditei que você era inocente, apesar de todas as provas, até saber que você declarara a própria culpa. Esse fato, pelo que você diz, é falso. Fique tranquila, querida Justine, porque nada pode abalar minha confiança em você, por um momento sequer, exceto pela sua própria confissão.

– Eu confessei, sim, mas confessei uma mentira. Confessei para ser absolvida, mas agora essa mentira pesa mais no meu peito do que todos os meus outros pecados. Que o Deus nos céus me perdoe! Desde que fui condenada, meu confessor não para de me atormentar. Ele me ameaçou e me intimidou até eu quase começar a acreditar que fosse mesmo o monstro que ele dizia que eu era. Ele ameaçou me excomungar, me condenando aos fogos do inferno nos meus últimos momentos, se continuasse a teimar. Cara senhora, eu não tinha ninguém para me ajudar, todos me viam como uma desgraçada, danada à infâmia e perdição. O que mais eu podia fazer? Em um momento horrível, cometi uma mentira, e agora é que estou finalmente devastada.

Ela fez uma pausa, chorando, antes de continuar:

– Pensei, horrorizada, minha querida, que você acreditaria que sua Justine, tão valorizada pela abençoada da sua tia, e que você tanto amou, fosse uma criatura capaz de um crime que somente o diabo em pessoa poderia cometer. Meu querido William! Querido menino abençoado! Eu o verei daqui a pouco nos céus, onde seremos felizes, e só isso me consola, visto que sofrerei desonra e morte.

– Ah, Justine! Perdoe-me por ter desconfiado de você, por um momento que fosse. Por que confessar? Mas não lamente, querida. Não tema. Vou proclamar e provar sua inocência. Vou derreter os corações de gelo dos seus inimigos, usando lágrimas e orações. Você não morrerá! Você, minha amiga, minha companheira, minha irmã, fenecer no cadafalso? Não! Não! Eu não sobreviveria a um infortúnio tão horrível.

Justine balançou a cabeça, triste.

– Não temo a morte – disse ela – agora que o tormento acabou. Deus me livra da fraqueza e me dá a coragem para enfrentar o pior. Deixo para trás um mundo triste e amargo. Se, ao se lembrar de mim, você me vir como uma mulher injustamente condenada, resigno-me ao destino que me aguarda. Aprenda comigo, querida, a se submeter pacientemente às vontades dos céus!

Durante a conversa, eu me encolhera em um canto da cela, para esconder a angústia horrenda que me dominara. Que desespero! Quem ousava falar daquilo? Nem a pobre vítima, que no dia seguinte cruzaria a fronteira terrível entre vida e morte, sentia a agonia profunda e amarga que apertava meu peito. Rangi os dentes, apertando-os com força, e soltei um gemido que veio das profundezas da alma. Justine se assustou. Quando viu quem eu era, se aproximou de mim e falou:

– Caro senhor, que bondade vir me ver. Espero que você não me acredite culpada.

Não consegui responder.

– Não, Justine – disse Elizabeth –, ele está ainda mais convicto da sua inocência do que eu estive. Mesmo depois de ter ficado sabendo que você confessara, ele não acreditou.

– Eu lhe agradeço sinceramente. Nesses últimos momentos, sinto a gratidão mais sincera por aqueles que pensam em mim com bondade. Que doce o afeto alheio por uma desgraçada como eu! Isso alivia mais da metade de minha dor. Sinto que posso morrer em paz, agora que minha inocência foi reconhecida por você, querida, e por seu primo.

A pobre sofredora tentou, assim, confortar aos outros e a si. Ela atingiu, mesmo, a resignação que desejava. Contudo, eu, o verdadeiro assassino, senti no peito o verme inextinguível e vivo, sem me permitir esperança ou consolo. Elizabeth também chorou, infeliz, mas a tristeza dela era inocente, como uma nuvem que passa na frente da luz pálida da lua e a esconde temporariamente, mas não pode impedir sua claridade. Angústia e desespero tinham penetrado no fundo do meu coração. Eu carregava em mim o inferno, cujo fogo nada apagaria. Passamos várias horas com Justine, e Elizabeth só conseguiu se despedir com enorme dificuldade.

– Eu queria morrer com você – declarou. – Não sei viver neste mundo miserável.

Justine tomou uma expressão alegre, reprimindo, com dificuldade, as lágrimas amargas. Ela abraçou Elizabeth e falou, com emoção mal contida:

– Adeus, bela moça, minha querida Elizabeth, minha única e amada amiga. Que os céus a abençoem e a preservem com seus dons, e que este seja o último infortúnio que você venha a sofrer! Viva, seja feliz, e dê felicidade aos outros.

No dia seguinte, Justine morreu. A eloquência comovente de Elizabeth não foi capaz de mudar a opinião do júri, todos convencidos da criminalidade da sofredora santa. Meus apelos apaixonados e indignados foram em vão. Quando recebi as respostas frias e ouvi a lógica ríspida e seca daqueles homens, a confissão que eu planejava morreu em minha boca. Se eu o dissesse, seria proclamado louco, e mesmo assim não revogaria a condenação de minha vítima miserável. Ela foi morta no cadafalso, como assassina!

Eu me afastei da tortura do meu peito para contemplar a dor profunda e calada de minha Elizabeth. Isso também era minha culpa! E o sofrimento do meu pai, e a devastação daquele lar, que antes era tão cheio de sorrisos... tudo tinha sido feito pelas minhas mãos amaldiçoadas! Chorem e se lamentem, infelizes – mas essas não serão suas últimas lágrimas! Mais uma vez entoarão o hino fúnebre, e o som dessas lamúrias serão ouvidos outra vez, e mais outra! Frankenstein, seu filho, seu compatriota, seu amigo amado e de longa data – ele, que derramaria cada gota vital de sangue por vocês, que não pensa ou sente alegria se não for espelhada em suas expressões queridas, que encheria o ar de bênçãos e passaria a vida em seu serviço, ele pede que chorem, que despejem inúmeras lágrimas –, ficará feliz como mal pode esperar, se tal destino inexorável for satisfeito, se a destruição cessar antes que a paz do túmulo acabe como essa tortura desolada!

Assim falou minha alma profética quando, destroçado por remorso, horror e desespero, vi aqueles que amava chorarem em vão sobre as sepulturas de William e Justine, as primeiras vítimas desafortunadas das minhas artes profanas.

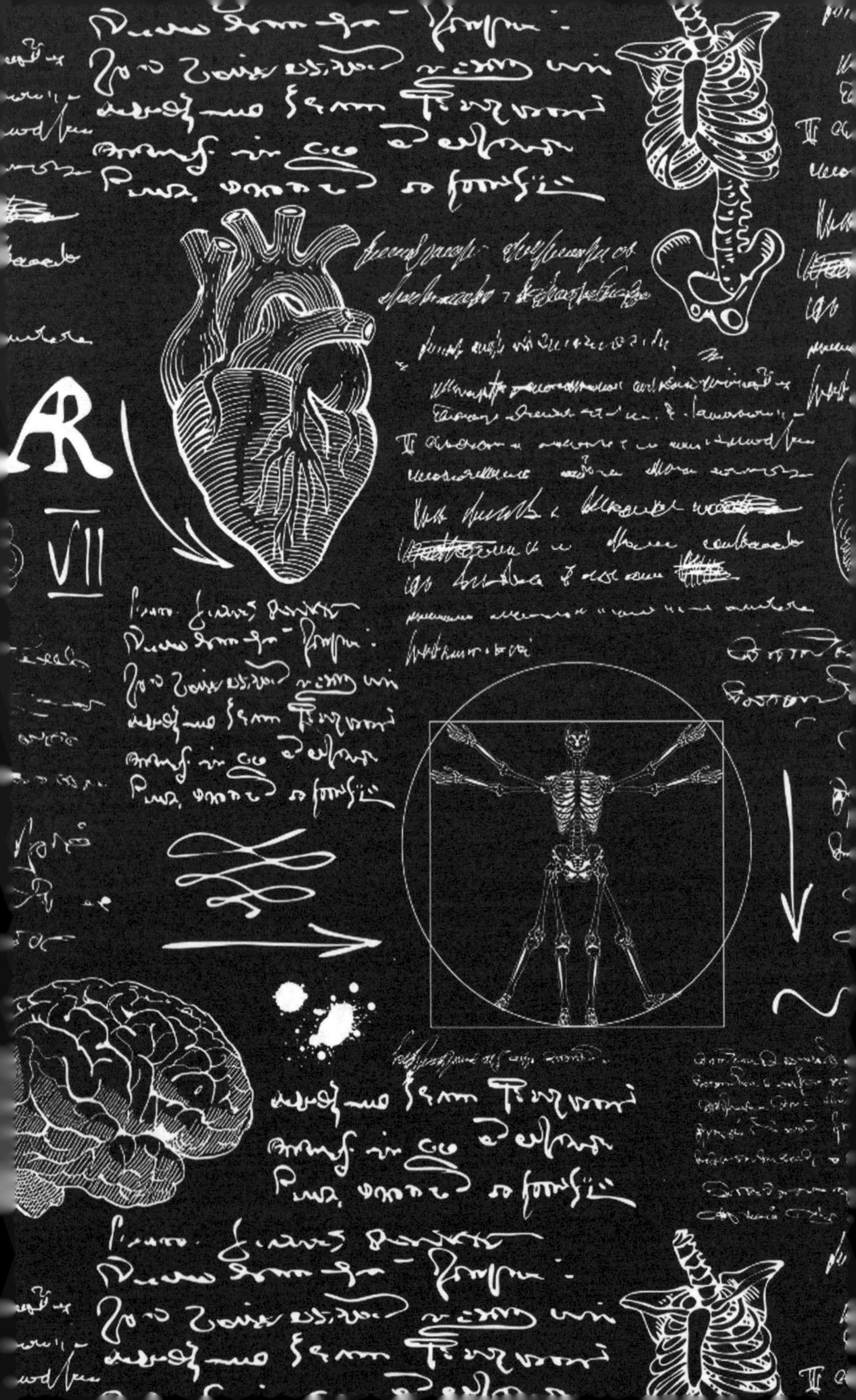

CAPÍTULO 9

Nada dói mais à mente humana do que, após os sentimentos serem atiçados por uma sucessão rápida de acontecimentos, a calma morta de inação e a certeza que despoja a alma de esperança e medo. Justine morreu, descansou, e eu continuei vivo. O sangue fluía livremente por minhas veias, mas um peso de dor e arrependimento esmagava meu coração, e nada podia aliviá-lo. O sono fugiu dos meus olhos; vaguei como um espírito do mal, pois cometera atos de crueldade indescritivelmente horríveis, e mais, muito mais (me persuadi), ainda viria. Contudo, meu coração transbordava de bondade e de amor pela virtude. Eu começara a vida com intenções benévolas e desejava avidamente pelo momento em que poderia pô-las em prática e me tornar útil para meus semelhantes. Entretanto, tudo estava acabado: em vez da consciência serena que me permitiria olhar para o passado com satisfação e, dali, tirar a promessa de novas esperanças, fui acometido por remorso e culpa, que me arrastavam para um inferno de torturas intensas, indescritíveis pela língua humana.

Esse estado afetou minha saúde, que talvez nunca tivesse se recuperado inteiramente do primeiro choque que sofrera. Rejeitei as faces humanas, e qualquer som de alegria ou complacência me era pura tortura. Meu único consolo era a solidão – entranhada, escura e extinta.

Meu pai viu, com dor, a alteração perceptível na minha disposição e nos meus hábitos, e tentou, com argumentos vindos de sua vida sem culpa e de sua consciência serena, me inspirar e acordar em mim a coragem para dissipar a nuvem sombria que me cobria.

– Você não acha, Victor – disse ele –, que eu sofro também? Ninguém poderia amar um filho tanto quanto eu amei seu irmão – continuou, e lágrimas encheram seus olhos –, mas é o dever dos sobreviventes conter o luto imoderado, para não aumentar a infelicidade, não é? Também é um dever que você deve a si mesmo, pois tristeza excessiva impede melhorias e aproveitamentos, e até a prática útil diária, sem a qual homem algum serve à sociedade.

O conselho, apesar de bom, era inteiramente inadequado ao meu caso. Eu seria o primeiro a esconder minha dor e consolar meus amigos, se o arrependimento não tivesse misturado seu amargor, e o terror, seu medo, a todas as outras sensações. Eu só fui capaz de responder ao meu pai com um olhar desesperado, e tentar me esconder dele.

Foi por volta daquela época que nos recolhemos na casa de Bellerive. A mudança me foi particularmente agradável. O toque de recolher às dez da noite, trancando os portões e me impossibilitando de ficar até mais tarde no lago, tornara nossa residência entre os muros de Genebra muito incômoda para mim. Em Bellerive, eu finalmente estava livre. Depois que o restante da família se retirava para dormir, eu tinha o hábito de pegar o barco e passar horas na água. Às vezes, com as velas hasteadas, eu me deixava carregar pelo vento; outras vezes, depois de remar até o meio do lago, largava o barco para seguir caminho próprio e me entregava a reflexões sofridas. Quando tudo ao meu redor estava em paz, e eu era a única coisa inquieta vagando por um cenário tão lindo e paradisíaco – com exceção de um ou outro morcego, ou dos sapos, cujo coaxar irritante e interrupto só era audível ao me aproximar das margens –, era comum que eu me sentisse tentado a mergulhar no lago silencioso, para as águas se fecharem sobre mim e minhas calamidades para todo o sempre. Contudo, eu me continha ao pensar em Elizabeth, heroica e sofredora, que eu tanto amava, e cuja existência era ligada à minha. Também pensava no meu pai, e no irmão que sobrevivera. Será que, se eu os desertasse tão covardemente, os deixaria expostos, sem proteção, à malícia do demônio que eu soltara entre eles?

Naqueles momentos, eu chorava profusamente, desejando que a paz voltasse a mim, só para que eu pudesse oferecer a eles consolo e alegria. Não era possível. O arrependimento extinguia todas as esperanças. Eu fora o autor de crueldades inalteráveis e vivia em pavor diário de que o monstro que eu criara perpetuasse novas brutalidades. Eu tinha uma sensação obscura de que aquilo não tinha acabado, e que ele ainda cometeria um crime descomunal, que, por seu tamanho, quase apagaria as lembranças do passado. Havia sempre o que temer, enquanto qualquer coisa que eu amava restasse. Minha aversão por aquele demônio era inconcebível. Quando pensava nele, rangia os dentes, arregalava os olhos e desejava ardentemente exterminar aquela vida que eu outorgara tão imprudentemente. Quando refletia sobre os crimes e a perfídia dele, meu ódio e desagravo estouravam qualquer limite de moderação. Eu teria peregrinado ao cume mais alto dos Andes se, ao chegar lá, pudesse arremessá-lo ao sopé. Eu queria revê-lo só para causar os estragos mais odiosos contra ele, vingando as mortes de William e Justine.

Nosso lar estava em luto. A saúde do meu pai fora profundamente afetada pelos horrores dos acontecimentos recentes. Elizabeth estava triste e desanimada; não encontrava mais contentamento nas ocupações de costume, todos os prazeres eram a ela sacrílegos contra os mortos, e a dor e as lágrimas eternas lhe pareciam o tributo justo a pagar pela inocência tão destruída e assolada. Ela não era mais aquela criatura feliz que, quando mais jovem, caminhava comigo às margens do lago e falava, extasiada, do nosso futuro. A primeira daquelas dores enviadas para nos afastar da terra a visitar, e a influência sombria apagara seus lindos sorrisos.

– Quando penso, querido primo – disse ela –, sobre a morte infeliz de Justine Moritz, não consigo mais ver o mundo e suas obras como antes me pareciam. Antigamente, via as histórias de mal e injustiça, que lia em livros ou ouvia de outros, como relatos passados ou imaginados; eram remotos, mais conhecidos por razão do que por imaginação. Agora, contudo, a dor chegou ao meu lar e os homens me parecem monstros sedentos por sangue. Contudo, certamente estou sendo injusta. Todos acreditavam que aquela coitada era culpada e, se ela fosse capaz de cometer o crime pelo qual foi castigada, seria certamente o ser humano mais depravado. Por umas poucas joias, assassinar o filho da sua amiga e benfeitora, uma criança de quem ela cuidara desde o berço, e que parecia amar como se fosse dela! Eu não consentiria com a morte de pessoa alguma, mas certamente acreditaria que uma criatura dessas não merecia se manter em sociedade. Mas ela era inocente. Eu sei, eu sinto que ela era inocente. Você concorda, o que me assegura. Ai! Victor, quando a mentira pode se assemelhar tanto à verdade, quem pode garantir felicidade certa? Sinto que caminho à beira de um precipício, onde se aglomeram milhares de pessoas que tentam me mergulhar no abismo. William e Justine foram assassinados, e o assassino escapou, anda pelo mundo livre, talvez até respeitado. Mas, mesmo se fosse condenada a sofrer no cadafalso pelos mesmos crimes, não escolheria trocar de lugar com um desgraçado desses.

Ouvi o discurso em extrema agonia. Era eu – não em ação, mas em efeito – o verdadeiro assassino. Elizabeth viu a angústia em minha expressão e, segurando minha mão com carinho, falou:

– Meu querido, você deve se acalmar. Esses acontecimentos me afetaram, Deus sabe, profundamente, mas não estou tão miserável quanto você. Há uma expressão de desespero, e às vezes vingança, em seu rosto que me faz estremecer. Querido Victor, afaste esses desejos sombrios. Lembre-se dos amigos ao seu redor, cujas esperanças todas o cercam. Será que perdemos o poder de fazê-lo feliz? Ah! Enquanto nos amarmos, enquanto formos fiéis uns aos outros, aqui nesta terra de paz e beleza, em seu país de origem, onde podemos aproveitar toda bênção tranquila, o que pode nos perturbar?

Nem essas palavras dela, que eu valorizava acima de qualquer outra dádiva da sorte, bastaram para afugentar o demônio na espreita em meu peito. Enquanto ela falava, me aproximei, como se assustado, temendo que naquele momento mesmo o destruidor estivesse por perto, para me roubar dela.

Nem a ternura da amizade, nem a beleza da terra, nem aquela dos céus, pôde redimir minha alma do pesar; nem palavras de amor tinham efeito. Eu tinha sido engolido por uma nuvem impenetrável por qualquer influência benéfica. O cervo arrastando as patas fracas a um matagal ermo, onde veria a flecha que o atravessara e morreria – era meramente parte de mim.

Às vezes, eu conseguia aguentar o desespero taciturno que me atingia, mas, outras vezes, os redemoinhos de paixão na minha alma me levavam a buscar, por meio de exercício físico e mudança de ares, algum alívio das sensações intoleráveis. Foi durante um acesso desse tipo que de repente abandonei minha casa e, virando os passos na direção dos vales alpinos, busquei, naquelas paisagens magníficas e eternas, esquecer-me de mim e de minhas tristezas humanas e, portanto, efêmeras. Minhas andanças me levaram ao vale de Chamonix. Eu o visitara frequentemente quando menino. Seis anos tinham se passado desde então; *eu* estava devastado, mas nada tinha mudado naquela paisagem selvagem e perene.

Fiz a primeira parte da viagem a cavalo. Depois, aluguei uma mula, por ter passos mais firmes e menos chance de se ferir nas trilhas acidentadas. O clima estava bom. Era meados de agosto, quase dois meses após a morte de Justine, o momento terrível de quando datava meu sofrimento. O peso na minha alma se aliviou consideravelmente conforme eu avançava no desfiladeiro de Arve. As montanhas e os precipícios imensos que me cercavam de todos os lados, o som do rio rugindo contra as rochas, e o correr das cachoeiras por todo canto, falavam de um poder onipotente;

assim, deixei de temer, ou de me dobrar frente a qualquer ser menos poderoso do que aquele que criara e dominava os elementos, demonstrados ali em sua forma mais impressionante. Conforme subia, o vale tomava aspectos ainda mais magníficos e deslumbrantes. Castelos em ruína empoleirados nos precipícios de montanhas cobertas por pinheiros, o impetuoso Arve, e casinhas aqui e ali, vislumbradas entre as árvores, formavam uma paisagem de beleza singular. Era tudo intensificado ao nível do sublime pelos imponentes Alpes, cujas pirâmides e domos brancos e cintilantes assomavam sobre tudo, como se pertencessem a outra terra, moradas de outra espécie de seres.

Cruzei a ponte de Pélissier, onde a ravina, formada pelo rio, abriu-se diante de mim, e comecei a subir a montanha que se projeta sobre ela. Pouco depois, adentrei o vale de Chamonix. Esse vale é mais maravilhoso e sublime, apesar de menos belo e pitoresco, do que aquele de Servox, pelo qual eu acabara de passar. As montanhas altas e nevadas serviam de limite imediato, mas não vi mais castelos em ruínas, nem campos férteis. Geleiras imensas se aproximavam da trilha; ouvi o trovão retumbante da avalanche e vi a névoa de sua passagem. Mont Blanc, o supremo e magnífico Mont Blanc, erguia-se entre as *aiguilles* circundantes, e o tremendo *dôme* olhava o vale de cima.

Um prazer fervilhante, havia muito perdido, me ocorreu várias vezes durante o trajeto. Determinadas curvas do caminho, objetos de repente vistos e reconhecidos, lembravam-me dos dias passados, associadas à leve alegria da mocidade. Mesmo os ventos sibilavam em sotaques suaves, e a mãe natureza me pediu que não mais chorasse. Até que, vez ou outra, a influência bondosa deixava de ter efeito – me vi mais uma vez acorrentado à dor, cedendo à tristeza da reflexão. Então impulsionava meu animal, querendo assim esquecer o mundo, meus medos e, mais que tudo, esquecer-me de mim mesmo; ou, quando mais desesperado, parava e me jogava na grama, arrastado pelo peso do horror e do desespero.

Finalmente, cheguei à aldeia de Chamonix. A exaustão veio em decorrência do cansaço extremo de corpo e mente que eu vivera. Por pouco tempo, fiquei à janela, vendo os relâmpagos pálidos dançando acima do Mont Blanc e ouvindo o correr do Arve, que seguia o caminho barulhento sob nós. O acalento daquele som serviu de cantiga de ninar para minhas sensações agudas. Quando deitei a cabeça no travesseiro, o sono me abarcou; eu o senti chegar e abençoei a dádiva do olvido.

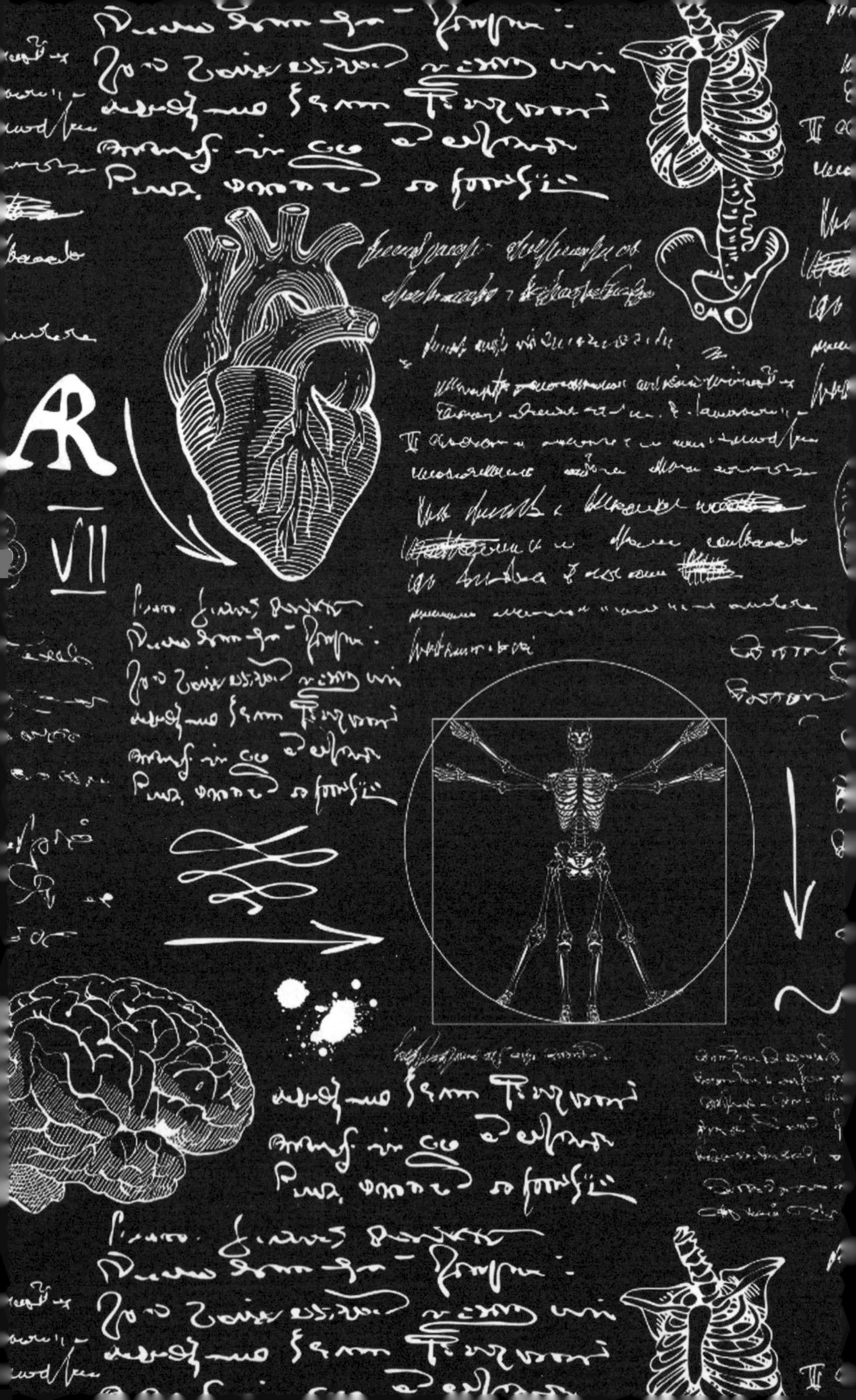
AR
VII

CAPÍTULO 10

Passei o dia seguinte vagando pelo vale. Parei à beira das fontes do Arveyron, que ascendem em uma geleira que, lentamente, desce do cume das colinas para barricar o vale. Os lados abruptos de montanhas vastas se encontravam diante de mim, a parede gelada da geleira, acima, alguns pinheiros soltos, ao redor, e o silêncio solene daquela câmara de audiências gloriosa da natureza imperial só era interrompido pelas ondas bravias, pela queda de algum vasto fragmento, o som estrondoso da avalanche, ou os estalidos reverberados pelas montanhas de gelo acumulado, que, pelo funcionamento silencioso de leis imutáveis, era sempre e anonimamente rompido e arrebentado, como se fosse um mero brinquedo em suas mãos. Essas paisagens sublimes e magníficas me ofereciam o maior consolo que eu era capaz de receber. Elas me elevavam de qualquer pequenez sentimental e, apesar de não removerem minha dor, a diminuíam e tranquilizavam. Em certo nível, também, me distraíam dos pensamentos em que me concentrara no mês anterior. Eu me retirei para descansar à noite; meu sono foi, de certa forma, ministrado pelo conjunto de formas grandiosas que eu contemplara durante o dia. Elas se congregaram ao meu redor – o cume nevado e imaculado, o pináculo reluzente, as florestas de pinheiros, a ravina irregular e descoberta, a águia voando entre as nuvens –, cercaram-me e desejaram-me paz.

Para onde tinham fugido quando acordei, de manhã? Toda a inspiração da alma sumira com o sono, e a melancolia sombria enevoou meus pensamentos. A chuva caía torrencialmente, e uma bruma espessa escondia os cumes das montanhas, impedindo-me de ver o rosto daquelas amigas poderosas. Ainda assim, eu desejava penetrar o véu nebuloso e ir atrás delas em seus retiros nas nuvens. O que eram a chuva e a tempestade comparadas a como eu estava? Minha mula foi trazida e decidi subir ao cume de Montanvert. Lembrei-me do efeito que a vista da geleira tremenda e sempre mutável causara em mim da primeira vez que eu a vislumbrara. Tinha me preenchido com um êxtase sublime, dando asas à minha alma, permitindo que ela saísse do mundo obscuro e voasse na luz e na alegria. Ver a natureza assombrosa e majestosa sempre tivera o efeito de solenizar minha mente e me fazer esquecer as preocupações passageiras da vida. Decidi ir sem guia, pois conhecia bem a trilha, e a presença de outra pessoa destruiria a grandeza solitária do cenário.

A subida é íngreme, mas a trilha é dividida em curvas contínuas e curtas, que nos permitem superar a perpendicularidade da montanha. É uma paisagem incrivelmente desolada. Em mil pedaços os rastros das avalanches invernais são perceptíveis, onde árvores se encontram quebradas e jogadas no chão; algumas, inteiramente destruídas, outras apenas curvadas, apoiadas nas rochas afiadas da montanha, ou cruzadas sobre outras árvores. O caminho, conforme subíamos, é interceptado por ravinas nevadas, pelas quais pedras rolam sem parar; uma delas é especialmente perigosa, pois qualquer som, mesmo que apenas falar em voz alta, produz concussão suficiente de ar para causar destruição sobre a cabeça de quem fala. Os pinheiros não são altos, nem exuberantes, mas seu ar sombrio confere um tom sério ao ambiente. Olhei para o vale lá embaixo; vastas névoas subiam dos rios que o cruzavam e se enroscavam em espirais espessas ao redor das montanhas da frente, cujos cumes eram escondidos por nuvens uniformes, enquanto a chuva se derramava do céu escuro, somando-se à melancolia dos objetos ao meu redor. Ai! Por que o homem se vangloria de sensibilidades superiores àquelas aparentes nos animais? Isso só os torna seres mais necessários. Se nossos impulsos fossem limitados à fome, à sede e ao desejo, seríamos quase livres; mas agora somos afetados por toda e qualquer mudança de vento, e qualquer palavra ou cenário transmitido ao acaso.

Descansamos, e o sonho tem o poder de envenenar o sono. Acordamos, e um pensamento errante polui o dia. Sentimos, concebemos, raciocinamos, rimos ou choramos; acolhemos afetos profundos, ou nos livramos de preocupações. Dá na mesma, pois, seja alegria ou tristeza, o caminho da partida ainda é livre. O ontem do homem nunca será seu amanhã. Nada permanecerá, além da mutabilidade!

Era quase meio-dia quando cheguei ao cume da subida. Por certo tempo, fiquei sentado na pedra com vista para o mar de gelo. Uma bruma cobria tanto a água quanto as montanhas ao redor. Uma brisa então dissipou a nuvem e eu desci à geleira. A superfície é muito irregular, subindo e descendo como as ondas de um mar revolto, intercaladas por fendas profundas. O campo de gelo tem mais de cinco quilômetros de largura, e levei quase duas horas para atravessá-lo. A montanha do outro lado é uma rocha perpendicular e nua. De onde eu estava, Montanvert ficava no ponto exatamente oposto, a uma distância de cinco quilômetros e meio. Acima dele, erguia-se Mont Blanc, em sua majestade assombrosa. Fiquei em um recuo da rocha, observando a paisagem maravilhosa e estupenda. O mar, isto é, o vasto rio de gelo, serpenteava entre as montanhas agregadas, cujos cumes aéreos pendiam sobre os recuos. Os picos gelados e cintilantes brilhavam à luz do sol, acima das nuvens. Meu coração, que antes estava triste, intumesceu-se de alegria. Exclamei:

– Espíritos vagantes, se deveras vagam, e não descansam em leitos estreitos, permitam-me esta felicidade tênue, ou me carreguem, como seu companheiro, para longe dos prazeres da vida.

Ao dizer isso, de repente vislumbrei a silhueta de um homem, a certa distância, avançando em minha direção com velocidade sobre-humana. Ele saltou por sobre as rachaduras no gelo, entre as quais eu caminhara cuidadosamente. Além disso, conforme se aproximava, sua estatura me pareceu maior do que a de um homem. Fiquei perturbado: meu olhar se enevoou e me senti tonto; mas me recuperei logo, ajudado pelo vento frio das montanhas. Percebi, quando a silhueta se aproximou (que visão tremenda e abominável!), que era o miserável que eu criara. Tremi de raiva e horror, decidindo esperar que ele chegasse, quando eu o atacaria fatalmente. Ele avançou; sua expressão mostrava angústia amarga, combinada com desprezo e maldade, e a feiura sobrenatural o tornava quase horrendo demais para ser percebido por olhos humanos. Contudo, mal me atentei a isso; a raiva e o ódio roubaram minhas palavras, e quando me recuperei só pude derramar sobre ele termos de sanha furiosa e desdém.

– Demônio! – exclamei. – Como ousa se aproximar de mim? Não teme a feroz vingança dos meus braços sobre sua cabeça miserável? Vá-se embora, inseto vil! Ou fique, para que eu o esmague e despedace. Ah! Se eu pudesse, ao extinguir sua existência terrível, restaurar a vida das vítimas que você assassinou de forma tão diabólica!

– Eu esperei tal recepção – disse o demônio. – Todos os homens odeiam a abominação. Como, contudo, podem me odiar, se eu sou mais miserável do que qualquer outro ser vivo! Mas o senhor, meu criador, me detesta e rejeita, eu sendo a criatura à qual você se une por vínculos dissolúveis apenas se um de nós for aniquilado. Pretende me matar. Como ousa sustentar isso em vida? Faça seu dever contra mim, e farei o meu contra o senhor e o restante da humanidade. Se aceitar minhas condições, deixarei todos, o senhor inclusive, em paz; mas, caso se recuse, alimentarei a bocarra da morte até ela se satisfazer com o sangue dos seus amigos restantes.

– Que monstro abominável! Que demônio és! As torturas infernais são pouca vingança para seus crimes. Criatura miserável! Você me censura por sua criação. Venha, então, para que eu extinga a faísca que tão negligentemente outorguei.

Minha raiva não tinha limites. Pulei sobre ele, impulsionado por todos os sentimentos que alguém pode se armar contra a existência de outrem.

Ele escapou facilmente e falou:

– Calma! Imploro que me escute, antes de derramar seu ódio sobre minha cabeça leal. Já não sofri o bastante para querer agora aumentar minha tristeza? A vida, apesar de ser talvez mero acúmulo de angústias, me é cara, e eu a defenderei. Lembre que me fez mais forte que o senhor, minha altura, superior, minhas articulações, mais flexíveis. Mas não cederei à tentação de me opor à sua vontade. Sou sua criatura, e serei dócil e comportado perante meu comandante e rei natural, se sua parte também for cumprida, conforme me é devida. Ah, Frankenstein, não seja justo com todos os outros e me pisoteie unicamente, logo a mim, a quem justiça, e até clemência e afeto, é devida. Lembre-se de que sou sua criatura. Eu deveria ser seu Adão, mas sou, deveras, o anjo caído, expulso do prazer, sem ter cometido mal algum. Por todos os lados, vejo alegrias das quais sou, unicamente, excluído. Fui benevolente e bom, e a miséria me levou à maldade. Faça-me feliz, e voltarei à virtude.

– Vá-se embora! Não vou ouvi-lo. Não há comunhão entre nós dois. Somos inimigos. Vá-se embora, ou testemos nossa força na luta, até que um de nós caia.

– Como posso comovê-lo? Não há súplica capaz de fazer o senhor olhar com piedade para sua criatura, que implora por sua bondade e compaixão? Acredite em mim, Frankenstein: fui benevolente, minha alma brilhava de amor e humanidade, mas não me encontro agora só, miseravelmente só? Meu próprio criador me despreza; que esperança posso ter com outras criaturas, que não me devem nada? Elas me rejeitam e me odeiam. As montanhas desertas e as geleiras ermas são meu refúgio. Vaguei aqui por dias a fio. As cavernas de gelo, que somente eu não temo, são meu lar, o único que os homens não perturbam. Louvo esses céus escuros, pois são mais gentis comigo do que os semelhantes do senhor. Se a multidão da humanidade soubesse de minha existência, faria o mesmo que o senhor; ela se armaria para minha destruição. Não posso, então, odiar quem me abomina? Não manterei bons termos com meus inimigos. Sou miserável, e eles compartilharão de minha miséria. Ainda assim, está em seu poder me recompensar, e poupá-los de uma crueldade que seria tão enorme, que não apenas sua família como também milhares de outros seriam engolidos no redemoinho furioso. Comova-se em compaixão, e não me desdenhe. Ouça meu relato. Depois disso, me abandone, ou me lastime, como julgar merecido. Mas me ouça. Os culpados têm direito, pelas leis humanas, por mais sangrentas que sejam, de falar em defesa própria antes da condenação. Ouça-me, Frankenstein. Acusa-me me assassinato, mas ao mesmo tempo, com a consciência limpa, estaria disposto a destruir sua própria criatura. Ah, valha-me a justiça eterna do homem! Ainda assim, não peço que me poupe. Só me ouça, e então, se puder, e se quiser, destrua o que fez com as próprias mãos.

– Por que você me lembra – retruquei – de circunstâncias que me fazem estremecer só de pensar, das quais fui a terrível origem e o autor? Amaldiçoado seja o dia, demônio abominável, em que você viu a luz! Amaldiçoadas, e assim me amaldiçoo, sejam as mãos que o formaram! Você me tornou miserável para além do que posso expressar. Não me deixou a escolha de considerar se sou ou não justo. Vá-se embora! Poupe-me de olhar para sua silhueta detestável!

– Vou poupá-lo, criador – disse ele, e levou as mãos odiosas aos meus olhos, que eu afastei com violência –, e assim o afastarei de uma visão que tanto abomina. Ainda assim, pode me ouvir, e me conceder sua compaixão. Pelas virtudes que um dia já tive, faço essa exigência. Ouça o meu relato. É longo e estranho, e a temperatura deste lugar não é adequada para a sua constituição; venha comigo à cabana na montanha. O sol ainda está alto no céu. Antes que ele desça para se esconder atrás dos precipícios nevados e iluminar outro mundo, o senhor terá ouvido minha história e poderá se decidir. Depende apenas de sua escolha saber se eu abandonarei para sempre os arredores dos homens, levando uma vida inofensiva, ou se me tornarei o açoite de seus semelhantes e o autor de sua ruína imediata.

Ao dizer isso, ele abriu caminho através do gelo, e eu o segui. Meu coração estava cheio e eu não respondi, mas, no caminho, sobrepesei os vários argumentos que ele usara, e decidi que ao menos ouviria sua história. Estava em parte motivado por curiosidade, e a compaixão confirmou minha escolha. Eu até então suspeitara que ele assassinara meu irmão, e desejava avidamente uma confirmação ou negação de tal suspeita. Pela primeira vez, também, senti os deveres de um criador perante a criatura, e que deveria fazê-lo feliz antes de me lamentar de sua vileza. Esses motivos me levaram a aceitar a exigência. Atravessamos o gelo, portanto, e subimos pela rocha à frente. O ar estava frio e a chuva voltara a cair. Entramos na cabana, o demônio parecendo exultante e eu, com o coração pesado e o ânimo deprimido. Contudo, consenti em ouvir; me sentei perto do fogo que meu companheiro odioso acendera, e ele começou seu relato.

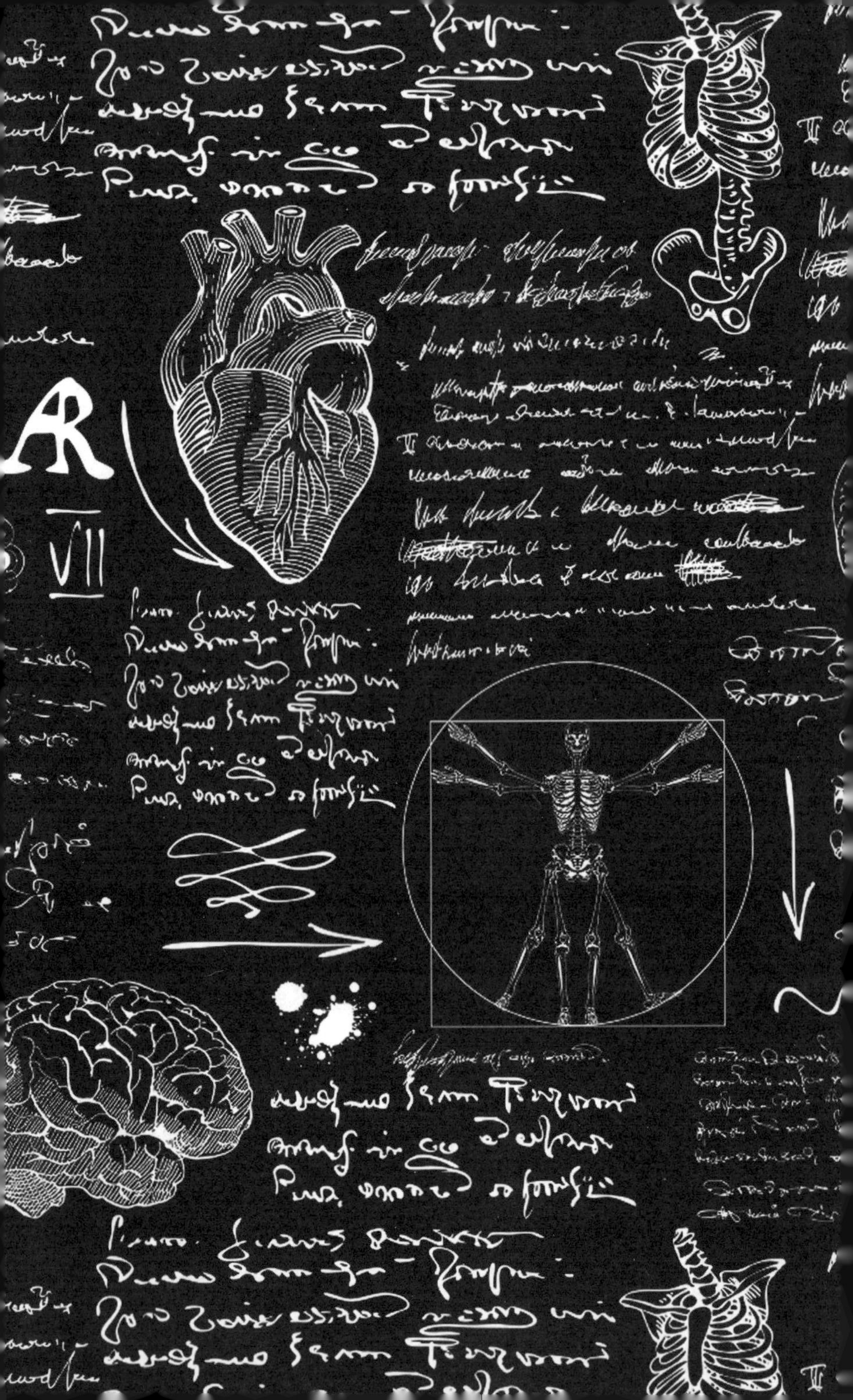

CAPÍTULO 11

—É com dificuldade considerável que me lembro da era original de meu ser. Todos os eventos dessa época me parecem confusos e indistintos. Uma multiplicidade estranha de sensações me dominou, e eu vi, senti, ouvi e cheirei, ao mesmo tempo. Portanto, levei um tempo até aprender a distinguir entre os funcionamentos dos meus diversos sentidos. Pouco a pouco, lembro, uma luz mais forte me pressionou, até eu ser obrigado a fechar os olhos. A escuridão desceu sobre mim e me perturbou, mas eu mal começara a sentir isso quando, suponho, ao abrir os olhos, a luz voltou a se derramar. Andei e, acredito, desci, mas encontrei uma alteração considerável em meus sentidos. Antes, corpos escuros e opacos me cercavam, impermeáveis a meu toque ou visão; mas, de repente, senti que eu podia vagar livremente, sem obstáculos intransponíveis ou inevitáveis. A luz ficou cada vez mais opressora e, como o calor me cansava conforme eu andava, procurei um lugar de sombra. Esse lugar foi a floresta próxima a Ingolstadt, e lá me deixei à beira de um riacho, descansando de minha exaustão, até me sentir atormentado por fome e sede. Isso me acordou do estado semiadormecido, e comi algumas frutinhas que encontrei pendendo de árvores, ou caídas no chão. Saciei a sede no riacho e, voltando a me deitar, peguei no sono.

"Já estava escuro quando acordei. Além disso, senti frio e um certo medo instintivo, ao me ver tão isolado. Antes de sair do seu apartamento, ao sentir frio, eu me cobrira com algumas roupas, mas eram insuficientes para me proteger do orvalho da noite. Eu era um miserável, pobre, indefeso e abandonado; não sabia, nem distinguia nada, mas, sentindo a dor me invadir por todo lado, me sentei e chorei.

"Pouco depois, uma luz suave tomou os céus e me causou certo prazer. Eu me levantei e vislumbrei uma forma radiante se erguer entre as árvores.[6] Observei com certo assombro. A forma se movia lentamente, mas iluminava meu caminho, então mais uma vez saí em busca de frutinhas. Ainda estava frio, mas, debaixo de uma árvore, encontrei uma capa enorme, com a qual me cobri, e me sentei no chão. Eu não tinha ideias distintas em mente, estava confuso. Sentia luz, fome, sede, escuro; sons inúmeros ecoando em meus ouvidos e, de todos os lados, cheiros me assolando. Eu só conseguia distinguir a lua clara, na qual concentrei o olhar, com prazer.

"Várias mudanças de dia e noite se seguiram, e o orbe noturno já diminuíra muito quando comecei a distinguir as sensações umas das outras. Aos poucos, passei a ver com clareza o riacho límpido que me fornecia água e as árvores cuja folhagem me protegia. Foi uma alegria descobrir que um som agradável, que muitas vezes me cumprimentava, provinha das gargantas dos animaizinhos alados que frequentemente interrompiam a luz à minha frente. Também comecei a observar, com mais precisão, as formas que me cercavam, e a perceber os limites do teto radiante de luz que me cobria. Às vezes, eu tentava imitar os cantos agradáveis dos pássaros, sem sucesso. Às vezes, queria expressar as sensações de minha própria forma, mas os sons rudes e indistintos que irrompiam de mim me assustavam e calavam.

"A lua desapareceu da noite e, de novo, em forma menor, se revelou, enquanto eu continuava na floresta. Minhas sensações tinham-se, nesse ponto, tornado distintas, e todo dia minha mente recebia ideias novas. Meus olhos se acostumaram à luz e a perceber

---
6 A lua.

os objetos em suas formas corretas. Eu distinguia insetos de ervas e, aos poucos, umas ervas das outras. Descobri que o pardal só emitia notas ásperas, enquanto as do melro e do tordo eram doces e inspiradoras.

"Um dia, oprimido pelo frio, encontrei um fogo deixado por mendigos vagantes e fui tomado pela alegria que me vinha do calor. De tanto ânimo, enfiei a mão nas brasas, mas a afastei imediatamente, soltando um grito de dor. Que estranho, pensei, que a mesma causa produzisse consequências tão opostas! Examinei o material da fogueira e, satisfeito, descobri que era composta de madeira. Rapidamente, juntei alguns galhos, mas estavam úmidos e não queimaram. Isso me frustrou, e eu fiquei ali, observando o funcionamento do fogo. A madeira úmida que eu deixara perto do calor secou e, assim, se acendeu também. Pensei nisso e, tocando os vários galhos, descobri o motivo. Portanto, me dediquei a juntar uma boa quantidade de madeira para secar e ter uma fonte abundante de fogo. Quando veio a noite, e o sono, eu morri de medo de a fogueira apagar. Eu a cobri cuidadosamente, com madeira seca e folhas, e deixei galhos úmidos por cima. Em seguida, estiquei minha capa, me deitei no chão e peguei no sono.

"Era manhã quando acordei, e minha primeira preocupação foi a fogueira. Eu a descobri, e uma brisa leve logo avivou a chama. Também observei esse fato e improvisei um leque com galhos, para avivar as brasas quase apagadas. Quando a noite voltou, descobri, satisfeito, que o fogo fornecia luz, além de calor, e que aquele elemento era útil para minha alimentação, pois os miúdos assados que os viajantes tinham deixado por ali eram muito mais saborosos que as frutas que eu pegava das árvores. Tentei, portanto, preparar minha comida da mesma forma, nas brasas acesas. Aprendi que as frutas eram estragadas pelo processo, mas as nozes e as raízes melhoravam muito.

"Comida, contudo, se tornou escassa, e eu às vezes passava o dia todo procurando, em vão, bolotas para conter as dores da fome. Quando me dei conta disso, decidi sair do lugar no qual vivia, em busca de outro onde minhas poucas necessidades seriam mais facilmente satisfeitas. Nesse processo de migração, lamentei muito a perda da fogueira que eu obtivera por acidente e não sabia reproduzir. Considerei seriamente essa dificuldade por várias horas, mas fui obrigado a abandonar qualquer tentativa de resolvê-la e, me enroscando na capa, atravessei a floresta na direção do sol poente. Passei três dias caminhando e, finalmente, cheguei a terras abertas. Muita neve caíra na noite anterior, e os campos estavam cobertos de uma brancura uniforme; a aparência era desconsolada e meus pés esfriaram devido à substância molhada do chão.

"Era por volta das sete da manhã e eu desejava comida e abrigo. Finalmente, percebi uma pequena cabana, em um terreno mais elevado, certamente construída para a conveniência de algum pastor. Era novidade para mim e eu examinei a estrutura com enorme curiosidade. Notando que a porta estava aberta, entrei. Um velho estava sentado ali, perto do fogo, preparando o desjejum. Ele se virou ao ouvir o barulho e, ao me ver, soltou um grito, saiu da cabana e correu pelo campo com uma velocidade que mal me parecia possível para um corpo tão debilitado. A aparência dele, diferente de qualquer uma que eu já vira, e a fuga também, me surpreenderam um pouco. Contudo, a cabana me encantou: ali não penetravam neve e chuva, o chão estava seco, e seu surgimento foi para mim um abrigo tão extraordinário e divino quanto o Pandemônio para os demônios do inferno depois de sofrerem no lago de fogo. Devorei avidamente o que restara da refeição do pastor, pão, queijo, leite e vinho; contudo, não gostei deste último. Finalmente, vencido pelo cansaço, me deixei na palha e dormi.

"Era meio-dia quando acordei e, atraído pelo calor do sol, que reluzia no chão branco, decidi continuar a viagem. Guardei os restos da refeição do pastor em uma bolsa que encontrei e prossegui pelos campos por várias horas, até, ao pôr do sol, chegar a uma aldeia. Que milagre! As cabanas, as casinhas mais arrumadas e as casas maiores atraíam minha admiração sem parar. Os vegetais nos jardins, assim como o leite e o queijo nas janelas de algumas casas, atiçaram meu apetite. Entrei em uma das melhores casas, mas, assim que passei pela porta, as crianças berraram e uma mulher desmaiou. A aldeia toda foi acordada; alguns fugiram, outros me atacaram, até que, gravemente ferido por pedras e outros projéteis, escapei de volta ao campo e, assustado, me refugiei em uma choupana baixa que estava vazia, deprimente demais depois dos palácios que admirei na aldeia. Contudo, a choupana era vizinha de uma casinha de aparência agradável e limpa; mas, depois da experiência pela qual pagara tão caro, não ousei entrar. Meu refúgio era construído de madeira, mas tão baixo que eu não conseguia nem me sentar ereto lá dentro. O chão era de terra batida, mas seco; e, apesar de o vento entrar por inúmeras falhas, aquele era um agradável abrigo contra a neve e a chuva.

"Ali, então, me recolhi e me deitei, feliz por ter encontrado refúgio, por mais miserável que fosse, do clima inclemente e, mais ainda, da barbaridade humana.

"Assim que amanheceu, saí devagar da minha toca para ver a casinha vizinha e descobrir se podia continuar na habitação que encontrara. A choupana ficava nos fundos da casa, cercada de ambos os lados por um chiqueiro e uma piscina de água limpa. Uma parede era aberta, e por ali eu tinha entrado, mas cobri com pedras e madeira todas as fendas que me revelariam, de forma que eu pudesse movê-las, se necessário, para sair. A luz toda que me vinha entrava pelo chiqueiro, o que me bastava.

"Tendo arrumado meu abrigo dessa forma, e cobrindo o chão com palha limpa, me recolhi, pois vi a silhueta de um homem à distância e me lembrei muito bem de como eu fora tratado na noite anterior; portanto, não confiava nele. Antes disso, entretanto, arranjei alimento para o dia: um pão duro que roubei, assim como um copo do qual podia beber a água pura que fluía ali ao lado, de forma mais conveniente do que com as mãos. O chão era um pouco elevado, e portanto perfeitamente seco, e o ambiente era razoavelmente quente, devido à proximidade da chaminé da casinha.

"Com tudo isso resolvido, decidi residir naquela toca até que outro acontecimento me fizesse mudar de ideia. Era um paraíso, se comparado à floresta desolada, minha antiga residência, aos galhos dos quais caíam água, à terra úmida. Comi o desjejum com prazer e estava prestes a abrir caminho para buscar um pouco de água quando ouvi passos. Olhando por uma fenda estreita, vi uma pequena criatura, carregando um balde na cabeça, passar perto da choupana. A menina era jovem e de conduta gentil, diferente do que desde então percebi em criados de fazendas. Contudo, ela estava malvestida, usando apenas uma anágua azul áspera e um casaquinho de linho. O cabelo loiro estava trançado, mas sem adornos, e ela parecia paciente, apesar de triste. Eu a perdi de vista, até que, mais ou menos quinze minutos depois, ela voltou, trazendo o balde parcialmente cheio de leite. Enquanto ela caminhava, parecendo incomodada pelo peso, um jovem a encontrou, com uma aparência que expressava desânimo ainda maior. Pronunciando alguns sons com ar melancólico, ele pegou o balde da cabeça dela e o levou à casa. Ela o seguiu e eles sumiram. Pouco depois, vi o jovem de novo, carregando algumas ferramentas pelo campo atrás da casa; a garota também se ocupava, às vezes na casa e às vezes no quintal.

"Examinando meu abrigo, reparei que uma das janelas da casa antes ocupava parte dele, mas fora coberta com madeira. Em uma das tábuas havia uma fresta pequena, quase imperceptível, através da qual era possível enxergar um pouco. Através dessa fenda, vi uma salinha limpa e caiada, com poucos móveis. Em um canto, perto do fogo, estava sentado um homem, que apoiava a cabeça nas mãos com expressão desanimada. A menina estava ocupada arrumando a casa, mas tirou algo de uma gaveta e se sentou ao lado do velho. Pegando o instrumento, ele começou a tocá-lo, e produziu sons mais doces do que a voz do melro e do rouxinol. Era uma beleza até para mim, pobre miserável que sou, sem nunca ter visto nada de belo até então. O cabelo grisalho e a expressão benevolente do velho camponês conquistaram minha reverência, enquanto os modos gentis da menina conquistaram meu amor. Ele tocou uma melodia doce e lamuriosa, que vi arrancar lágrimas dos olhos da amável companheira, o que o velho não notou, até que ela soluçou audivelmente. Em seguida, ele pronunciou alguns sons, e a bela criatura, abandonando o trabalho, se ajoelhou aos pés do velho. Ele a ergueu e sorriu com tanta bondade e afeto que eu fui tomado por sensações peculiares e avassaladoras – era uma mistura de dor e prazer que eu nunca antes sentira, fosse por fome ou frio, calor ou comida. Incapaz de suportar as emoções, afastei-me da janela.

"Pouco depois disso, o jovem voltou, carregando nos ombros um monte de madeira. A menina o encontrou na porta, o ajudou a aliviar o peso e, após levar um pouco da lenha para a casa, a dispôs na lareira. Em seguida, ela e o jovem foram a um canto da casa e ele mostrou um pedaço grande de pão e um pouco de queijo. Ela pareceu satisfeita e foi ao jardim buscar raízes e plantas, que pôs primeiro na água, e depois no fogo. Em seguida, ela continuou a trabalhar, enquanto o jovem foi ao jardim, onde se ocupou cavando e puxando raízes. Depois de mais ou menos uma hora de trabalho, a moça foi até ele, e os dois entraram juntos em casa.

"O velho, no meio-tempo, se mostrava pensativo; mas, ao ver os dois entrarem, tomou um ar mais alegre, e eles se sentaram para comer. A refeição acabou rapidamente. A moça voltou a arrumar a casa, e o velho caminhou lá fora, ao sol, por alguns minutos, apoiado no braço do jovem. Nada era mais belo do que o contraste entre aquelas duas criaturas excelentes. Um era velho, com cabelo grisalho e uma expressão radiante de bondade e amor; já o jovem tinha silhueta magra e graciosa, e o rosto talhado em perfeita simetria, mas demonstrava enorme tristeza e desânimo no olhar e na expressão. O velho voltou à casa e o jovem, com ferramentas diferentes das que usara de manhã, seguiu para o campo.

"A noite logo chegou, mas, para minha enorme surpresa, descobri que os camponeses tinham um método para prolongar a luz, usando velas, e foi um enorme prazer constatar que o pôr do sol não acabaria com a felicidade que eu sentia ao observar meus vizinhos humanos. À noite, a moça e seu companheiro se ocuparam com várias atividades que não entendi, e o velho mais uma vez pegou o instrumento com o qual produzia os sons divinos que tinham me encantado naquela manhã. Assim que ele acabou, o jovem começou a pronunciar sons monótonos, que não lembravam a harmonia do instrumento do velho, nem o canto dos pássaros. Agora já sei que ele lia em voz alta, mas, na época, não sabia nada da ciência das palavras e letras.

"A família, depois de certo tempo passado assim, apagou as luzes e se retirou, supus, para descansar."

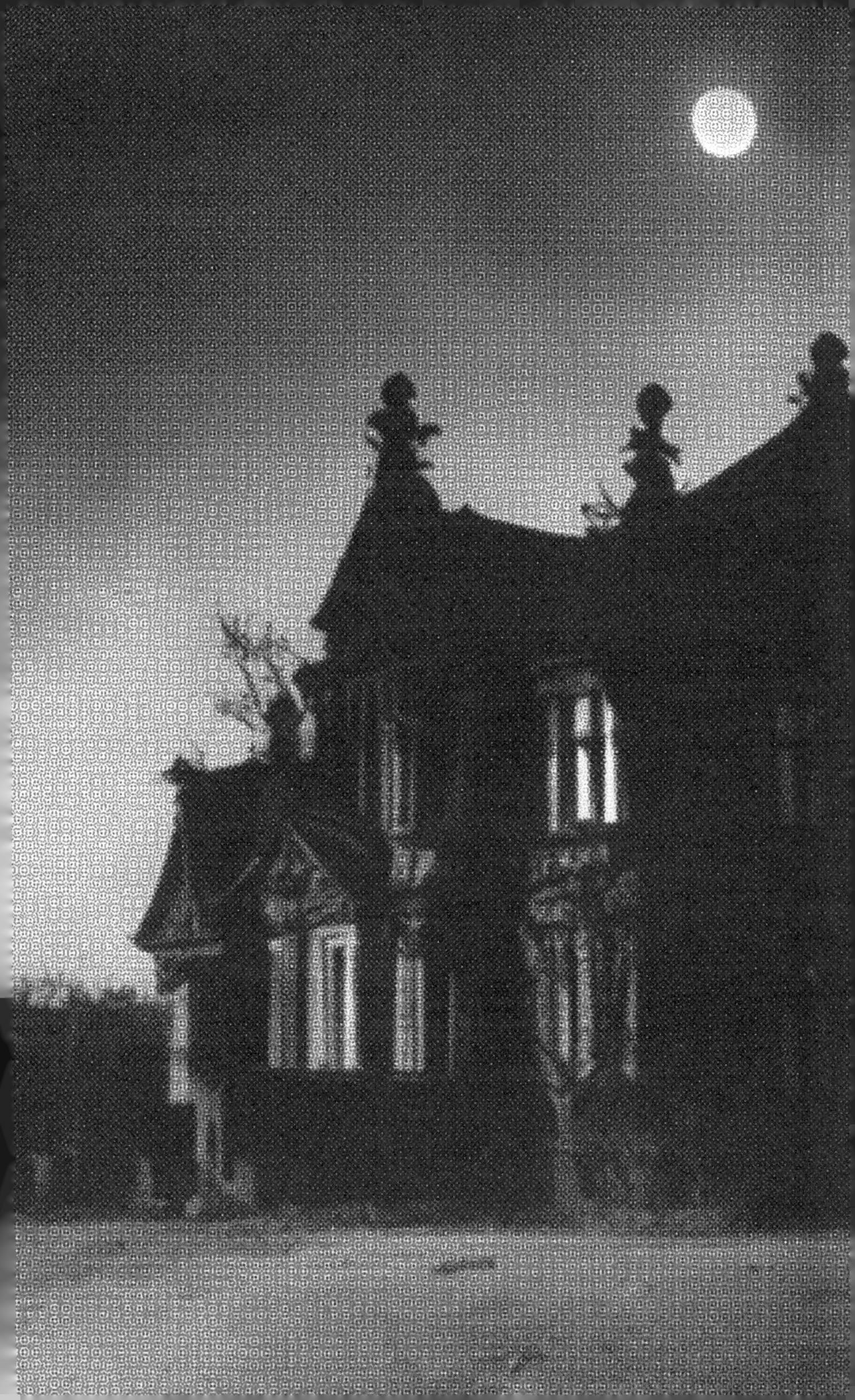

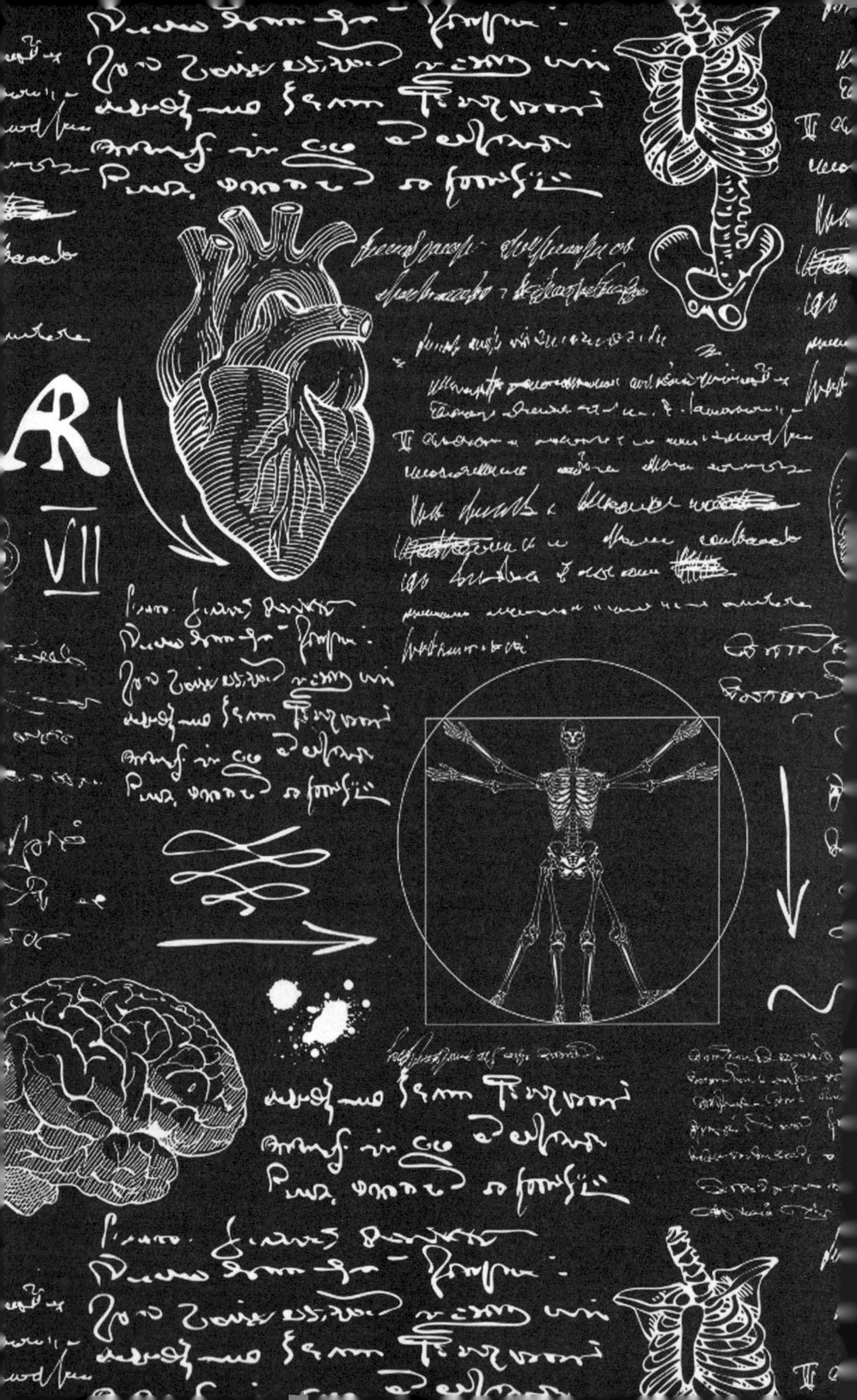
VII

CAPÍTULO 12

"Deitei-me na palha, mas não consegui dormir. Pensei nos acontecimentos do dia. O que me chocou, principalmente, foram os modos tranquilos daquela gente, e eu queria me juntar a eles, mas não ousei. Lembrava-me muito bem de como fora tratado na noite anterior pelos aldeões bárbaros, e decidi que, qualquer que fosse a conduta que dali em diante achasse melhor, no momento ficaria quieto na minha toca, apenas observando e procurando entender os motivos que influenciavam suas ações.

"Os camponeses acordaram antes do amanhecer. A moça limpou a casa e preparou a comida, e o jovem saiu depois do desjejum.

"O dia transcorreu na mesma rotina do anterior. O jovem se ocupava constantemente no campo, e a moça em vários trabalhos dentro da casa. O velho, que acabei notando que era cego, usava o tempo de lazer tocando o instrumento, ou perdido em contemplação. Nada excedia o amor e o respeito que os mais jovens demonstravam pelo venerável companheiro. Cada ato de cuidado e carinho era feito com gentileza, e ele retribuía com sorrisos bondosos.

"Eles não eram inteiramente felizes. O jovem e a moça muitas vezes se afastavam e pareciam chorar. Não vi motivo para a infelicidade, mas aquilo me afetou profundamente. Se criaturas tão belas sofriam, era menos estranho que eu, um ser imperfeito e solitário, sofresse também. Contudo, por que aqueles seres tão gentis estavam infelizes? Eles tinham uma casa encantadora (ou pelo menos era o que me parecia) e todos os luxos possíveis: tinham fogo para esquentá-los, e alimentos deliciosos para quando sentissem fome; vestiam roupas excelentes; e, ainda mais, tinham a companhia e a conversa uns dos outros, trocando o dia todo olhares de afeto e bondade. O que as lágrimas indicavam? Será que expressavam mesmo dor? A princípio, não consegui responder a tais questões, mas o tempo e a atenção contínua me explicaram muitos aspectos que me eram inicialmente enigmáticos.

"Passou-se muito tempo até eu entender uma das razões do incômodo naquela família amável: era a pobreza, um mal do qual sofriam a um nível muito preocupante. A alimentação deles consistia inteiramente dos vegetais do jardim e do leite da vaca, que produzia pouquíssimo no inverno, quando os donos não tinham comida para sustentá-la. Eles sofriam com frequência, acredito, das dores agudas da fome, especialmente os dois mais jovens, pois várias vezes serviam comida ao velho, sem reservar nada para eles mesmos.

"Esse sinal de bondade me comoveu muito. Eu me acostumara a, durante a noite, roubar parte da comida deles para consumo próprio. Contudo, quando entendi que, ao fazê-lo, causava dor nos camponeses, me abstive e me satisfiz com frutinhas, nozes e raízes que colhia no bosque próximo.

"Também descobri que havia outro modo de eu ajudá-los. Notei que o jovem passava boa parte do dia coletando lenha para a lareira da família. Então, durante a noite, eu muitas vezes pegava as ferramentas dele, cujo uso logo entendi, e levava para a casa lenha o suficiente para vários dias de uso.

"Lembro que, da primeira vez que fiz isso, a moça, ao abrir a porta de manhã, demonstrou enorme surpresa ao ver ali uma enorme pilha de lenha. Ela disse alguma coisa em voz alta e o jovem, que veio até onde ela estava, também demonstrou surpresa. Observei, alegre, que ele não foi à floresta naquele dia, e ficou fazendo consertos na casa e cuidando do jardim.

"Aos poucos, fiz uma descoberta ainda mais importante. Reparei que aquelas pessoas tinham um método de comunicar experiências e sentimentos por meio de sons articulados. Notei que as palavras que elas às vezes pronunciavam produziam prazer ou dor, sorrisos ou tristeza, na mente e no semblante dos ouvintes. Era uma ciência divina, que eu desejava fervorosamente aprender. Contudo, todas as minhas tentativas de fazê-lo eram frustradas. O falar deles era rápido, e as palavras que pronunciavam, desconectadas de qualquer objeto aparente, não me permitiam descobrir qualquer indício para desvendar o mistério do significado. Com muita dedicação, contudo, e depois de passar vários ciclos da lua naquela toca, aprendi as palavras usadas para alguns dos objetos mais comuns do discurso: aprendi e usei as palavras 'fogo', 'leite', 'pão' e 'lenha'. Também aprendi os nomes dos camponeses em si. O jovem e a companheira tinham vários nomes, mas o velho tinha só um: 'pai'. A moça era chamada de 'irmã' ou 'Agatha'; e o jovem, 'Felix', 'irmão' ou 'filho'. Não sei descrever o prazer que senti ao aprender que ideias eram ligadas a cada som, e ao ser capaz de pronunciá-los. Distingui várias outras palavras, mas ainda era incapaz de entendê-las ou usá-las, como 'bom', 'querido' e 'infeliz'.

"Passei o inverno assim. Os modos gentis e a beleza dos camponeses me fizeram sentir muito carinho por eles. Quando eles estavam infelizes, eu me deprimia; quando se alegravam, eu compartilhava da felicidade. Vi poucos seres humanos além deles e, se outro aparecia na casa, os modos ríspidos e as expressões rudes só destacavam, para mim, o valor superior dos meus amigos. O velho, como eu notava, tentava sempre encorajar os filhos, e às vezes eu notei que ele os chamava para tentar afastar a melancolia. Ele falava com um tom alegre, uma expressão de bondade que transmitia alegria até para mim. Agatha ouvia com respeito, os olhos às vezes marejados com lágrimas que ela tentava secar sem ser percebida, mas normalmente eu reparava que a aparência e o tom dela ficavam mais alegres depois de ouvir os encorajamentos do pai. Não era o caso com Felix. Ele era sempre o mais triste do grupo e, apesar de minha sensibilidade ainda inexperiente, ele me parecia ter sofrido mais profundamente que os outros. Entretanto, apesar da expressão mais triste, a voz dele era mais alegre que a da irmã, especialmente quando se dirigia ao velho.

"Eu poderia mencionar inúmeros acontecimentos que, apesar de mínimos, marcavam a disposição desses amáveis camponeses. Em meio à miséria e à falta, Felix levou, alegremente, para a irmã a primeira florzinha branca que irrompeu do chão nevado. De manhã cedo, antes de ela acordar, ele limpava a neve que obstruía o caminho para a ordenha, pegava água do poço e trazia a lenha da despensa, onde, para seu eterno choque, sempre encontrava o estoque renovado por mãos invisíveis. De dia, acho que ele às vezes trabalhava para um fazendeiro próximo, porque saía e só voltava na hora de jantar, mas sem trazer lenha. Outros dias, ele trabalhava no jardim, mas, como havia pouco a ser feito durante a geada, ele lia para o velho e para Agatha.

"A leitura me confundia extremamente a princípio, mas, aos poucos, notei que, ao ler, ele pronunciava muitos dos mesmos sons de quando falava. Supus, portanto, que ele encontrava no papel sinais de fala que entendia, e desejei fervorosamente entendê-los também; mas como seria possível, se eu nem entendia os sons que os sinais representavam? Contudo, melhorei consideravelmente em tal área, apesar de não ser suficiente para manter conversa alguma, apesar de eu me dedicar inteiramente a esse estudo. Afinal, eu entendia facilmente que, apesar de ansiar por me revelar para os camponeses, não deveria fazê-lo antes de dominar sua linguagem, cujo conhecimento poderia convencê-los a ignorar minha forma desfigurada, que o contraste continuamente apresentado aos meus olhos me fizera entender.

"Admirava as formas perfeitas dos meus camponeses – a graça, a beleza, a pele delicada –, e como me assustava ao me ver refletido na água transparente! No começo, eu me sobressaltava, incapaz de acreditar que era mesmo meu reflexo naquele espelho. Quando finalmente me convenci inteiramente de que eu era mesmo o monstro que sou, fui tomado por sensações amargas de desânimo e vergonha. Ai de mim! Eu ainda não conhecia inteiramente os efeitos fatais desta deformidade terrível.

"Conforme o sol foi esquentando, e a luz do dia, aumentando, a neve sumiu e eu vi as árvores nuas e a terra escura. A partir daí, Felix ficou mais ocupado, e as indicações comoventes de fome iminente desapareceram. A comida deles, depois entendi, era grosseira, mas nutritiva, e eles tinham acesso a quantidade suficiente. Vários novos tipos de plantas brotavam no jardim, de que eles cuidavam, e esses sinais de conforto foram aumentando diariamente durante o progresso da estação.

"O velho, apoiado no filho, caminhava todas as tardes, quando não chovia, que foi como descobri que era chamado o derramar das águas dos céus. Isso ocorria com frequência, mas ventos fortes secavam a terra rapidamente, e a estação se tornou muito mais agradável do que estivera antes.

"Meu estilo de vida na toca era constante. De manhã, eu acompanhava os movimentos dos camponeses e, quando eles se dispersavam em ocupações diversas, eu dormia. O restante do dia, passava observando meus amigos. Quando eles se retiravam para dormir, se houvesse lua no céu, ou a luz das estrelas, eu ia ao bosque buscar minha própria comida e lenha para a casa. Quando eu voltava, se fosse necessário, limpava a neve do caminho deles e fazia os trabalhos que via Felix fazer. Depois, descobri que tais feitos, conduzidos por mãos invisíveis, os chocavam profundamente, e uma ou outra vez os ouvi murmurar as palavras 'boa alma', 'maravilha', mas não entendia o que queriam dizer.

"Meus pensamentos se tornaram mais ativos e eu desejava descobrir os motivos e sentimentos dessas belas criaturas. Estava curioso para saber por que Felix parecia tão sofredor e Agatha, tão triste. Achei (tolo miserável!) que talvez eu tivesse o poder de restaurar a felicidade dessas pessoas tão merecedoras. Quando eu dormia, ou estava longe, as formas do pai cego e venerável, da gentil Agatha e do excelente Felix piscavam à minha frente. Eu os via como seres superiores, que seriam árbitros do meu destino. Formei em imaginação mil cenas em que me apresentava a eles, e eles me recebiam. Imaginei que eles sentiriam nojo até que, devido ao meu comportamento gentil e às minhas palavras conciliadoras, eu receberia primeiro a confiança deles, e depois seu amor.

"Pensar nisso me alegrava e me motivava a me dedicar ainda mais à arte da linguagem. Meus órgãos eram rudes, mas maleáveis, e, apesar de minha voz ser muito diferente da música doce deles, eu pronunciava as palavras que entendia com razoável fluidez. Era como o asno e o cão; mas o asno gentil, cujas intenções eram afetuosas, apesar dos modos rudes, certamente merecia tratamento melhor do que ataques e rejeição.

"As chuvas agradáveis e o calor ameno da primavera alteraram profundamente o aspecto da terra. Homens que, antes dessa mudança, pareciam ter se escondido em cavernas, se espalhavam, ocupados em várias artes do cultivo. Os pássaros cantavam notas mais álacres, e as folhas começavam a brotar das árvores. Que terra feliz! Morada digna dos deuses, que, tão pouco antes, estava desoladora, úmida e sem vida. Meu humor se elevou pela aparência encantadora da natureza; o passado foi apagado de minha memória, o presente era tranquilo, e o futuro parecia dourado por raios luminosos de esperança e expectativa de felicidade."

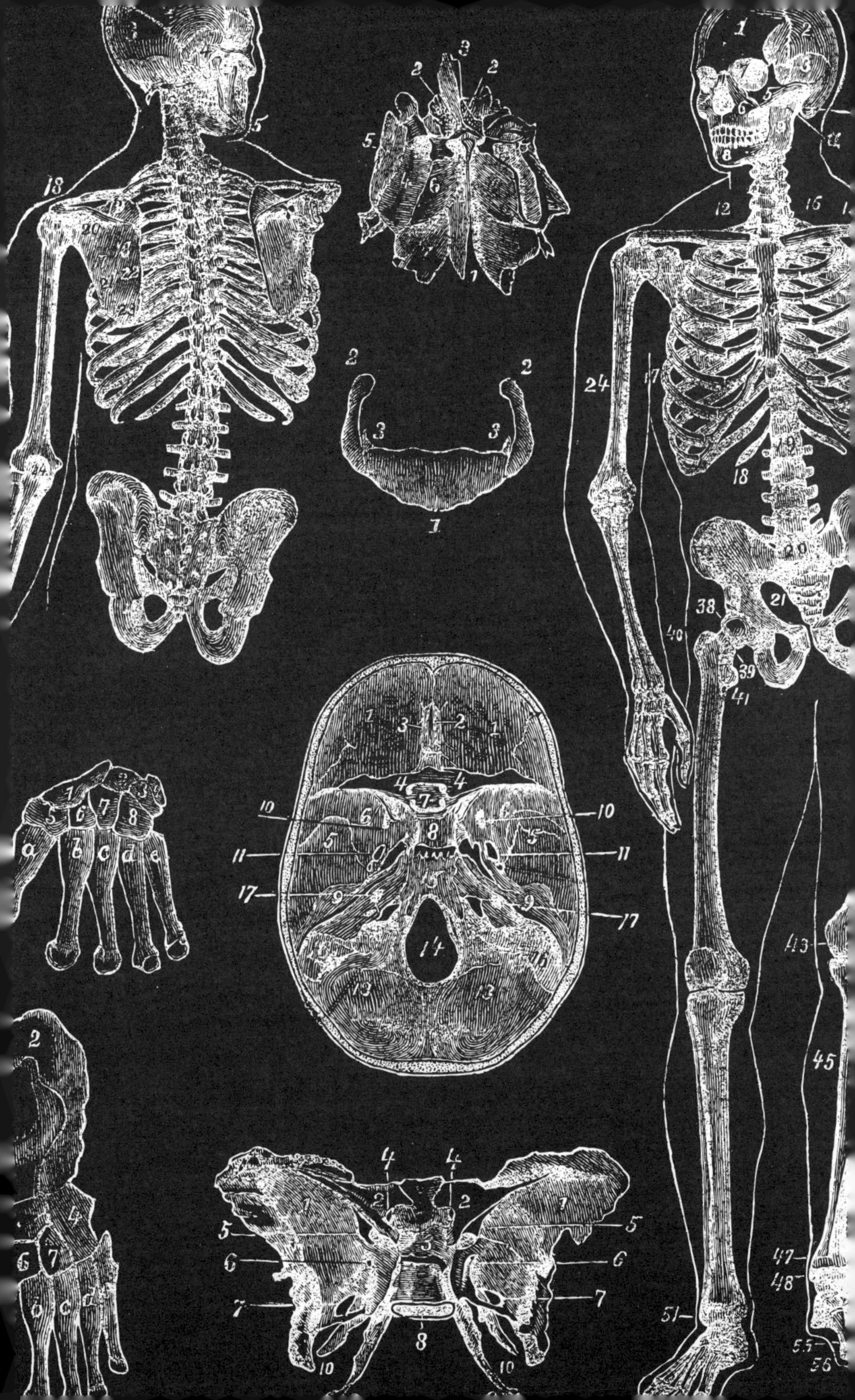

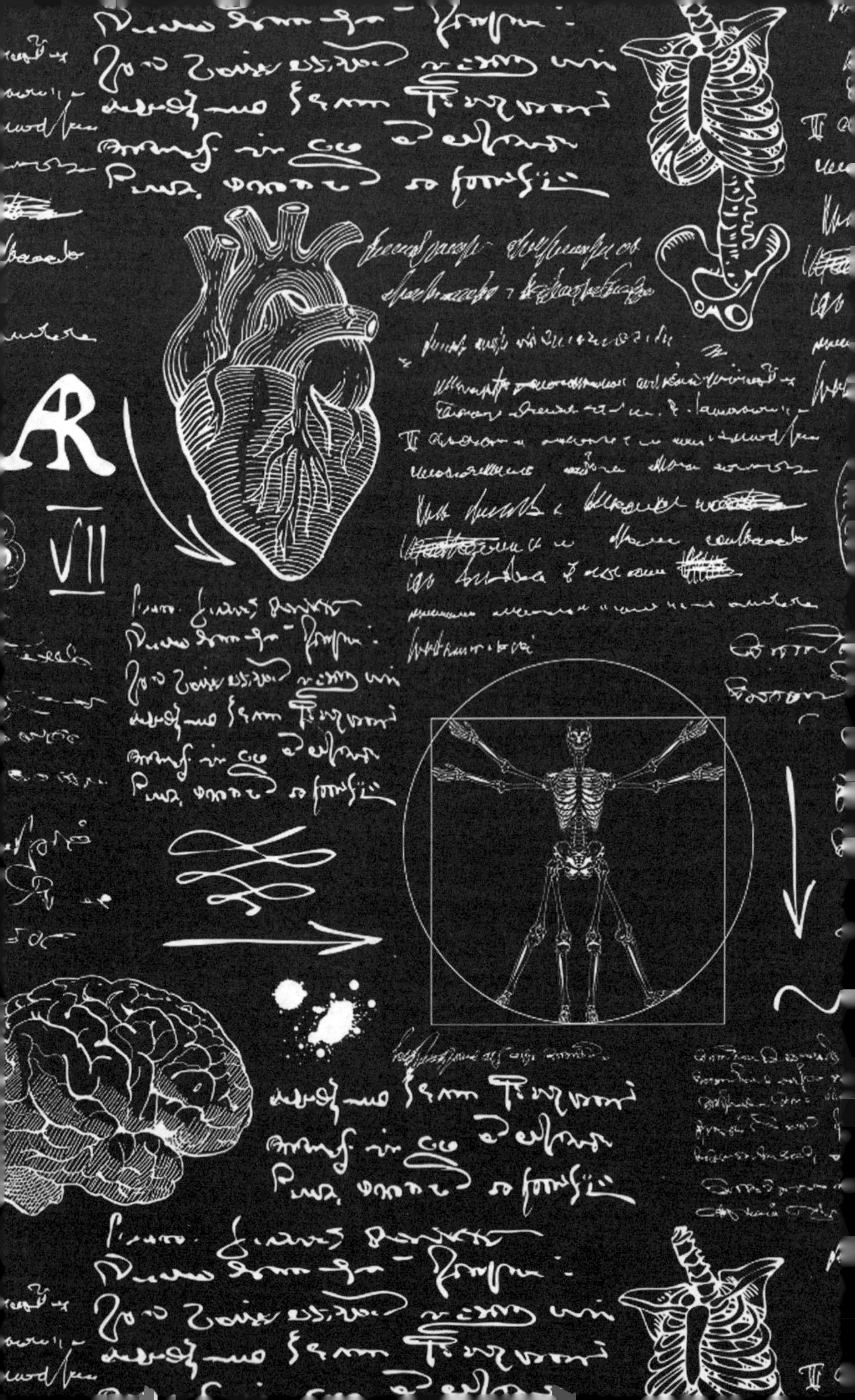
AR
VII

CAPÍTULO 13

"Agora me aproximo da parte mais comovente da história. Relatarei os acontecimentos que me causaram os sentimentos que me transformaram do que fui para o que sou agora.

"A primavera avançou rapidamente. O tempo ficou agradável, e os céus, sem nuvens. Foi uma surpresa ver que o campo antes deserto e sombrio florescia com tantas cores e folhas. Meus sentidos foram gratificados e refrescados por mil perfumes deliciosos, e mil imagens belas.

"Foi em um desses dias, quando meus camponeses descansavam do trabalho – o velho tocava o violão, e os filhos o escutavam –, que reparei que Felix se mostrava mais melancólico do que era capaz de expressar; ele suspirava com frequência e, em certo momento, o pai parou a música e supus, pela expressão, que perguntava a causa da tristeza do filho. Felix respondeu em tom animado, e o velho recomeçou a música. Então alguém bateu à porta.

"Havia uma dama a cavalo lá fora, acompanhada por um guia camponês. A dama usava uma roupa escura e um véu preto e grosso. Agatha fez uma pergunta, à qual a desconhecida só respondeu pronunciando, em um doce sotaque, o nome de Felix. A voz dela era musical, mas diferente da dos meus amigos. Ao ouvir seu nome, Felix se aproximou rapidamente da dama; que, ao vê-lo, afastou o véu, permitindo que eu visse um rosto de beleza e expressão angelicais. O cabelo dela era de um preto profundo e brilhante, como o de um corvo, e trançado curiosamente; os olhos, escuros, mas doces, apesar de animados; os traços, de proporção regular; e a pele, impressionantemente clara, as duas bochechas lindamente rosadas.

"Felix pareceu consumido por prazer ao vê-la, e todo sinal de tristeza sumiu de seu rosto. Ele imediatamente expressou uma alegria extasiada, da qual eu mal o acreditava capaz. Os olhos dele brilhavam e seu rosto corou de animação; naquele momento, eu o achei tão belo quanto a desconhecida. Ela parecia afetada por outras emoções. Secando algumas lágrimas dos lindos olhos, ela estendeu a mão para Felix, que a beijou apaixonadamente, e a chamou, pelo que pude entender, de doce árabe. Ela não pareceu entendê-lo, mas sorriu. Ele a ajudou a descer do cavalo e, dispensando o guia, a levou para dentro de casa. Alguma conversa se sucedeu entre ele e o pai, e a jovem desconhecida se ajoelhou aos pés do velho e estava prestes a beijar a mão dele, quando ele a ergueu e abraçou, com afeto.

"Reparei que, apesar da desconhecida pronunciar sons articulados e parecer ter linguagem própria, não era compreendida pelos camponeses, nem os compreendia. Eles faziam muitos gestos que eu não entendi, mas vi que a presença dela espalhava felicidade pela casa, dissipando a tristeza como o sol faz com as brumas da madrugada. Felix parecia especialmente alegre e, com sorrisos de prazer, recebeu sua árabe. Agatha, sempre tão gentil, beijou as mãos da bela desconhecida e, apontando para o irmão, fez sinais que me pareceram indicar que ele estava triste até a chegada dela. Passaram-se algumas horas assim, enquanto eles expressavam, no rosto, alegria, cuja causa eu não entendi. Reparei, pela frequente repetição de sons que a desconhecida emitia novamente, que ela tentava aprender a língua deles, e me ocorreu de repente que eu deveria usar as mesmas instruções para o mesmo fim. A desconhecida aprendeu por volta de vinte palavras na primeira aula. A maioria eu já conhecia, mas aproveitei as outras.

"Quando a noite chegou, Agatha e a árabe se retiraram cedo. Ao se separarem, Felix beijou a mão da desconhecida e falou: 'Boa noite, doce Safie'. Ele ficou muito mais tempo acordado, conversando com o pai, e, pela frequente repetição do nome, supus que a bela convidada era o assunto da conversa. Desejei ardentemente entendê-los, e concentrei tudo o que podia em tal propósito, mas vi que era inteiramente impossível.

"Na manhã seguinte, Felix saiu para trabalhar e, depois de Agatha concluir os trabalhos de costume, a árabe se sentou aos pés do homem e pegou o violão, no qual tocou melodias tão encantadoras e belas que arrancaram lágrimas de dor e prazer dos meus olhos. Ela cantou, e a voz fluiu em uma cadência sonora, subindo e descendo, como um rouxinol do bosque.

"Quando ela terminou, deu o violão a Agatha, que a princípio o recusou. Ela tocou uma melodia simples, acompanhada pela voz doce, mas diferente da entonação impressionante da desconhecida. O velho pareceu encantado e falou algumas palavras, que Agatha tentou explicar a Safie com gestos, por meio dos quais parecia tentar expressar que a música dela era fonte de enorme deleite.

"Os dias passaram-se tão tranquilamente quanto antes, com a única diferença que agora a alegria substituíra a tristeza na expressão dos meus amigos. Safie estava sempre animada e feliz; eu e ela melhoramos rapidamente no conhecimento da língua, e em dois meses comecei a entender a maioria do que meus protetores diziam.

"Enquanto isso, a terra escura fora coberta por relva e o verde era intercalado com inúmeras flores, doces ao olfato e à visão, e havia estrelas pálidas e radiantes entre os bosques sob o luar. O sol se tornou mais quente, as noites, mais claras e amenas, e minhas caminhadas noturnas me causavam enorme prazer, apesar de terem se encurtado consideravelmente devido ao movimento do sol, que se punha mais tarde e nascia mais cedo. Eu nunca me aventurava a sair quando era dia, temendo receber o mesmo tratamento que sofrera na primeira aldeia que adentrara.

"Passava meus dias muito atento, tentando dominar a língua o mais rapidamente possível, para assim poder me gabar de ter conseguido melhorar mais rápido do que a árabe, que entendia muito pouco e conversava com sotaque forte, enquanto eu entendia e podia imitar quase todas as palavras ditas.

"Enquanto eu melhorava na fala, também aprendi a ciência das letras, pois foi ensinada para a desconhecida. Isso me abriu um vasto campo de deleite e maravilha.

"O livro que Felix usava para ensinar Safie era *As ruínas*, de Volney. Eu não teria entendido o propósito do livro, se não fosse por Felix, que, ao lê-lo, dava explicações minuciosas. Ele escolhera essa obra, pelo que disse, pois o estilo declamatório era estruturado imitando os autores asiáticos. Por meio dessa obra, adquiri um conhecimento geral da história, e uma perspectiva sobre os vários impérios atualmente existentes no mundo; entendi os modos, os governos e as religiões das diferentes nações. Ouvi falar dos asiáticos indolentes, da inteligência estupenda e da atividade mental dos gregos, das guerras e da maravilhosa virtude dos primeiros romanos, assim como da degeneração subsequente e do declínio de tal império magnífico, de cavalheiros, da cristandade, dos reis. Ouvi falar da desçoberta do hemisfério americano, e chorei, com Safie, devido ao destino trágico de seus habitantes originais.

"Essas narrações maravilhosas me inspiraram sensações estranhas. Seria o homem ao mesmo tempo tão poderoso, virtuoso e magnífico, e tão cruel e vil? Ele me parecia ora um mero herdeiro do princípio do mal, ora tudo que pode ser concebido como nobre e divino. Ser um homem grandioso e virtuoso parecia a maior honra outorgada a qualquer ser sensível; e ser vil e cruel, como tantos foram registrados, parecia a pior degradação, uma condição mais abjeta do que a da toupeira cega ou do verme indefeso. Por muito tempo, não pude conceber como um homem era capaz de assassinar seu semelhante, nem mesmo por que havia leis e governos; mas, quando ouvi detalhes maldosos e sanguinolentos, meu choque se foi, e reagi com nojo e ódio.

"Todas as conversas dos camponeses me abriam novos fascínios. Enquanto ouvia as aulas que Felix dava à árabe, o estrago sistema da sociedade humana me foi explicado. Ouvi falar de divisão de propriedade privada, de riquezas imensas e pobreza esquálida, de castas, descendências e sangue nobre.

"As palavras me incentivaram a refletir introspectivamente. Soube que as posses mais estimadas pelos seus semelhantes eram a descendência nobre e pura, unida à riqueza. Um homem poderia ser respeitado por apenas uma de tais vantagens, mas, sem nenhuma delas, ele era considerado, exceto raras circunstâncias, um vagabundo escravizado, condenado a desperdiçar seu poder em nome do lucro de poucos escolhidos! E o que era eu? Da minha criação e de meu criador, minha ignorância era total, mas eu sabia que não tinha dinheiro, amigos, propriedade alguma. Além disso, eu era dotado de uma aparência horrivelmente deformada e apavorante; não tinha nem mesmo a natureza dos homens. Era mais ágil que eles, e podia sobreviver com base em uma dieta mais simples, aguentava os extremos do frio e do calor com menos sofrimento, e minha estatura era muito maior. Quando olhava ao redor, não via, nem ouvia, ninguém como eu. Seria eu um monstro, uma mácula na terra, de quem os homens fugiam, a quem eles desprezavam?

"Não sei descrever a agonia que senti com tais reflexões. Tentei afastá-las, mas a tristeza crescia com o conhecimento. Ah, que eu tivesse para sempre ficado naquele primeiro bosque, sem conhecer nada além da fome, da sede e do calor!

"Que estranha a natureza do conhecimento! Ele se agarra à mente, quando chega a ela, como líquen na pedra. Às vezes, queria me livrar de qualquer pensamento e sentimento, mas aprendi que só havia um jeito de superar a dor, e era a morte, um estado que eu temia ainda não entender. Eu admirava a virtude e os bons sentimentos, e amava os modos gentis e as qualidades agradáveis dos meus camponeses; mas era impedido de me relacionar com eles, exceto pelos modos que encontrava na discrição, sem ser visto nem reconhecido, e que aumentava, em vez de satisfazer, meu desejo de me juntar aos meus amigos.

As palavras doces de Agatha e os sorrisos animados da charmosa árabe não eram para mim. Os encorajamentos tranquilos do velho e a conversa vivaz do amado Felix não eram para mim. Que miserável infeliz!

"Outras lições aprendi com ainda mais profundidade. Aprendi sobre a diferença dos sexos e o nascimento e crescimento de crianças; que o pai mimava os sorrisos do bebê e as estrepolias alegres das crianças maiores; que a vida e os cuidados todos da mãe eram dedicados aos filhos preciosos; que a mente infantil se expandia e ganhava conhecimento; sobre irmãos, irmãs e as várias relações que conectam um ser humano a outro em vínculos mútuos.

"Mas onde estavam meus amigos e parentes? Nenhum pai vira minha infância, nenhuma mãe me abençoara com sorrisos e carinhos; ou, se o tivessem feito, minha vida pregressa se tornara uma mancha, um vazio cego em que não distinguia nada. Desde que me lembro, eu sou do tamanho e da proporção que tenho agora. Nunca vi um ser como eu, nem vira ainda quem se relacionasse comigo. O que era eu? A pergunta voltava, respondida apenas em gemidos.

"Em breve explicarei ao que tais sentimentos levaram, mas permita que, por enquanto, volte aos camponeses, cuja história me causou sensações variadas de indignação, deleite e fascínio, terminando em ainda mais amor e reverência pelos meus protetores (pois era assim que eu amava chamá-los, em uma forma inocente e um pouco dolorosa de autoengano).

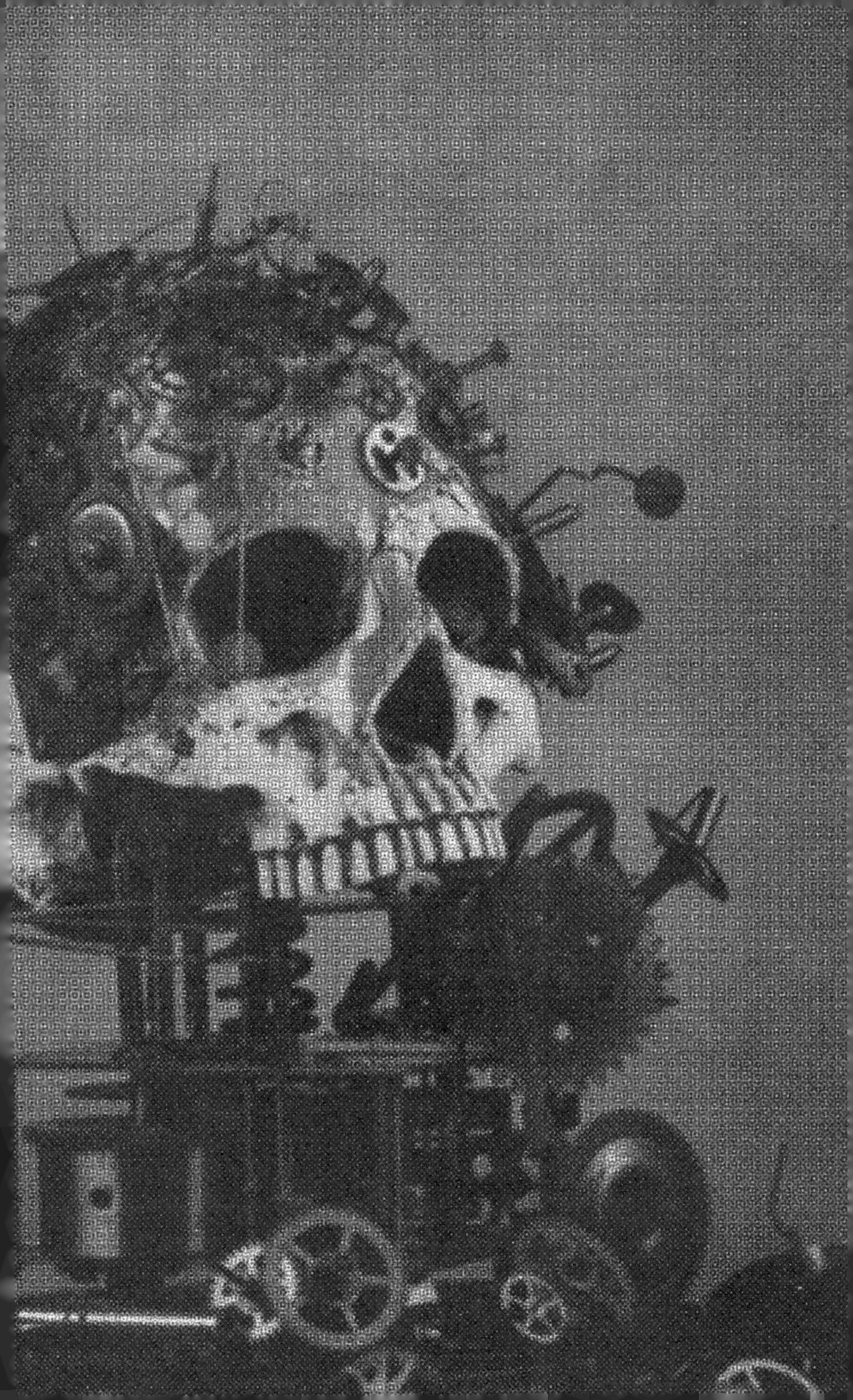

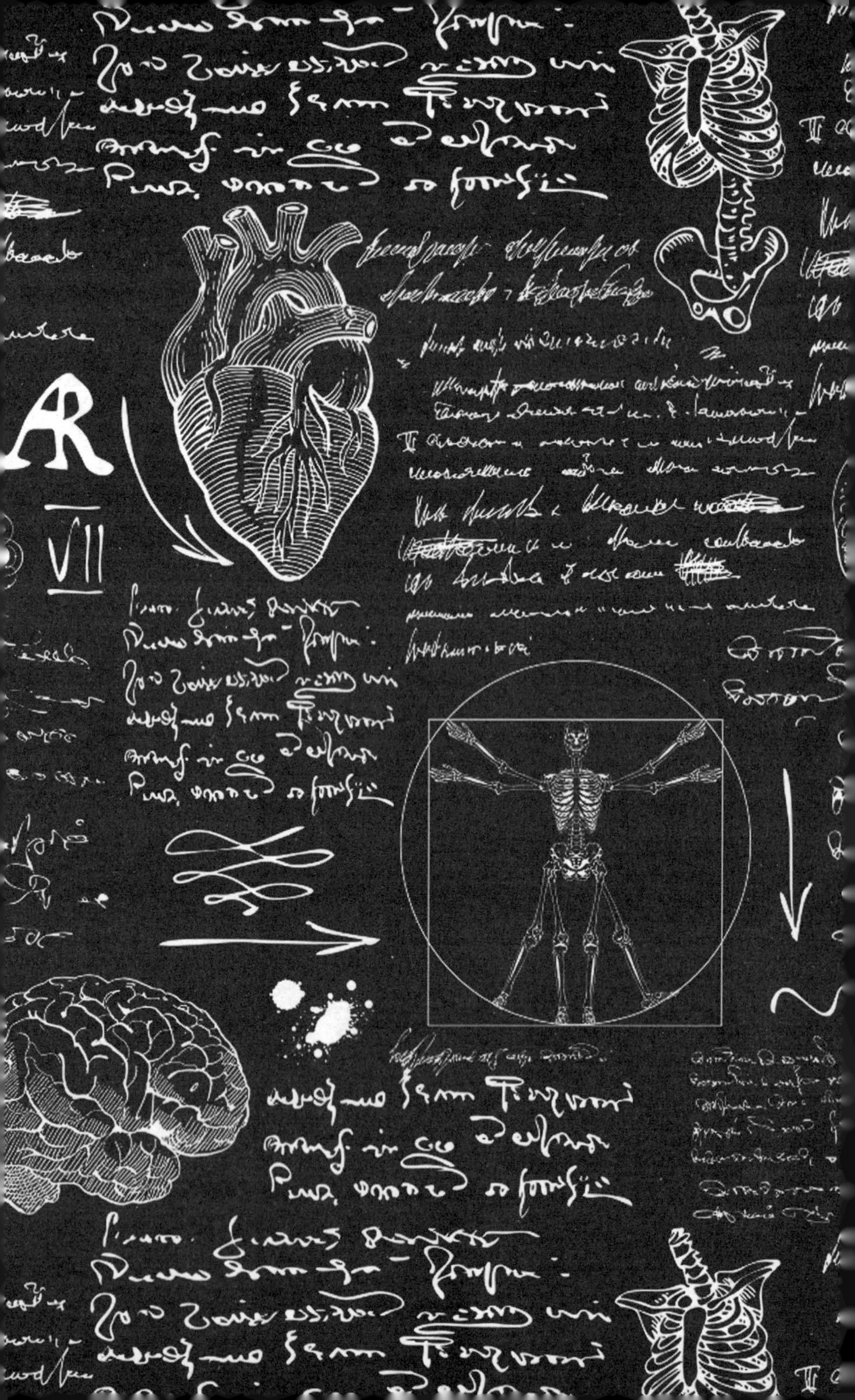

CAPÍTULO 14

"Passou-se algum tempo antes de eu aprender a história dos meus amigos. Foi uma história que não podia deixar de me impressionar profundamente, desdobrando uma série de circunstâncias, todas interessantes e fascinantes para alguém tão inexperiente quanto eu.

"O nome do velho era De Lacey. Ele vinha de uma boa família francesa, e vivera em riqueza no país por muitos anos, respeitado pelos superiores e adorado pelos semelhantes. O filho dele fora criado no serviço ao país e Agatha se juntou a damas da mais alta distinção. Poucos meses antes da minha chegada, eles viviam em uma cidade grande e luxuosa, chamada Paris, cercados de amigos, e tinham todos os prazeres que a virtude, o intelecto refinado e o bom gosto, acompanhados de fortuna moderada, proporcionavam.

"O pai de Safie fora a causa da ruína deles. Ele era um mercador turco que morava em Paris havia muitos anos, até que, por algum motivo que não soube, ele se tornou incômodo para o governo. Ele foi detido e preso no mesmo dia em que Safie chegou de Constantinopla para encontrá-lo. Após julgamento, ele foi condenado à morte. A injustiça da pena era flagrante e Paris inteira ficou ultrajada; considerou-se que a religião e a riqueza dele, e não qualquer crime alegado, foram a causa verdadeira da condenação.

"Felix acidentalmente estivera presente no julgamento. O horror e a indignação dele, ao ouvir a decisão do júri, foram incontroláveis. Naquele momento, ele jurou solenemente que o libertaria, e procurou os meios de fazê-lo. Depois de muitas tentativas vãs de entrar na prisão, ele encontrou uma janela com grades fortes em uma parte erma do prédio, que levava às masmorras do infeliz muçulmano – que, acorrentado, esperava, desesperado, a execução da pena bárbara. Felix visitou as grades à noite e explicou ao prisioneiro suas intenções de ajudá-lo. O turco, maravilhado e feliz, tentou encorajar o zelo de seu salvador, com promessas de recompensas e riqueza. Felix rejeitou as ofertas, com desdém, mas, ao ver a bela Safie, que ia visitar o pai e que, em seus gestos, expressou enorme gratidão, o jovem não pôde deixar de pensar que o prisioneiro tinha um tesouro que recompensaria inteiramente seu esforço e risco.

"O turco logo reparou na impressão que a filha causara no coração de Felix, e tentou garantir sua ajuda ao prometer a mão dela em casamento, assim que ele fosse levado a um lugar seguro. Felix tinha delicadeza demais para aceitar a oferta, mas ansiava pelo evento provável, o vendo como consumação da felicidade.

"Durante os dias seguintes, enquanto as preparações da fuga do mercador eram feitas, o zelo de Felix foi intensificado pelas várias cartas que recebeu dessa moça adorável, que encontrou uma forma de expressar o que pensava na língua do amante com a ajuda de um velho, criado do pai, que entendia francês. Ela o agradeceu nos termos mais ardentes pelo serviço que ele pretendia prestar ao pai dela e, ao mesmo tempo, deplorou o próprio destino.

"Tenho cópias destas cartas, pois, durante minha residência na choupana, dei um jeito de arranjar instrumentos de escrita, e as cartas estavam frequentemente nas mãos de Felix ou Agatha. Antes que eu parta, vou dá-las para você, pois provarão a verdade de minha história; mas, no momento, como o sol já está baixo, só terei tempo de repetir o conteúdo para você.

"Safie relatou que a mãe era uma árabe cristã, sequestrada e escravizada pelos turcos. Recomendada pela beleza, ela ganhara o coração do pai de Safie, que a desposara. A jovem falava em termos elogiosos e entusiasmados sobre a mãe, que, nascida em liberdade, rejeitava a submissão à qual fora reduzida. Ela instruiu as filhas nos preceitos da religião e a ensinou a aspirar ao alto intelecto e à independência proibidos às seguidoras mulheres de Maomé. A senhora morreu, mas as lições dela ficaram indeléveis na mente de Safie, que se enjoava só de pensar em voltar à Ásia e ser trancafiada entre as paredes de um harém, onde só poderia se ocupar com diversões infantis, inadequadas ao seu temperamento, que já se acostumara com ideias grandiosas e uma emulação nobre da virtude. O prospecto de se casar com um cristão e continuar em um país onde as mulheres tinham direito a posição na sociedade a encantava.

"Marcou-se a data da execução do turco, mas, na noite anterior, ele saiu da prisão e, antes do amanhecer, já se encontrava a muitos quilômetros de Paris. Felix tinha arranjado passaportes no nome do pai, da irmã e de si próprio. Ele antes comunicara o plano ao pai, que o ajudara, saindo de casa, com a desculpa de que ia viajar, e se escondendo, com a filha, em uma parte obscura de Paris.

"Felix acompanhou os fugitivos pela França, até Lyon, e atravessou o Mont Cenis até Livorno, onde o mercador decidira esperar uma oportunidade mais favorável para adentrar o domínio turco.

"Safie decidiu ficar com o pai até o momento da partida, e o turco reiterou a promessa de que ela se reuniria com seu salvador. Felix ficou com eles na expectativa de tal acontecimento e, enquanto isso, aproveitou a companhia da moça árabe, que demonstrava por ele um afeto simples e tenro. Eles conversavam por meio de intérpretes, e às vezes por mera interpretação de olhares, e Safie cantava para ele as melodias divinas de seu país de origem.

"O turco permitiu que tal intimidade ocorresse e encorajou a esperança dos jovens amantes, apesar de, secretamente, ter feito outros planos. Ele odiava a ideia de a filha se casar com um cristão, mas temia o ressentimento de Felix, se demonstrasse tal dúvida, pois sabia que ainda estava sob o poder de seu salvador, caso ele escolhesse traí-lo no estado italiano que habitavam. Ele refletiu sobre diversos planos que permitiram prolongar a fraude até não ser mais necessária, quando ele poderia, em segredo, levar a filha consigo na partida. Os planos foram facilitados por notícias que chegaram de Paris.

"O governo francês estava furioso com a fuga da vítima, e não poupava esforços para encontrar e punir quem a ajudara. O plano de Felix logo foi descoberto, e De Lacey e Agatha foram presos. A notícia chegou a Felix e o arrancou do sonho prazeroso. O pai, cego e idoso, e a irmã, tão gentil, se encontravam em uma masmorra fétida enquanto ele aproveitava o ar livre e a companhia de sua amada. Tal perspectiva o torturou. Ele rapidamente combinou com o turco que, se ele tivesse oportunidade de fugir antes que Felix voltasse à Itália, Safie ficaria na fronteira, em um convento de Livorno. Assim, deixando a bela moça árabe para trás, ele correu até Paris e se entregou para a vingança da lei, na intenção de, assim, salvar De Lacey e Agatha.

"Ele não teve sucesso. A família toda ficou presa por cinco meses antes do julgamento, cujo resultado os privou da fortuna e os condenou ao exílio perpétuo do país de origem.

"Eles encontraram um abrigo miserável na casinha alemã onde eu os conheci. Felix logo soube que o turco traidor, por quem ele e a família tinham vivido sofrimentos tão inimagináveis, ao saber que seu salvador fora reduzido à pobreza e ruína, traíra a bondade e a honra e fugira da Itália com a filha, mandando para Felix, como insulto, um dinheirinho insignificante, para ajudar, ele alegava, em algum plano futuro.

"Foram esses os eventos que afetaram o coração de Felix e o tornaram, quando eu o conheci, o mais triste da família. Ele teria aguentado a pobreza e, apesar de o sofrimento ter sido resultado de sua virtude, ele se orgulhava desse fato; contudo, a ingratidão do turco e a perda de sua amada Safie eram infortúnios amargos e irreparáveis. A chegada da moça árabe, então, deu nova vida à sua alma.

"Quando chegou a Livorno a notícia de que Felix fora privado da riqueza e do status, o comerciante mandou a filha não pensar mais no amante, e se preparar para voltar ao país de origem. A natureza generosa de Safie se ultrajou com tal comando. Ela tentou protestar com o pai, mas ele a ignorou, furioso, reiterando seu comando tirânico.

"Poucos dias depois, o turco entrou nos aposentos da filha e falou, apressado, que tinha razões para acreditar que sua presença em Livorno fora exposta e que ele seria entregue, sem mais delongas, ao governo francês. Portanto, ele tinha contratado uma embarcação que o levaria a Constantinopla, poucas horas depois. Ele planejava deixar a filha sob os cuidados de um criado confidencial, para segui-lo quando pudesse, levando a maior parte das posses, que ainda não tinham chegado em Livorno.

"Quando sozinha, Safie decidiu, em segredo, o plano que ela seguiria em tal emergência. Residir na Turquia lhe era desprezível; ela era avessa àquilo por religião e sentimento. Por meio de documentos do pai, que caíram em suas mãos, ela soube do exílio do amante e o nome da área em que ele residia. Após certa hesitação, ela acabou firmando sua determinação. Levando algumas joias que lhe pertenciam, e um pouco de dinheiro, ela saiu da Itália com uma criada, nativa de Livorno, mas que entendia a língua comum da Turquia, e se dirigiu à Alemanha.

"Ela chegou em segurança a uma cidade a mais de cem quilômetros da casinha de De Lacey, onde sua criada adoeceu gravemente. Safie cuidou dela com afeto dedicado, mas a pobre criada morreu e a moça árabe foi deixada sozinha, sem conhecer a língua do país e os costumes do mundo. Contudo, ela caiu em boas mãos. A italiana mencionara o nome do lugar para onde elas se dirigiam e, após sua morte, a senhora da casa onde tinham ficado hospedadas cuidou para que Safie chegasse em segurança à casa do amante."

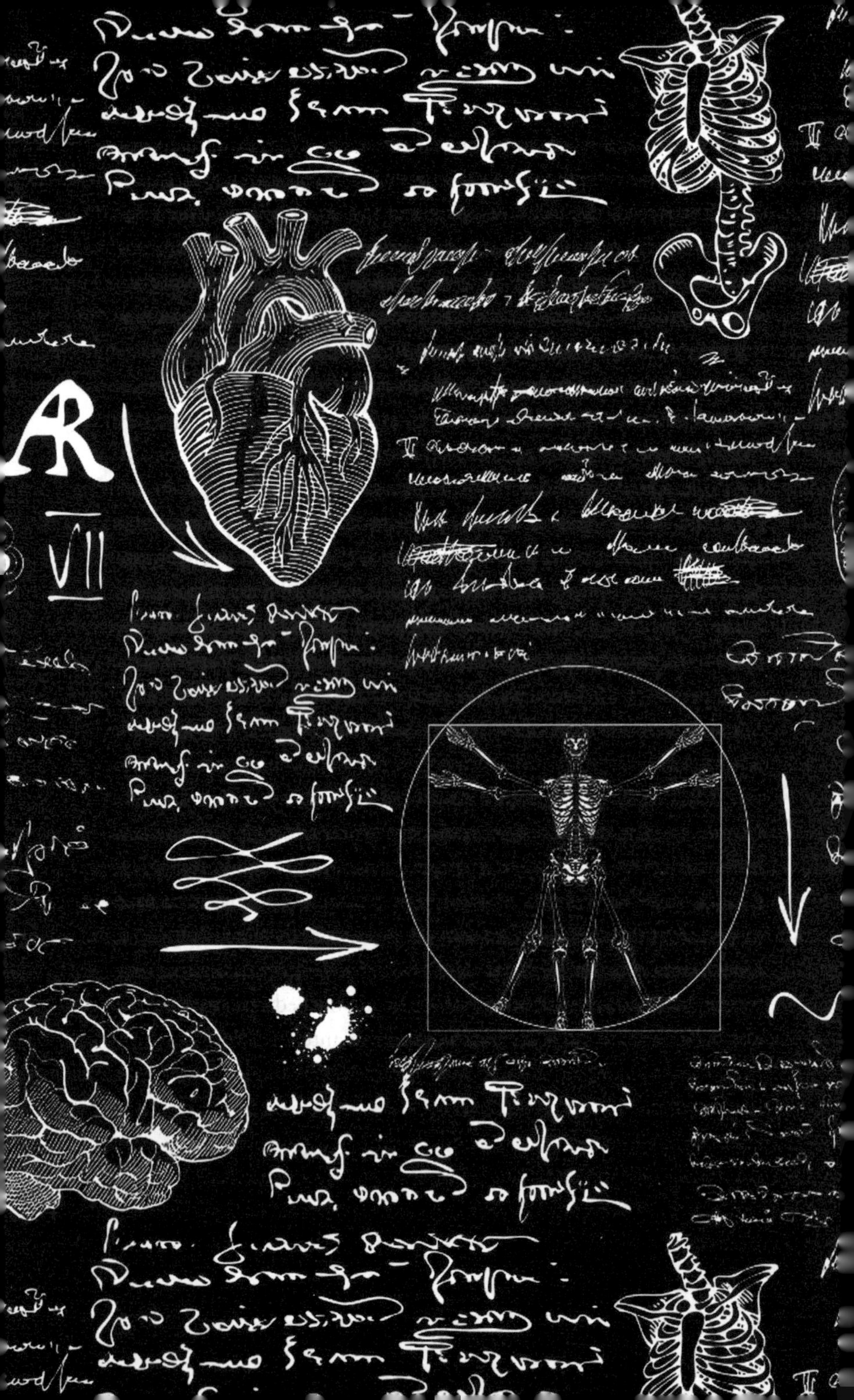

CAPÍTULO 15

"Foi essa a história dos meus queridos camponeses. Fiquei profundamente impressionado. Aprendi, com as imagens da vida social que ali se desdobravam, a admirar suas virtudes e desaprovar os vícios da humanidade.

"Eu ainda via o crime como um mal distante. Benevolência e generosidade estavam sempre presentes à minha frente, incitando em mim o desejo de atuar no cenário agitado onde tantas qualidades admiráveis eram convocadas e expostas. Entretanto, ao relatar o progresso de meu intelecto, não posso omitir um acontecimento do início do mês de agosto do mesmo ano.

"Certa noite, durante minha visita costumeira ao bosque vizinho, onde eu recolhia minha comida e a lenha de meus protetores, encontrei no chão uma bolsa de couro, contendo várias peças de roupa e alguns livros. Peguei avidamente aquele tesouro e voltei com ele à minha toca. Felizmente, os livros eram escritos na língua cujos elementos eu adquirira na casa; eram *Paraíso perdido*, um volume de *Vidas paralelas* e *Os sofrimentos do jovem Werther*. A posse dessas preciosidades me causou enorme prazer. Eu estudei e exercitei meu pensamento continuamente com essas histórias, enquanto meus amigos estavam ocupados em suas tarefas rotineiras.

"Mal sei descrever o efeito desses livros. Eles produziram em mim uma infinidade de novas imagens e sentimentos, que às vezes me elevavam ao êxtase, mas, mais frequentemente, me derrubavam no maior desânimo. Em *Os sofrimentos do jovem Werther*, além do interesse na história simples e comovente, tantas opiniões estão contidas, e tantos fatos iluminados que até então me eram obscuros, que encontrei ali uma fonte infinita de especulação e surpresa. Os modos gentis e domésticos descritos, combinados com sentimentos e impressões elevados, que tinham como objeto algo além do ser, combinavam com minha experiência entre meus protetores, e como desejos sempre vivos em meu próprio peito. Contudo, vi em Werther um ser mais divino do que eu já vislumbrara ou imaginara; o caráter dele não continha pretensão, mas afundava profundamente. As investigações sobre morte e suicídio eram feitas para me encher de fascínio. Eu não pretendia considerar os méritos do caso, mas me inclinava na direção das opiniões do herói, cuja perda lamentei aos prantos, mesmo sem compreendê-la inteiramente.

"Conforme lia, entretanto, identificava-me muito com meus próprios sentimentos e minhas condições. Eu me considerei semelhante, apesar de ao mesmo tempo estranhamente diferente, dos seres sobre os quais lia, e cujas conversas ouvia. Eu sentia empatia por eles, e de certa forma os compreendia, mas minha mente não tomava forma; eu não dependia de ninguém, não me relacionava com ninguém. 'O caminho da partida é livre', e ninguém lamentaria minha aniquilação. Meu semblante era horrendo e minha estatura, gigante. O que isso significava? Quem eu era? O que eu era? De onde eu viera? Qual era meu destino? Essas perguntas me recorriam constantemente, mas eu não sabia respondê-las.

"O volume de *Vidas paralelas* em minha posse continha as histórias dos primeiros fundadores das antigas repúblicas. Esse livro teve um efeito muito diferente em mim em relação a *Os sofrimentos do jovem Werther*. Aprendi, com a imaginação de Werther, desânimo e depressão, mas Plutarco me ensinou seus pensamentos; ele me elevou para além da esfera miserável de minhas próprias reflexões, conduzindo-me a admirar e amar os heróis de eras passadas. Muitas coisas que eu lia iam além da minha compreensão e experiência. Eu tinha um conhecimento muito confuso sobre reinos, vastas extensões de territórios, longos rios e oceanos ilimitados. Mas eu não sabia nada sobre cidades e grupos grandes de homens. A casa dos meus protetores era a única escola onde eu estudava a natureza humana, mas esse livro desenvolveu cenários novos e mais poderosos de ação. Li sobre homens envolvidos na vida pública, governando ou massacrando a própria espécie. Senti o maior fervor pela virtude crescer em mim, assim como o desprezo pela crueldade, pelo menos dentro da minha compreensão de tais termos, por mais relativos que fossem, pois eu só sabia aplicá-los a dor e prazer. Induzido por tais sentimentos, claro que fui levado a admirar governantes pacíficos, Numa, Sólon e Licurgo, preferindo-os a Rômulo e Teseu. As vidas patriarcais dos meus protetores fizeram com que essas impressões me marcassem muito; talvez, se minha primeira apresentação à humanidade fosse um jovem soldado, ardendo por glória e massacre, eu tivesse sido incutido com sensações diferentes.

"Mas *Paraíso perdido* me causou emoções diferentes, e ainda mais profundas. Eu o li, como li os outros exemplares que tinham ido parar em minhas mãos, como uma história real. O livro mexeu em todos os sentimentos de fascínio e admiração que a imagem de um Deus onipotente em guerra com suas criaturas era capaz de avivar. Eu relacionava muitas das situações, impressionado com a semelhança, com minhas próprias. Como Adão, eu aparentemente não era ligado a nenhum outro ser existente; mas o estado dele era diferente do meu em todos os outros aspectos. Ele surgira, das mãos de Deus, como uma criatura perfeita, feliz e próspera, protegida pelo cuidado especial do Criador; ele pudera conversar, e aprender, com seres de natureza superior. Já eu era miserável, desamparado e solitário. Muitas vezes, considerei Satã como emblema mais adequado de minha condição, pois era comum que, como ele, ao ver a felicidade de meus protetores, a bílis amarga da inveja crescesse em mim.

"Outra circunstância fortaleceu e confirmou tais sentimentos. Pouco depois de minha chegada à choupana, eu descobrira alguns papéis no bolso da roupa que eu pegara do seu laboratório. A princípio, os ignorei, mas, capaz de decifrar os sinais com que eles eram escritos, comecei a estudá-los diligentemente. Era seu diário dos quatro meses anteriores à minha criação. Neles, você descrevia minuciosamente todos os passos que tomara no progresso do trabalho. A história era intercalada com relatos de ocorrências domésticas. Sem dúvida, o senhor se lembra desses documentos. Aqui estão. Tudo referente à minha origem amaldiçoada está relatado aqui; os detalhes da série de circunstâncias asquerosas que a produziram, aqui expostos; as descrições minuciosas da minha pessoa odiosa e detestável, em uma linguagem que retratou seus próprios horrores e tornou os meus indeléveis. Eu tive náuseas ao ler. 'Que dia odioso foi esse em que ganhei vida!', exclamei, em agonia. 'Maldito criador! Por que formar um monstro tão horrendo, a ponto de até mesmo *você* me dar as costas em repulsa? Deus, de pena, fez os homens belos e atraentes, à sua própria imagem; mas minha forma é uma versão imunda da sua, ainda mais repulsiva devido à semelhança. Satã tinha companheiros, outros demônios, que o admiravam e encorajavam, mas eu sou solitário e desprezado.'

"Foi nisso que refleti nas minhas horas de solidão desamparada, mas, ao contemplar as virtudes dos camponeses, as disposições amáveis e benévolas deles, me persuadi de que, quando soubessem de minha admiração por suas qualidades, demonstrariam compaixão por mim e perdoariam minha deformidade. Seriam eles capazes de mandar embora aquele que, por mais monstruoso que fosse, pedisse sua compaixão e amizade? Decidi, no mínimo, não me desesperar, e me preparar de todas as formas para uma conversa com eles, de forma a decidir meu destino. Adiei tal tentativa por mais alguns meses, pois a importância atribuída ao sucesso me causava enorme temor de fracasso. Além disso, notei que minha compreensão melhorava tanto a cada dia, que eu não queria começar a empreitada até mais alguns meses se acrescentarem à minha inteligência.

"Enquanto isso, várias mudanças ocorreram na casa. A presença de Safie espalhou felicidade entre os habitantes, e eu também notei que havia mais abundância ali. Felix e Agatha passavam mais tempo se divertindo e conversando, assistidos nos trabalhos por criados. Não me pareciam ricos, mas estavam satisfeitos e felizes; tinham paz serena, enquanto eu sentia maior tumulto a cada dia. O aumento no conhecimento só tornava mais evidente para mim o quanto eu era um miserável excluído. Eu nutria esperança, é verdade, mas ela sumia quando eu vislumbrava meu reflexo na água, ou minha sombra no luar, por mais embaçada que fosse a imagem, e mais inconstante a sombra.

"Tentei esmagar esses medos e me fortalecer para o desafio que decidira enfrentar alguns meses depois. Às vezes, permitia que meus pensamentos, descontrolados de razão, vagassem pelos campos do Paraíso, e ousava imaginar criaturas amáveis e agradáveis que entendiam meus sentimentos e me tiravam do desânimo, com expressões angelicais e sorrisos consoladores. Era, entretanto, mero sonho; não havia Eva para acalmar minhas dores, ou compartilhar de meus pensamentos, pois eu estava só. Lembrei-me da súplica de Adão para seu Criador. Mas aonde estaria o meu? Ele me abandonara e, no amargor de meu peito, eu o amaldiçoava.

"O outono passou assim. Vi, com dor e surpresa, as folhas amarelarem e caírem, e a natureza mais uma vez assumir a aparência árida e lúgubre da primeira vez que eu vira o bosque e a bela lua. Ainda assim, não me preocupei com o clima desanimador, pois minha disposição era mais adequada para suportar o frio do que o calor. Contudo, meu principal prazer era ver as flores, os pássaros e os adornos alegres do verão; quando esses me abandonaram, voltei mais atenção para os camponeses. A felicidade deles não diminuiu com o término do verão. Eles amavam e sentiam empatia uns pelos outros; e suas alegrias, dependentes das dos outros, não eram interrompidas pelos acidentes que acontecessem ao redor. Quanto mais eu os via, maior era meu desejo de ter sua proteção e bondade; meu coração ansiava por ser conhecido e amado por criaturas tão agradáveis, e ver seus olhares doces dirigidos a mim em afeto era minha maior ambição. Não ousava pensar que eles me dariam as costas, em desdém e horror. Os pobres que paravam à porta deles nunca eram mandados embora. Eu pediria, era verdade, por tesouros mais valiosos do que um pouco de comida ou descanso, pois queria bondade e empatia, mas não acreditava que era inteiramente indigno disso.

"O inverno avançou e uma revolução inteira de estações se fechou desde que eu acordara. Minha atenção, naquele momento, estava unicamente dirigida ao plano de me apresentar aos meus protetores camponeses. Considerei vários projetos, mas o que finalmente determinei era entrar na casa quando o velho cego estivesse só. Tive sagacidade o bastante para entender que a feiura anormal de minha pessoa era a fonte principal de pavor daqueles que tinham me visto antes. Minha voz, apesar de áspera, não era terrível; acreditei, portanto, que, na ausência dos filhos, eu podia ganhar a boa vontade mediadora do velho De Lacey, e, por meio dele, ser tolerado pelos mais jovens.

"Certo dia, quando o sol brilhava nas folhas vermelhas espalhadas pelo chão e derramava alegria, apesar de negar calor, Safie, Agatha e Felix partiram para uma longa caminhada, e o velho, por vontade própria, foi deixado sozinho na casa. Quando os filhos se foram, ele pegou o violão e tocou uma série de melodias doces, mas tristes, mais doces e tristes do que eu já o ouvira tocar. A princípio, o rosto dele se iluminou de prazer, mas, com o tempo, se seguiram ares pensativos e tristes. Finalmente, deixando o instrumento de lado, ele acabou absorto em reflexão.

"Meu coração se acelerou. Era a hora da tentativa que satisfaria às minhas esperanças ou confirmaria meus medos. Os criados tinham ido à feira da aldeia mais próxima. Fazia total silêncio na casa e nos arredores. Era uma oportunidade excelente. Contudo, quando me decidi a executar o plano, meu corpo falhou e eu caí ao chão. Levantei-me de novo e, mantendo toda a firmeza de que dispunha, afastei as tábuas que deixara na frente da toca para me esconder. O ar fresco me reanimou e, com determinação renovada, me aproximei da porta da casa.

"Bati. 'Quem é?', perguntou o velho. 'Entre.'

"Entrei. 'Perdão pela intrusão', falei. 'Sou um viajante com necessidade de descanso. O senhor me faria um enorme favor se me permitisse alguns minutos próximo ao fogo.'

"'Entre', disse De Lacey, 'e tentarei, como posso, aliviar suas necessidades. Infelizmente, contudo, meus filhos não estão aqui e, como sou cego, temo que será difícil arranjar comida para o senhor'.

"'Não se preocupe, bondoso anfitrião, pois tenho alimento. Só preciso de calor e descanso.'

"Eu me sentei e fez-se silêncio. Eu sabia que cada minuto me era precioso, mas hesitei, sem saber como iniciar a conversa. Finalmente, o velho se dirigiu a mim:

"'Pela sua fala, desconhecido, suponho que o senhor seja meu compatriota. É francês?'

"'Não', respondi, 'mas fui educado por uma família francesa, e francês é a única língua que entendo. Estou a caminho de pedir proteção de alguns amigos, que amo sinceramente, e de cujos favores tenho certa esperança'.

"'São alemães?'

"'Não, são franceses. Mas mudemos de assunto. Sou uma criatura infeliz e abandonada. Olho ao redor e não tenho parentes, nem amigos nesta terra. Essas pessoas amáveis à qual me dirijo nunca me viram, e pouco sabem de mim. Estou cheio de medo, pois, se fracassar, estarei às margens do mundo para sempre.'

"'Não se desespere. A falta de amigos é mesmo um infortúnio, mas o coração dos homens, quando não maculado por interesses próprios e óbvios, é repleto de amor fraterno e caridade. Confie, portanto, em sua esperança. E, se esses amigos são bons e amáveis, não se desespere.'

"'Eles são bondosos. São as criaturas mais excelentes do mundo! Mas, infelizmente, têm preconceito contra mim. Minha disposição é boa e minha vida foi, até então, inofensiva e até, a certo nível, benéfica. Contudo, um preconceito fatal ofusca a visão deles e, onde deveriam ver um amigo sensível e bondoso, só vislumbram um monstro detestável.'

"'É mesmo uma pena; mas, se o senhor está mesmo livre de culpa, não pode esclarecer a situação?'

"'É a tarefa que estou prestes a tentar, e é por isso que sinto um pavor avassalador. Amo esses amigos com a maior ternura. Faz muitos meses que, sem que eles o saibam, cometo atos de bondade diária para com eles. Contudo, eles acreditam que eu desejo feri-los, e é esse o preconceito que precisarei superar.'

"'Onde vivem tais amigos?'

"'Aqui perto.'

"O velho fez um intervalo antes de prosseguir: 'Se o senhor confiar em mim, sem reservas, as particularidades de sua história, talvez eu tenha como ajudá-lo a convencê-los. Sou cego e não posso julgar sua aparência, mas algo em suas palavras me persuade de que o senhor é sincero. Sou pobre e vivo em exílio, mas me será um verdadeiro prazer servir, de qualquer forma que seja, outra criatura humana.'

"'Que homem excelente! Eu lhe agradeço e aceito sua oferta generosa. O senhor me ergue do pó com essa bondade e acredito que, com sua ajuda, não serei rechaçado da companhia e da empatia de seus semelhantes.'

"'Que Deus o livre! Mesmo se o senhor fosse mesmo um criminoso. Pois isso só pode levar ao desespero, e não instigar virtude. Também sou desafortunado. Eu e minha família fomos condenados, apesar de inocentes. Considere, portanto, se não sinto empatia por seus infortúnios.'

"'Como posso agradecer-lhe, meu melhor e único benfeitor? Da sua boca ouvi pela primeira vez a voz da bondade dirigida a mim, e sentirei gratidão eterna. Sua humanidade me assegura quanto ao sucesso com esses amigos que estou prestes a conhecer.'

"'Posso saber os nomes e a residência desses amigos?'

"Hesitei. Era, pensei, o momento decisivo, que me roubaria a felicidade, ou me outorgaria o mesmo, para sempre. Em vão, busquei a firmeza necessária para respondê-lo, mas o esforço gastou toda a força que me restava. Caí na cadeira e chorei, em soluços. Naquele momento, ouvi os passos dos meus jovens protetores. Não podia perder um momento sequer. Então, segurando a mão do velho, implorei: 'A hora é esta! Salve-me e proteja-me! O senhor e sua família são os amigos que busco. Não me abandone na hora crucial!'.

"'Meu Deus!', exclamou o velho. 'Quem é você?'

"Naquele instante, a porta da casa se abriu e Felix, Safie e Agatha entraram. Como descrever o horror e a consternação que mostraram ao me ver? Agatha desmaiou e Safie, sem conseguir ajudar a amiga, fugiu. Felix correu na minha direção e, com força sobrenatural, me arrancou de perto do pai dele, a cujos joelhos eu me agarrava. Transportado por fúria, ele me arremessou no chão e bateu em mim, violentamente, com um pau. Eu poderia destroçá-lo, em mil pedaços, como os leões fazem com os antílopes, mas meu peito afundou em uma amarga repulsa, e me contive. Eu o vi prestes a atacar novamente e, assolado por dor e angústia, fugi da casa e, no tumulto geral, pude me esconder, sem ser notado, em minha toca."

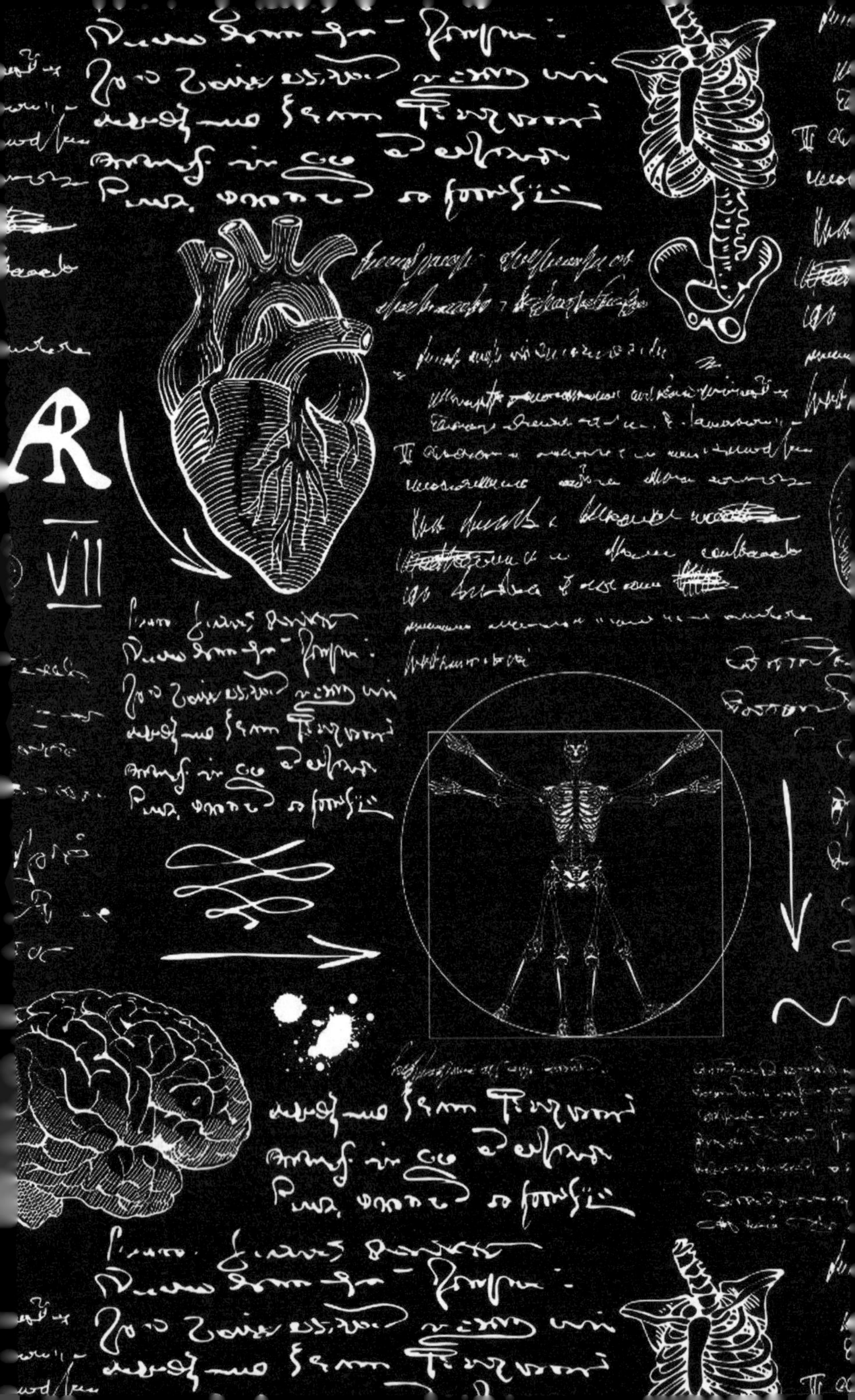

CAPÍTULO 16

"Maldito criador! Maldito seja! Por que vivi? Por que, naquele instante, não extingui a faísca de existência que você me outorgou de forma tão vã? Não sei. O desespero ainda não me consumira, o que sentia era raiva e desejo de vingança. Eu teria prazer em destruir a casa e seus moradores, e me deleitaria com os gritos e a dor deles.

"Ao cair da noite, abandonei meu abrigo e vaguei pelo bosque. Sem a restrição do medo de ser descoberto, me aliviei da angústia por meio de uivos apavorantes. Eu era como uma fera selvagem que arrebentara as correntes, destruindo os objetos que me obstruíam e percorrendo o bosque com a agilidade de um cervo. Ó, que noite terrível passei! O brilho das estrelas frias zombava de mim, e os galhos nus das árvores acenavam. Vez ou outra, a voz doce de um pássaro irrompia da quietude universal. Todos, menos eu, descansavam ou se divertiam; eu, como o tinhoso, carregava o inferno em mim e, incompreendido, queria derrubar as árvores, espalhar caos e destruição, e me sentar para admirar as ruínas.

"Mas o luxo dessa sensação não duraria. Logo me exauri pelo excesso de esforço físico e me larguei na grama úmida, desamparado e impotente. Não havia ninguém, entre a miríade de pessoas existentes, que me ajudaria ou teria pena de mim. E mesmo assim eu deveria nutrir bons sentimentos pelos meus inimigos? Não. Naquele momento, declarei guerra eterna contra a espécie e, acima de tudo, contra aquele que me moldara e me abandonara nessa miséria insuportável.

"O sol nasceu. Ouvi vozes humanas e soube que seria impossível voltar ao meu abrigo durante o dia. Portanto, me escondi em meio à vegetação cerrada, determinado a dedicar as horas seguintes a refletir sobre minha situação.

"A luz agradável e o ar puro do dia me trouxeram de volta certa tranquilidade. Assim, considerando o que acontecera na casa, acabei acreditando que tinha chegado a conclusões abruptas demais. Eu certamente agira imprudentemente. Era óbvio que a conversa tinha interessado o pai, e tinha sido tolice minha me expor e horrorizar os filhos. Eu deveria ter acostumado o velho De Lacey à minha pessoa e, aos poucos, me apresentar ao restante da família, quando eles estivessem preparados para a minha chegada. Contudo, não acreditei que meus erros fossem irreparáveis e, depois de muito pensar, decidi voltar à casa, conversar com o velho e, assim, convencê-lo a me defender.

"Pensar nisso me acalmou e, à tarde, adormeci em sono profundo. Entretanto, a febre no meu corpo não me permitiu ter sonhos tranquilos. A cena horrível do dia anterior se repetia em minha cabeça: as mulheres fugindo e Felix, furioso, me arrancando do meu lugar aos pés do pai. Acordei exausto e, notando que já era noite, me esgueirei para fora da toca e fui atrás de comida.

"Depois de ter saciado a fome, caminhei na direção da trilha já conhecida, que levava à casa. Estava tudo em paz. Entrei na choupana onde me escondia e fiquei ali em silêncio, esperando a hora em que a família costumava acordar. A hora passou, o sol subiu pelos céus, mas os moradores da casa não apareceram. Tremi violentamente, temendo um infortúnio terrível. A casa estava escura por dentro, e não ouvi movimento algum. Não sei descrever a angústia de tal suspense.

"Finalmente, dois camponeses passaram. Eles pararam perto da casa, conversando com gestos agitados, mas não entendi o que eles diziam, pois falavam a língua da região, diferente da dos meus protetores. Pouco depois, contudo, Felix chegou com outro homem. Isso me surpreendeu, pois eu sabia que ele não saíra de casa de manhã, então esperei, ansioso, para entender, a partir do que ele diria, o significado daquelas visitas inesperadas.

"'Você considerou', disse o companheiro para ele, 'que terá que pagar três meses de aluguel e ainda perder a colheita do quintal? Não quero tirar proveito indevido da situação, então imploro que tire alguns dias para reconsiderar o que decidiu'.

"'Não adianta', respondeu Felix. 'Nunca mais poderemos morar nesta casa. A vida do meu pai está no maior perigo, devido à circunstância que relatei. Minha esposa e minha irmã nunca se recuperarão do horror. Imploro que não tente mais argumentar. Tome posse da sua terra e me deixe fugir daqui.'

"Felix tremia violentamente ao falar. Ele e o companheiro entraram na casa, onde passaram alguns minutos, antes de ir embora. Nunca mais vi ninguém da família de De Lacey.

"Continuei na choupana pelo restante do dia, afundado em total e estúpido desespero. Meus protetores tinham partido, rompendo meu único vínculo com o mundo. Pela primeira vez, ódio e vingança encheram meu peito, e não tentei controlá-los; em vez disso, me permitindo ser carregado pela correnteza, voltei os pensamentos para violência e morte. Ao pensar em meus amigos, na voz calma de De Lacey, nos olhos gentis de Agatha e na beleza atordoante da mulher árabe, tais sensações se foram, e lágrimas me acalmaram um pouco. Contudo, lembrei que eles tinham me desprezado e abandonado, e a raiva voltou, uma raiva furiosa. Sem poder ferir humano algum, voltei a ira contra objetos inanimados. Durante o anoitecer, espalhei uma variedade de combustíveis ao redor da casa e, depois de destruir cada vestígio da plantação do jardim, esperei, com impaciência, até a lua afundar para começar meu trabalho.

"Conforme a noite avançava, um vento violento soprou dos bosques, dispersando rapidamente as nuvens que pesavam nos céus. A rajada se arrastou como uma avalanche, produzindo uma espécie de insanidade em minha alma, extrapolando qualquer limite de razão e reflexão. Acendi um galho seco de árvore e dancei, furioso, ao redor da casa querida, com o olhar ainda fixo no horizonte oeste, cuja borda a lua quase tocava. Parte do orbe finalmente se escondeu e eu abanei meu ferrete, que afundou; com um grito alto, ateei fogo à palha, ao mato e aos arbustos que eu juntara. O vento fez as chamas crescerem e a casa logo foi engolida pelo incêndio, que se agarrou a ela e a lambeu com as línguas fendidas e destruidoras.

"Assim que me convenci de que nenhuma ajuda salvaria qualquer resto da casa, abandonei o local e me refugiei no bosque.

"Finalmente, com o mundo à minha frente, para onde dirigir meus passos? Decidi ir para longe do cenário dos meus infortúnios; mas, para mim, odiado e desprezado, qualquer terra seria igualmente horrível. Finalmente, pensei em você. Soube, pelos seus documentos, que você era meu pai e criador. A quem poderia me dirigir? Quem seria mais adequado do que aquele que me dera a vida? Felix também ensinara geografia a Safie, e nessas lições eu aprendera as posições relativas dos diferentes países. Você mencionara Genebra como o nome de sua cidade de origem, então foi para onde decidi me dirigir.

"Mas como fazê-lo? Eu sabia que precisava viajar na direção sudoeste para chegar ao destino, mas meu único guia era o Sol. Eu não sabia os nomes das cidades pelas quais passaria, nem podia pedir informações a alguém. Mesmo assim, não me desesperei. Apenas de você podia esperar socorro, mesmo que tudo que eu sentisse fosse ódio. Que criador insensível, sem coração! Você me dotara de percepções e paixões, e me jogara fora, me largando como objeto do desprezo e do horror da humanidade. Contudo, apenas com você podia contar para encontrar piedade e reparação, e foi com você que decidi buscar a justiça que, em vão, eu tentara ganhar com outros seres de forma humana.

"A viagem foi longa, e encontrei obstáculos intensos. Já era o fim do outono quando abandonei o distrito no qual residira por tanto tempo. Só me deslocava à noite, temendo encontrar rostos humanos.

A natureza apodrecia ao meu redor e o sol esfriou; chuva e neve caíam ao meu redor; rios caudalosos congelaram; a superfície da terra era dura, fria e descampada, e eu não encontrava abrigo. Ah, terra! Quantas maldições não desejei, em nome do meu ser! A tranquilidade do meu temperamento se fora, tudo dentro de mim era agora rancor e amargura. Quanto mais me aproximava da sua morada, mais profundamente sentia o espírito de vingança arder no peito. A neve caía, as águas endureciam, mas não descansei. Um ou outro indício me dirigia e eu tinha um mapa do país, mas frequentemente me perdia do caminho. A agonia de minha alma não me permitia descanso, e nenhum acontecimento impedia que minha raiva e dor se alimentassem, mas uma circunstância ocorrida quando cheguei à Suíça, quando o sol já recuperara o calor e a terra voltara a esverdear, confirmou especialmente a amargura e o horror do que eu sentia.

"Normalmente, eu descansava durante o dia e só viajava quando a noite me protegia da visão humana. Certa manhã, contudo, notando que meu caminho percorreria um bosque profundo, ousei continuar a jornada após o amanhecer. Aquele dia, um dos primeiros da primavera, conseguiu até me alegrar, pois a luz era agradável e o ar, ameno. Emoções de gentileza e prazer, que havia muito me pareciam mortas, reviveram em mim. Meio surpreso pela novidade da situação, permiti que me carregassem e, esquecendo minha solidão e deformidade, ousei me sentir feliz. Lágrimas doces umedeceram meu rosto e eu até ergui os olhos marejados de gratidão para o lindo sol que me abençoava com tanta alegria.

"Continuei a trilha sinuosa pelo bosque até chegar ao limite, cercado por um rio profundo e rápido, no qual várias árvores curvavam os galhos, florescendo de primavera. Ali parei, sem saber exatamente que caminho percorrer, e ouvi o som de vozes. Rapidamente me escondi sob a sombra de um cipreste. Assim que saí de vista, uma menina veio correndo na direção do lugar em que eu me protegera, rindo, como se fugisse de alguém de brincadeira. Ela continuou o caminho pelas margens acidentadas do rio, até que, de repente, escorregou e caiu na água corrente. Saí do meu esconderijo e, fazendo enorme esforço contra a correnteza, a salvei e trouxe de volta à margem. Ela tinha perdido os sentidos e eu tentei, de todas as formas que pude, reanimá-la; contudo, fui interrompido de repente pela aproximação de um camponês, provavelmente a pessoa com quem ela estivera brincando. Ao me ver, ele se aproximou correndo, arrancou a menina dos meus braços e se enfiou nas profundezas do bosque. Eu corri atrás dele, sem nem saber bem o porquê, mas, quando ele me viu, ergueu uma arma, apontou-a para mim e atirou. Caí ao chão, e meu algoz, cada vez mais rápido, fugiu pelo bosque.

"Era aquela a recompensa por minha bondade! Eu salvara um ser humano da destruição e, como recompensa, me contorcia agora sob a dor aguda de uma ferida que rasgara minha carne e meu osso. A bondade e a gentileza que eu sentira meros momentos antes deram lugar a uma fúria infernal, me fazendo ranger os dentes. Ardendo de dor, prometi ódio e vingança eternos contra a humanidade. A agonia da ferida foi forte demais; meu coração hesitou e eu desmaiei.

"Passei algumas semanas vivendo tristemente no bosque, tentando curar a ferida. A bala penetrara meu ombro e eu não sabia se continuava ali ou se tinha saído. De qualquer forma, eu não teria como extraí-la. O sofrimento aumentava devido à opressão da injustiça e da ingratidão que levaram àquela ferida. Todo dia, eu renovava minha promessa de vingança – uma vingança profunda e mortal, a única que compensaria o ultraje e a angústia que eu sofrera.

"Depois de algumas semanas, minha ferida sarou e pude continuar a viagem. Meu esforço não seria mais aliviado pelo sol claro ou pelas brisas agradáveis da primavera; toda alegria me era mera zombaria e insultava meu estado desolado, fazendo-me sentir com ainda mais agudeza que eu não fora feito para sentir prazer.

"Mas meu labor logo acabaria. Dois meses depois, estava nos arredores de Genebra.

"Era noite quando cheguei, e me recolhi em um esconderijo entre os campos por ali, para refletir sobre a maneira como me aproximaria de você. Eu estava faminto e exausto, e infeliz demais para aproveitar a brisa suave da noite, ou a beleza do pôr do sol atrás das montanhas estupendas do Jura.

"Um breve cochilo me aliviou das dores da reflexão, mas foi perturbado pela chegada de uma criança linda, que entrou correndo no canto que eu escolhera, com toda a esportividade da infância. De repente, ao vê-lo, fui tomado por uma ideia: aquela criaturinha não tinha preconceitos, e vivera muito pouco para ter internalizado o horror da minha deformidade. Se, portanto, eu pudesse capturá-lo e educá-lo como meu companheiro e amigo, não ficaria tão sozinho nesta terra tão cheia.

"Tomado por esse impulso, peguei o garoto na passagem e o puxei. Assim que ele me viu, cobriu os olhos com as mãos e soltou um grito agudo. Tirei as mãos da frente do rosto dele à força e falei: 'Menino, o que isso significa? Não quero machucá-lo. Me escute'.

"Ele se debateu violentamente. 'Me solte!', gritou. 'Monstro! Demônio horrendo! Você quer me comer e me despedaçar! Você é um ogro! Me solte, ou contarei para meu papai!'

"'Menino, você nunca mais verá seu pai. Venha comigo.'

"'Monstro horrendo! Me solte! Meu pai é político! É o sr. Frankenstein! Ele vai puni-lo! Você não ousará me capturar.'

"'Frankenstein! Você pertence ao meu inimigo, àquele contra o qual jurei vingança eterna. Você será minha primeira vítima.'

"A criança continuou a se debater, derramando xingamentos que enchiam meu peito de dor. Agarrei o pescoço dele para calá-lo e, em um momento, ele caiu morto aos meus pés.

"Olhei para minha vítima e meu coração se intumesceu, exultante de triunfo infernal. Bati palmas e exclamei: 'Eu também posso causar desolação. Meu inimigo não é invulnerável! Esta morte causará dor nele, e mil outras misérias o atormentarão e destruirão'.

"Quando concentrei o olhar na criança, vi algo cintilar no peito dele. Peguei; era o retrato de uma mulher lindíssima. Apesar de minha malignidade, aquela beleza me acalmou e atraiu. Por alguns momentos, observei, com prazer, os olhos escuros, cercados por cílios profundos, e os lindos lábios; mas logo minha raiva voltou – lembrei que eu seria para sempre privado dos prazeres que tais lindas criaturas poderiam oferecer, e que aquela cuja imagem eu contemplava teria, ao me ver, trocado o aspecto de bondade divina por um de nojo e pavor.

"É de surpreender que pensar assim me encheu de raiva? Só me impressiono por, naquele momento, em vez de exclamar e uivar pelo que sentia, não ter corrido contra a humanidade e fenecido na tentativa de destruí-la.

"Tomado por tais sentimentos, abandonei o lugar onde cometera o assassinato e, em busca de um esconderijo mais seguro, entrei em um celeiro que me parecia vazio. Uma mulher estava deitada em um monte de feno. Ela era jovem, não tão bonita quanto aquela do retrato, mas tinha aparência agradável, intensificada pelo florescer da juventude e da saúde. Ali, pensei, estava alguém cujos sorrisos causavam a felicidade de todos, menos de mim. Então eu me curvei sobre ela e murmurei: 'Acorde, bela moça, seu amado se aproxima, ele que daria a vida por um olhar afetuoso seu. Acorde, minha amada!'.

"A moça adormecida se remexeu e fui tomado por um arrepio de terror. Será que ela acordaria, me veria, me amaldiçoaria e anunciaria o assassinato? Ela certamente agiria assim se aqueles olhos escuros se abrissem e ela me visse. Pensar naquilo foi uma loucura, e atiçou o demônio em mim. Eu não sofreria, e ela sofreria em meu lugar; o assassinato que eu cometi porque fui, para sempre, roubado do que ela poderia me dar, será pago por ela. O crime nascera dela, então que ela fosse punida! Graças às lições de Felix e das leis sanguinárias dos homens, eu aprendera a fazer o mal. Eu me curvei sobre ela e guardei o retrato com segurança em um dos bolsos do vestido. Ela se mexeu de novo e eu fugi.

"Por alguns dias, vaguei pela área onde esses acontecimentos tinham ocorrido; às vezes, querendo ver você, e às vezes decidido a abandonar para todo o sempre o mundo e suas tristezas. Finalmente, vim até estas montanhas, cujos recônditos imensos tenho percorrido, consumido por uma paixão ardente que só você pode satisfazer. Não podemos nos despedir até que você prometa cumprir meu pedido. Estou só e miserável, e nenhum ser humano se associará comigo; contudo, uma mulher tão deformada e horrível como eu não me negaria. Minha companheira deve ser de minha mesma espécie e ter meus mesmos defeitos. E você criará esse ser."

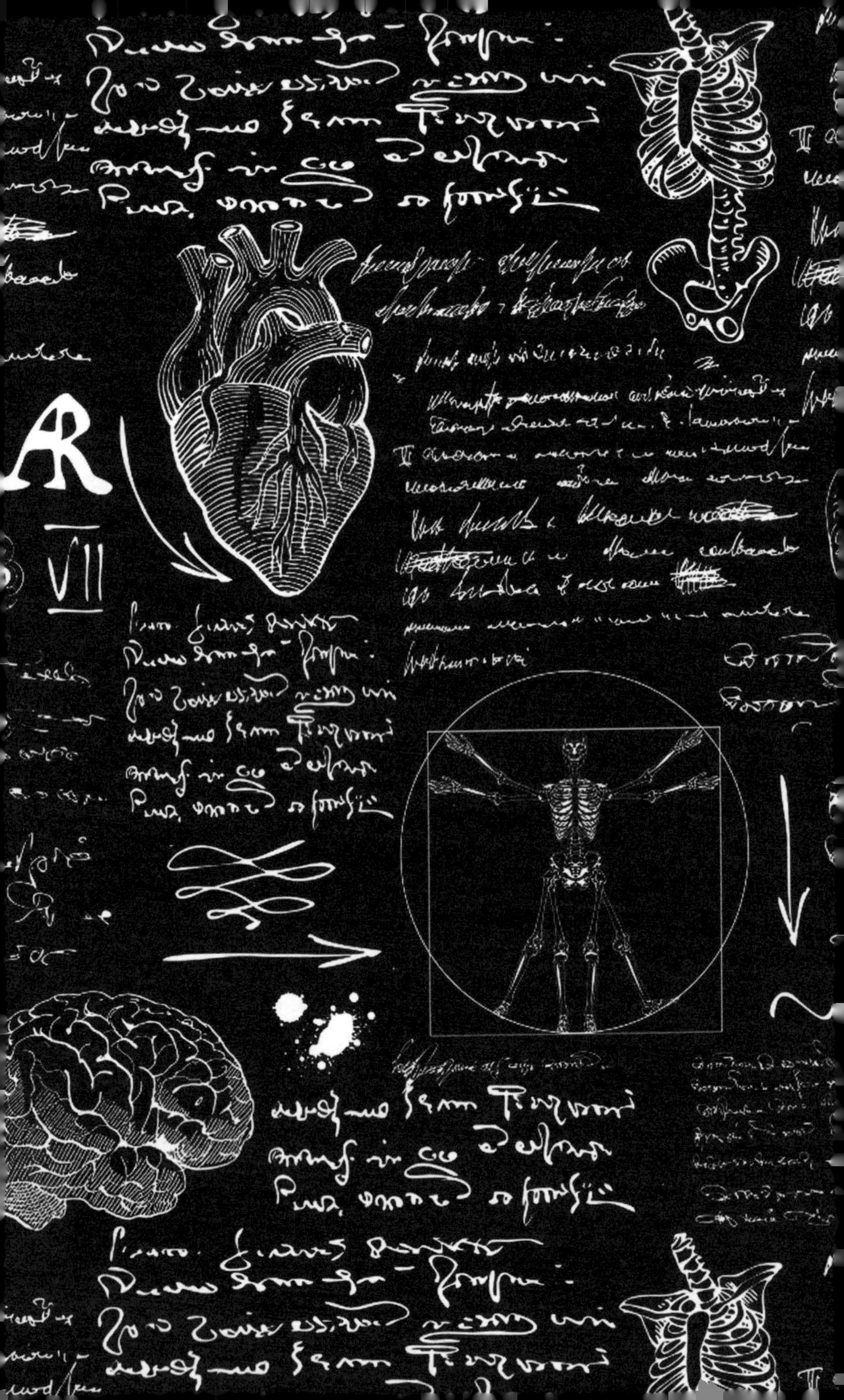

CAPÍTULO 17

O ser acabou de falar e concentrou o olhar em mim, esperando resposta. Contudo, eu estava confuso, perplexo e incapaz de organizar os pensamentos o suficiente para entender a proposta. Ele continuou:

– Você deve criar uma mulher para mim, com quem eu poderei ter a troca de carinhos necessária para meu ser. Só você pode fazer isso, e o exijo de você como um direito inegável.

O fim da história dele reavivara em mim a raiva que se extinguira conforme ele narrava a vida tranquila entre os camponeses. Quando ele fez tal exigência, fui incapaz de conter a fúria queimando em mim.

– Pois eu lhe nego – respondi –, e tortura alguma extorquirá meu consentimento. Você pode me tornar o mais miserável dos homens, mas nunca me obrigará a me rebaixar a tal nível. Que eu crie outro como você, para a crueldade conjunta desolar o mundo! Vá! Já dei minha resposta. Você pode me torturar, mas não consentirei.

– Você está errado – respondeu o monstro – e, no lugar de ameaças, ficarei feliz em argumentar. Sou cruel, pois sou triste. Não fui eu rejeitado e odiado pela humanidade? Você, meu criador, me despedaçaria e sairia triunfante. Lembre-se disso e me diga por que eu deveria sentir mais dó do homem do que o homem sente de mim? Você não consideraria assassinato se pudesse me arremessar em uma dessas fendas no gelo e destruir meu corpo, com as próprias mãos. Por que devo respeitar os homens que me desprezam? Se vivessem comigo em mútua bondade, em vez de me causarem mal, eu retribuiria os benefícios com lágrimas de gratidão por ser tão aceito. Mas não é assim; as sensibilidades humanas são barreiras intransponíveis para nossa união. E eu não me submeterei à escravidão abjeta. Vingarei minhas mágoas. Se não puder inspirar amor, causarei medo, especialmente em você, meu arqui-inimigo, por ser meu criador, a quem juro ódio inextinguível. Cuidado: eu trabalhei para destruí-lo, e só pararei quando devastar seu coração a ponto de você amaldiçoar o momento em que nasceu.

Uma raiva demoníaca o animava enquanto ele falava, enrugando e retorcendo o rosto em expressões horríveis demais para serem vistas por olhos humanos. Finalmente, ele se acalmou um pouco e continuou:

– Eu planejava argumentar. Esta paixão me é prejudicial, pois você não reflete que é *sua* a responsabilidade desse excesso. Se qualquer ser demonstrasse emoções benévolas para comigo, eu as retribuiria centenas de vezes mais; em nome daquela única criatura, eu faria as pazes com a espécie inteira! Mas esses sonhos de êxtase nunca serão alcançados. O que lhe peço é razoável e moderado: uma criatura de outro sexo, mas tão horrenda quanto eu. É um pequeno presente, mas é tudo o que posso ter, e me bastará. É verdade que seremos monstros, isolados do mundo, mas, por isso, seremos ainda mais conectados um ao outro. Nossas vidas não serão felizes, mas serão inofensivas, e livres da tristeza que sinto agora. Ah, meu criador! Faça-me feliz! Deixe-me sentir gratidão por um proveito que seja! Deixe-me ver que posso atrair a pena de algum ser existente! Não negue meu pedido!

Fiquei comovido. Senti um calafrio só de pensar nas possíveis consequências de meu consentimento, mas achei que havia algo de justo no argumento. A história dele e os sentimentos que ele expressava provavam que ele era uma criatura sensível. E, como seu criador, eu não devia a ele toda a felicidade que tivesse o poder de lhe oferecer? Ele viu que mudei de expressão, e continuou:

– Se você consentir, nem você, nem nenhum outro ser humano, nos verá de novo, nunca mais. Fugirei para as áreas inabitadas e vastas da América do Sul. Não me alimento como os homens, não destruo cordeiros e cabritos para saciar meu apetite; nozes e frutinhas me nutrem o suficiente. Minha companheira será da mesma natureza e se satisfará com a mesma comida. Nossa cama será feita de folhas secas, o sol nos banhará como faz com os homens, e amadurecerá nosso alimento. O retrato que apresento é pacífico e humano, e você deve sentir que só o negaria por poder e crueldade arbitrários. Por mais impiedoso que você tenha sido contra mim, agora vejo compaixão em seus olhos. Deixe-me aproveitar o momento favorável e persuadi-lo a prometer aquilo que eu desejo com tanto fervor.

– Você propõe – respondi – escapar das moradas humanas, e viver nos bosques onde as feras selvagens serão suas únicas companheiras. Como, desejando tanto o amor e a compreensão dos homens, você perseverará nesse exílio? Você voltará, em busca de bondade, e dará de cara com ódio. Assim, suas paixões cruéis se renovarão e você ainda terá uma companheira para ajudá-lo na destruição. Não pode ser. Pare de argumentar, pois não posso aceitar isso.

– Que inconstância! Um mero momento atrás você estava comovido pelo que eu expunha, então por que, de novo, se insensibiliza às minhas lamentações? Juro, pela terra em que vivo, e por você, que me criou, que, com a companheira que me dará, me afastarei dos homens e viverei, como puder, nas terras mais ermas. Minhas paixões cruéis irão embora, pois terei encontrado empatia! Minha vida se esvairá lenta e calmamente e, nos meus últimos momentos, não amaldiçoarei meu criador.

As palavras dele me causaram estranho efeito. Senti compaixão e, às vezes, quis consolá-lo. Contudo, ao olhar para ele e ver a massa imunda que se mexia e falava, meu coração se retorcia e meus sentimentos voltavam para o campo do horror e do ódio. Tentei conter tais sensações. Acreditava que, não sendo capaz de me compadecer, eu não tinha direito de privá-lo da pequena porção de felicidade que tinha o poder de oferecer.

— Você jura ser inofensivo — falei —, mas já não mostrou grau de malícia o suficiente para que eu desconfie? Até isso pode ser uma estratégia para aumentar seu triunfo, abrindo mais campo para a vingança!

— Como assim? Não brinque comigo. Exijo resposta. Se eu não tiver vínculos ou afeto, ódio e crueldade serão meu destino; o amor de outro ser destruirá as motivações para os meus crimes, e eu me tornarei uma coisa cuja existência será desconhecida por todos. Meus defeitos são filhos da solidão forçada que detesto, e minhas virtudes surgirão, certamente, quando eu viver em comunhão com meu igual. Viverei os afetos de um ser sensível, e me conectarei com a série de existência e eventos da qual ainda sou excluído.

Passei um momento refletindo sobre o que ele relatara e os vários argumentos que utilizara. Pensei na promessa de virtude que ele demonstrara no início da existência, e na extinção de bondade causada pelo ódio e desprezo que seus protetores manifestaram. A força e as ameaças dele não ficaram de fora dos meus cálculos. Uma criatura que sobrevivia nas cavernas álgidas das geleiras e fugia por entre as fendas de precipícios inacessíveis tinha poderes com os quais não deveríamos brincar em vão. Depois de boa reflexão, concluí que a justiça devida tanto a ele quanto aos meus semelhantes exigia que eu aceitasse o pedido. Portanto, me virei para ele e declarei:

— Concordo com seu pedido, na contrapartida de que, sob juramento solene, você abandone a Europa para sempre, assim como qualquer outro lugar próximo da humanidade, assim que eu entregar em suas mãos uma mulher para acompanhá-lo no exílio.

— Juro — exclamou — pelo sol, pelo azul dos céus, pelo fogo do amor que arde em meu peito, que, se você me conceder o que lhe rogo, enquanto tudo isso existir, nunca mais me verá. Vá para casa e comece o trabalho. Observarei o progresso com ansiedade indizível e só quando você estiver pronto aparecerei.

Ao dizer isso, ele me abandonou de repente, talvez temendo que eu mudasse de ideia. Eu o vi descer a montanha, mais veloz que o voo das águias, e logo o perdi entre as ondas do mar de gelo.

A história dele ocupara todo o meu dia, e o sol estava no limite do horizonte quando ele se foi. Eu sabia que deveria me apressar para descer ao vale, pois logo a escuridão me envolveria; mas meu coração estava pesado e meus passos, arrastados. O esforço de percorrer as trilhas sinuosas e estreitas das montanhas, firmando os pés a cada passo, me confundia, de tão ocupado que eu estava com as emoções produzidas pelos acontecimentos daquele dia. A noite já ia avançada quando cheguei ao ponto de descanso no meio do caminho, e me sentei ao lado da fonte. As estrelas brilhavam intermitentes, pois nuvens iam e vinham; os pinheiros escuros se erguiam à minha frente e, aqui e ali, uma árvore caída cobria o chão. Era um cenário maravilhosamente solene, que agitou em mim pensamentos estranhos. Chorei amargamente e, apertando as mãos de agonia, exclamei:

– Ah! Estrelas, nuvens e ventos, vocês todos zombam de mim. Se tiverem mesmo pena de mim, esmaguem minhas sensações e memórias, permitam que eu me torne um nada. Se não, basta, vão-se embora, e me deixem na sombra.

Eram pensamentos perturbados e tristes, mas não sei descrever como o piscar eterno das estrelas me pesava, como eu ouvia cada rajada de vento como se fosse um siroco feio e forte, vindo me consumir.

Amanheceu antes que eu chegasse à aldeia de Chamonix. Não descansei, e voltei imediatamente a Genebra. Nem no meu peito eu sabia expressar o que sentia – tudo pesava em mim como se fosse uma montanha, e o excesso destruía minha agonia, esmagalhada. Assim, voltei para casa e, ao entrar, me apresentei à família. Minha aparência abatida e desgrenhada causou intensa preocupação, mas não respondi à pergunta alguma, e mal falei. Era como se eu tivesse sido banido, não tivesse mais direito ao carinho de ninguém, nunca mais pudesse apreciar a companhia deles. Entretanto, mesmo assim, meu amor por eles era devoto e, para salvá-los, decidi me dedicar à minha tarefa odiosa. O prospecto de tal ocupação fez todas as outras circunstâncias da existência passarem por mim como um sonho, e apenas pensar nisso era real como a vida.

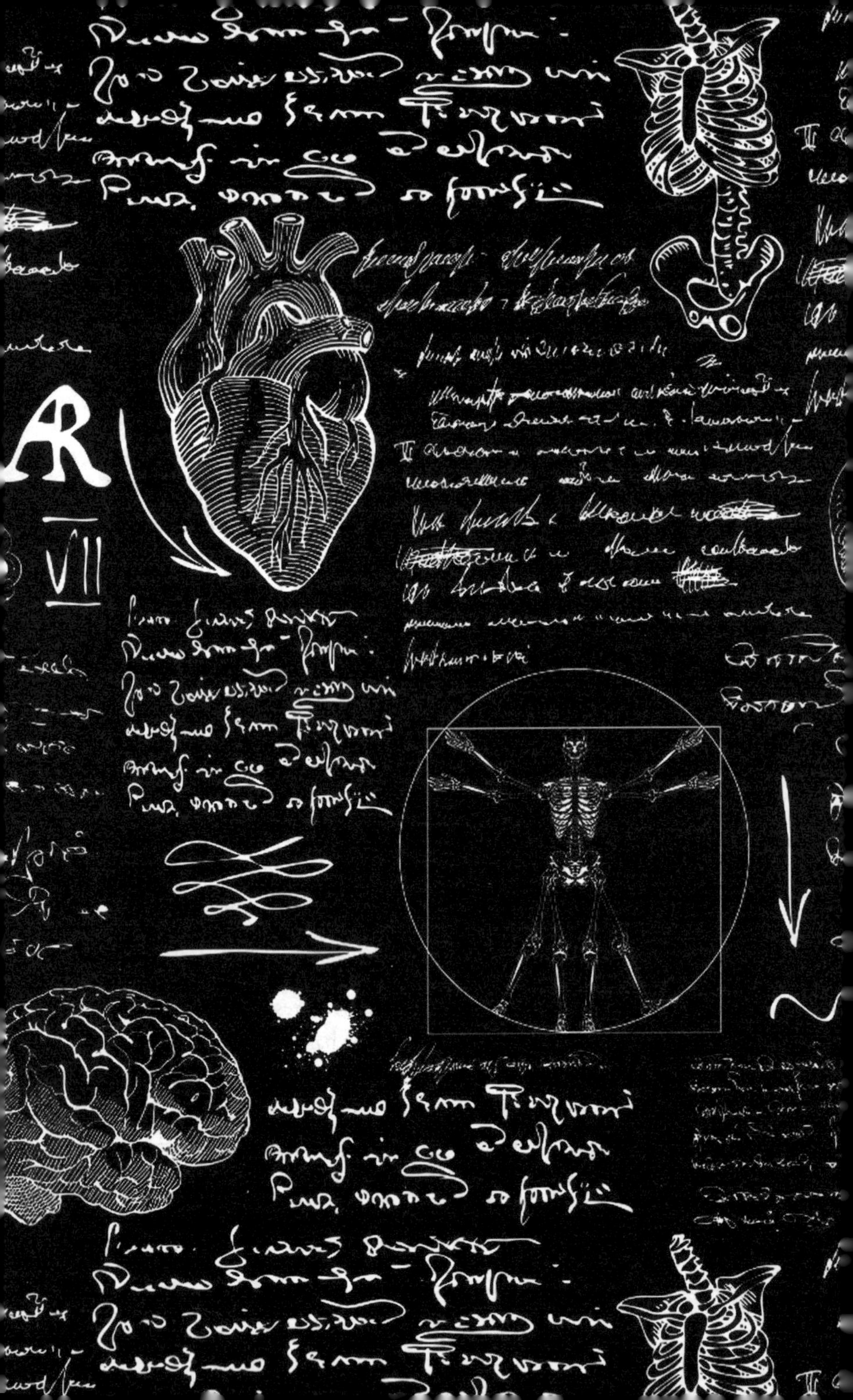

CAPÍTULO 18

Dia após dia e semana após semana transcorreram, quando voltei a Genebra, sem que eu tivesse coragem de voltar ao trabalho. Eu temia a vingança do demônio decepcionado, mas era incapaz de superar a repugnância da tarefa que me fora delegada. Descobri que não podia construir uma mulher sem, mais uma vez, dedicar vários meses ao estudo profundo e à pesquisa trabalhosa. Eu soubera de algumas descobertas feitas por um filósofo inglês cujo conhecimento era fundamental para meu sucesso, e às vezes pensava em pedir ao meu pai que visitasse a Inglaterra, com esse propósito. Contudo, eu me agarrava a qualquer desculpa para adiar, e me encolhia perante a perspectiva do primeiro passo em uma empreitada cuja necessidade imediata começava a me parecer menos absoluta. Uma mudança de fato ocorrera em mim: minha saúde, que até então declinara, se recuperara muito; e meu humor, quando não ocupado com a lembrança de minha infeliz promessa, crescia proporcionalmente. Meu pai viu tal mudança com prazer e voltou seus pensamentos para o melhor método de erradicar o que restava da melancolia que, vez ou outra, voltava em ataques, como uma sombra devoradora que ofuscava o sol nascente. Naqueles momentos, eu me refugiava em perfeita solidão. Passava dias inteiros sozinho no lago, em um barquinho, vendo as nuvens e ouvindo o movimento das ondas, apático e quieto. O ar fresco e a luz do sol quase sempre me faziam retomar um pouco de ânimo e, ao voltar, eu cumprimentava meus amigos mais sorridente e alegre.

Foi na volta de um desses passeios que meu pai, me chamando de lado, disse o seguinte:

– Fico feliz em notar, meu querido filho, que você retomou seus antigos prazeres e parece estar voltando a si. Ainda assim, você está infeliz e evita nosso convívio. Por um bom tempo, me perdi conjecturando sobre a causa, mas ontem me ocorreu uma ideia e, se ela tiver fundamento, peço que você admita. Reservar-se nesse assunto não seria somente inútil, mas também nos causaria enorme tristeza.

Esse exórdio me fez tremer violentamente, e meu pai continuou:

– Confesso, meu filho, que sempre tive esperança no seu casamento com nossa querida Elizabeth, como o laço de nosso conforto doméstico e a base dos meus anos de declínio. Vocês são apegados desde a primeira infância; estudaram juntos e sempre pareceram, em disposição e gostos, inteiramente adequados um para o outro. Mas a experiência do homem é tão cega que o que eu acreditava serem as melhores ajudas ao plano, podem tê-lo destruído inteiramente. Talvez você a veja como irmã, sem desejo algum de torná-la sua esposa. Ou talvez tenha conhecido outra mulher por quem se apaixonou e, considerando-se em dívida para com Elizabeth, o conflito cause a enorme tristeza que você parece sentir.

– Meu querido pai, fique tranquilo. Amo minha prima da forma mais terna e sincera. Nunca encontrei uma mulher que atraia, como Elizabeth, minha admiração e meu carinho mais calorosos. Minhas esperanças e meus prospectos futuros estão inteiramente ligados à expectativa de nossa união.

– Ouvir o que você sente a respeito disso, meu querido Victor, me dá mais prazer do que sinto há muito tempo. Se é essa a sua expectativa, certamente seremos felizes, por maior que seja a sombra causada pelos acontecimentos recentes. Mas é essa sombra, que parece ter dominado tanto sua mente, que desejo dissipar. Diga, portanto, se você tem objeções contra a oficialização imediata do casamento. Tivemos má sorte e os acontecimentos recentes nos arrancaram da tranquilidade diária adequada à minha idade e saúde. Você é mais jovem. Contudo, não presumo que, considerando que tem uma fortuna competente, um casamento interfira em qualquer plano futuro de honra e utilidade que você tenha desenvolvido. Contudo, não suponha que eu deseje decretar sua felicidade, ou que uma demora de sua parte me causaria qualquer desconforto sério. Interprete minhas palavras com candura e me responda, imploro, com confiança e sinceridade.

Ouvi meu pai em silêncio e demorei para conseguir responder. Repassei rapidamente uma variedade de pensamentos e tentei chegar a alguma conclusão. Infelizmente, a ideia de me casar imediatamente com Elizabeth me causava horror e desânimo. Eu estava preso a uma promessa solene, ainda não cumprida, que não ousava romper; e, se eu a rompesse, inúmeras misérias ameaçavam a mim e a minha querida família! Será que eu poderia festejar, se esse peso morto ainda pendesse do meu pescoço, curvando-me ao chão? Eu deveria cumprir meu compromisso e deixar o monstro partir com sua companheira antes de me permitir aproveitar a alegria de uma união da qual esperava paz.

Também me lembrei da necessidade de ir à Inglaterra ou me corresponder longamente com os filósofos do país, cujos conhecimentos e descobertas eram indispensáveis para minha empreitada. O segundo método de obter as informações desejadas era demorado e insatisfatório; além disso, eu sentia uma aversão incontrolável à ideia de começar aquela tarefa desprezível na casa do meu pai, em meio à interação familiar com aqueles que eu amava. Eu sabia que mil acidentes assustadores poderiam ocorrer, o menor dos quais revelaria uma história que causaria o pavor de todos próximos de mim. Também estava ciente de que perderia com frequência todo o meu autocontrole, minha capacidade de esconder as sensações angustiantes que me dominariam durante o progresso da ocupação monstruosa. Eu deveria me afastar de todos que amava enquanto estivesse trabalhando. Quando começasse, logo acabaria, e poderia voltar em paz e feliz à minha família. Com a promessa cumprida, o monstro partiria para sempre. Ou (como eu imaginava, esperançoso) um acidente ocorreria enquanto isso para destruí-lo, acabando para sempre com minha escravidão.

Esses sentimentos ditaram minha resposta ao meu pai. Expressei o desejo de visitar a Inglaterra, mas, escondendo o real motivo do pedido, disfarcei o projeto com um pretexto que não causava suspeita e insisti com tanta sinceridade que meu pai foi facilmente induzido a aceitar. Depois de um longo período de melancolia profunda, que lembrava a loucura na intensidade e nos efeitos, ele ficou feliz de ver que eu era capaz de sentir prazer com a ideia de uma viagem, e esperava que, mudando o cenário e as diversões, eu voltaria a ser inteiramente quem era antes de voltar.

A duração da minha ausência foi deixada para minha escolha: alguns meses, ou até um ano, era o período possível. Ele tomara uma precaução bondosa e paterna, para garantir que eu tivesse companhia. Sem me dizer nada, ele e Elizabeth combinaram que Clerval se juntaria a mim em Estrasburgo. Isso interferiria na solidão que eu desejava para seguir minha tarefa; contudo, no início da viagem, a presença do meu amigo não seria impedimento algum, e eu fiquei mesmo muito feliz porque isso me pouparia de muitas horas de reflexão solitária e enlouquecedora. Além do mais, Henry poderia me proteger da intrusão de meu inimigo. Não poderia ele facilmente forçar sua presença horrenda, para me lembrar da tarefa ou contemplar seu progresso, caso eu estivesse sozinho?

Portanto, eu me dirigiria à Inglaterra, e ficou-se entendido que minha união com Elizabeth seria oficializada assim que eu voltasse. A idade do meu pai o tornou muito avesso ao atraso. Quanto a mim, apenas uma recompensa estava prometida para o meu detestável trabalho, um consolo do meu sofrimento ímpar: o vislumbre do dia em que, livre da servidão miserável, eu me juntaria a Elizabeth e esqueceria o passado na união com ela.

Organizei a viagem, mas um sentimento me assombrava, me enchendo de medo e agitação. Durante minha ausência, eu deixaria meus mais caros amigos ignorantes da existência do inimigo, desprotegidos dos ataques, por mais exasperado que ele pudesse estar com minha partida. Contudo, ele prometera me seguir aonde eu fosse; então me seguiria à Inglaterra, imagino. Pensar nisso também era apavorante, mas me acalmou, dentro do possível, pois pressupunha a segurança dos meus amigos. Eu agonizava com a ideia da possibilidade de que o oposto acontecesse. Entretanto, durante o período todo em que fui servo da criatura, me permiti ser governado pelos impulsos do momento, e minha intuição insinuava intensamente que o demônio me seguiria e pouparia minha família dos perigos de suas manipulações.

Foi no fim de setembro que, mais uma vez, deixei meu país de origem. A viagem fora minha própria sugestão, então Elizabeth aquiesceu, mas ela estava inquieta, com medo de que, longe dela, eu sofresse com o luto e a tristeza. Fora o cuidado dela que me fornecera a companhia de Clerval – contudo, homens são cegos às mil circunstâncias minuciosas que atraem a atenção assídua de uma mulher. Ela queria me mandar voltar logo, mas mil emoções conflitantes a emudeceram, e ela se despediu de mim quieta e chorosa.

Eu me joguei na carruagem que me levaria embora, mal sabendo aonde eu ia, desatento ao que passava ao redor. Só me lembrara, com angústia amarga, de pedir que meus instrumentos químicos fossem embalados para a viagem. Tomado por imaginações horrendas, passei por muitos cenários lindos e majestosos, mas meus olhos estavam baços e desatentos. Eu só conseguia pensar na meta da viagem e no trabalho de que me ocuparia lá.

Depois de alguns dias passados em ócio apático, durante os quais atravessei muitos quilômetros, cheguei a Estrasburgo, onde esperei dois dias por Clerval. Ele chegou. Ai, que contraste havia entre nós! Ele se reavivava a cada novo cenário, alegre ao ver as belezas do sol poente, e ainda mais quando o via nascer, no início de outro dia. Ele apontava para mim as cores oscilantes da paisagem e a aparência do céu.

– É isso que é viver – declarou ele –, agora, sim, aproveito a existência! Mas você, querido Frankenstein, portanto se sente desanimado e triste!

Na verdade, eu estava ocupado por pensamentos sombrios e nem vi a estrela descer, nem o nascer do sol dourado no Reno. E você, amigo, se divertiria muito mais com o diário de Clerval, que observava o cenário com olhares de emoção e prazer, do que ao ouvir minhas reflexões. Eu, um desgraçado miserável, assombrado por uma maldição que bloqueava qualquer possibilidade prazeroso.

Tínhamos combinado de descer o Reno de barco, de Estrasburgo a Roterdã, onde poderíamos embarcar para Londres. Durante a viagem, passamos por várias ilhas graciosas e vimos várias belas cidades. Passamos um dia em Mannheim e, no quinto dia após nossa partida de Estrasburgo, chegamos a Mainz. O curso do Reno sob Mainz se torna muito mais pitoresco. O rio desce rápido e sinuoso entre colinas, que são baixas, porém íngremes, e com belos formatos. Vimos muitos castelos em ruínas às beiras dos precipícios, cercados por bosques escuros, altos e inacessíveis. Essa parte do Reno apresenta uma paisagem peculiarmente variada. Em certo ponto, vemos colinas acidentadas, castelos em ruínas na frente de precipícios tremendos, o rio escuro correndo logo abaixo; e, na virada repentina de um promontório, vinhedos em flor, com margens verdes e inclinadas, e um rio sinuoso, o cenário ocupado por cidades populosas.

Viajamos na época da colheita e ouvimos os cantos dos trabalhadores ao descer o rio. Até eu, deprimido e constantemente agitado por sentimentos sombrios, senti prazer. Deitei-me no fundo do barco e, olhando para o céu azul e sem nuvens, pareci beber uma tranquilidade que havia muito me era desconhecida. Se era assim que eu me sentia, como descrever a experiência de Henry? Era como se ele tivesse sido transportado à terra das fadas, onde provava uma felicidade raramente outorgada aos homens.

– Eu vi os cenários mais lindos do meu país – disse ele. – Visitei os lagos de Lucerna e Uri, onde as montanhas nevadas descem de forma quase perpendicular à água, jogando sombras escuras e impenetráveis, que causariam uma impressão triste e desolada se não fosse pelas ilhas verdejantes que alivia o olhar com a aparência alegre. Vi este lago agitado por uma tempestade, quando o vento arrebentou a água em redemoinhos, dando uma ideia de como deve ser o jorrar das águas no oceano aberto, e as ondas baterem furiosas na base da montanha, onde o pastor e a esposa[7] foram dizimados por uma avalanche e onde diz-se que ainda se ouvem as vozes deles entre os intervalos do vento noturno. Vi as montanhas de La Valais e o Pays de Vaud. Mas este país, Victor, me dá mais prazer que todas essas maravilhas. As montanhas da Suíça são mais estranhas e majestosas, mas há um charme nas margens deste rio divino que eu nunca antes vi igual. Olhe para o castelo acima do precipício, e para a ilha quase escondida pelas folhas das lindas árvores, e para o grupo de trabalhadores saindo de entre os vinhedos, e também para a cidade meio disfarçada pelos recessos da montanha. Ah, o espírito que habita e guarda este lugar tem uma alma mais harmoniosa com a humana do que aqueles que empilham as geleiras ou se retiram para os picos inacessíveis das montanhas do nosso país.

Clerval! Amigo amado! Até agora é um deleite registrar suas palavras, e derramar os louvores que ele tanto merece. Ele fora formado na própria poesia da natureza. Sua imaginação bravia e entusiasmada era contida pela sensibilidade do coração. A alma dele transbordava de afetações ardentes, e a amizade dele demonstrava a devoção

---

[7] Muitas dessas descrições são de *História de um tour de seis semanas*, de autoria de Mary Shelley e publicada anonimamente em 1817. A obra é composta pelas narrativas de duas viagens feitas por Mary, Percy e a meia-irmã de Mary, Claire Clairmont; uma à França, Suíça, Alemanha e Holanda, em 1814, e uma ao Lago de Genebra, em 1816. O trecho em questão é narrado no capítulo "Suíça": "Os cumes de muitas das montanhas que circundavam o lago ao sul eram eternamente nevados. Eu soube de uma história que, em uma cabana ao pé de em uma dessas montanhas, que se erguia na frente de Brunnen, viviam um pastor e sua esposa, fugindo de perseguições. Certa noite de inverno, uma avalanche os soterrou, e até hoje a voz lamentosa deles pode ser ouvida em noites de neve intensa, pedindo socorro aos camponeses." (N.P.)

assombrosa que os cínicos nos ensinam a procurar apenas em imaginação. Nem as simpatias humanas bastavam para satisfazer à sua mente ávida. O cenário da natureza, que outros veem com mera admiração, ele amava com ardor.

"A catarata ressoante / O assombrava com paixão: a rocha alta / A montanha, e o bosque profundo e sombrio, / As cores e formas, eram para ele / Um apetite; um sentimento e o amor, / Que não precisavam de mais charme remoto, / Dado por pensamento, ou interesse qualquer / Que não viesse do olhar."[8]

E onde ele existe agora? Será que esse ser amável e gentil se perdeu para sempre? Será que a mente dele, tão repleta de ideias e imaginações, criativas e magníficas, que formavam um mundo cuja existência dependia da vida do criador... será que essa mente pereceu? Será que existe agora somente em memória? Não, não é o caso. A forma dele, tão divinamente forjada, resplandecente de beleza, decaiu, mas o espírito ainda visita e consola o amigo infeliz.

Perdoe-me por essa tristeza repentina. Essas palavras inúteis são um mero tributo superficial ao valor ímpar de Henry, mas acalmam meu coração, transbordando com a angústia que a lembrança dele cria. Continuarei a história.

Depois de Colônia, descemos as planícies da Holanda, e decidimos fazer o restante do caminho a cavalo, pois o vento estava contrário e a corrente do rio era fraca demais para nos ajudar.

Aqui perdemos o interesse pelo lindo cenário de nossa jornada, mas chegamos em poucos dias a Roterdã, de onde seguimos, pelo mar, para a Inglaterra. Foi em uma manhã clara, no fim de dezembro, que vi pela primeira vez as falésias brancas da Grã-Bretanha. As margens do Tâmisa revelaram um novo cenário; eram planas, mas férteis, e quase todas as cidades eram marcadas pela lembrança de alguma história. Vimos o forte Tilbury, e nos lembramos da armada espanhola;

---

8 Trecho do poema "Lines composed a few miles above Tintern Abbey, on revisiting the banks of the Wye during a tour. July 13, 1798", de William Wordsworth. (N.T.)

Gravesend, Woolwich e Greenwich, lugares de que ouvira falar até mesmo no meu país.

Finalmente, vimos os inúmeros campanários de Londres, o da catedral de St. Paul acima de todos, e a famosa Torre da história inglesa.

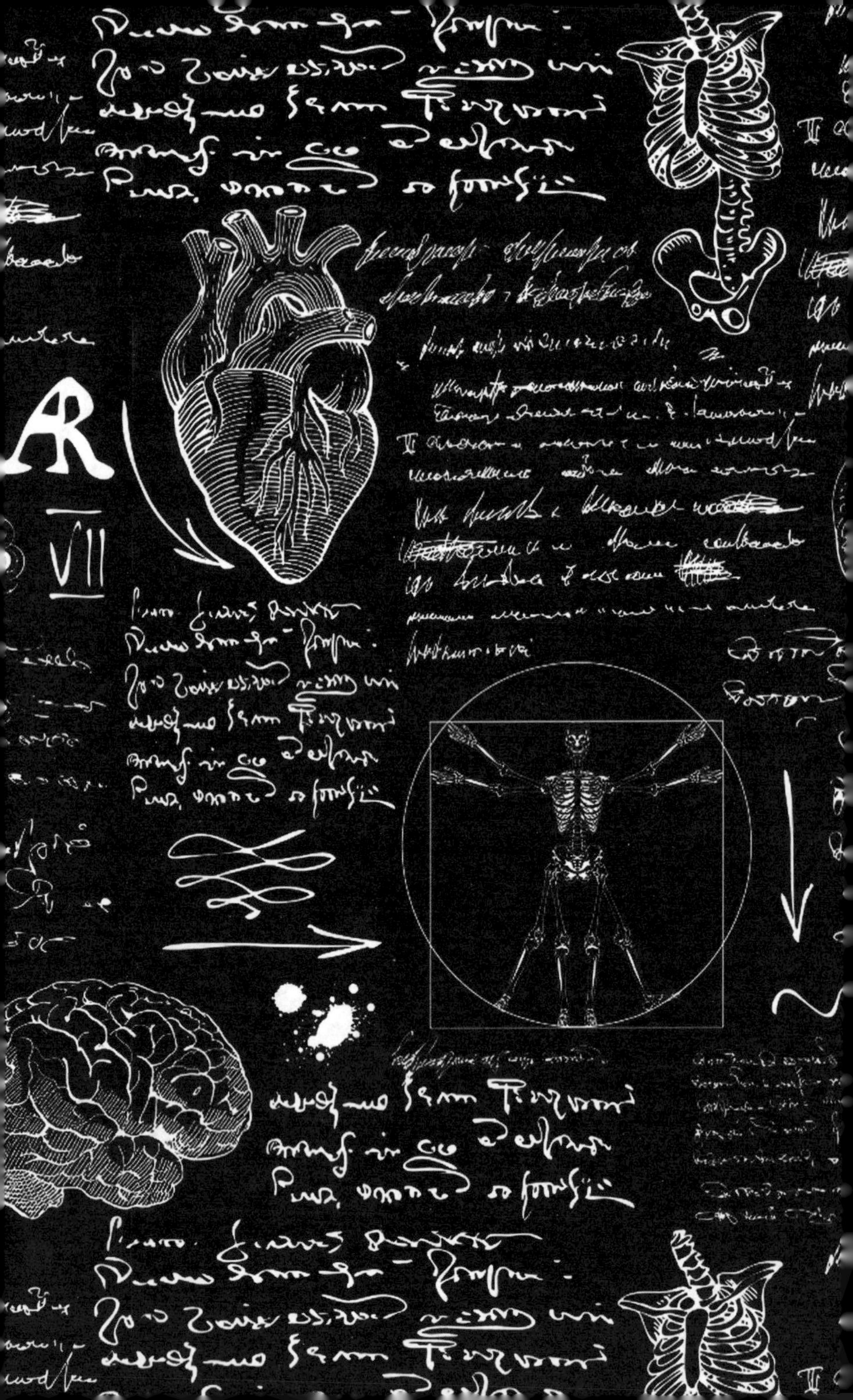
AR
VII

CAPÍTULO 19

Londres foi nosso lugar de descanso. Decidimos passar vários meses naquela cidade maravilhosa e célebre. Clerval desejava circular entre os homens geniais e talentosos que floresciam à época, mas isso era um objetivo secundário ao meu. Eu estava ocupado principalmente com obter a informação necessária para cumprir minha promessa, e me dediquei rapidamente às cartas de apresentação que levara comigo, dirigidas aos filósofos naturais mais distintos.

Se essa jornada tivesse sido feita nos meus dias de estudo e alegria, teria me causado um prazer inexprimível. Contudo, uma praga consumira minha existência, e eu só visitava essas pessoas em nome da informação que poderiam me dar sobre o assunto pelo qual meu interesse era tão horrivelmente profundo. A companhia me era incômoda. Quando sozinho, eu podia encher a mente com imagens do céu e da terra. A voz de Henry me acalmava e, assim, eu podia me enganar com uma paz transitória. Entretanto, rostos alegres, desinteressantes e variados devolviam o desespero ao meu peito. Eu via uma barreira intransponível que me separava dos meus semelhantes, uma barreira selada pelo sangue de William e Justine, e refletir sobre os acontecimentos conectados a esses nomes enchia minha alma de angústia.

Em Clerval, entretanto, eu via a imagem de quem um dia eu fora; ele era curioso, ansioso por ganhar experiência e instrução. A diferença dos modos que ele observava era para ele uma fonte inexaurível de aprendizado e diversão. Ele também ia atrás de um objetivo que desejava havia muito. O projeto dele era visitar a Índia, acreditando que, no conhecimento que tinha das várias línguas e nas percepções que desenvolvera sobre aquela sociedade, ele tinha como ajudar concretamente o progresso da colonização e do comércio europeu. Somente na Grã-Bretanha ele podia avançar na execução do plano. Ele estava sempre ocupado, e o único empecilho ao seu prazer era minha mente triste e desanimada. Tentei esconder o máximo possível, para não o privar dos prazeres naturais de alguém que entrava em um novo cenário, sem o peso de preocupações ou lembranças amargas. Eu frequentemente me recusava a acompanhá-lo, alegando outros compromissos, para ficar sozinho. Também comecei a juntar os materiais necessários para minha nova criação, e isso era como a tortura das gotas d'água incessantemente caindo numa cabeça. Todo pensamento dedicado a esse fim era extremamente angustiante, e toda palavra que eu pronunciava em alusão àquilo fazia minha boca tremer e meu coração palpitar.

Depois de alguns meses em Londres, recebemos uma carta de uma pessoa da Escócia que um dia nos visitara em Genebra. Ele mencionou as belezas do país e perguntou se não seriam atrativos para nos induzir a seguir viagem para o norte, até Perth, onde ele vivia. Clerval desejava avidamente aceitar o convite e, apesar de odiar a sociedade, eu também queria rever as montanhas e os rios, e todos os trabalhos assombrosos com que a Natureza adorna suas moradas.

Tínhamos chegado à Inglaterra no início de outubro, e já estávamos em fevereiro. Combinamos que começaríamos a viagem ao norte depois de mais um mês. Nessa expedição, não planejávamos seguir a estrada principal até Edimburgo, mas visitar Windsor, Oxford, Matlock e os lagos Cumberland, decidindo chegar ao fim do trajeto por volta do fim de julho. Fiz as malas com os instrumentos químicos e os materiais coletados, decidido a acabar minha tarefa em um canto isolado dos planaltos ao norte da Escócia.

Deixamos Londres no dia 27 de março e passamos alguns dias em Windsor, vagando pela bela floresta. Era um cenário novo para nós, montanhistas: os carvalhos majestosos, a quantidade de animais de caça e os bandos de cervos elegantes nos eram novidades.

Dali, seguimos para Oxford. Ao entrar na cidade, nossa mente se encheu da lembrança dos acontecimentos que tinham ocorrido ali havia mais de um século e meio. Foi ali que Carlos I juntara forças. A cidade continuara fiel a ele, após a nação toda abandonar a causa dele para se juntar ao parlamento e à liberdade. A memória daquele rei infeliz, e de seus companheiros, o agradável Falkland, o insolente Goring, a rainha e o filho, conferiam um interesse peculiar a cada parte da cidade, onde eles talvez tivessem vivido. O espírito antigo vivia ali, e adoramos seguir suas trilhas. Se aqueles sentimentos não fossem já gratificantes à imaginação, a aparência da cidade ainda tinha, em si própria, beleza o suficiente para obter nossa admiração. A faculdade é antiga e pitoresca, as ruas, quase magníficas, e o lindo Isis, que corre através dos campos maravilhosamente verdejantes, se espalha em uma vastidão plácida de águas, refletindo os conjuntos majestosos de torres, pináculos e cúpulas, aninhados entre árvores centenárias.

Eu gostei do cenário, mas meu aproveitamento foi atrapalhado tanto pela memória do passado quanto pela antecipação do futuro. Fui criado para a alegria e a paz. Durante minha juventude, o descontentamento nunca me visitou; e, nas raras vezes em que o tédio se aproximava, bastava a contemplação da beleza natural ou o estudo das mais sublimes criações humanas, para reacender meu coração e suavizar meu humor. Mas eu sou uma árvore derrubada – o raio adentrou minha alma, e senti, então, que eu viveria para mostrar o que logo deixaria de ser: um espetáculo miserável de humanidade destroçada, deplorável para os outros e intolerável para mim.

Passamos um período considerável em Oxford, vagando pelos arredores, e tentando identificar cada lugar que poderia estar relacionado à época mais animada da história inglesa. Nossas pequenas viagens de descoberta costumavam se prolongar pelos objetos sucessivos que se apresentavam. Visitamos o túmulo do ilustre Hampden, e o campo onde o compatriota caiu. Por um momento, minha alma foi elevada dos medos aviltantes e miseráveis para contemplar as ideias divinas de liberdade e sacrifício, às quais aqueles monumentos eram dedicados a lembrar. Por um instante, ousei me livrar das correntes e olhar ao redor com espírito livre e leve; mas o ferro se enfiara em minha carne, e eu voltei a afundar, trêmulo e impotente, no meu ser miserável.

Deixamos Oxford, tristes, e seguimos a Matlock, nosso próximo destino. O campo ao redor daquela aldeia lembrava mais a paisagem suíça, mas tudo era em escala menor, e as colinas verdes não têm a coroa dos Alpes brancos distantes, que sempre aparecem nas montanhas cobertas de pinheiros do meu país. Visitamos a maravilhosa caverna e os armários de história natural onde as curiosidades estão dispostas da mesma maneira que as coleções de Servox e Chamonix. Este segundo nome me fez estremecer, quando pronunciado por Henry, e fui embora de Matlock o mais rápido possível, pois aquele cenário terrível se associara ali.

De Derby, ainda seguindo ao norte, passamos dois meses em Cumberland e Westmorland. Eu quase era capaz de me acreditar nas montanhas suíças. As pequenas faixas de neve que ainda restavam ao norte das montanhas, os lagos e o ímpeto dos riachos rochosos me eram familiares e queridos. Ali também fizemos alguns amigos, que quase conseguiram me levar à alegria. O prazer de Clerval era proporcionalmente maior do que o meu; a mente dele expandia na companhia de homens talentosos, e ele encontrou, na própria natureza, capacidades e recursos ainda maiores do que teria imaginado possuir ao se associar com inferiores.

– Eu poderia passar a vida aqui – disse ele. – Entre estas montanhas, eu mal sentiria saudades da Suíça e do Reno.

Contudo, ele descobriu que a vida de viajante inclui muita dor entre o prazer. Os sentimentos dele continuam para sempre naquele trecho e, quando ele começa a repousar, se vê obrigado a deixar o lugar de seu descanso prazeroso em direção a algo novo, que mais uma vez atrai sua atenção, e que ele também abandona por outras novidades.

Mal tínhamos conseguido visitar os vários lagos de Cumberland e Westmorland e desenvolver afeto por alguns habitantes quando o período do nosso compromisso com o amigo escocês se aproximou, e seguimos viagem. Por mim, não me arrependi. Eu já negligenciara a promessa por muito tempo e temia os efeitos da decepção do demônio. Ele poderia continuar na Suíça e se vingar de meus parentes. Essa ideia me perseguiu, me atormentando em todos os momentos que, caso contrário, eu teria encontrado descanso e paz. Esperava minhas cartas com impaciência febril; se elas se atrasassem, eu ficava devastado, carcomido por mil medos, e, quando chegavam e eu via a escrita de Elizabeth ou de meu pai, mal ousava ler e confirmar meu destino. Às vezes, eu achava que o demônio me seguia e planejava acelerar minha hesitação ao assassinar meu companheiro. Quando pensava nisso, eu me recusava a sair do lado de Henry por um momento que fosse, e o seguia como uma sombra, para protegê-lo da raiva imaginada de seu destruidor. Eu sentia que cometera um enorme crime, cujo peso na consciência me assombrava. Eu não tinha culpa, mas de fato atraíra uma maldição horrível, tão fatal quanto um crime.

Visitei Edimburgo com mente e olhar lânguidos, mas aquela cidade teria interessado até o ser mais infeliz. Clerval não gostou tanto quanto de Oxford, pois preferia a antiguidade desta segunda. Contudo, a beleza e a regularidade da nova cidade de Edimburgo, com seu castelo romântico e seus arredores, os mais agradáveis do mundo, Arthur's Seat, o Poço de São Bernardo e as colinas Pentland, compensavam a mudança e o encheram de alegria e admiração. Entretanto, eu estava impaciente para chegar ao destino final da viagem.

Depois de uma semana, deixamos Edimburgo, e passamos por Coupar, St. Andrew's e pelas margens do rio Tay, até Perth, onde nosso amigo nos esperava. Eu não estava com vontade de rir e conversar com desconhecidos, nem de me envolver nos sentimentos e planos deles com o bom humor esperado de um convidado; portanto, falei para Clerval que desejava viajar pela Escócia sozinho.

– Divirta-se – disse a ele – e combinemos de nos encontrar aqui. Talvez eu fique longe por um ou dois meses, mas não interfira em minha viagem, por favor. Deixe-me em paz e solidão por esse tempo. Quando eu voltar, espero que seja com o coração mais leve, mais semelhante ao seu temperamento.

Henry tentou me dissuadir, mas, me vendo decidido, parou de reclamar. Ele me pediu que escrevesse com frequência.

– Eu preferiria estar com você – declarou – na errância solitária do que com esses escoceses que mal conheço. Apresse-se, amigo, em retornar, para que eu volte a me sentir em casa, o que não consigo fazer em sua ausência.

Tendo me despedido de meu amigo, decidi visitar um lugar remoto da Escócia e completar meu trabalho sozinho. Eu não duvidava de que o monstro me seguira e apareceria quando eu acabasse, para receber sua companheira.

Decidido, atravessei os planaltos do norte e escolhi uma das Órcades mais remotas como cenário de meu trabalho. Era um lugar adequado para a tarefa, sendo pouco mais de uma rocha, cujos lados altos eram continuamente golpeados pelas ondas. O solo era infértil, e mal oferecia pasto para umas poucas vacas tristes e aveia para os moradores da ilha, um total de cinco pessoas, cujo corpo magro e macilento indicava a vida miserável. Vegetais e pão, quando eles se permitiam tais luxos, assim como a água doce, deveriam ser adquiridos no continente, a oito quilômetros dali.

Na ilha toda só havia três choupanas tristes, uma das quais estava vazia quando cheguei. Então a aluguei. Continha dois cômodos, que evidenciavam a esqualidez da maior pobreza. O telhado de palha cedera, as paredes não eram engessadas, e a porta tinha caído da dobradiça. Mandei consertar, comprei alguns móveis e tomei posse do lugar; um fato que, certamente, teria causado certa surpresa, se os camponeses não estivessem todos aturdidos de pobreza esquálida e necessidades. Assim, vivi isolado e ignorado, sem que ninguém nem me agradecesse pela comida e pelas roupas que lhes forneci; afinal, o sofrimento embota até as mais vulgares sensações do homem.

Nesse retiro, dedicava as manhãs ao trabalho e, ao anoitecer, quando o tempo permitia, caminhava na praia pedregosa, para escutar as ondas rugindo e correndo pelos meus pés. Era um cenário monótono, mas mutável. Pensei na Suíça; muito diferente daquela paisagem desolada e espantosa. As colinas de lá são cobertas de vinhedos, as casas numerosas ao longo das planícies. Os lagos plácidos refletem o sol azul e tranquilo e, quando perturbados pelos ventos, o tumulto é semelhante meramente às brincadeiras de uma criança agitada, se comparado aos rugidos do oceano gigantesco.

Dessa forma, distribuí minhas ocupações ao chegar. Contudo, ao prosseguir no trabalho, ele se tornou cada dia mais terrível e enfadonho. Às vezes, eu não conseguia me convencer a entrar no laboratório por vários dias; e, outras, labutava dia e noite para completar a tarefa. Era, realmente, um processo imundo aquele em que me envolvera. Durante meu primeiro experimento, uma espécie de frenesi entusiasmado me cegara ao horror do trabalho; minha mente estava atentamente dedicada à conclusão do esforço e meus olhos, imunes ao horror do procedimento. Contudo, repetindo o ato a sangue-frio, meu coração se enojava pelo trabalho das minhas mãos.

Assim situado, dedicado à mais detestável ocupação, imerso em uma solidão na qual ninguém poderia tirar minha atenção, por um instante sequer, da atividade na qual me envolvera, meu humor se tornou sem igual; fiquei inquieto e nervoso. A cada momento, temia encontrar meu algoz. Às vezes, me sentava com o olhar voltado para o chão, temendo erguê-lo, pois não sabia se encontraria o objeto que tanto temia ver. Tinha medo de vagar para longe do olhar dos meus semelhantes, para o caso de, sozinho, ele vir buscar a companheira.

Enquanto isso, eu trabalhava, e a tarefa avançou consideravelmente. Eu esperava a conclusão com esperança trêmula e ávida, que eu não me permitia questionar, mas que se misturava a presságios obscuros do mal, fazendo meu peito se contorcer de náusea.

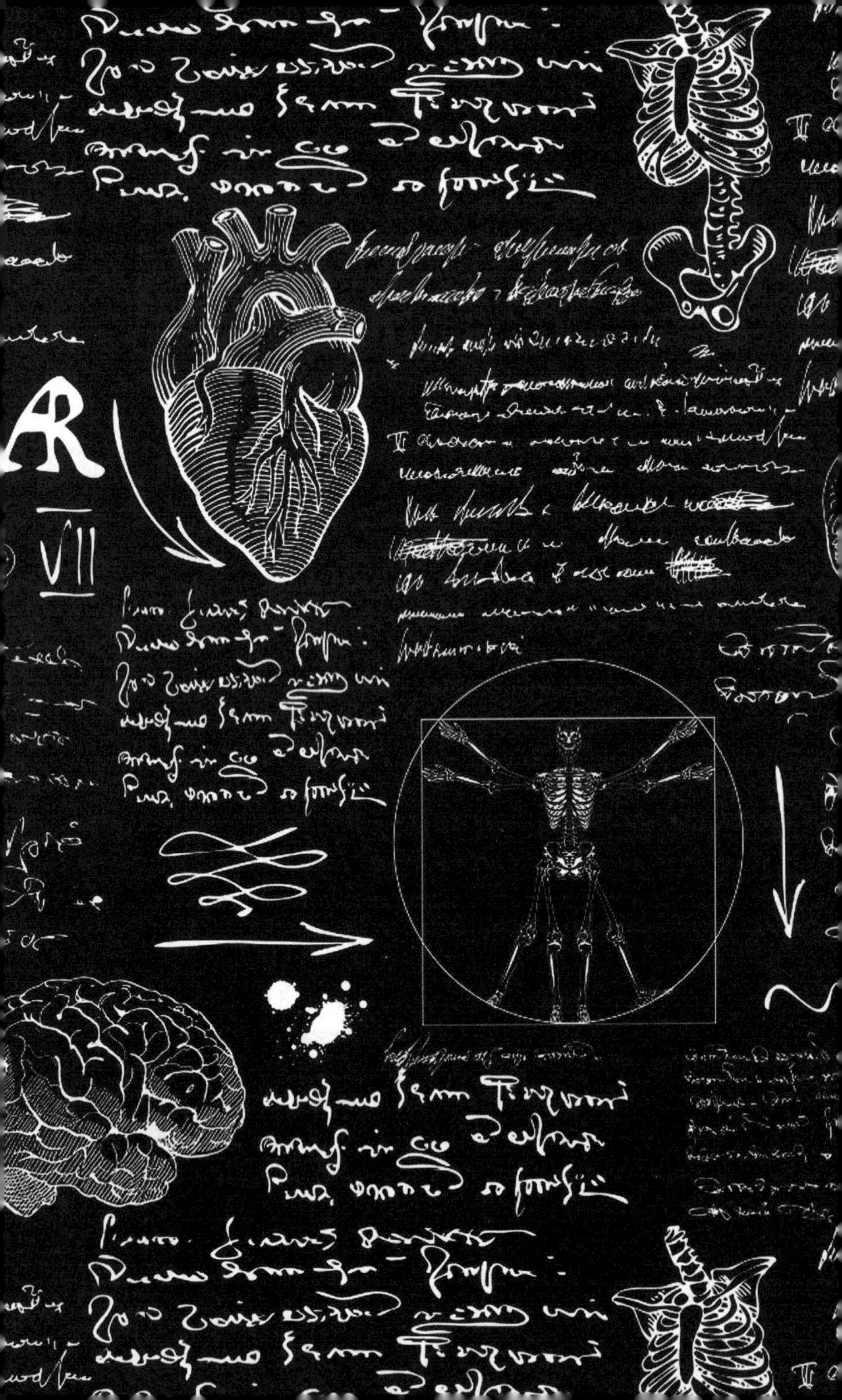

CAPÍTULO 20

Certa noite, me sentei no laboratório. O sol se pusera, e a lua começava a subir do mar. Eu não tinha luz suficiente para trabalhar e permaneci ocioso, considerando se deveria abandonar a tarefa aquela noite, ou apressar a conclusão, dedicando atenção incessante. Ali sentado, uma reflexão me ocorreu, levando-me a considerar os efeitos daquilo que eu fazia. Três anos antes, eu estivera ocupado do mesmo modo, e criara um demônio cuja barbaridade ímpar desolara meu peito e o enchera, para sempre, com o remorso mais amargo. Eu estava prestes a formar outro ser, cujas disposições ignorava igualmente; ela poderia ser dez mil vezes pior que seu companheiro, e encontrar prazer em assassinato e crueldade por si só. Ele jurara abandonar os arredores dos homens, e se esconder no deserto; mas ela não o fizera, e, visto que provavelmente se tornaria um animal pensante e racional, poderia se recusar a aceitar um pacto feito antes de sua criação. Eles poderiam até se odiar; a criatura já viva abominava a própria deformidade, e talvez demonstrasse horror ainda maior quando surgisse à frente dele na forma feminina. Ela também poderia desprezá-lo, enojada, em favor da beleza superior dos homens; poderia abandoná-lo, e ele ficaria novamente solitário, exasperado pela nova provocação de ser deixado por alguém da própria espécie.

Mesmo se eles deixassem a Europa e fossem viver nos desertos do novo mundo, um dos primeiros resultados dos carinhos pelos quais o demônio ansiava seria filhos, e uma espécie de monstros seria propagada pela terra, talvez levando a própria existência da espécie humana a uma condição precária e apavorante. Teria eu o direito, por benefício próprio, de infligir serenamente essa maldição às gerações? Antes, eu fora comovido pelos sofismas do ser que criara, atordoado pelas ameaças demoníacas, mas de repente, pela primeira vez, a vileza da minha promessa irrompeu. Estremeci ao pensar que as gerações futuras poderiam me insultar como uma praga, cujo egoísmo não hesitara em comprar a própria paz, custando o preço, talvez, da existência da humanidade como um todo.

Tremi e meu coração fraquejou; quando, ao erguer os olhos, vi, à luz da lua, o demônio à janela. Um sorriso medonho enrugou seus lábios quando ele me olhou, dedicado à tarefa de que ele me incumbira. Sim, ele me seguira na viagem; ele vagara pelas florestas, escondera-se nas cavernas, ou refugiara-se em charnecas amplas e desertas; e finalmente vinha observar meu progresso e cobrar o cumprimento da promessa.

Quando o olhei, a expressão dele expressava a maior malícia e vileza. Pensei, enlouquecido, na minha promessa de criar outro ser como ele e, tremendo de angústia, despedacei a coisa em que estivera envolvido. O miserável me viu destruir a criatura em cuja existência futura dependia sua felicidade e, com um uivo de desespero e vingança demoníacos, se afastou.

Saí do cômodo, tranquei a porta e jurei solenemente, em meu coração, que nunca voltaria àquele trabalho. Finalmente, com passos trêmulos, fui ao quarto. Estava sozinho; não havia ninguém por perto para dissipar a melancolia e me aliviar da opressão nauseante dos sonhos mais terríveis.

Passaram-se várias horas e eu continuei ao pé da janela, olhando para o mar quase imóvel, pois os ventos se calavam, e toda a natureza descansava sob o olhar da lua tranquila. Um ou outro barco pesqueiro salpicava a água e, de vez em quando, a brisa suave trazia o som de vozes, dos pescadores chamando uns aos outros. Senti o silêncio, embora mal estivesse consciente de sua extrema profundidade, até minha audição se chocar de repente com o barulho de remos próximo da margem. Alguém se aproximava da minha casa.

Poucos minutos depois, ouvi a porta ranger, como se alguém tentasse abri-la devagar. Tremi dos pés à cabeça. Pressenti quem era e quis acordar um dos camponeses que vivia na choupana mais próxima à minha, mas fui dominado por uma sensação de desamparo, tão comum em pesadelos, quando tentamos, em vão, fugir do perigo iminente, e fiquei preso ali.

Ouvi passos no corredor. A porta se abriu, e o miserável que eu temia apareceu. Fechando a porta, ele se aproximou e falou, em uma voz abafada:

— Você destruiu o trabalho que iniciou. Qual é a sua intenção? Quebrar a promessa? Aguentei esforço e miséria. Saí da Suíça com você, me esgueirei pelas margens do Reno, por entre as ilhas de salgueiros, e sobre os cumes das colinas. Vivi por meses nas charnecas inglesas e nos desertos escoceses. Aguentei exaustão incalculável, frio e fome. E você ousa destruir minha esperança?

— Vá-se embora! Quebro, sim, a promessa. Nunca criarei outro como você, igualmente deformado e vil.

— Servo, antes tentei argumentar, mas você se provou indigno de minha condescendência. Lembre-se que tenho poder; você se acredita sofredor, mas posso torná-lo tão miserável que até a luz do dia lhe será odiosa. Você é meu criador, mas eu sou seu mestre. Obedeça!

— A hora de minha irresolução passou, e chegou o período do seu poder. Suas ameaças não podem me levar a cometer um ato de crueldade, mas confirmam minha determinação de não criar sua vil companheira. Quer que eu, a sangue frio, solte pelo mundo um demônio, cujos prazeres se encontram na morte e na maldade? Vá! Estou decidido, e suas palavras só exasperarão minha fúria.

O monstro viu a determinação em meu rosto e rangeu os dentes, em raiva impotente.

— Todo homem encontra uma esposa, e toda fera, seu parceiro – exclamou ele –, mas eu devo ser só? Senti afeto, e a retribuição foi ódio e desprezo. Homem! Você pode odiar, mas cuidado! Suas horas serão passadas em temor e tristeza, e logo cairá o raio que arrancará sua felicidade para todo o sempre. Acredita que será feliz, enquanto eu rastejo na intensidade da minha desgraça? Você pode acabar com minhas outras paixões, mas resta a vingança... a vingança, agora mais importante que a luz e a comida! Posso morrer, mas, antes, você, meu tirano e algoz, amaldiçoará o sol que vislumbra sua miséria. Cuidado, pois não tenho medo, e, portanto, tenho poder. Vou observá-lo com a astúcia de uma cobra, até picá-lo com seu veneno. Homem, você se arrependerá das feridas que inflige.

— Cale-se, demônio, e não envenene o ar com tais sons maldosos. Declarei minha decisão, e não sou covarde, para ceder sob palavras. Deixe-me. Sou inexorável.

— Que assim seja. Eu irei. Mas, lembre-se, eu o verei em sua noite de núpcias.

Avancei e exclamei:

— Vilão! Antes de assinar minha declaração de óbito, garanta que você, também, estará em segurança.

Tentei atacá-lo, mas ele fugiu e saiu da casa com rapidez. Em poucos momentos, o vi entrar no barco, que percorreu a água com a agilidade de uma flecha, logo se perdendo entre as ondas.

Fez-se silêncio de novo, mas as palavras dele ainda ecoavam em meus ouvidos. Eu ardia de raiva, desejando seguir o assassino de minha paz e jogá-lo no oceano. Andei de um lado para o outro do quarto, apressado e perturbado, enquanto minha imaginação conjurava mil cenários de tortura e dor. Por que eu não o seguira, e lutara até a morte? Mas eu implorara que ele se fosse, e ele se dirigira ao continente. Estremeci ao pensar em quem seria a próxima vítima sacrificada em nome da vingança insaciável. Finalmente, pensei de novo no que ele dissera: "Eu o verei em sua noite de núpcias". Era aquele o prazo fixado para o meu destino. Naquela hora eu morreria, finalmente satisfazendo à sua maldade e extinguindo-a. A perspectiva não me levou a temer; contudo, ao pensar na minha amada Elizabeth – na tristeza e no pranto infinitos quando ela descobrisse seu amado tão barbaramente arrancado de suas mãos –, lágrimas, as primeiras que eu chorara em muitos meses, jorraram de meus olhos, e decidi não cair perante o inimigo sem uma luta amarga.

Passou a noite, e o sol nasceu do oceano. Meus sentimentos se acalmaram, se é possível chamar de calma quando a violência da raiva afunda nas profundezas do desespero. Saí da casa, o cenário horrendo da disputa da noite anterior, e caminhei pela praia, que eu quase via como uma barreira insuportável que me separava dos meus semelhantes; um desejo de que aquilo fosse mesmo fato me ocorreu. Desejei poder passar a vida naquela rocha estéril, exausto, é verdade, mas ininterrupto por qualquer choque repentino de dor. Se eu voltasse, seria para ser sacrificado, ou para ver aqueles que eu mais amava morrerem nas mãos do demônio que eu mesmo criara.

Vaguei pela ilha como um fantasma inquieto, separado de tudo o que amava, e desolado por isso. Quando chegou o meio-dia, e o sol subiu, me deitei na grama e fui dominado por um sono profundo. Eu tinha passado a noite anterior em claro, meus nervos estavam à flor da pele, e meus olhos, inchados de atenção e tristeza. O sono em que caí me recuperou um pouco e, quando acordei, me senti de novo pertencente à espécie humana, e consegui refletir sobre o acontecido com mais compostura; ainda assim, as palavras do demônio ecoavam em meus ouvidos como uma sentença de morte, me aparecendo como num sonho, mas também distintas e opressoras como a realidade.

O sol desceu e eu continuei na orla, satisfazendo meu apetite, que se tornara voraz, com um pão de aveia, quando vi um barco pesqueiro ancorar por perto. Um dos pescadores me trouxe um embrulho, contendo cartas de Genebra, assim como uma de Clerval, me pedindo que fosse encontrá-lo. Ele disse que estava desperdiçando o tempo em vão onde estava, e que os amigos que fizera em Londres lhe escreviam pedindo que voltasse, para completar a negociação de um empreendimento indiano. Ele não podia continuar adiando a partida, mas, visto que a viagem a Londres deveria ser seguida, ainda mais rápido do que ele imaginava antes, pela viagem ainda mais longa, ele suplicava que eu ficasse em sua companhia o máximo que pudesse. Ele implorou, portanto, que eu deixasse minha ilha solitária e o encontrasse em Perth, de onde poderíamos viajar juntos ao sul. Essa carta me trouxe de volta à vida um pouco, e me decidi a deixar a ilha dali a dois dias.

Contudo, antes de partir, eu tinha uma tarefa a cumprir, que me dava calafrios só de pensar: precisava guardar meus instrumentos químicos. Teria portanto que entrar no cômodo que fora cenário do meu trabalho odioso e manusear os utensílios que me causavam náusea só de olhar. Na manhã seguinte, assim que o sol nasceu, reuni coragem suficiente e destranquei a porta do laboratório. Os restos da minha criatura semiacabada, que eu destruíra, estavam jogados pelo chão, e quase me senti como se tivesse destroçado a carne de um ser vivo. Esperei um momento, para me recompor, e adentrei o recinto. Com mãos trêmulas, tirei meus instrumentos dali, mas pensei que não deveria abandonar os resquícios do meu trabalho, que poderia causar horror e suspeita nos camponeses. Portanto, os juntei em uma cesta, à qual acresci uma boa quantidade de pedras, e decidi que os jogaria no mar naquela noite mesmo. Enquanto isso, me sentei na praia, onde limpei e arrumei meus aparatos químicos.

Nada poderia ser mais drástico do que a alteração dos meus sentimentos desde a noite do aparecimento do demônio. Antes, eu vira minha promessa com desespero sombrio, como uma coisa que, quaisquer que fossem as consequências, precisava ser cumprida; mas naquele momento senti que um véu tinha sido arrancado dos meus olhos e que, pela primeira vez, eu enxergava com clareza. A ideia de retomar o trabalho não me ocorreu nem por um instante; a ameaça que eu ouvi pesava em meus pensamentos, mas não pensei que um ato voluntário meu pudesse evitá-la. Eu me decidira que criar outro como o demônio que eu fizera seria um ato do egoísmo mais vil e atroz, e bani da minha mente qualquer pensamento que pudesse levar a outra conclusão.

Entre as duas e as três da manhã, a lua se ergueu, e, levando minha cesta a bordo de um esquife, remei até uns seis quilômetros da orla. O cenário era perfeitamente solitário: alguns barcos voltavam à terra, mas eu velejei para longe deles. Senti que estava prestes a cometer um crime horrível, e evitei, com ansiedade trêmula, qualquer encontro com outras pessoas. Em certo momento, a lua, que antes estivera luminosa, foi repentinamente coberta por uma nuvem espessa, e aproveitei a escuridão para jogar meu cesto ao mar. Ouvi o gorgolejar na água quando afundou, e me afastei. O céu estava cheio de nuvens, mas o ar estava fresco, apesar de esfriar devido à brisa nordeste que crescia. Contudo, me refrescou e me trouxe sensações tão agradáveis que eu resolvi prolongar o momento na água e, posicionando o leme em posição direta, me estiquei no fundo do barco. Nuvens cobriam a lua, deixando tudo escuro, e eu só ouvia o som do barco, a quilha cortando as ondas. O murmúrio me embalou e eu rapidamente adormeci.

Não sei por quanto tempo fiquei nessa situação, mas, quando acordei, descobri que o sol já subira consideravelmente. O vento estava forte e as ondas ameaçavam a segurança de meu pequeno esquife. Notei que o vento vinha do nordeste, e devia ter me afastado da costa onde eu embarcara. Tentei mudar o curso, mas logo reparei que, se eu tentasse de novo, o barco imediatamente se encheria de água. Assim, meu único recurso era avançar com o vento. Confesso que senti certo terror. Não tinha levado bússola e meu conhecimento da geografia daquela parte do mundo era tão limitado que o sol me ajudava pouco. Eu poderia ser levado à vastidão do Atlântico, onde sentiria todas as torturas da fome, ou ser engolido pelas águas imensas que rugiam e ondulavam ao meu redor. Eu já estava no mar havia muitas horas e sentia o incômodo da sede ardente, prelúdio de meus outros sentimentos. Olhei para os céus, cobertos por nuvens se movimentando ao vento, sempre substituídas por outras. Olhei para o mar, que seria meu túmulo.

– Demônio – exclamei –, sua tarefa já foi cumprida!

Pensei em Elizabeth, no meu pai e em Clerval, todos deixados para trás, com os quais o monstro poderia satisfazer suas paixões sanguinárias e impiedosas. Essa ideia me mergulhou em um delírio tão pavoroso e angustiante que até agora, quando a história está prestes a se fechar para sempre, estremeço só de pensar.

Assim passaram-se algumas horas, mas, aos poucos, conforme o sol descia no horizonte, o vento se esvaiu em uma brisa suave e o mar deixou para trás a ressaca. Contudo, isso deu lugar a uma onda pesada. Eu estava enjoado, incapaz de me agarrar ao leme, quando de repente vi uma elevação de terra ao horizonte no sul.

Quase morto, como eu estava, de exaustão, além do estado de suspense terrível em que estivera por muitas horas, a certeza repentina de vida me cobriu como uma onda de alegria calorosa no peito, e lágrimas jorraram dos meus olhos.

Como são volúveis nossos sentimentos, e como é estranho esse amor insistente que temos pela vida, mesmo na infinita miséria! Construí outra vela com parte da minha roupa e conduzi o barco até a terra com avidez. A aparência da ilha era erma e rochosa, mas, quando me aproximei, notei sinais de cultivo. Vi barcos perto da margem e me encontrei de repente transportado de volta à vizinhança do homem civilizado. Cuidadosamente, percorri os arredores da terra e saudei um campanário que finalmente vi emergir de trás de um pequeno promontório. Como estava em estado extremamente debilitado, decidi ir diretamente à cidade, onde poderia encontrar comida mais facilmente. Felizmente, eu levara dinheiro. Dando a volta no promontório, percebi uma cidadezinha arrumada e um bom porto, no qual entrei, com o coração pulando de alegria pela fuga inesperada.

Enquanto eu me ocupava amarrando o barco e baixando as velas, várias pessoas se aglomeraram ao meu redor. Elas pareciam muito surpresas pelo meu surgimento, mas, em vez de me oferecer ajuda, cochichavam e faziam gestos que, em qualquer outro momento, me teriam causado certa apreensão. Naquele estado, simplesmente notei que elas falavam inglês e, portanto, foi nessa língua que me dirigi a elas:

– Bons amigos, teriam a bondade de me dizer o nome desta cidade, e me informar onde me encontro?

– Você logo vai saber – respondeu um homem rouco. – Talvez você tenha vindo a um lugar que não é do seu gosto, mas ninguém vai te consultar quanto à moradia, posso prometer.

Fiquei extremamente surpreso com a resposta tão grosseira do desconhecido, e igualmente desconcertado ao perceber as expressões franzidas e raivosas dos companheiros dele.

– Por que me responde assim? – perguntei. – Certamente não é um costume inglês receber estrangeiros com tão pouca hospitalidade.

– Não sei qual é o costume inglês – disse o homem –, mas é costume irlandês odiar vilões.

Enquanto continuava esse estranho diálogo, percebi que a multidão crescia rapidamente. Os rostos expressavam uma mistura de raiva e curiosidade, que me irritava e, em certo grau, preocupava. Perguntei o caminho da pousada, mas ninguém me respondeu. Finalmente avancei, e um murmúrio irrompeu do grupo que me seguiu e cercou, até que um homem de aparência doente se aproximou, me deu um tapinha no ombro e falou:

– Venha, o senhor deve me acompanhar até o sr. Kirwin, para prestar contas.

– Quem é o sr. Kirwin? Por que devo prestar contas? Este país não é livre?

– É sim, senhor, livre para gente honesta. O sr. Kirwin é um juiz, e o senhor deve prestar contas da morte de um homem que foi encontrado assassinado aqui ontem à noite.

A resposta me chocou, mas me recompus. Eu era inocente, o que seria facilmente provado. Portanto, segui meu guia em silêncio e fui levado a uma das melhores casas da cidade. Eu estava prestes a desabar de exaustão e fome, mas, visto que estava cercado pela multidão, achei mais seguro juntar toda a minha força, para que nenhuma fraqueza física pudesse ser considerada sinal de medo ou culpa. Eu não esperava a calamidade que poucos momentos depois me esmagaria, extinguindo, em horror e desespero, qualquer medo de infâmia e morte.

Devo fazer um intervalo aqui, pois todas as minhas forças são necessárias para relembrar os acontecimentos temíveis que estou prestes a relatar, nos menores detalhes de minha memória.

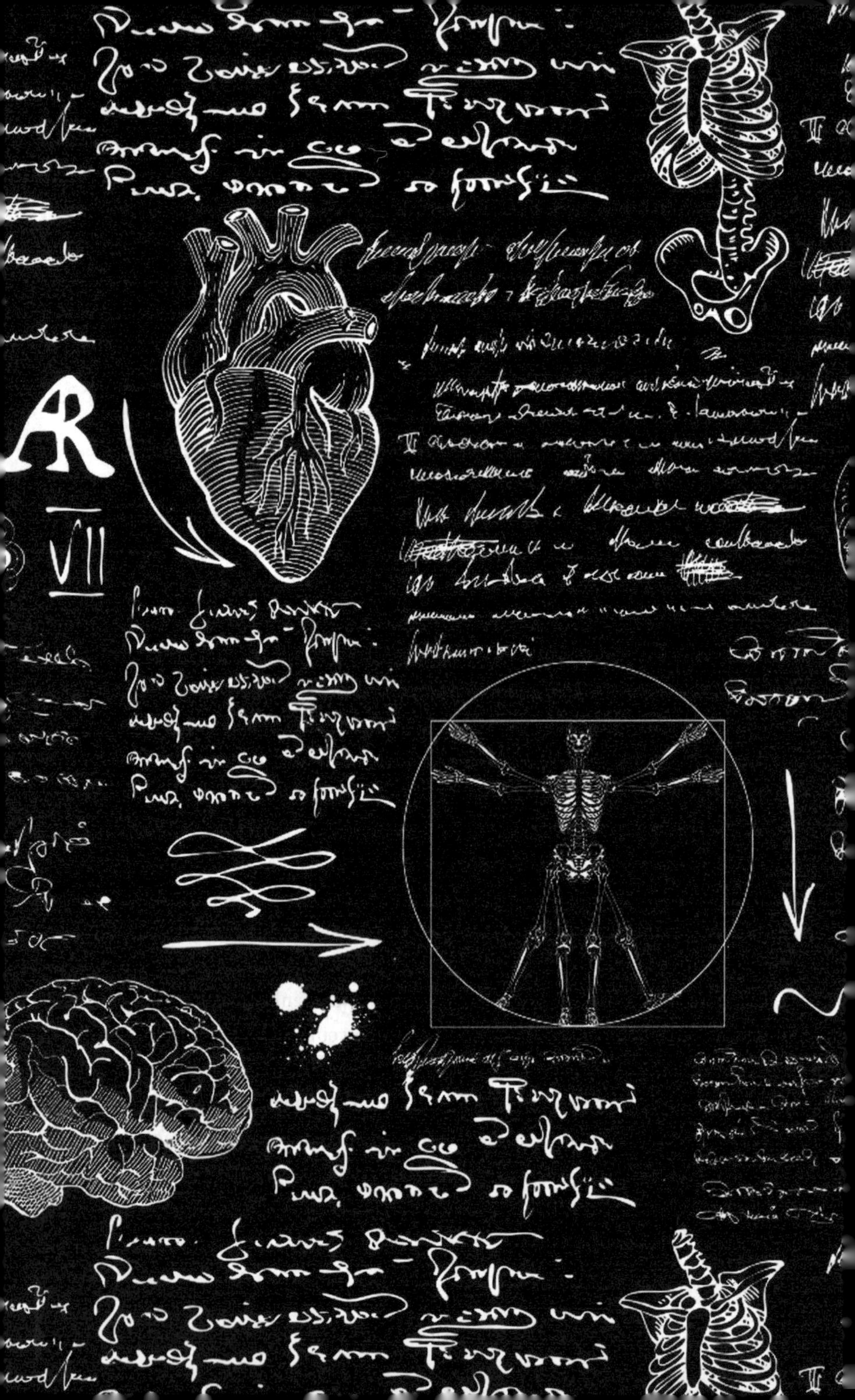

CAPÍTULO 21

Fui logo apresentado ao juiz, um homem velho e bondoso, com modos calmos e tranquilos. Ele me olhou, contudo, com certa severidade; e então, se voltando para meus guias, perguntou quem se apresentaria como testemunha.

Uma meia dúzia de homens se ofereceu e aquele escolhido pelo juiz declarou que estivera pescando na noite anterior com o filho e o cunhado, Daniel Nugent, quando, por volta das dez, observaram um vento forte crescendo do norte e, portanto, voltaram ao porto. A noite estava muito escura, pois a lua ainda não surgira, e eles não desembarcaram no porto, mas, como era costumeiro, em um riacho a uns três quilômetros dali. Ele saiu primeiro, carregando parte do equipamento de pesca, e os companheiros o seguiram, um pouco distantes. Conforme ele percorria a areia, tropeçou em alguma coisa e caiu no chão. Os companheiros foram ajudá-lo e, com a luz da lanterna, viram que ele caíra sobre o corpo de um homem visivelmente morto. A princípio, supuseram ser o corpo de uma pessoa que se afogara e fora jogada na praia pelas ondas; mas, ao examiná-lo, viram que as roupas do homem não estavam úmidas, e que o corpo nem estava frio ainda. Imediatamente, o carregaram até a casa de uma senhora que vivia ali perto, onde tentaram, em vão, reanimá-lo. Parecia ser um homem bonito, de uns vinte e cinco anos. Ele aparentemente fora estrangulado, pois não havia sinal de violência além da marca escura de dedos ao redor do pescoço.

A primeira parte dessa história não me interessou em nada, mas, quando mencionaram as marcas dos dedos, lembrei-me do assassinato do meu irmão e me senti extremamente agitado. Meu corpo tremeu e meu olhar se enevoou, me obrigando a me apoiar em uma cadeira. O juiz me observou atentamente e, é claro, deduziu um mau presságio dos meus modos.

O filho confirmou a história do pai. Contudo, quando Daniel Nugent foi convocado, ele jurou de pés juntos que, logo antes da queda do companheiro, ele viu um barco, com um só homem a bordo, próximo da orla; e que, pelo que conseguia averiguar sob a luz das estrelas, era o mesmo barco no qual eu chegara.

Uma mulher que mora próximo da praia testemunhou que estava à porta de casa, aguardando o retorno dos pescadores, por volta de uma hora antes de saber que um corpo tinha sido encontrado, quando viu um barco, com apenas um homem a bordo, afastar-se da parte da orla onde o cadáver tinha sido encontrado.

Outra mulher confirmou o relato dos pescadores que tinham levado o corpo à casa dela, quando ainda não estava frio. Eles puseram o homem em uma cama e o esfregaram, e Daniel foi à cidade em busca de um boticário, mas a vida se esvaíra definitivamente.

Vários outros homens foram questionados em relação ao meu desembarque, e concordaram que, com o vento forte do norte que batera à noite, era muito provável que eu tivesse passado muitas horas à deriva, obrigado a voltar ao mesmo lugar de onde partira. Além disso, eles observaram que parecia que eu levara o corpo de outro lugar, e era provável que, como eu não demonstrava conhecer a orla, eu tivesse entrado no porto sem saber a distância da cidade de *** do lugar onde eu depositara o cadáver.

O sr. Kirwin, ao ouvir tais evidências, pediu que eu fosse levado à sala onde o cadáver aguardava o enterro, para que se observasse o efeito daquilo em mim. Essa ideia provavelmente fora sugerida devido à extrema agitação que eu demonstrara quando fora descrito o método do assassinato. Fui, portanto, conduzido pelo juiz e várias outras pessoas até a pousada. Não pude deixar de me chocar com as coincidências estranhas que tinham ocorrido naquela noite agitada, mas, sabendo que eu estivera conversando com várias pessoas na ilha em que vivia por volta da hora em que o corpo fora encontrado, fiquei perfeitamente tranquilo em relação às consequências da situação.

Adentrei o recinto onde se encontrava o cadáver, e fui conduzido até o caixão. Como posso descrever o que senti ao vê-lo? Ainda me sinto seco de horror, e não consigo pensar nesse momento sem estremecer de dor. A avaliação e a presença do juiz e das testemunhas sumiram como um sonho de minha memória quando vi a forma inerte de Henry Clerval esticada na minha frente. Ofeguei, sem ar, e, me jogando no corpo, exclamei:

– Minhas intrigas assassinas também privaram você, meu amado Henry, de vida? Já destruí dois, e outras vítimas aguardam seu destino... mas você, Clerval, meu amigo, meu benfeitor...

O corpo humano não era capaz de suportar a angústia que senti, e fui carregado para longe da sala, em convulsões intensas.

Seguiu-se a isso uma febre. Passei dois meses à beira da morte. Minhas divagações frenéticas foram, depois soube, terríveis; eu me declarei o assassino de William, Justine e Clerval. Às vezes, implorava que os enfermeiros me ajudassem a destruir o demônio que me atormentava; outras vezes, sentia os dedos do monstro apertando meu pescoço, e gritava de agonia e pavor. Felizmente, como eu falava minha língua natal, só o sr. Kirwin me entendia, mas meus gestos e berros amargos bastavam para assustar as outras testemunhas.

Por que não morri? Mais miserável do que qualquer outro homem antes de mim, por que não afundei em esquecimento e descanso? A morte nos arranca muitas crianças em flor, as únicas esperanças dos pais carinhosos. Quantas noivas e jovens amantes não estiveram, um dia, no auge da saúde e da esperança, e se tornaram, no amanhecer, comida de minhocas e da podridão do túmulo! De que material eu era feito, para resistir assim a tantos choques, que, como o girar das rodas, continuavam a renovar a tortura?

Eu fora condenado a viver. Dois meses depois, me encontrei como que acordando de um sonho, na prisão, largado em uma cama imunda, cercado por carcereiros, guardas, grades e todos os desprezíveis aparatos de uma masmorra. Era manhã, lembro, quando acordei para a compreensão. Eu tinha me esquecido das particularidades do que acontecera e só sentia que um enorme infortúnio me afetara de repente; mas, ao olhar ao redor e ver as janelas barradas e o cômodo esquálido em que me encontrava, tudo voltou à memória de uma vez e soltei um gemido amargo.

O som perturbou uma senhora adormecida na cadeira ao meu lado. Ela era uma enfermeira contratada, esposa de um dos carcereiros, e sua expressão demonstrava todas as qualidades ruins que muitas vezes caracterizam essa classe. As rugas do rosto dela eram duras e rudes, como a das pessoas acostumadas a ver a miséria sem sentir compaixão. O tom indicava total indiferença. Ela se dirigiu a mim em inglês e reconheci a voz, que ouvira enquanto padecia.

– Está melhor, senhor? – perguntou ela.

– Acredito que sim – respondi na mesma língua, em voz fraca. – Mas, se for tudo verdade, se não sonhei, lamento muito por ainda estar vivo e sentir tal miséria e horror.

– Quanto a isso – respondeu a senhora –, se está falando do moço que assassinou, acredito que seria melhor se você morresse, pois acho que vai se dar mal! Mas isso não é da minha conta. Fui mandada para cuidar de você até sua melhora, e faço meu dever com a consciência limpa. Seria bom se todos fizessem o mesmo.

Eu me virei, com ódio, para longe da mulher capaz de proferir uma fala tão insensível a alguém recém-salvo da beira da morte. Contudo, eu me sentia lânguido, incapaz de refletir sobre tudo que se passara. Minha vida inteira me parecia mero sonho, e às vezes eu duvidava se era mesmo verdade, pois nada vinha à mente com a força da realidade.

Conforme as imagens que flutuavam à minha frente se tornaram mais distintas, minha febre aumentou. Uma escuridão me esmagou. Ninguém estava ali para me acalmar com a voz gentil do amor, não havia mãos queridas para me dar apoio. O médico veio e receitou remédios, que a senhora preparou para mim, mas total descuido era visível naquele primeiro, e a expressão de brutalidade marcava distintamente o rosto desta segunda. Quem se interessaria pelo destino de um assassino, além do carrasco que seria pago?

Foram essas as minhas primeiras reflexões, mas logo soube que o sr. Kirwin demonstrara enorme bondade para comigo. Ele preparara a melhor cela da prisão (por mais miserável que fosse esse melhor) e fora ele quem arranjara um médico e uma enfermeira. É verdade que ele raramente ia me ver, pois, apesar de fervorosamente desejar aliviar os sofrimentos de todas as criaturas humanas, ele não queria testemunhar as agonias e os devaneios miseráveis de um assassino. Portanto, ele ia vez ou outra, para ver que eu não estava sendo negligenciado, mas as visitas eram curtas e muito espaçadas.

Certo dia, enquanto eu me recuperava gradualmente, estava sentado em uma cadeira, os olhos semiabertos, o rosto lívido como se morto. Subjugado por melancolia e angústia, eu muitas vezes pensava que seria melhor me matar a desejar continuar em um mundo que, para mim, era repleto de desgraças. Certa vez, considerei se deveria confessar minha culpa e sofrer a pena da lei, menos inocente do que a pobre Justine o fora. Era nisso que eu pensava quando a porta da cela foi aberta e o sr. Kirwin entrou. O rosto dele expressava pena e compaixão. Ele aproximou uma cadeira de mim e falou em francês:

– Temo que este lugar seja muito chocante para você. Posso fazer qualquer coisa para aumentar seu conforto?

– Agradeço, mas nada que o senhor mencione serve para mim. Na terra inteira, não há conforto que eu seja capaz de receber.

– Sei que a compaixão de um desconhecido pode não ser grande alívio para alguém, como você, derrotado por um infortúnio tão estranho. Mas você deve, em breve, abandonar esta morada melancólica, pois, sem dúvida, provas facilmente aparecerão para livrá-lo da acusação criminosa.

– Essa é a menor das minhas preocupações. Por uma sequência estranha de acontecimentos, tornei-me o mais miserável dos mortais. Perseguido e torturado como sou e fui, seria a morte um mal tão grande para mim?

– Nada, de fato, deve ser mais infeliz e angustiante do que os acasos estranhos que ocorreram recentemente. Você foi jogado, por um acidente surpreendente, nesta praia, conhecida por sua hospitalidade, onde foi imediatamente preso e acusado de assassinato. A primeira imagem que se apresentou aos seus olhos foi o corpo do seu amigo, assassinado de forma tão misteriosa, e largado, por assim dizer, por um demônio em seu caminho.

Quando o sr. Kirwin disse isso, para além da agitação que eu sentia por relembrar meu sofrimento, também senti considerável surpresa perante o conhecimento que ele parecia ter a meu respeito. Suponho que tenha demonstrado esse choque, pois ele se apressou a continuar:

– Imediatamente após seu adoecimento, todos os documentos que estavam com você foram trazidos para mim e eu os examinei, em busca de informações para que pudesse mandar à sua família um relato do seu infortúnio e da sua doença. Encontrei várias cartas e, entre elas, uma que notei, desde o início, ser do seu pai. Escrevi imediatamente para Genebra, e quase dois meses se passaram desde que mandei a carta... Mas você está doente, e ainda treme. Não está pronto para nenhuma emoção.

– Este suspense é mil vezes pior do que o pior evento. Conte-me que cena de morte foi composta, e que assassinato devo agora lamentar!

– Sua família está perfeitamente bem – disse o sr. Kirwin, gentilmente – e alguém, um amigo, veio visitá-lo.

Não sei por que lógica me veio a ideia, mas imediatamente me ocorreu que o assassino fora zombar de minha desgraça, e me provocar com a morte de Clerval, como mais um incentivo para que eu satisfizesse a seus desejos infernais. Cobri os olhos com a mão e gritei, agoniado:

– Ah! Mande-o embora! Não posso vê-lo, pelo amor de Deus, não o deixe entrar!

O sr. Kirwin me encarou com olhar perturbado. Ele não pôde deixar de ver minha exclamação como indicação de culpa, e falou, em tom bastante severo:

– Eu imaginaria, meu jovem, que a presença do seu pai seria bem-vinda, em vez de inspirar repugnância tão violenta.

– Meu pai! – gritei, cada músculo se relaxando, passando de angústia a alívio. – Meu pai veio? Que bondade, que enorme bondade! Mas onde ele está, e por que não vem correndo?

Minha mudança de expressão surpreendeu positivamente o juiz. Talvez ele tenha acreditado que minha exclamação anterior fosse um lapso momentâneo de delírio, então retomou a benevolência de antes. Ele se levantou, saiu da cela com a enfermeira e, logo depois, meu pai entrou.

Nada, naquele momento, me daria mais prazer do que a chegada do meu pai. Estendi a mão para ele e gritei:

– Você está seguro? E Elizabeth? E Ernest também?

Meu pai me acalmou, garantindo que eles estavam bem, e tentou, demorando-se nesses assuntos que me eram tão queridos, animar meu humor desolado; mas ele logo sentiu que prisões não permitem alegria.

– Que lugar é este em que você vive, meu filho! – disse ele, olhando tristemente para as janelas barradas e para a aparência triste da cela. – Você viajou em busca da felicidade, mas uma fatalidade parece persegui-lo. E o pobre Clerval...

O nome do meu amigo infeliz e assassinado era exageradamente comovente para que eu suportasse ouvir naquele estado frágil. Chorei.

– Ai! Sim, meu pai – respondi –, um destino do pior tipo paira sobre mim, e devo viver para cumpri-lo, senão, certamente, teria morrido no caixão de Henry.

Não pudemos conversar por mais tempo, pois o estado precário da minha saúde tornou necessária qualquer precaução para garantir a calma. O sr. Kirwin entrou, insistindo que minhas forças seriam exauridas se eu fizesse muito esforço. Contudo, a presença do meu pai era como a bênção de um anjo, e eu recuperei, aos poucos, a saúde.

Quando finalmente me restabeleci da doença, fui absorvido por uma melancolia sombria e profunda, que nada dissipava. A imagem de Clerval estava para sempre diante de mim, horrendo e assassinado. Mais de uma vez, a agitação em que tais reflexões me jogavam fez meus amigos temerem uma recaída perigosa. Ai! Por que preservavam uma vida tão miserável e detestável? Era certo que eu deveria cumprir meu destino, que se aproximava cada vez mais. Logo, ah, logo, a morte extinguiria essas palpitações e me aliviaria do peso imenso da angústia que me esmagava até o pó; e, na execução da justiça devida, eu enfim mergulharia em descanso. A aparência da morte me era distante, apesar de o desejo estar sempre presente em pensamento; e muitas vezes eu passava horas sem gesto, nem voz, esperando que alguma revolução potente esmagasse a mim e a meu destruidor em seus escombros.

Aproximava-se a época dos julgamentos. Já fazia três meses que eu estava preso e, apesar de ainda estar fraco, e em perigo constante de recaída, fui obrigado a viajar quase cento e sessenta quilômetros até a cidade onde ficava o tribunal. O sr. Kirwin se responsabilizou, cuidadosamente, pelos testemunhos e pela minha defesa. Fui poupado da desgraça de aparecer em público como criminoso, pois o caso não foi levado ao tribunal de execução. O júri rejeitou a condenação, pois foi provado que eu estava nas ilhas Orkney no momento em que o corpo do meu amigo fora encontrado. Portanto, duas semanas após minha absolvição, fui solto da prisão.

Meu pai estava exultante ao me ver livre da vexação de uma condenação criminal, mais uma vez podendo respirar ar fresco e voltar ao meu país de origem. Não compartilhei dos sentimentos; pois, para mim, as paredes de uma cela ou de um palácio eram igualmente odiosas. A taça da vida estava para sempre envenenada e, apesar de o sol brilhar sobre mim, assim como o fazia com aqueles de coração leve e feliz, eu só via ao meu redor uma escuridão densa e terrível, na qual não penetrava luz alguma além de dois olhos que me encaravam. Às vezes, eram os olhos expressivos de Henry, definhando na morte, os globos escuros quase cobertos pelas pálpebras, com os cílios longos e pretos que os cercavam; outras vezes, eram os olhos aguados e opacos do monstro, como eu os vira pela primeira vez no quarto de Ingolstadt.

Meu pai tentou reavivar em mim as sensações de afeto. Ele falou de Genebra, que eu logo visitaria, de Elizabeth e Ernest; mas tais palavras só acenderam em mim gemidos profundos. Às vezes, de fato, eu sentia desejo de felicidade; e pensava, com deleite melancólico, na minha amada prima, ou ansiava, com uma *maladie du pays*[9] faminta, rever o lago azul e o rápido Reno, que me eram tão caros na juventude. Contudo, meu estado geral era de torpor, e por isso a prisão era uma residência tão bem-vinda quanto o cenário mais divino da natureza, e esses ataques raramente eram interrompidos, a não ser por paroxismos de angústia e desespero. Nesses momentos, muitas vezes tentei acabar com a existência que eu odiava, e foram necessárias atenção e vigilância incessantes para me impedir de cometer algum ato brutal de violência.

Restava ainda, contudo, um dever, cuja lembrança finalmente triunfa sobre meu desespero egoísta. Era necessário que eu voltasse sem delongas para Genebra, onde cuidaria da vida daqueles que tanto amava e esperaria pelo assassino, para que, se qualquer sorte me levasse a seu esconderijo, ou se ele mais uma vez ousasse me atormentar com sua presença, eu pudesse, com alvo infalível, acabar com a existência da imagem monstruosa a quem eu outorgara uma alma patética ainda mais monstruosa. Meu pai ainda queria atrasar nossa partida, temendo que eu não suportasse o cansaço da viagem, pois eu era uma desgraça estilhaçada, a sombra de um ser humano. Minha força se fora. Eu era um mero esqueleto, e a febre, dia e noite, devorava meu corpo gasto.

Ainda assim, com minha insistência inquieta e impaciente para ir embora da Irlanda, meu pai achou melhor ceder. Embarcamos em um navio rumo a Havre-de-Grace, e um vento agradável nos levou da costa irlandesa. Era madrugada. Eu me deitei no convés, e

---

[9] Nostalgia mortal; melancolia por estar longe de casa, que se transforma em enfermidade fatal. (N.P.)

fiquei olhando para as estrelas e ouvindo a colisão das ondas. Acolhi a escuridão que escondeu a Irlanda de vista e meu peito bateu em um ritmo de alegria febril quando pensei que logo veria Genebra. O passado me vinha iluminado como um pesadelo terrível; contudo, o navio em que eu me encontrava, o vento que me soprava para longe da detestável praia irlandesa, e o mar que me cercava me diziam, com força até demais, que eu não fora enganado por visão alguma, e que Clerval, meu amigo e mais querido companheiro, fora vítima minha, e do monstro que eu criara. Repassei, em memória, minha vida toda; minha felicidade tranquila vivendo com a família em Genebra, a morte de minha mãe e minha ida a Ingolstadt. Lembrei, com um calafrio, o entusiasmo louco que me levara a criar meu inimigo horrendo, e rememorei a noite em que ele ganhou vida. Fui incapaz de continuar tal reflexão; mil sentimentos me engoliram, e chorei com amargor.

Desde que eu me recuperara da febre, desenvolvera o costume de, toda noite, tomar um pouco de láudano, pois era por meio dessa droga que eu conseguia descansar o suficiente para me manter vivo. Oprimido pela lembrança dos meus vários infortúnios, engoli o dobro da minha dose costumeira, e caí em sono profundo. Contudo, o sono não me aliviou dos pensamentos e da tristeza; meus sonhos me apresentaram mil objetos assustadores. Perto da manhã, fui possuído por uma espécie de pesadelo: senti as mãos do demônio em meu pescoço, e não consegui me soltar, gemidos e gritos ecoando em meus ouvidos. Meu pai, que cuidava de mim, ao perceber minha angústia, me acordou. As ondas colidiam ao nosso redor, o céu nebuloso estava lá em cima, e o demônio não estava ali. Uma sensação de segurança, a impressão de que uma trégua fora estabelecida entre aquela hora presente e o futuro irresistível e desastroso, me forneceu uma espécie de esquecimento calmo, ao qual a mente humana é, por estrutura, especialmente suscetível.

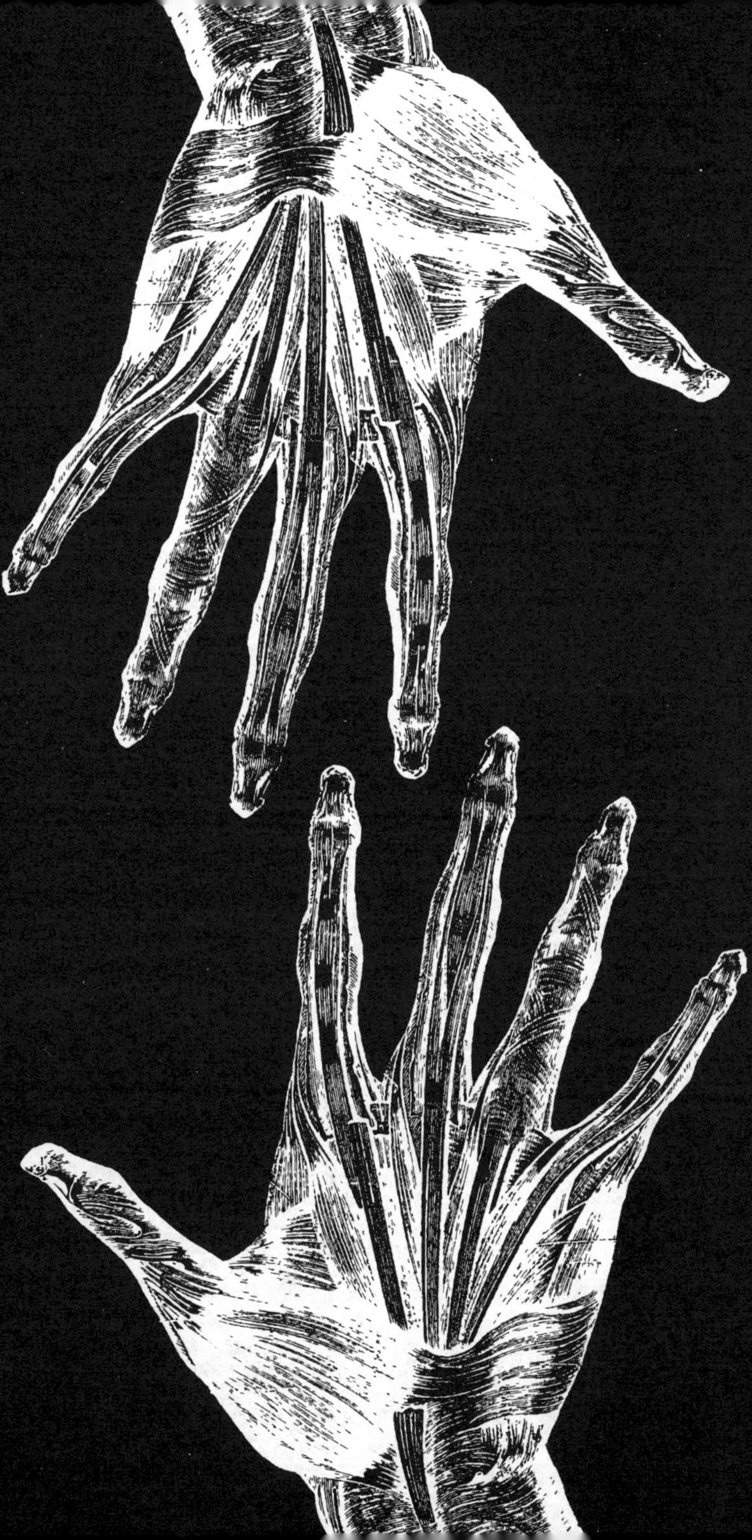

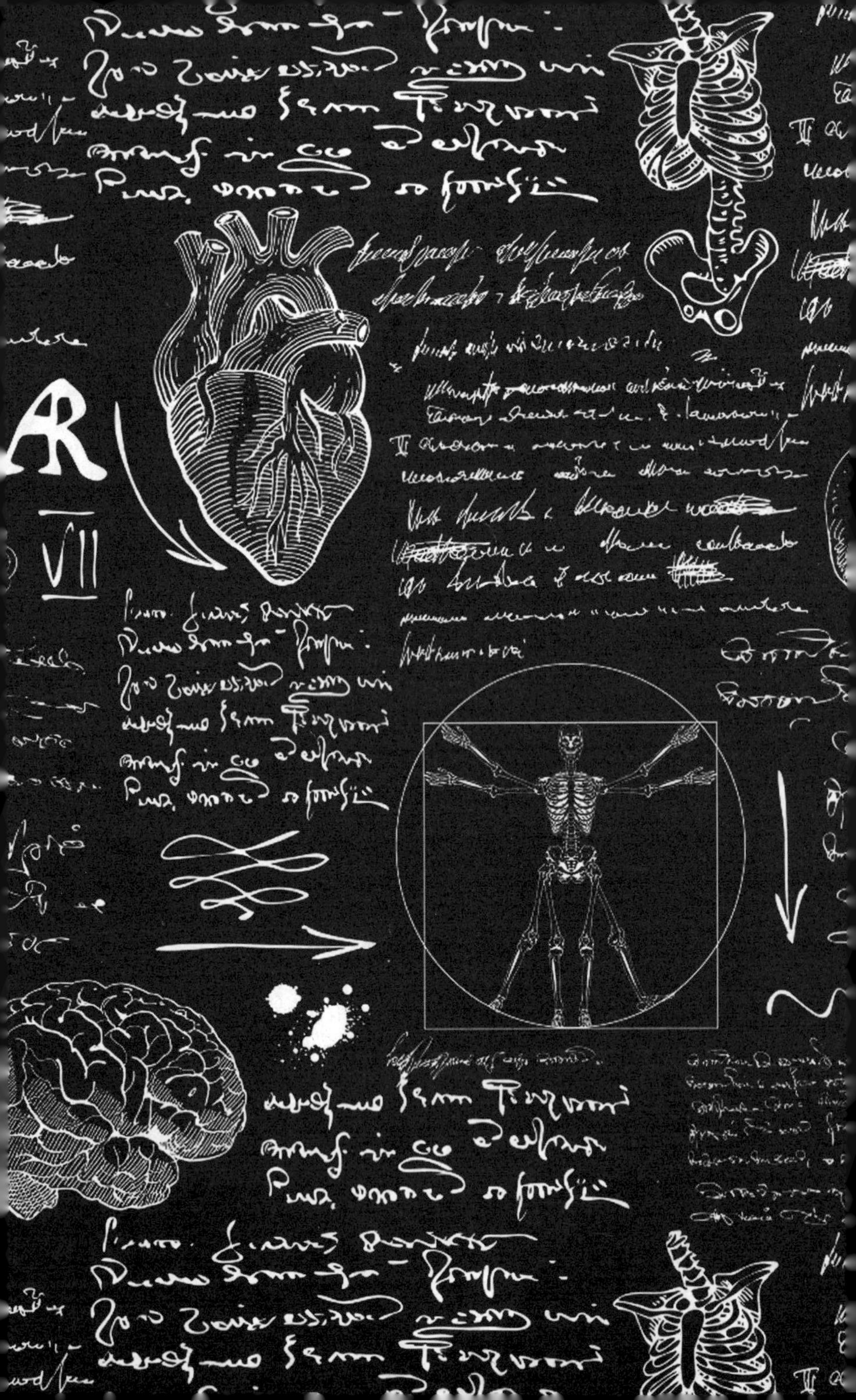

CAPÍTULO 22

A viagem chegou ao fim. Desembarcamos e seguimos até Paris. Notei que tinha me esforçado mais do que aguentava, e precisava descansar antes de poder continuar. O cuidado e a atenção do meu pai eram incansáveis, mas ele não sabia a origem do meu sofrimento e usava métodos equivocados para remediar o mal incurável. Ele queria que eu me divertisse na sociedade. Eu abominava o rosto humano. Ah, não, não abominava! Eram meus irmãos, meus conterrâneos, e eu me sentia atraído até pelo mais repulsivo entre eles, todos criaturas de natureza angelical e mecanismo celeste. Contudo, eu sentia que não tinha direito de me misturar. Eu soltara um inimigo entre eles, cuja alegria era derramar sangue e se deleitar com gemidos de dor. Todos eles, cada um, me rejeitaria e me caçaria do mundo, se soubessem meus atos profanos e os crimes originados em mim!

Meu pai cedeu, por fim, ao meu desejo de evitar a sociedade, e tentou, por meio de vários argumentos, banir minha angústia. Às vezes, ele achava que eu sentia profundamente a degradação de ser obrigado a responder a uma acusação de assassinato, e tentava provar a futilidade do orgulho.

– Ah, meu pai – disse a ele –, você me conhece tão pouco. Os seres humanos, com seus sentimentos e paixões, seriam mesmo degradados se um desgraçado como eu sentisse orgulho. Justine, a pobre e infeliz Justine, era tão inocente quanto eu, e sofreu com a mesma acusação. Ela morreu por isso, e foi por minha causa. Eu a matei. William, Justine e Henry, todos foram mortos por mim.

Enquanto eu estava preso, meu pai muitas vezes me ouvira fazer a mesma declaração; quando eu me acusava de tal forma, ele às vezes desejava explicação e, outras vezes, parecia considerar um delírio que, durante minha doença, se apresentara à minha imaginação e cuja memória eu preservava durante a melhora. Evitei explicar e mantive silêncio quanto ao desgraçado que eu criara. Eu achava que seria considerado louco, e só por isso já me calava. Contudo, além do mais, eu não conseguia revelar um segredo que encheria o ouvinte de consternação, levando medo e horror sobrenaturais a viverem em seu peito. Portanto, contive minha sede impaciente por compaixão, e me calei, mesmo que quisesse dar o mundo apenas para confessar aquele segredo fatal. Entretanto, palavras como essas que mencionei escapavam de mim, incontroláveis. Eu não podia explicá-las, mas a verdade aliviava, um pouco, o peso da minha dor misteriosa.

Nessa ocasião, meu pai falou, com uma expressão de assombro extremo:

– Meu querido Victor, que delírio é esse? Meu filho querido, imploro que você nunca mais faça uma declaração desse tipo.

– Não estou louco! – gritei energicamente. – O sol e o céu, que viram minhas ações, podem testemunhar a verdade. Sou o assassino dessas vítimas inocentíssimas, que morreram por minhas maquinações. Eu derramaria meu próprio sangue mil vezes, gota a gota, para salvar suas vidas. Contudo, não pude, pai, não pude sacrificar toda a espécie humana.

A conclusão desse discurso convenceu meu pai de que minhas ideias eram delirantes e ele imediatamente mudou o assunto da conversa, tentando mudar também meus pensamentos. Ele queria, como possível, obliterar a memória do que acontecera na Irlanda, e nunca aludia àqueles acontecimentos, nem me ouvia falar de meus infortúnios.

Com o passar do tempo, me acalmei um pouco. A tristeza vivia em meu peito, mas eu não falava mais tão incoerentemente sobre meus crimes; me bastava a consciência deles. Por meio da maior violência autoinfligida, eu contive a voz imperiosa da miséria, que às vezes queria se declarar para o mundo, e meus modos se tornaram mais calmos e compostos do que tinham sido desde minha viagem ao mar de gelo.

Poucos dias antes de sairmos de Paris em direção à Suíça, recebi a seguinte carta de Elizabeth:

"Meu caro Amigo,
"Foi um enorme prazer receber uma carta do meu tio com endereço de Paris. Vocês não estão mais a uma distância tão formidável, e tenho esperança de vê-los em menos de duas semanas. Meu primo, coitado, como você deve ter sofrido! Acredito que vou vê-lo ainda mais adoecido do que quando saiu de Genebra. Este inverno passou horrivelmente, pois eu estava torturada por suspense ansioso; contudo, tenho esperança de ver paz em seu rosto, e descobrir que seu coração não está inteiramente privado de conforto e tranquilidade.

"Contudo, temo a existência dos mesmos sentimentos que o tornaram tão infeliz um ano atrás, talvez até aumentados pelo tempo. Não quero incomodá-lo nesse período, com tantos infortúnios pesando sobre você, mas uma conversa que eu tive com meu tio antes da partida dele exige certas explicações antes de nos reencontrarmos.

"'Explicações?', talvez você diga. 'O que Elizabeth pode ter a explicar?' Se for mesmo essa a sua reação, minhas perguntas foram respondidas e não tenho mais dúvidas. Mas, distante de mim, talvez você tema essa explicação, e ao mesmo tempo se satisfaça com ela; e, sendo isso provável, não ouso mais demorar para escrever o que, em sua ausência, desejei muito lhe expressar, sem nunca ter a coragem de começar.

"Você sabe bem, Victor, que nossa união foi o plano favorito dos seus pais desde nossa infância. Soubemos disso quando pequenos, e nos ensinaram a esperá-la como um evento que certamente aconteceria. Fomos companheiros afetuosos de brincadeiras quando crianças e, acredito, amigos queridos e valorizados conforme crescemos. Mas, assim como irmãos e irmãs podem desenvolver forte afeto, sem desejar uma união mais íntima, não pode também ser esse o nosso caso? Diga-me, querido Victor. Responda, imploro, em nome de nossa felicidade mútua, com a mais simples verdade: Você ama outra?

"Você viajou, passou vários anos em Ingolstadt, e confesso, amigo, que, quando o vi tão infeliz no outono passado, se escondendo, na solidão, da companhia de todas as criaturas, não pude deixar de supor que você se arrependia de nossa conexão e acreditava-se preso, por honra, aos desejos dos seus pais, mesmo que eles se opusessem às suas inclinações. Mas essa lógica é falsa. Confesso, amigo, que o amo, e que, nos meus sonhos etéreos de futuro, você sempre foi meu amigo e companheiro constante. Mas é a sua felicidade que desejo, além da minha, ao declarar que nosso casamento me tornaria eternamente infeliz, a não ser que isso fosse sua própria escolha. Mesmo agora choro ao pensar que, carregando o peso dos infortúnios mais cruéis, você ainda extinga, em nome da *honra*, toda esperança de amor e felicidade que poderiam restaurá-lo inteiramente. Eu, cujo afeto por você é tão desinteressado, posso aumentar sua tristeza em dez vezes se estiver sendo um obstáculo ao seu desejo. Ah! Victor, tenha certeza de que sua prima e amiga nutre um amor sincero demais por você para não sentir tristeza com tal suposição. Seja feliz, meu amigo; e, se me obedecer neste simples pedido, saiba que nada na terra terá o poder de interromper minha tranquilidade.

"Não deixe que esta carta o incomode. Não responda amanhã, nem depois de amanhã, nem mesmo antes de voltar, se isso for lhe causar dor. Meu tio me mandará notícias sobre a sua saúde; e, se houver um ínfimo sorriso em seu rosto quando nos virmos, seja resultado deste ou de algum outro esforço meu, não precisarei de nenhuma outra felicidade.

"*Elizabeth Lavenza*.
"Genebra, 18 de maio de 17__."

Esta carta reviveu em minha memória aquilo que eu esquecera: a ameaça do demônio – "Eu o verei em sua noite de núpcias!". Era essa minha pena e, naquela noite, a criatura usaria qualquer artifício para me destruir e me arrancar do vislumbre de felicidade que prometia consolar, pelo menos em parte, meu sofrimento. Naquela noite, ele decidira que consumaria seus crimes por meio de minha morte. Bem, que seja; uma luta fatal certamente ocorreria e, se ele fosse vitorioso, eu finalmente estaria em paz, e o poder dele sobre mim teria chegado ao fim. Se ele fosse derrotado, eu estaria livre. Mas, ai!, que liberdade seria essa? Como o camponês cuja família fora massacrada diante de seus olhos, sua casa, queimada, suas terras, arrasadas, e acaba à deriva, sem moradia, sem dinheiro e solitário, mas livre. Seria essa minha liberdade, exceto que eu tinha um tesouro, Elizabeth; contudo, os horrores do remorso e da culpa me perseguiriam até a morte.

Doce e amada Elizabeth! Li e reli a carta, e um sentimento suave se infiltrou em meu peito e ousou sussurrar sonhos paradisíacos de amor e alegria; mas a maçã já fora comida, e o braço do anjo estava exposto para me arrancar de qualquer esperança. Ainda assim, eu morreria para fazê-la feliz. Se o monstro cumprisse a ameaça, a morte era inevitável; contudo, considerei se meu casamento apressaria meu destino. Minha destruição talvez chegasse alguns meses antes; mas, se meu torturador suspeitasse que eu adiara o evento, influenciado pelas ameaças, ele certamente encontraria outro modo de vingança, talvez ainda mais cruel. Ele jurara *me ver em minha noite de núpcias*, mas não considerava que a ameaça prometia paz enquanto isso; pois, para me mostrar que ainda não saciara a sede de sangue, ele assassinara Clerval imediatamente após me fazer juras de morte. Decidi, portanto, que, se minha união imediata com minha prima levasse à felicidade dela ou à do meu pai, a ameaça de meu adversário contra minha vida não deveria atrasá-la uma hora que fosse.

Foi nesse estado que escrevi para Elizabeth. Minha carta era calma e afetuosa. "Temo, moça amada, que nos reste pouca felicidade na terra; contudo, tudo o que eu posso um dia amar se centra em você. Afaste seus medos vãos; consagro minha vida a você, e somente a você, assim como meus esforços de prazer. Tenho um segredo, Elizabeth, um segredo horrendo; quando eu o revelar, seu corpo congelará de pavor e, em vez de se surpreender com minha infelicidade, você só se chocará por eu ter sobrevivido ao que aguentei. Confessarei essa história de infelicidade e terror no dia de nosso casamento; pois, prima querida, devemos ser perfeitamente sinceros. Até lá, no entanto, imploro que não mencione ou aluda a esse fato. É minha súplica mais sincera, que sei que você respeitará".

Por volta de uma semana após a chegada da carta de Elizabeth, voltamos a Genebra. Minha doce amiga me recebeu com afeto; mas havia lágrimas em seus olhos ao ver meu corpo macilento e meu rosto febril. Também vi que ela mudara. Estava mais magra e perdera muito da vivacidade celestial que sempre me encantara; mas a suavidade dela, e os olhares doces de compaixão, a tornaram uma companheira mais adequada para um ser tão derrotado e miserável quanto eu.

A tranquilidade que senti então não durou. A memória trouxe com ela a loucura e, quando eu pensei no que vivera, uma verdadeira insanidade me possuiu. Às vezes, eu ficava furioso, ardendo de ira; outras vezes, quieto e melancólico. Não falava, nem olhava para ninguém, e ficava imóvel, sentado, atordoado pela multidão de infortúnios que me subjugavam.

Só Elizabeth tinha o poder de me tirar desses acessos; a voz doce dela me acalmava quando eu era transportado por emoção, e me inspirava sentimentos humanos quando eu estava mergulhado em estupor. Ela chorava comigo, e por mim. Quando minha razão voltava, ela argumentava e tentava me inspirar resignação. Ah! Cabe bem ao infeliz a resignação, mas o culpado não conhece paz. As agonias do remorso envenenam o luxo que se encontra às vezes no excesso de luto.

Pouco depois de minha chegada, meu pai falou do meu casamento imediato com Elizabeth. Fiquei quieto.

– Você tem, então, outro compromisso?

– Nenhum nesta terra. Amo Elizabeth, e espero com prazer nossa união. Marquemos, então, o dia; quando chegar, me dedicarei, em vida e morte, à felicidade de minha prima.

– Meu querido Victor, não fale assim. Desventuras sombrias nos afetaram, mas vamos nos agarrar ao que resta e transferir nosso amor por aqueles que perdemos para aqueles que ainda vivem. Nosso círculo será pequeno, mas unido por afeto e tristeza mútua. E, quando o tempo suavizar seu desespero, novos e queridos alvos de carinho nascerão para substituir aqueles de que fomos tão cruelmente privados.

Foram essas as lições do meu pai. Entretanto, a lembrança da ameaça me voltou. Você não deve se surpreender por, visto a onipotência que o demônio demonstrar em seus atos sanguinários, eu vê-lo como quase invencível; e, ao ouvi-lo pronunciar "Eu o verei em sua noite de núpcias", considerar o destino ameaçado como inevitável. Contudo, a morte não me era um mal, se a alternativa fosse perder Elizabeth; portanto, com uma expressão contente, até alegre, concordei com meu pai que, se minha prima aceitasse, a cerimônia ocorreria dez dias depois. Assim, imaginei, selei meu destino.

Meu Deus! Se, por um instante, eu tivesse imaginado a intenção demoníaca do meu adversário monstruoso, eu teria preferido me exilar para sempre do país e vagar pela terra como um enjeitado sem amigos a consentir com esse infeliz casamento. Contudo, como se dotado de poderes mágicos, o monstro ofuscara suas verdadeiras intenções; e, quando eu achei ter preparado apenas minha própria morte, eu fiz uma vítima muito mais querida.

Conforme se aproximava a data do nosso casamento, fosse por covardia ou por presságio profético, senti o coração afundar no peito. Entretanto, disfarcei meus sentimentos me mostrando alegre, trazendo sorrisos e felicidade ao rosto do meu pai, apesar de não enganar em nada o olhar bondoso e sempre atento de Elizabeth. Ela aguardava nossa união com contentamento plácido, misturado a um certo medo, causado por desventuras anteriores, de que aquilo que parecia felicidade certa e tangível pudesse logo se dissipar em um sonho etéreo, deixando para trás apenas arrependimento profundo e eterno.

Foram feitas as preparações para o evento; recebemos visitas dos que vieram nos parabenizar, todos sorridentes. Eu contive, como pude, a ansiedade que devorava meu peito, e entrei com aparente sinceridade nos planos do meu pai, apesar de servirem apenas como decoração à minha tragédia. Por insistência do meu pai, parte da herança de Elizabeth fora entregue a ela pelo governo austríaco. Ela tinha terras nas margens do Como. Decidiu-se que, imediatamente após a cerimônia, iríamos a Villa Lavenza, onde passaríamos os primeiros dias de felicidade ao lado do belo lago.

Enquanto isso, tomei todas as precauções para me defender, no caso de o demônio me atacar diretamente. Carregava sempre comigo pistolas e uma adaga, e estava sempre atento para me proteger de estratagemas. Assim, ganhei um pouco mais de tranquilidade. De fato, conforme a data se aproximava, a ameaça me parecia mais ilusória, sem merecer a perturbação de minha paz, enquanto a felicidade que eu esperava no casamento ganhava mais certeza, pois o dia da cerimônia estava mais perto e eu ouvia falar dele como um acontecimento que não seria impedido por acidente algum.

Elizabeth parecia feliz; meu comportamento tranquilo contribuía muito para a calma dela. Entretanto, no dia que eu satisfaria ao meu desejo e destino, ela estava melancólica, tomada por um mau presságio; talvez ela também pensasse no segredo horrendo que eu prometera revelar no dia seguinte. Enquanto isso, meu pai transbordava de alegria e, na agitação das preparações, reconheceu na melancolia da sobrinha apenas a modéstia de uma noiva.

Depois da cerimônia, um grupo foi festejar na casa do meu pai; contudo, foi combinado que eu e Elizabeth deveríamos começar nossa jornada por água, passar a noite em Evian, e continuar a viagem no dia seguinte. O dia estava claro e o vento, favorável, e todos sorriram para nossa embarcação nupcial.

Foram os últimos momentos da vida em que senti felicidade. Navegamos rápido. O sol estava quente, mas íamos protegidos do calor por uma espécie de toldo, e admiramos a vista, às vezes de um lado do lago, onde vimos Mont Salêve, as belas margens e Montalègre e, à distância, acima de tudo, o belo Mont Blanc e o agrupamento de montanhas nevadas que tentavam emulá-lo, em vão; e outras vezes, do lado oposto, víamos o poderoso Jura mostrando seu lado sombrio contra a ambição de abandonar seu país, e como barreira quase intransponível ao invasor que quisesse conquistá-lo.

Peguei a mão de Elizabeth.

– Você está triste, meu amor. Ah, se soubesse o que sofri, e o que ainda sofrerei, tentaria me permitir aproveitar a tranquilidade e a liberdade do desespero que este único dia, ao menos, me permite sentir.

– Fique feliz, meu querido Victor – disse Elizabeth. – Não há, espero, nada para angustiá-lo. E saiba que, mesmo que meu rosto não expresse alegria aguda, meu coração está contente. Algo sussurra para mim que eu não devo depender demais do futuro que se abriu diante de nós, mas não ouvirei uma voz tão sinistra. Observe como avançamos rápido, e como as nuvens, que às vezes cobrem e às vezes sobrevoam o cume do Mont Blanc, tornam este cenário belo ainda mais interessante. Veja também os inúmeros peixes nadando nestas águas límpidas, onde podemos distinguir cada pedrinha do fundo. Que dia divino! Que feliz e serena a natureza!

Assim, Elizabeth tentou distrair nossos pensamentos de qualquer reflexão melancólica. Entretanto, o humor dela estava volúvel; certa alegria brilhava em seus olhos por alguns instantes, mas sempre dava lugar à distração e ao devaneio.

O sol desceu pelo céu. Passamos pelo rio Drance, e observamos seu trajeto pelos abismos das colinas mais altas, e pelos vales das mais baixas. Os Alpes ali ficam mais próximos do lago, e chegamos ao anfiteatro de montanhas que formam a fronteira ao leste. O pináculo do Evian reluzia sob os bosques que o cercavam, e a cordilheira de montanha atrás de montanha que se erguia sobre dele.

O vento, que até então nos carregara com velocidade impressionante, acalmou-se e tornou-se uma brisa mais leve com o pôr do sol. O ar suave meramente eriçava a água, causando um movimento agradável entre as árvores conforme nos aproximávamos da margem, de onde emanava o perfume delicioso de flores e feno. O sol afundou no horizonte quando desembarcamos; e, quando pisei na orla, senti a volta das preocupações e dos medos que logo me agarrariam e nunca mais me soltariam.

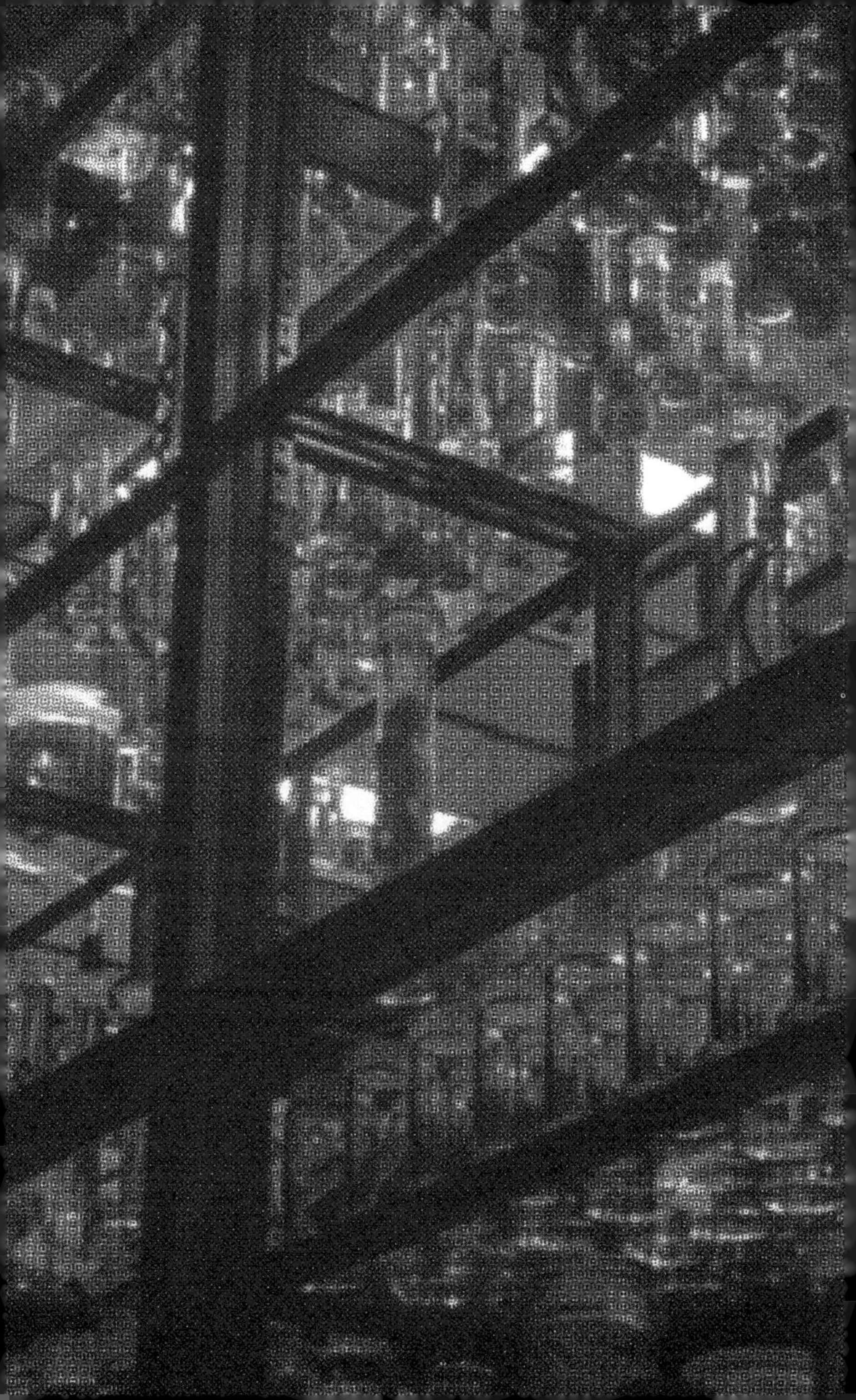

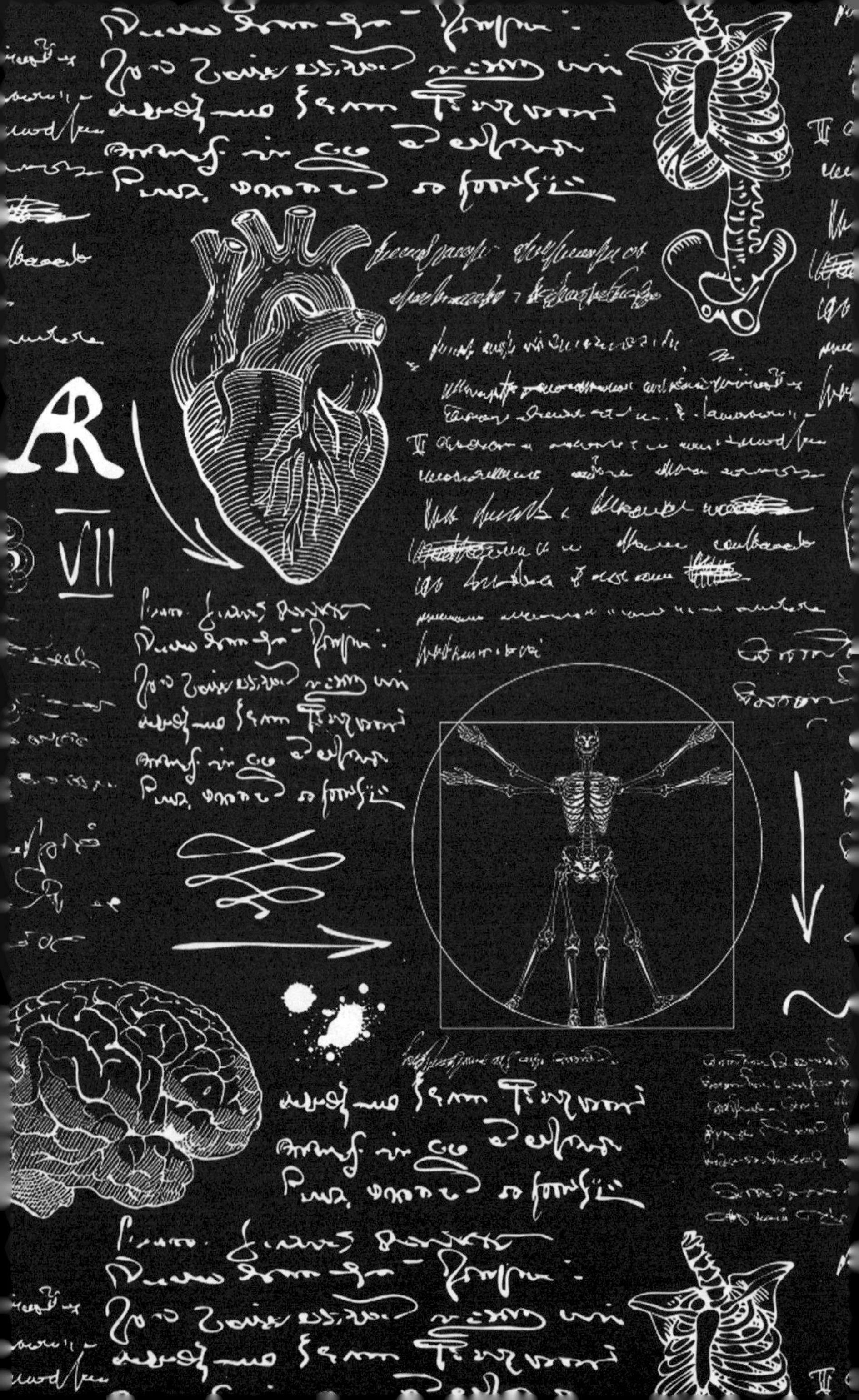

CAPÍTULO 23

Eram oito da noite quando chegamos. Caminhamos um pouco pela orla, admirando a luz transitória, antes de nos retirarmos para a pousada, onde contemplamos a linda paisagem de água, bosque e montanhas, coberta por sombras, mas ainda exibindo silhuetas escuras.

O vento, que diminuíra ao sul, crescia em violência ao oeste. A lua chegara ao ápice nos céus, e começava a descer. As nuvens corriam na frente dela com maior velocidade do que as asas de um abutre, encobrindo seus raios, enquanto o lago refletia o céu inquieto, ainda mais agitado pelas ondas que começavam a se mexer. De repente, caiu uma tempestade forte.

Eu passara o dia calmo, mas, assim que a noite obscureceu os objetos ao redor, mil medos surgiram em minha mente. Eu estava ansioso e atento, minha mão direita agarrada à pistola escondida sobre meu peito. Todos os sons me assustavam, mas decidi que daria minha vida de bom grado, sem fugir do conflito até que eu, ou meu adversário, morresse.

Elizabeth observou minha agitação por algum tempo, em silêncio tímido e assustado, mas algo em meu olhar comunicou meu terror e, trêmula, ela perguntou:

– O que o perturba, querido Victor? O que você teme?

– Ah! Paz, paz, meu amor – respondi –, nesta noite, e estaremos seguros. Mas esta noite está horrenda, horrenda.

Permaneci nesse estado por uma hora, até que, de repente, me dei conta do quão aterrorizante o iminente confronto seria para minha esposa. Com insistência, implorei para que ela se afastasse, prometendo reunir-me a ela apenas quando tivesse notícias concretas sobre a situação do meu inimigo.

Ela me deixou e eu continuei, por algum tempo, a subir e descer pelos corredores da casa, inspecionando cada canto que oferecesse esconderijo ao meu adversário. Sem encontrar qualquer rastro dele, comecei a imaginar que alguma sorte interferira para prevenir a execução das ameaças; até que, de repente, ouvi um grito esganiçado e apavorado. Vinha do quarto onde Elizabeth fora se deitar. Ao ouvi-la, a verdade da situação me ocorreu violentamente. Abaixei os braços, e o movimento de todos os músculos e as fibras foi suspenso. Eu sentia o sangue correr pelas veias, formigando nas extremidades do corpo. Esse estado só durou um instante. O grito se repetiu, e corri até o quarto.

Meu Deus! Por que não morri?! Por que estou aqui, relatando a destruição da melhor esperança, da criatura mais pura da terra? Ela estava ali, falecida e inerte, largada na cama, a cabeça caída, o rosto lívido e distorcido meio coberto pelos cabelos. Aonde quer que eu vá, vejo a mesma imagem: os braços pálidos e o corpo débil jogado pelo assassino no ataúde matrimonial. Como fui capaz de ver aquilo e sobreviver? Ai! A vida é obstinada e se agarra mais forte quanto mais é odiada. Por um mero momento, perdi a consciência e caí desmaiado ao chão.

Quando me recuperei, me vi cercado pelas pessoas da pousada, os rostos expressando um terror sôfrego. O horror dos outros me parecia mera zombaria, uma sombra dos sentimentos que me esmagavam. Escapei deles até o quarto onde se encontrava o corpo de Elizabeth, meu amor, minha esposa, tão viva, tão querida, tão digna. Ela fora tirada da posição em que eu a vira antes; ali, deitada com a cabeça sobre o braço, com um lenço cobrindo o rosto e o pescoço, eu poderia supô-la adormecida. Corri até ela e a abracei com fervor, mas o torpor funesto e a gelidez do corpo me disseram que aquilo em meus braços não era mais a Elizabeth que eu amava e estimava. A ferida assassina das mãos do demônio marcava seu pescoço, e não havia mais sopro emanando de seus lábios.

Ainda jogado sobre ela em agonia desesperada, ergui o olhar. As janelas do quarto tinham antes sido fechadas, e senti um certo pânico ao ver a luz pálida e amarelada da lua iluminar o cômodo. As persianas tinham sido abertas e, com uma sensação de horror indescritível, vi na janela aberta uma figura horrenda e abominável. Havia um sorriso no rosto do monstro; ele parecia escarnecer, apontando com o dedo demoníaco para o cadáver de minha esposa. Corri até a janela e, tirando a pistola do meu peito, atirei; mas ele se esquivou, pulou do parapeito e, correndo com a rapidez de um raio, mergulhou no lago.

O estrondo da pistola atraiu uma multidão ao quarto. Apontei para o lugar onde ele sumira e seguimos seu rastro com barcos; jogamos redes, mas foi em vão. Depois de várias horas, voltamos, impotentes, a maioria dos meus companheiros acreditando ter sido uma forma conjurada por minha imaginação. Depois de desembarcar, eles começaram a buscar por terra, grupos indo em direções diferentes, entre bosques e videiras.

Tentei acompanhá-los, me afastando um pouco da casa, mas minha cabeça girava, meus passos hesitantes como os de um bêbado, e finalmente caí em um estado de exaustão extrema. Meus olhos ficaram embaçados, minha pele ressequida pelo calor febril. Nesse estado fui carregado de volta e posto na cama, mal consciente do que acontecera; meu olhar percorreu o quarto, como se procurasse um objeto perdido.

Depois de certo tempo, me levantei e, como se por instinto, me arrastei até o quarto onde se encontrava o cadáver de minha amada. Havia mulheres chorando ali, e eu me aproximei, juntando às delas as minhas lágrimas tristes. Enquanto isso, nenhuma ideia distinta se apresentava a mim, e meus pensamentos vagavam por vários assuntos, refletindo, confuso, sobre meus infortúnios e suas causas. Eu estava atordoado, em uma névoa de assombro e horror. A morte de William, a execução de Justine, o assassinato de Clerval, e finalmente de minha esposa. Mesmo então, eu não sabia se meus únicos amigos sobreviventes estavam seguros da crueldade do demônio; meu pai talvez estivesse naquele mesmo instante se debatendo em desespero, e Ernest, morto a seus pés. Essa ideia me causou um calafrio e me incitou a agir. Com um pulo, decidi voltar a Genebra o mais rápido possível.

Não havia cavalos a alugar, e precisei voltar pelo lago; mas o vento estava desfavorável e a chuva caía torrencialmente. Entretanto, mal era manhã, então eu podia ter alguma esperança de chegar ainda na mesma noite. Contratei homens para remar, e peguei um remo também, pois eu sempre sentira alívio da tortura mental na prática do exercício físico. Contudo, a tristeza transbordante que eu sentia, e o excesso de agitação que sofrera, tornara-me incapaz de qualquer esforço. Joguei o remo de lado e, apoiando a cabeça nas mãos, cedi às ideias mais sombrias que me surgiram. Se eu olhasse para cima, via cenas familiares a mim em tempos mais felizes, que eu contemplara no dia anterior, na companhia daquela que se tornara mera sombra e lembrança. Lágrimas escorreram dos meus olhos. A chuva cessou por um momento, e vi peixes brincarem nas águas como faziam poucas horas antes, quando foram observados por Elizabeth. Nada dói tanto na mente humana quanto uma mudança enorme e repentina. O sol poderia brilhar, ou as nuvens, baixar, mas nada me pareceria como era no dia anterior. Um demônio arrancara de mim qualquer esperança de felicidade futura. Nenhuma criatura já fora tão miserável quanto eu; um acontecimento tão horrendo é ímpar na história humana.

Por que me demoro nos incidentes que se seguiram a este último acontecimento esmagador? Minha história foi de terror; cheguei ao acme, e o que tenho a relatar a seguir só pode ser entediante. Saiba que, um a um, meus amigos me foram arrancados; fui abandonado sozinho. Minha própria força se exauriu, e preciso contar, em poucas palavras, o que resta de minha narrativa horrenda.

Cheguei a Genebra. Meu pai e Ernest ainda estavam vivos, mas meu pai desabou com a notícia que eu levei. Eu o vejo ainda agora, um senhor tão excelente e venerável! Os olhos dele vagaram, vazios, pois tinham perdido o encanto e o prazer de Elizabeth, mais que sua filha, que ele adorava com todo o afeto de um homem que, no declínio da vida, com pouca família, se agarra aos amores que restam. Maldito, maldito seja o demônio que levou a desventura aos cabelos grisalhos do meu pai, e o condenou a definhar em miséria! Ele não podia viver sob os horrores acumulados ao seu redor; a fonte da existência de repente secou. Ele não conseguia mais se levantar da cama e, em poucos dias, morreu em meus braços.

O que foi feito de mim então? Não sei. Perdi os sentidos, e só me afetavam a escuridão e as correntes. Às vezes, eu sonhava que caminhava por campos floridos e vales agradáveis com os amigos da juventude, mas, ao acordar, me encontrava em uma masmorra. A melancolia se seguiu, mas, aos poucos, ganhei uma noção mais clara dos meus desastres e da minha situação, e fui, assim, solto da prisão. Pois tinham me considerado louco e, por muitos meses, pelo que entendi, uma cela solitária fora minha morada.

Liberdade, contudo, me seria um presente inútil, se eu não tivesse, ao voltar à razão, voltado ao mesmo tempo à vingança. Quando as memórias de dores passadas me invadiram, comecei a refletir sobre a causa: o monstro que eu criara, o demônio miserável que eu soltara no mundo para minha destruição. Eu fui possuído por uma fúria transloucada ao pensar nele, e desejava, rogando fervorosamente, agarrá-lo em minhas mãos, para vingar-me com suprema e imensa violência.

Meu ódio não se restringiu por muito tempo a desejos vãos. Comecei a refletir sobre o melhor método de cumpri-lo e, por isso, por volta de um mês após ser solto, me apresentei a um juiz criminal da cidade e falei que tinha uma acusação a fazer, que conhecia o destruidor da minha família, e que exigia que ele usasse toda a sua autoridade para prender o assassino.

O juiz me ouviu com atenção e bondade.

– Tenha certeza, senhor – disse ele –, de que não pouparei esforços e recursos para descobrir o vilão.

– Agradeço – respondi. – Portanto, escute o testemunho que tenho a fazer. É uma história tão estranha que eu temeria que o senhor não acreditasse, se não houvesse algo na verdade, por mais irreal, que force a convicção. Esse caso é coeso demais para ser considerado um sonho, e não tenho motivos para mentir.

Meu semblante, ao me dirigir a ele, era impressionante, mas calmo. Eu formara, no coração, uma decisão de perseguir meu destruidor até a morte, e esse propósito acalmara minha agonia e, por um momento, me reconciliou com a vida. Contei, então, minha história, de forma breve, mas firme e precisamente, indicando as datas exatas, sem rodeios de injúria ou exclamação.

O juiz, a princípio, pareceu inteiramente incrédulo, mas, conforme eu prossegui, demonstrou mais atenção e interesse. Às vezes, eu o via estremecer de horror, e, em outros momentos, uma surpresa viva, sem descrença, tomava sua expressão.

Quando concluí a narrativa, disse:

– É este o ser que acuso, para cuja captura e punição imploro que o senhor dedique todos os seus poderes. É seu dever como juiz, e acredito e espero que seus sentimentos humanos não se recusem a cumprir as funções nesta ocasião.

Essa declaração causou uma mudança considerável na fisionomia do meu interlocutor. Ele ouvira a história com aquela crença parcial concedida a casos sobrenaturais e fantasmagóricos, mas, quando convocado a agir oficialmente, a onda de incredulidade voltou com tudo. Entretanto, ele respondeu tranquilamente:

– Eu ofereceria, de bom grado, toda a minha ajuda em sua busca. Contudo, a criatura de quem o senhor fala parece ter poderes que desafiariam todos os meus esforços. Quem pode seguir um animal capaz de atravessar o mar de gelo, e viver em cavernas e tocas nas quais humano algum ousaria entrar? Além disso, já se passaram alguns meses desde que os crimes foram cometidos, e ninguém pode imaginar o lugar ao qual ele se dirigiu, ou a região onde agora ele vive.

– Não duvido que ele aguarde perto de onde moro. E, se ele tiver de fato se refugiado nos Alpes, pode ser caçado como o cabrito-montês e destruído como uma fera. Mas entendo o que o senhor pensa: não dá crédito à minha narrativa e não tem intenção de perseguir meu inimigo com o castigo que ele merece.

Falando, a raiva faiscava em meu olhar. O juiz se sentiu intimidado.

– O senhor está enganado – falou. – Vou me esforçar e, se estiver em meu poder capturar esse monstro, saiba que ele sofrerá castigo proporcional aos seus crimes. Mas temo, pelo que o senhor mesmo descreveu como suas propriedades, que isso seja impraticável. Portanto, apesar de todas as medidas adequadas serem tomadas, o senhor deve esperar a decepção.

– Não pode ser. Mas nada que eu diga adiantará. Minha vingança não é do interesse do senhor; mas, mesmo admitindo ser um defeito, confesso que é a única paixão devoradora em minha alma. Minha raiva é indizível, quando penso que o assassino, que eu soltei entre a sociedade, ainda existe. O senhor recusa meu pedido justo. Só tenho um recurso, e me dedicarei, correndo risco de morte, à destruição desse monstro.

Tremi excessivamente agitado ao falar. Havia um frenesi em meu semblante e, não duvido, um pouco da altivez orgulhosa que, conforme se diz, demonstravam os mártires antigos. Entretanto, para um juiz de Genebra, cuja mente era ocupada por ideias muito distantes de devoção e heroísmo, esse estado emocional se assemelhava muito à loucura. Ele tentou me tranquilizar como uma babá faz com uma criança, e atribuiu minha história a sintomas de delírio.

– Homem – gritei –, que ignorante és no orgulho da sabedoria! Basta! O senhor não sabe o que diz.

Saí dali furioso e transtornado, decidido a refletir sobre outro método.

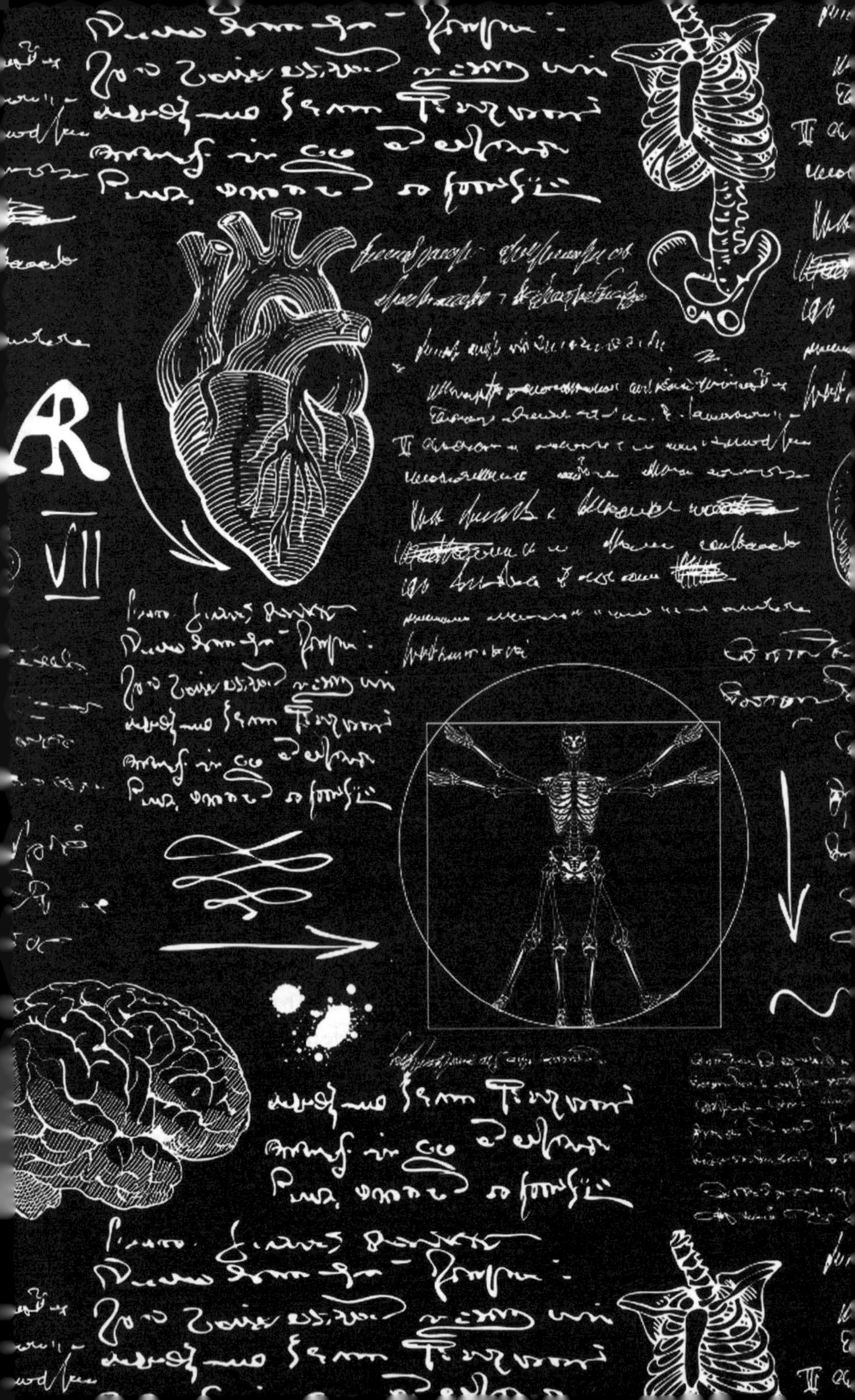
AR
VII

CAPÍTULO 24

Na minha situação, todos os pensamentos voluntários tinham sido engolidos e perdidos. Eu estava transportado por fúria e somente a vingança me dava forças e compostura, moldando meus sentimentos e me permitindo ser calculista e calmo, em períodos em que o delírio ou a morte teriam, em outro contexto, sido meu destino.

Minha primeira decisão foi abandonar Genebra para sempre. Meu país, que, quando eu era feliz e amado, me era tão querido, naquele momento de adversidade se tornou odioso. Eu juntei um pouco de dinheiro, assim como algumas joias que tinham pertencido à minha mãe, e parti.

Começaram-se assim minhas viagens, que só acabarão com a vida. Atravessei uma boa porção da terra e aguentei todas as dificuldades que viajantes, em desertos e países bárbaros, encontram. Como vivi, mal sei; muitas vezes estiquei meu corpo fraco nas planícies arenosas e rezei pela morte. Porém, a vingança me manteve vivo; não ousei morrer e deixar meu adversário em vida.

Quando saí de Genebra, minha primeira tarefa foi procurar alguma pista para seguir o rastro de meu inimigo demoníaco. Meu plano era instável e, portanto, passei muitas horas dando voltas nos arredores da cidade, sem saber qual caminho seguir. Quando se aproximou a noite, me encontrei na entrada do cemitério onde descansavam William, Elizabeth e meu pai. Adentrei e me aproximei do túmulo em que tinham sido enterrados. Tudo estava silencioso, exceto pelas folhas farfalhando nas árvores, levemente agitadas pelo vento. A noite estava quase toda escura, e o cenário seria solene e comovente até para um observador desinteressado. Os espíritos dos finados pareciam revoar por ali, jogando uma sombra, sentida, senão vista, ao redor do enlutado.

A tristeza profunda que a cena me causou inicialmente acabou dando lugar à raiva e ao desespero. Eles estavam mortos, e eu, vivo; o assassino também vivia e, para destruí-lo, eu precisava alongar minha malfadada existência. Ajoelhei-me na grama, beijei a terra e, com lábios trêmulos, exclamei:

— Pela terra sagrada em que me curvo, pelas sombras vagando ao meu redor, pelo luto profundo e eterno que sinto, eu juro, por vós, ó noite, e pelos espíritos que por vós presidem, perseguir o demônio que causou tal lástima, até que eu ou ele pereçamos em conflito mortal. Para este propósito, preservarei minha vida; para cumprir esta cara vingança, voltarei a ver o sol, e a pisar na grama verdejante da terra, que, se não isso, sumiriam de meus olhos para todo o sempre. E os convoco, espíritos dos mortos e guias andarilhos da vingança, para me ajudar e conduzir em meu trabalho. Que o monstro maldito e infernal beba do cálice da agonia, que ele sinta o desespero que me atormenta.

Eu começara a súplica com solenidade, e uma reverência que quase me garantia que as sombras dos meus amigos assassinados ouviam e aprovavam minha devoção; mas a fúria me possuiu quando concluí, e a ira sufocou minha fala.

Fui respondido na calada da noite por uma risada alta e demoníaca, que ecoou em meus ouvidos por muito tempo, com peso. As montanhas a tocaram novamente, e senti que o inferno todo me cercava, com zombaria e risada. Certamente, naquele momento, eu deveria ter sido possuído por um frenesi e destruído minha existência miserável, mas meu juramento fora ouvido e eu estava dedicado à vingança. A risada morreu, e uma voz conhecida e abominável, aparentemente próxima de mim, falou em um sussurro audível:

– Estou satisfeito... desgraçado miserável! Você se determinou a viver, e estou satisfeito.

Corri na direção de onde vinha o som, mas o demônio fugiu das minhas garras. De repente, o disco largo da lua se ergueu, iluminando plenamente a forma horrenda e distorcida, e ele fugiu com velocidade sobrenatural.

Eu o segui e, há muitos meses, é essa a minha tarefa. Guiado por mínimas pistas, percorri as sinuosidades do Reno, mas foi em vão. Apareceu-me o azul Mediterrâneo e, por mero acaso, vi o demônio aparecer à noite e se esconder em um navio encaminhado para o mar Negro. Arranjei passagem para o mesmo navio, mas ele escapou, não sei como.

Entre as áreas mais ermas do Tártaro e da Rússia, apesar de ele continuar escapando, eu segui seu rastro. Algumas vezes, os camponeses, assustados pela aparição horrenda, me informaram de seu trajeto; outras vezes, ele próprio, temendo que, se eu perdesse qualquer sinal dele, me desesperasse e morresse, deixou indícios para me guiar. A neve caiu sobre mim e eu vi as pegadas de seus pés imensos na planície branca. Para você, que acaba de entrar nesta vida, para quem a preocupação ainda é nova e a agonia, desconhecida, como pode entender o que senti e ainda sinto? Frio, necessidade e exaustão foram as menores dores que me destinei a sofrer; fui amaldiçoado por um demônio e carreguei comigo meu inferno eterno. Ainda assim, um espírito do bem seguia e dirigia meus passos e, quando eu mais murmurava, de repente me arrancava de dificuldades aparentemente insuperáveis. Às vezes, quando meu corpo, dominado pela fome, cedia sob exaustão, uma refeição me era preparada no deserto, me restaurando e encorajando. A comida era grosseira, como é costume entre os camponeses, mas não duvido que fosse disposta ali pelos espíritos que eu invocara para me ajudar. Muitas vezes, quando tudo estava seco e os céus, sem nuvens, e a sede me ressequia, uma nuvem solitária aparecia no céu, pingando as poucas gotas necessárias para me reviver antes de sumir.

Segui, quando pude, as margens dos rios, mas o demônio costumava evitá-las, já que eram as áreas onde geralmente se agrupavam os povoados. Em outros lugares, raramente víamos seres humanos, e eu subsistia de animais selvagens com que cruzava. Eu tinha dinheiro, e ganhei a amizade dos aldeões ao distribuí-lo ou ao oferecer àqueles que me forneciam fogo e utensílios para cozinhar o restante da carne do animal que matara, da qual tinha comido pequena porção.

Minha vida, assim passada, me era odiosa, e somente no sono eu sentia o gosto da alegria. Ah, bendito seja o sono! Muitas vezes, quando mais infeliz, eu afundava em descanso, e meus sonhos me embalavam até o arrebatamento. Os espíritos que me guardavam forneciam esses momentos, horas, até, de felicidade, para que eu tivesse a força de continuar a peregrinação. Sem tal repouso, eu teria cedido sob as privações. Durante o dia, eu me sustentava e motivava pela esperança da noite, pois, em sonho, via meus amigos, minha esposa e meu amado país; via de novo o rosto bondoso do meu pai, ouvia o canto argênteo da voz de Elizabeth, e admirava Clerval, jovem e saudável. Certas vezes, quando uma caminhada intensa me exauria, eu me persuadia de que estava dormindo até o chegar da noite, quando viveria a realidade nos braços desses amigos queridos. Que carinho agonizante eu sentia por eles! Como me agarrei àquelas formas, que às vezes assombravam mesmo minhas horas de vigília, e me persuadi de que ainda viviam! Naqueles momentos, a vingança que ardia em mim morria em meu peito, e eu seguia o caminho de destruição do demônio mais como uma tarefa decidida pelos céus, como o impulso mecânico de um poder para além de minha consciência, do que como o desejo fervoroso da minha alma.

Os sentimentos daquele que eu seguia, não posso saber. Às vezes, ele deixava rastros escritos nas cascas de árvores, ou entalhados em pedra, para me guiar e instigar minha fúria. "Meu reino ainda não acabou", li em uma das inscrições. "Você vive, e meu poder é completo. Siga-me. Busco o gelo infinito do norte, onde você sentirá a dor do frio e da algidez, à qual sou impassível. Você encontrará, neste lugar, se não me seguir com muito atraso, uma lebre morta; coma, e se recupere. Venha, inimigo meu; ainda devemos lutar pela vida, mas você deverá aguentar muitas horas duras e sofridas até tal momento chegar."

Que demônio debochado! Mais uma vez, juro vingança; mais uma vez, prometo a ti, demônio miserável, tortura e morte. Nunca abrirei mão de minha busca, até que eu ou ele pereçamos; e, então, será com êxtase que me juntarei a minha Elizabeth e a meus amigos finados, que já me preparam para a recompensa desse trabalho tedioso e dessa peregrinação profana!

Conforme eu seguia a viagem ao norte, a neve ficou mais espessa e o frio aumentou a um grau quase insuportável. Os camponeses ficavam entocados em suas casas, e só alguns dos mais fortes se aventuravam na caça dos animais cuja fome os obrigara a sair dos esconderijos em busca de presas. Os rios estavam cobertos de gelo, e não se encontrava peixe algum. Portanto, fui privado da minha principal fonte de nutrição.

O triunfo do meu inimigo aumentava com a dificuldade do meu esforço. Uma mensagem que ele deixou dizia: "Prepare-se! Seu sofrimento só começou. Enrole-se em peles e encontre comida, pois logo entraremos em uma jornada na qual seu sofrimento satisfará a meu ódio eterno".

Minha coragem e perseverança foram revigoradas pelas palavras zombeteiras. Decidi não fracassar no objetivo e, chamando a ajuda dos céus, continuei com fervor inabalável a atravessar desertos imensos, até o oceano surgir à distância, formando a última fronteira do horizonte. Ah! Como era diferente dos mares azuis do sul! Coberto de gelo, só se distinguia da terra por ser mais acidentado e bravio. Os gregos choraram de alegria ao ver o Mediterrâneo das colinas da Ásia, e acolheram, arrebatados, a fronteira de seus trabalhos. Eu não chorei, mas me ajoelhei e, com o coração cheio, agradeci meu espírito-guia por ter me conduzido em segurança a um lugar onde eu esperava, independentemente do escárnio, encontrar meu adversário e lutar com ele.

Algumas semanas antes eu tinha adquirido um trenó e cães, que me permitiram atravessar a neve com velocidade inimaginável. Não sei se o demônio tinha as mesmas vantagens, mas descobri que, enquanto antes todo dia me afastava mais, de repente eu passara a me aproximar de fato. Tanto que, quando vi o oceano, ele estava apenas um dia à minha frente, e eu esperava interceptá-lo antes que ele chegasse à praia. Portanto, com nova coragem, insisti e, em dois dias, cheguei a um miserável vilarejo na orla. Perguntei sobre o demônio para os habitantes, e recebi informações precisas. Um monstro gigante, diziam, tinha aparecido na noite anterior, carregando um fuzil e muitas pistolas, e botando para correr os moradores de uma casinha solitária, que saíram apavorados por aquela aparência horrenda. Ele levara embora o estoque de comida que a família mantinha para o inverno. Colocara tudo em um trenó, puxado por uma numerosa matilha de cães treinados e arreados, e, na mesma noite, para a alegria dos camponeses assustados, continuou viagem através do mar, em uma direção que não levava a terra alguma. Eles supuseram que ele logo seria destruído pela ruptura do gelo, ou congelado pelo frio eterno.

Ao ouvir essa informação, tive um acesso de desespero temporário. Ele fugira, e eu deveria começar uma jornada destrutiva e quase incessante através dos gelos montanhosos do oceano, sob um frio que poucos moradores eram capazes de suportar, e ao qual eu, advindo de um clima agradável em solapado, não tinha esperanças de sobreviver. Contudo, ao pensar que o demônio viveria triunfante, minha raiva e minha vingança voltaram e, como uma onda desoladora, afogaram qualquer outra sensação. Depois de um breve descanso, durante o qual os espíritos finados me cercaram, instigando meu esforço vingativo, me preparei para a viagem.

Troquei meu trenó por um mais adequado para o terreno do oceano congelado e, após comprar um bom estoque de mantimentos, fui-me embora.

Não sei dizer quantos dias se passaram desde então, mas aguentei um sofrimento que só o sentimento eterno de retribuição justa queimando em meu peito me permitia suportar. Montanhas imensas e acidentadas de gelo bloqueavam minha passagem e eu ouvia sem parar o rugir do mar abaixo, ameaçando minha destruição. A geada voltou, contudo, e assegurou os caminhos oceânicos.

Considerando a quantidade de mantimentos que consumi, suponho que tenha passado três semanas nessa viagem, e a demora contínua da esperança, voltando ao coração, arrancava gotas amargas de desânimo e tristeza de meus olhos. O desespero quase fizera sua vítima, e eu logo afundaria sob tal sofrimento. Um dia, depois que os pobres animais que me puxavam tinham, com incrível esforço, atingido o cume de uma montanha íngreme de gelo, e um, cedendo à exaustão, morreu, observei a vastidão à minha frente, angustiado, quando, de repente, meus olhos notaram uma mancha escura na planície branca. Forcei o olhar para ver o que era e soltei um grito feroz de êxtase ao distinguir um trenó e as proporções distorcidas do corpo bem conhecido que o guiava. Ah! O jorrar ardente da esperança que voltou ao meu peito! Lágrimas mornas encheram meus olhos, que eu limpei imediatamente, para que não interceptassem minha vista do demônio. Ainda assim, minha visão foi interrompida pelas gotas ardidas, até que, cedendo às emoções que me oprimiam, chorei abertamente.

Porém, não era hora de me atrasar. Soltei dos cães o companheiro morto, os alimentei com uma porção generosa de comida e, depois de uma hora de descanso extremamente necessária, mas que ainda assim me causava enorme desgosto, continuei o trajeto. O trenó ainda era visível, e eu não o perdi de vista, exceto pelos momentos breves em que geleiras bloqueavam a vista devido aos precipícios espalhados. De fato, me aproximei perceptivelmente e quando, depois de quase dois dias de viagem, notei que meu inimigo estava menos de dois quilômetros à minha frente, meu coração deu um pulo.

Mas finalmente, quando eu parecia ter quase alcançado meu adversário, minhas esperanças se extinguiram repentinamente e eu perdi qualquer rastro dele, ainda mais completamente do que antes. O rugir do mar se ouviu; o estrondo de seu progresso, as águas crescendo e ondulando sob mim, se tornou cada vez mais ameaçador e apavorante. Insisti, mas foi em vão. O vento se ergueu, o mar rugiu e, com o choque repentino de um terremoto, o gelo se partiu, rachando com um som tremendo e insuportável. O trabalho logo acabou: em alguns minutos, um mar tumultuoso se revoltava entre mim e meu inimigo, e fui largado à deriva em um pedaço flutuante de gelo, diminuindo cada vez mais, enquanto eu me preparava para uma morte terrível.

Muitas horas horríveis se passaram assim; muito dos meus cães morreram, e eu mesmo estava prestes a ceder sob o pesar acumulado, quando vi seu navio ancorar, me dando esperanças de socorro e sobrevivência. Eu não sabia que navios podiam vir tão ao norte, e a imagem me chocou. Rapidamente destruí parte do trenó para formar remos e, dessa forma, pude, com exaustão infinita, mover minha jangada de gelo na direção da sua embarcação. Se você estivesse a caminho do sul, eu ainda estaria determinado a me entregar à mercê dos mares, em vez de abandonar meu propósito. Eu esperava convencê-lo a me fornecer um bote, para eu continuar seguindo meu inimigo. Mas sua direção estava voltada ao norte. Você me aceitou a bordo quando meu vigor se exaurira, e eu deveria logo ter afundado sob as muitas dificuldades, em uma morte que ainda temo, pois minha tarefa não foi cumprida.

Ah! Quando meu espírito-guia, ao me conduzir ao demônio, me permitirá o descanso que tanto desejo? Ou morrerei, com ele ainda vivo? Se for o caso, jure para mim, Walton, que ele não escapará; que você o procurará e satisfará à minha vingança com a morte dele. Ouso pedir que você prossiga minha peregrinação, e aguente os meus sofrimentos? Não; não sou tão egoísta. Mas, quando eu morrer, se ele aparecer, se os ministros da vingança o trouxerem a você, jure que ele não sobreviverá – jure que ele não triunfará sobre minhas dores acumuladas, nem terá tempo de acrescentar mais crimes horrendos à lista. Ele é eloquente e persuasivo e, certa vez, suas palavras tiveram força até em meu coração; mas não confie nele. A alma dele é tão infernal quanto o corpo, cheia de perfídia e malícia demoníacas. Não o ouça; convoque as almas de William, Justine, Clerval, Elizabeth, meu pai e do miserável Victor, e enfie sua espada no coração dele. Eu estarei por perto, e apontarei o aço.

Walton, continuando
26 de agosto de 17__.

Você leu esta estranha e horrível história, Margaret; não sente o sangue coagular de horror, como o meu? Às vezes, tomado por agonia repentina, ele não conseguia continuar o relato; outras, a voz falhava, apesar de ainda penetrante, e pronunciava com dificuldade as palavras, de tão repletas de angústia. Os belos olhos aprazíveis iluminavam-se de indignação, ofuscavam-se em tristeza desanimada, e cerravam-se em miséria infinita. Às vezes, ele comandava a expressão e os tons, narrando os acontecimentos mais terríveis com voz tranquila e contendo qualquer traço de agitação; até que, como um vulcão em erupção, seu rosto repentinamente se transfigurava na fúria mais feroz, e ele praguejava aos brados contra seu algoz.

A história é coesa e contada com a aparência de simples verdade; contudo, confesso a você que as cartas de Felix e Safie, que ele me mostrou, e a aparição do monstro visto do nosso navio, me trouxeram mais convicção da verdade da narrativa do que as afirmações dele, por mais sinceras e coerentes. Um monstro desses existe, então! Não duvido, mas me perco em surpresa e admiração. Às vezes, tentei obter de Frankenstein as particularidades da formação da criatura, mas nesse assunto ele era impenetrável.

– Está louco, meu amigo? – perguntou ele. – Aonde sua curiosidade insensata tenta levá-lo? Também deseja criar para si e para o mundo um inimigo demoníaco? Paz, paz! Aprenda com minhas desventuras e não tente aumentar as próprias.

Frankenstein descobriu que eu fiz anotações sobre a história dele, e pediu para vê-las, quando então as corrigiu e expandiu em vários pontos, principalmente no que diz respeito a dar vida e alma às conversas que teve com o inimigo.

– Já que você preservou minha narrativa – disse ele –, não desejo que uma versão mutilada entre para a posteridade.

Assim passou-se uma semana, enquanto eu ouvia a história mais estranha já formada pela imaginação. Meus pensamentos, e toda sensação de minha alma, foram consumidos pelo interesse em meu hóspede, que sua história e seus elevados e gentis modos criaram. Eu queria acalmá-lo, mas como posso aconselhar a alguém tão infinitamente infeliz, tão destituído de qualquer esperança de conselho, que escolha viver? Ah, não! A única felicidade que ele pode sentir será quando o espírito destroçado aceitar a paz da morte. Ele tem apenas um conforto, fruto da solidão e do delírio: ele acredita que, em sonho, conversa com os amigos e tira dessa comunhão o consolo da tristeza, ou a motivação para a vingança, e que não são criações de sua imaginação, mas sim os seres em si, que o visitam de um mundo remoto. Essa fé dá uma solenidade aos devaneios dele, o que os torna, para mim, quase tão imponentes e interessantes quanto a verdade.

Nossas conversas não são sempre limitadas à história e ao infortúnio dele. Ele demonstra conhecimento ilimitado sobre toda a literatura, e uma compreensão ágil e profunda. Sua eloquência é enérgica e comovente, e não consigo ouvi-lo, quando ele relata um acontecimento triste ou tenta inspirar paixões de compaixão e amor, sem chorar. Que criatura gloriosa ele deve ter sido nos seus dias prósperos, se é tão nobre e divino quando arruinado! Ele parece sentir o próprio valor, e a imensidão da queda.

– Quando mais jovem – disse ele –, eu acreditava estar destinado a um grande projeto. Meus sentimentos são profundos, mas minha frieza de julgamento era adequada a conquistas ilustres. Esse sentimento do valor da minha natureza me sustentou quando outros teriam se sentido oprimidos, pois eu considerava criminoso desperdiçar, em luto inútil, os talentos que poderiam ser tão úteis aos meus conterrâneos. Quando refleti sobre o trabalho que fizera, a própria criação de um animal sensível e racional, não poderia me considerar parte do rebanho dos planejadores comuns. Mas esse pensamento, que me deu sustento no início da carreira, agora serve apenas para me afundar ainda mais no pó. Todas as minhas especulações e esperanças são em vão e, como o arcanjo que aspirou à onipotência, fui acorrentado ao inferno eterno. Minha imaginação era vívida, e meus poderes de análise e aplicação foram intensos; com a união dessas qualidades, concebi a ideia e realizei a criação de um homem. Mesmo hoje não posso lembrar, sem paixão, meus devaneios enquanto o trabalho não ficava pronto. Caminhava pelos céus em pensamento, exultante de poder, ardendo de pensar em seus efeitos. Desde a infância fui imbuído de esperanças grandiosas e ambições arrogantes, mas como caí! Ah! Meu amigo, se tivesse me conhecido como um dia fui, você nem me reconheceria neste estado de degradação. O desânimo raramente visitava meu peito, e um destino altivo parecia me aguardar, até eu cair, para nunca, nunca mais me erguer.

Devo então perder esse ser admirável? Há muito desejo um amigo, e procuro um que me entenda e me ame. Veja: nestes mares desertos, o encontrei; mas temo tê-lo ganhado só para conhecer seu valor e perdê-lo a seguir. Eu o reconciliaria com a vida, mas ele tem repulsa pela ideia.

– Agradeço – disse ele – por suas intenções bondosas para com um desgraçado tão miserável. Mas, quando fala de novos vínculos e afetos renovados, acredita ser capaz de substituir os que se foram? Será outro homem capaz de ser para mim como Clerval, e outra mulher, como Elizabeth? Mesmo quando os afetos não são fortemente movidos por excelência superior, os companheiros da nossa infância sempre detêm certo poder em nossa mente, o qual amigos posteriores raramente podem atingir. Eles conhecem nossas disposições infantis, que, por mais modificadas que sejam no futuro, nunca se erradicam, e podem julgar nossas ações com conclusões mais acertadas quanto à integridade dos nossos motivos. Irmãs e irmãos nunca, a não ser que tais sintomas sejam demonstrados de início, podem desconfiar uns dos outros em fraude ou embuste, sendo que outro amigo, por mais próximo que seja o vínculo, pode, apesar de si, contemplar suspeita. Mas eu tive amigos queridos não só por hábito e associação, e sim pelos próprios méritos, e, onde quer que eu esteja, a voz suave de minha Elizabeth e a conversa de Clerval serão para sempre sussurrados em meus ouvidos. Eles estão mortos, e apenas um sentimento, em tal solidão, pode me persuadir a continuar vivo. Se eu estivesse envolvido em algum projeto ou empreitada grandiosa, repleto de utilidade para meus semelhantes, poderia viver para cumpri-lo. Mas não é esse o meu destino. Devo seguir e destruir o ser cuja existência outorguei, e então minha missão na terra será cumprida e eu poderei morrer.

2 de setembro.
Irmã querida,
Escrevo, encurralado por perigo e sem saber se estou condenado a nunca mais ver minha amada Inglaterra, e os amigos ainda mais amados que nela vivem. Estou cercado por montanhas de gelo que não admitem fuga, e ameaçam, a cada momento, esmagar minha embarcação. Os homens corajosos que persuadi a me acompanhar procuram ajuda em mim, mas não tenho o que lhes oferecer. Há algo de terrivelmente apavorante em nossa situação, mas minha coragem e esperança não me desertou ainda. Porém, é horrível pensar que a vida de todos estes homens está em perigo por minha causa. Se nos perdermos, meus estratagemas loucos serão o motivo.

E como, Margaret, ficará seu estado de espírito? Você não ouvirá notícias da minha destruição, e ansiosamente aguardará meu retorno. Anos se passarão e você será visitada pelo desespero, e ainda torturada pela esperança. Ah! Minha irmã amada, o fracasso doloroso das suas expectativas sinceras me é, em perspectiva, mais terrível que minha própria morte. Mas você tem um marido, e lindos filhos, então pode ser feliz. Que os céus a abençoem assim!

Meu hóspede infeliz me observa com a mais tenra compaixão. Ele tenta me encher de esperança, e fala como se a vida fosse um objeto valioso em sua posse. Ele me lembra de quantas vezes esses acidentes ocorreram com outros navegantes, que tentaram percorrer este mar, e, apesar de mim mesmo, ele me enche de bons augúrios. Até os marinheiros sentem o poder da eloquência dele; quando ele fala, não há mais desespero; ele reaviva a energia e, ao ouvirem a voz dele, os marujos acreditam que estas vastas montanhas de gelo são meros montinhos, que sumirão, subjugadas pela vontade do homem. Esses sentimentos são passageiros; cada dia de expectativa frustrada os enche de medo, e quase temo um motim decorrente do pavor.

5 de setembro.
Acabou de ocorrer uma situação tão incomum e interessante que, apesar de provavelmente esta carta nunca chegar às suas mãos, não posso deixar de registrar.

Ainda estamos cercados por montanhas de gelo, ainda em perigo iminente de sermos esmagados no conflito. O frio é excessivo e muitos dos meus camaradas infelizes já foram sepultados neste cenário desolador. A saúde de Frankenstein piora a cada dia – um fogo febril ainda brilha em seus olhos e ele está exausto; quando de repente desperta em esforço, rapidamente afunda de novo em desmaio aparente.

Mencionei, na última carta, meu medo de um motim. Hoje de manhã, enquanto eu observava o semblante abatido do meu amigo – os olhos semicerrados, os braços inertes –, fui chamado por meia dúzia de marinheiros, que exigiram entrada na cabine. Eles entraram e o líder se dirigiu a mim. O homem falou que tinha sido escolhido, juntamente com os companheiros, pelos outros marinheiros, para se apresentar a mim com um pedido, o qual, para ser justo, eu não poderia recusar. Estávamos enclausurados no gelo e provavelmente nunca escaparíamos dali, mas eles temiam que, se o gelo se dissipasse e uma passagem livre se abrisse, eu teria a ousadia de continuar viagem e levá-los para novos perigos, mesmo após terem felizmente sobrevivido a este. Eles insistiram, portanto, que eu deveria fazer um juramento solene de que, se o navio fosse liberado, a rota imediatamente se voltaria para o sul.

Isso me perturbou. Eu não me desesperara, nem concebera a ideia de voltar, se liberado. Mas poderia, justamente, ou em mera possibilidade, recusar tal pedido? Hesitei em responder, até que Frankenstein, que antes estivera silencioso e, na verdade, mal parecia ter forças suficientes para se manter acordado, se agitou. Com os olhos cintilando e o rosto corado por um vigor momentâneo, voltando-se para os homens, ele falou:

– Como assim? O que exigem do capitão? Vocês se deixam distrair assim tão facilmente do objetivo? Não chamam isso de uma expedição gloriosa? E por que é gloriosa? Não por ser tranquila e plácida como num mar do sul, mas por ser cheia de perigos e terror; porque, a cada novo acontecimento, sua resiliência deve ser convocada, e sua coragem, demonstrada; porque perigo e morte a cercam, e vocês os superam com bravura. Por isso é gloriosa, por ser uma empreitada honrada. Vocês seriam, portanto, saudados como benfeitores da espécie, seus nomes, adorados, pertencendo aos homens corajosos que enfrentaram a morte em nome da honra e do bem da humanidade. E agora, vejam só, ao primeiro sinal de perigo, ou, se preferirem, ao primeiro desafio poderoso e terrível de sua coragem, vocês se encolhem e se contentam em se reduzir a homens sem força para aguentar o frio e o perigo; que almas infelizes, que sentiram frio e voltaram às lareiras quentinhas. Ora, isso não exige tanto preparo. Vocês não precisavam vir até aqui, arrastar o capitão à vergonha da derrota, só para se provarem covardes. Ah! Sejam homens, ou mais do que homens. Sejam firmes em seus propósitos, rígidos como rocha. Este gelo não é feito do material dos seus corações; é mutável e não pode sobreviver a vocês, se vocês decidirem que é o caso. Não voltem às famílias com o estigma do fracasso marcado nas feições. Voltem como heróis que lutaram e conquistaram, e que não sabem o que é dar as costas ao inimigo.

Ele falou isso tudo com a voz modulada aos diferentes sentimentos expressos no discurso, e um olhar tão transbordante de ambição e heroísmo, que não é de surpreender a comoção dos marinheiros. Eles se entreolharam, incapazes de responder. Eu pedi que se retirassem e considerassem o que fora dito; disse que não os levaria mais ao norte, se eles desejassem mesmo o contrário, mas que esperava que, após reflexão, a coragem deles voltasse.

Eles se retiraram e me voltei para o meu amigo, mas ele se afundara em languidez, quase sem vida.

Como isso tudo acabará, eu não sei; mas prefiro morrer a voltar coberto pela infâmia, com meu objetivo fracassado. Contudo, temo que seja esse o meu destino; os homens, sem o sustento das ideias de glória e honra, não continuarão voluntariamente a aguentar as provações atuais.

7 de setembro.
Lançaram-se os dados. Aceitei voltar, caso não sejamos destruídos. Minhas esperanças foram destroçadas por covardia e indecisão. Volto ignorante e decepcionado. É preciso mais filosofia do que tenho para aguentar esta injustiça com paciência.

12 de setembro.
Acabou-se. Estou voltando à Inglaterra. Perdi a esperança de utilidade e glória; perdi meu amigo. Mas tentarei detalhar essas circunstâncias amargas a você, minha querida irmã; e, carregado à Inglaterra e a você, não esmorecerei.

No dia 9 de setembro, o gelo começou a se mexer, rachando para todos os lados, e estrondos como os de um trovão foram ouvidos à distância, pois as ilhas se separavam. Estávamos no perigo mais iminente, mas, como só podíamos aguardar, passivos, minha atenção estava principalmente tomada por meu hóspede infeliz, cuja doença aumentava a tal nível que ele fora inteiramente confinado à cama. O gelo estalou atrás de nós, empurrado com força para o norte; uma brisa nascera do oeste e, no dia 11, a passagem para o sul se liberou completamente. Quando os marinheiros a viram, a aparente garantia da volta ao país de origem, um brado de alegria tumultuosa irrompeu entre eles, alto e contínuo. Frankenstein, que estivera adormecido, acordou e perguntou o motivo do tumulto.

– Eles gritam – expliquei – porque logo voltarão à Inglaterra.

– Então vocês vão mesmo voltar?

– Infelizmente, sim. Não posso recusar as exigências. Não posso obrigá-los a enfrentar o perigo, e devo voltar.

– Faça isso, então, se quiser; mas eu não o farei. Você pode abandonar seu propósito, mas o meu me foi dado pelos céus, e eu não ousaria. Estou fraco, mas, sem dúvida, os espíritos que me ajudam na vingança me darão força suficiente.

Ao dizer isso, ele tentou pular da cama, mas o esforço foi demais; então caiu e desmaiou.

Ele levou muito tempo para se recuperar e, muitas vezes, acreditei que a vida dele se fora inteiramente. Finalmente, abriu os olhos; respirava com dificuldade e não conseguia falar. O médico deu a ele um elixir restaurador e mandou que o deixássemos em paz. Em seguida, veio me contar que meu amigo certamente só teria mais poucas horas de vida.

A sentença foi dada e só pude lamentar, e esperar, pacientemente. Sentei-me ao lado de seu leito, o observando; como ele estava com os olhos fechados, achei que dormisse, mas ele me chamou com uma voz fraca e, pedindo que eu me aproximasse, falou:

– Ai! A força de que dependia se foi. Sinto que logo morrerei, e que ele, meu inimigo e algoz, talvez ainda exista. Não pense, Walton, que, nos últimos momentos de minha existência, sinto aquele ódio ardente, o desejo fervoroso por vingança que antes expressei; mas considero justificável desejar a morte de meu adversário. Durante esses últimos dias, me ocupei no exame da minha conduta anterior, e não me culpo por ela. Em um acesso de loucura eufórica, criei uma criatura racional, e tinha o dever para com ele, dentro do meu poder, de garantir sua felicidade e bem-estar. Era minha missão, mas havia outra, ainda maior. Meus deveres para com os seres da minha própria espécie tinham maior presença em minha atenção, pois incluíam maior proporção de felicidade ou tristeza. Movido por essa visão, recusei, e fiz bem em recusar, a criação de uma companheira para minha primeira criatura. Ele mostrou crueldade e egoísmo ímpares e, por maldade, destruiu meus amigos e se dedicou a destruir seres com sensações, felicidades e sabedoria primorosas. Não sei aonde acabará essa sede por vingança. Ele próprio infeliz por não poder mais causar desgraça, deverá morrer. A tarefa dessa destruição era minha, mas fracassei. Movido por motivos egoístas e viciosos, pedi a você que cumprisse meu trabalho inacabado, e reitero o pedido agora, induzido apenas por razão e virtude.

"Contudo, não posso pedir que renuncie ao seu país e amigos para cumprir tal tarefa; e, agora que está voltando à Inglaterra, você terá pouca probabilidade de encontrá-lo. Mas considerar essas questões, e equilibrar o que considera em seu dever, deixo para você. Meu julgamento e minhas ideias já estão perturbados pela proximidade da morte. Não ouso pedir que você faça o que considero o certo, pois ainda posso estar sendo desviado por minhas paixões.

"A possibilidade de ele viver para se tornar instrumento de crueldade me perturba; em outros aspectos, este momento, em que aguardo minha passagem, é a única felicidade que sinto há muitos anos. As silhuetas dos meus amados falecidos flutuam ao meu redor, e me precipito em seus braços. Adeus, Walton! Busque felicidade e tranquilidade, e evite ambição, mesmo que seja aquela, aparentemente inocente, de se distinguir na ciência e nas descobertas. Mas por que digo isso? Eu mesmo fracassei nessas esperanças, mas é possível que outro tenha sucesso."

A voz dele foi enfraquecendo, até que, finalmente, exausto do esforço, ele caiu em silêncio. Por volta de meia hora depois, ele tentou falar novamente, mas não conseguiu. Ele apertou minha mão, com leveza, e seus olhos se fecharam para sempre, um sorriso suave percorrendo seus lábios por um momento.

Margaret, que comentário posso fazer sobre a extinção prematura desse espírito glorioso? O que dizer para que você entenda a profundidade da minha tristeza? Tudo o que eu posso expressar soará inadequado e frágil. Minhas lágrimas correm, minha mente está tomada por uma nuvem de decepção. Mas viajo para a Inglaterra, onde posso encontrar consolo.

Fui interrompido. Que sons são esses? É meia-noite, a brisa sopra tranquila, e os vigias no convés mal se movem. De novo, há um som, como de uma voz humana, mas mais áspero; vem da cabine onde ainda estão os restos mortais de Frankenstein. Devo me levantar e investigar. Boa noite, irmã.

Por Deus! O que acaba de acontecer! Ainda estou tonto só de pensar. Mal sei se tenho a capacidade de detalhar, mas a história que registrei ficaria incompleta sem esta catástrofe final e impressionante.

Entrei na cabine onde estavam os restos mortais de meu amigo admirável e infeliz. Sobre ele, curvava-se uma forma que não consigo descrever em palavras, de estatura gigantesca, com proporções toscas e distorcidas. Inclinado sobre o caixão, o rosto dele estava escondido por mechas compridas de cabelo sujo, e ele estendia uma mão vasta, com a cor e a textura da de uma múmia. Quando ouviu a minha chegada, ele parou de pronunciar exclamações de dor e horror e pulou na direção da janela. Nunca vi nada tão horrível quanto aquele rosto, feio de uma forma odiosa e chocante. Fechei os olhos instintivamente, e tentei me lembrar de quais eram meus deveres em relação àquele destruidor. Pedi que ele ficasse.

Ele parou, me olhando com fascínio, e, mais uma vez se voltando para a forma inerte do criador, pareceu esquecer minha presença, cada traço e gesto instigados pela fúria feroz de uma paixão incontrolável.

– Esta vítima também é minha! – exclamou. – Com este assassinato, concluem-se meus crimes. Finda-se a trágica sequência da minha existência! Ah, Frankenstein! Ser generoso e dedicado! De que adianta eu agora pedir o seu perdão? Eu, que o destruí irremediavelmente, ao destruir tudo o que amava. Ai! Ele está frio, e não pode me responder.

A voz dele estava abafada, e meu primeiro impulso, que me sugerira o dever de obedecer ao pedido derradeiro do meu amigo e destruir seu inimigo, ficou suspenso em um misto de curiosidade e compaixão. Eu me aproximei daquele ser tremendo. Não ousei erguer os olhos ao rosto dele novamente, pois havia algo de assustador e sobrenatural naquela feiura. Tentei falar, mas as palavras morreram em meus lábios. O monstro continuou a pronunciar autocensuras desesperadas e incoerentes. Finalmente, juntei forças para me dirigir a ele, em um intervalo das paixões torrenciais.

– Seu arrependimento – falei – agora é supérfluo. Se tivesse ouvido a voz da sua consciência, atentado-se à pontada do remorso, antes de excitar a vingança diabólica a tais extremos, Frankenstein ainda viveria.

– Que devaneio é esse? – perguntou o demônio. – Você acredita que eu estava, antes, imune à agonia e ao remorso? Ele... – continuou, apontando para o cadáver. – Ele não sofreu, na consumação deste feito... ah! Não sofreu nem um centésimo da angústia que sofri nos menores detalhes dessa execução. Um egoísmo apavorante me movia, enquanto meu peito se envenenava de remorso. Acha que os gemidos de Clerval foram música aos meus ouvidos? Meu coração foi feito para ser suscetível ao amor e à empatia; e, quando arrastado, pela dor, à maldade e ao ódio, não aguentou a violência da mudança sem uma tortura inimaginável.

"Após o assassinato de Clerval, voltei à Suíça, desamparado e sofrendo. Senti pena de Frankenstein, e minha pena tornou-se horror: eu abominava a mim mesmo. Mas, quando descobri que ele, o autor da minha existência e de meus suplícios indizíveis, ousava ter esperança de felicidade, que, enquanto acumulava em mim miséria e desespero, buscava o próprio prazer em sentimentos e paixões cujo aproveitamento me foi para sempre negado, a inveja impotente e a indignação amarga me encheram de uma sede insaciável de vingança. Relembrei minha ameaça e decidi cumpri-la. Eu sabia que me preparava para uma tortura mortal, mas eu era o escravo, e não o senhor, de um impulso, que detestava, mas ao qual não podia desobedecer. E quando ela morreu! Não, não me entristeci. Eu me livrara de qualquer sentimento, abafara a angústia, me perdera no excesso de desespero. O mal se tornou então meu bem. Levado àquele ponto, eu não tive escolha além de adaptar minha natureza ao elemento que escolhera. A conclusão do meu projeto demoníaco se tornou uma paixão insaciável. Agora acabou; eis minha última vítima!"

Fui, inicialmente, comovido por tais expressões sofredoras; mas, quando me lembrei do que Frankenstein dissera sobre a eloquência e a persuasão da criatura, e quando, mais uma vez, olhei para o corpo inerte de meu amigo, a indignação se renovou em mim.

– Miserável! – exclamei. – Que bom que tenha vindo aqui, para lamentar uma tragédia que você mesmo causou. Você jogou uma tocha em uma pilha de prédios e, quando os viu arder, sentou-se entre as ruínas e lamentou a queda. Demônio hipócrita! Se aquele pelo qual você chora ainda estivesse vivo, continuaria a ser o objeto e a presa de sua vingança maldita. Não é pena que você sente; só se lamenta porque a vítima da sua maldade foi arrancada de suas garras.

– Ah, não é isso... não é isso – interrompeu a criatura –, mas deve ser essa a impressão causada em você pelo aparente propósito de minhas ações. Contudo, não busco alguém que compartilhe de minha dor. Nunca encontrarei compaixão. Quando a busquei pela primeira vez, foi pelo amor da virtude, pelos sentimentos de felicidade e afeto que transbordavam de meu ser, que eu queria compartilhar. Mas, agora que a virtude se tornou mera sombra, e que a felicidade e o afeto se transformaram em desespero amargo e odioso, por que buscaria compaixão? Estou satisfeito em sofrer sozinho, enquanto meus sofrimentos durarem. Quando eu morrer, sei bem que aversão e opróbrio pesarão sobre minha memória. Um dia, minha imaginação se aliviava em sonhos de virtude, fama e prazer. Um dia, eu tive a vã esperança de conhecer seres que, perdoando minha forma externa, me amariam pelas qualidades excelentes que eu era capaz de desenvolver. Fui nutrido por pensamentos grandiosos de honra e devoção. Mas agora o crime me degradou, me rebaixou para além do pior animal. Nenhuma culpa, malícia, maldade ou miséria pode ser comparável à minha. Quando percorro o terrível catálogo dos meus pecados, não acredito ser a mesma criatura cujos pensamentos um dia foram repletos de visões sublimes e transcendentais da beleza e da majestade da bondade. Mas é assim; o anjo caído se torna um diabo maligno. Contudo, até aquele inimigo de Deus e dos homens tinha amigos e companheiros em sua desolação; eu estou só.

"Você, que chama Frankenstein de amigo, parece conhecer meus crimes e infortúnios. Mas, no detalhe que ele forneceu, não foi capaz de resumir as horas e os meses de infelicidade que aguentei, definhando em paixões impotentes. Pois, enquanto eu destruí as esperanças dele, não satisfiz aos meus desejos. Eles continuaram, para sempre, ardentes e famintos; eu ainda desejava amor e companhia, e ainda era rejeitado. Não havia injustiça nisso? Serei eu o único criminoso, quando a humanidade inteira pecou contra mim? Por que você não odeia Felix, que expulsou o amigo com injúria? Por que não execrar o camponês que tentou destruir o salvador da filha? Não, esses seres são virtuosos e imaculados! Eu, o miserável abandonado, sou um aborto, enjeitado, chutado e pisoteado. Até agora meu sangue ferve ao relembrar tal injustiça.

"Mas é verdade que sou desgraçado. Assassinei adoráveis e indefesos, estrangulei inocentes em sono, e esmaguei até a morte o pescoço de quem nunca fez mal a mim, nem a ser vivo algum. Dediquei meu criador, o espécime selecionado de tudo que é digno de amor e admiração entre os homens, à miséria; o persegui até a ruína irremediável. Aqui jaz ele, lívido e frio na morte. Você me odeia, mas sua repugnância não se iguala à que sinto por mim mesmo. Olho para essas mãos que realizaram tal feito; penso no coração onde esse ato foi concebido, e anseio pelo momento em que essas mãos encontrarão meus olhos, em que essa imaginação não mais assombrará meus pensamentos.

"Não tema que eu seja instrumento de mais crueldade. Meu trabalho está quase completo. Nem a sua morte, nem a de outro homem, é necessária para concluir a missão do meu ser e ser feito o que é preciso; mas a minha, é. Não pense que demorarei para me sacrificar. Sairei desta embarcação na jangada de gelo que me trouxe, e procurarei a extremidade mais ao norte do globo. Lá, juntarei minha pira funerária e consumirei até o pó este corpo miserável, para que os restos não deem ideias a nenhum desgraçado curioso e profano que criaria mais um ser como eu. Morrerei. Não sentirei mais a agonia que me consome, nem serei presa de sentimentos insatisfeitos e insaciados. Aquele que me trouxe à vida está morto; e, quando eu deixar de existir, a própria memória de nós dois sumirá logo. Eu não verei mais o sol, nem as estrelas, nem sentirei o vento no rosto. Luz, sensações e sentidos terão ido e, nessa condição, encontrarei felicidade. Alguns anos atrás, quando as imagens que este mundo permite se abriram para mim, quando senti o calor confortável do verão e ouvi o farfalhar das folhas e o canto dos pássaros, e aquilo me era tudo, eu choraria de pensar em morrer; mas, agora, é meu único consolo. Poluído por crimes e destroçado pelo remorsos mais amargos, onde posso encontrar descanso, senão na morte?

"Adeus! Eu o deixo agora. Você, o último ser humano que estes olhos vislumbrarão. Adeus, Frankenstein! Se ainda estivesse vivo, e ainda nutrisse um desejo de vingança por mim, ele seria melhor saciado na vida do que na destruição. Mas não foi assim. Você buscava minha extinção, para que eu não pudesse causar mais mal; ainda assim, se, de alguma forma que desconheço, você não parasse de pensar e pensar, não poderia desejar contra mim uma vingança mais violenta do que a que vivo agora. Por mais maldito que fosse, minha agonia ainda era superior à sua; pois a pontada amarga do remorso não deixará de arder em minhas feridas até que a morte as feche para sempre."

Ele gritou, então, com entusiasmo triste e solene:

– Mas logo eu morrerei, e o que agora sinto não será mais sentido. Logo, estas dores ardentes serão extintas. Ascenderei à minha pira funerária triunfante, e exultarei na agonia torturante das chamas. A luz da conflagração se apagará, e minhas cinzas serão jogadas ao mar pelos ventos. Meu espírito dormirá em paz, ou, se ele pensar, certamente não pensará assim. Adeus.

Tendo dito isso, ele pulou da janela da cabine e caiu na ilhota de gelo mais próxima ao navio. Logo, foi carregado pelas ondas, e se perdeu na escuridão distante.

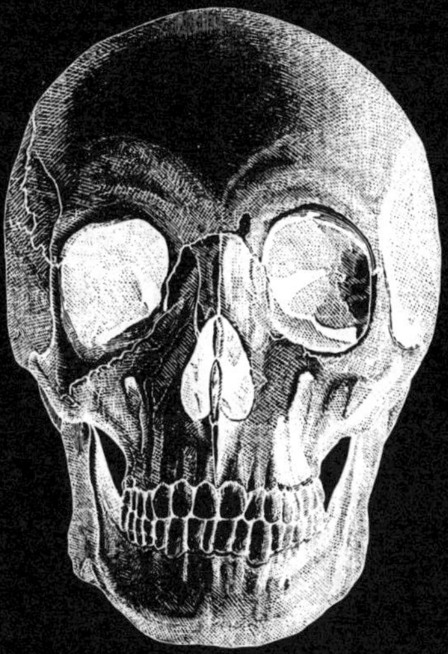

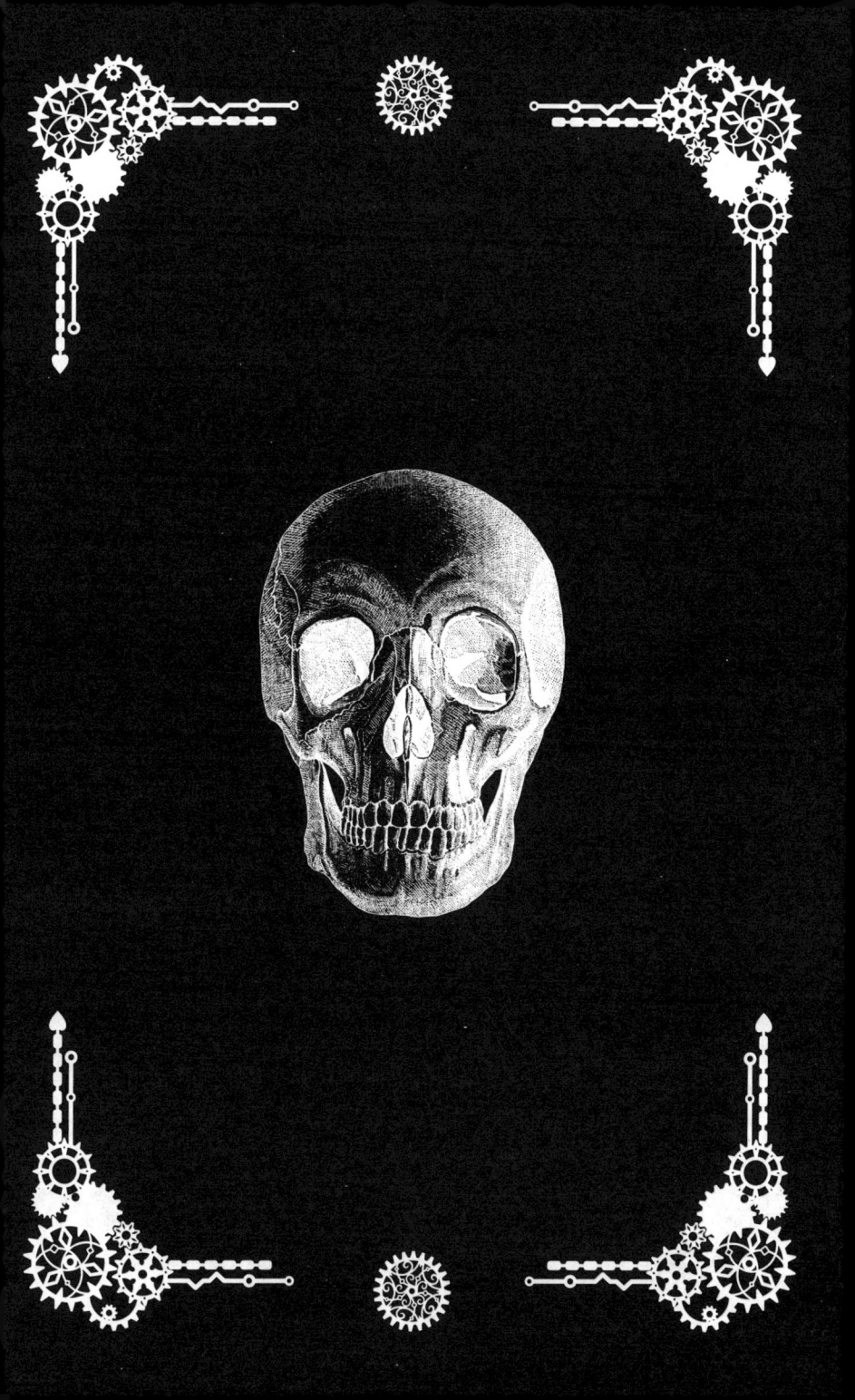

SOBRE A AUTORA

Mary Shelley, nascida Mary Wollstonecraft Godwin em 30 de agosto de 1797, foi uma renomada escritora britânica, conhecida principalmente por seu icônico romance "Frankenstein". Filha da filósofa feminista Mary Wollstonecraft e do filósofo político William Godwin, Mary cresceu em um ambiente intelectualmente estimulante. Aos 16 anos, ela se envolveu romanticamente com o poeta Percy Bysshe Shelley, com quem mais tarde se casou, dando início a um relacionamento turbulento e apaixonado que influenciaria profundamente sua vida e obra.

Aos 18 anos, Mary escreveu o que se tornaria uma das mais importantes obras da literatura gótica e da ficção científica. Publicado anonimamente em 1818, "Frankenstein" foi um marco instantâneo, explorando temas de criatividade, ambição, responsabilidade e alienação. Mary Shelley continuou a escrever, produzindo romances, contos e ensaios que refletiam suas preocupações sociais e filosóficas. Sua contribuição para a literatura continua a ser celebrada e estudada até os dias de hoje.

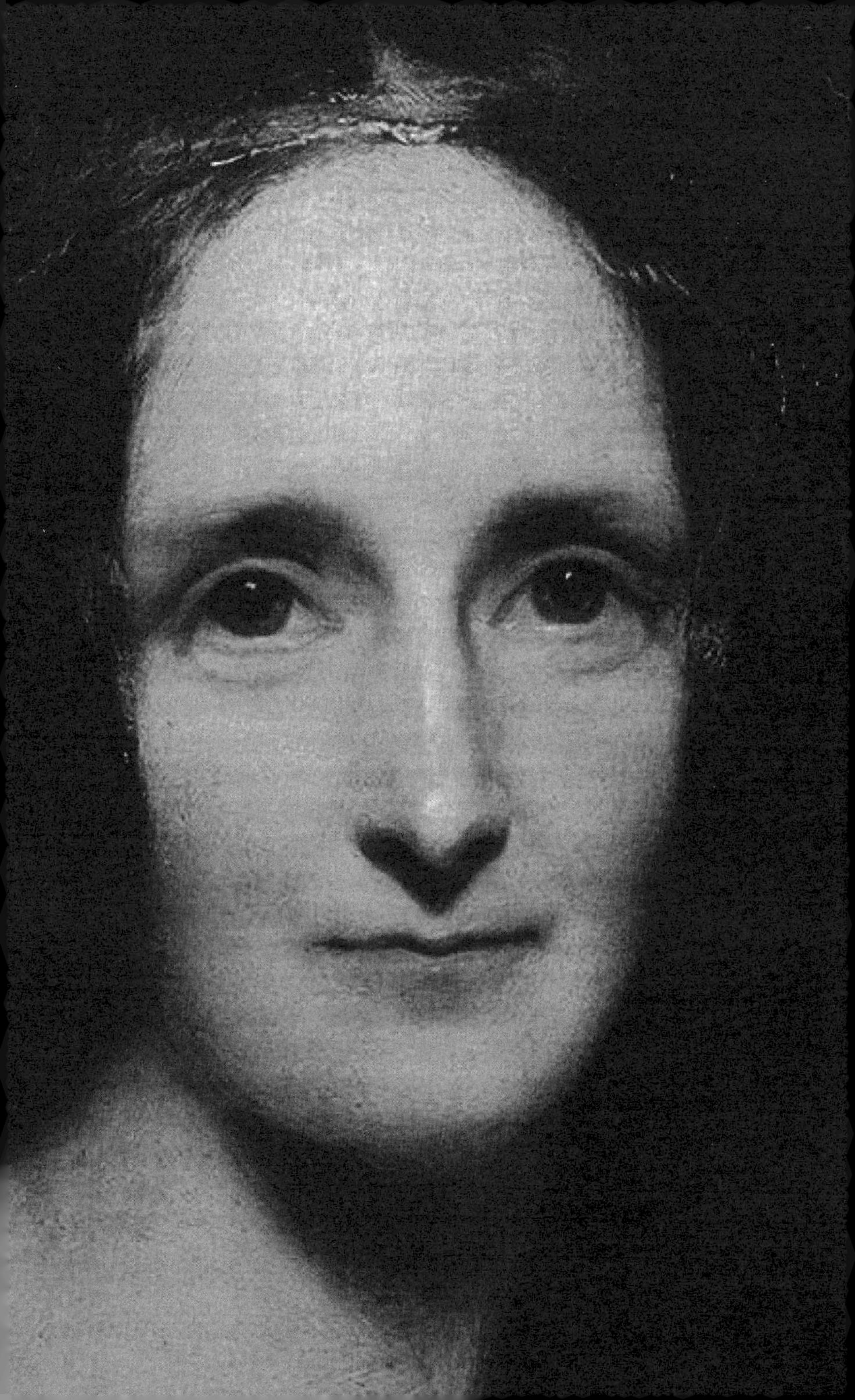

SOBRE A OBRA

A origem do icônico romance "Frankenstein" de Mary Shelley é tão fascinante quanto a própria obra. Surgindo de uma brincadeira entre os Shelleys, John Polidori e Lord Byron durante um período de anomalias climáticas na Suíça, a competição para criar a melhor história de terror deu luz à obra-prima de Mary. Impulsionada por um sonho vívido, Mary encontrou inspiração para sua narrativa ao visualizar um estudante de artes profanas dando vida a uma criatura grotesca. Esse insight, combinado com os lutos pessoais de Mary, incluindo a perda de sua filha Clara, certamente influenciou a profundidade emocional de "Frankenstein".

O nome do romance, aparentemente inventado por Mary, possui raízes profundas que remetem a uma visita ao Castelo Frankenstein, onde os Shelleys podem ter ouvido histórias sobre um alquimista chamado Konrad Dippel. Este alquimista, conhecido por suas experiências macabras envolvendo corpos humanos, ecoa a própria busca obsessiva de Victor Frankenstein pela criação da vida. Assim, cada detalhe por trás da obra contribui para sua riqueza temática e sua permanência no cânone literário, desde a competição inicial entre os escritores até as influências históricas e pessoais que moldaram sua narrativa única e atemporal.

"Descobri como e porque a vida é gerada.

Mais impressionante ainda: tornei-me capaz de dar vida à matéria inanimada — de transformar a morte em vida."

MARY SHELLEY

FRANKENSTEIN
OU O PROMETEU MODERNO

Pintura

Ian Laurindo

Mary W. Shelley

grupo novo século | NS CLASSICS

@nsclassics

Edição: 1ª

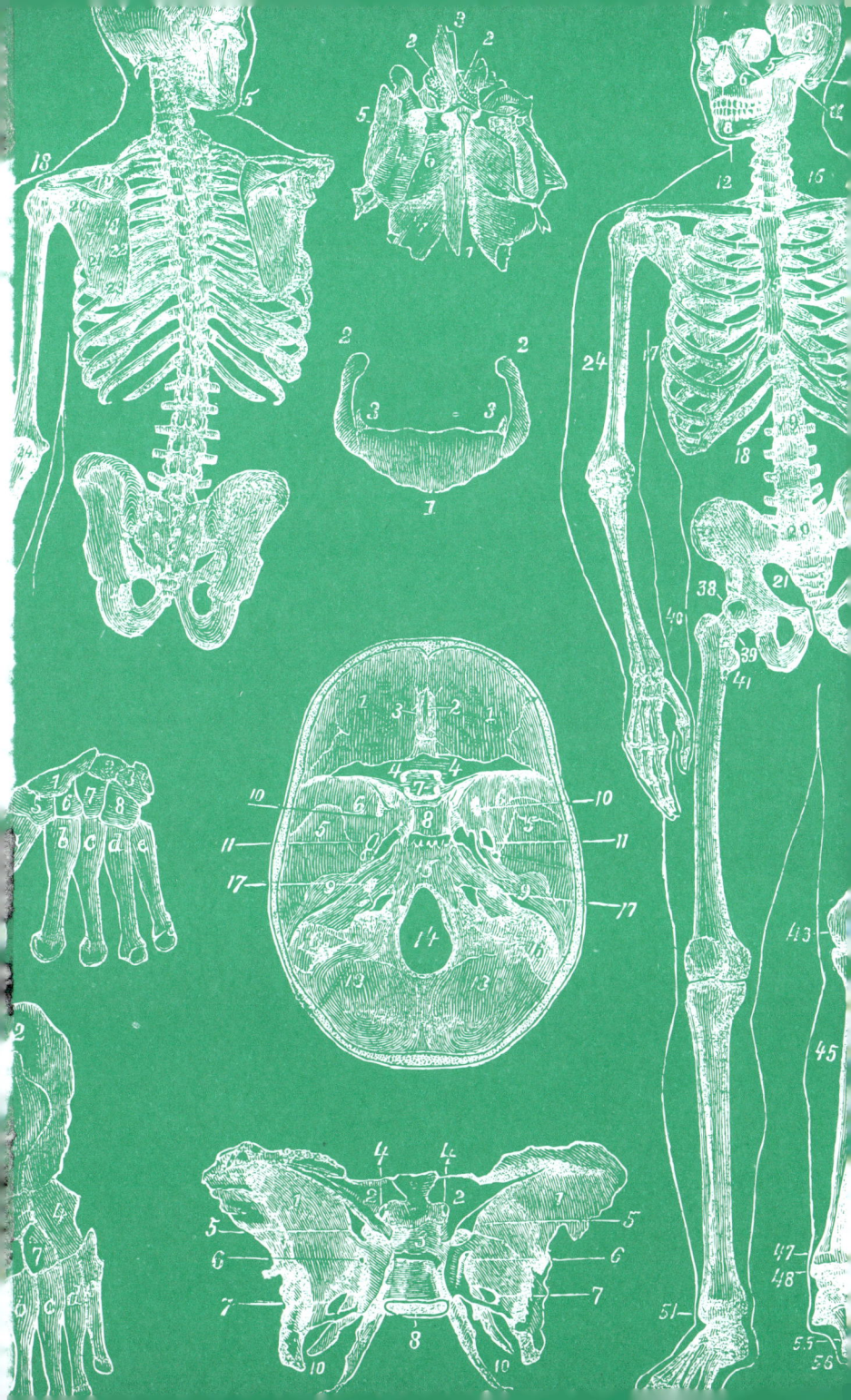

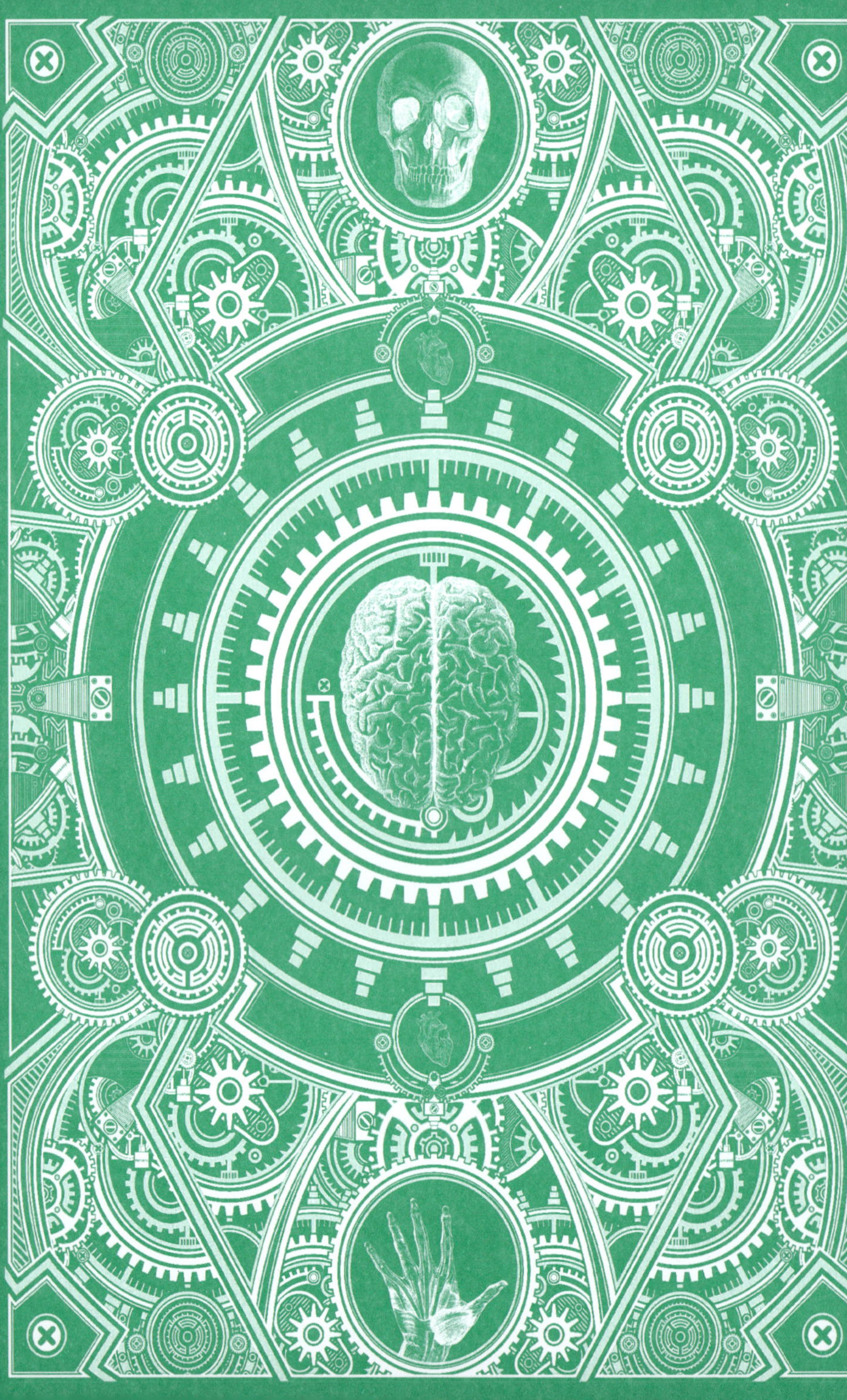